커피 좀 서쳐

이호걸 지음

청어

커피 좀 사줘

이호걸 지음

발행처 · 도서출판 청어
발행인 · 이영철
영 업 · 이동호
홍 보 · 최윤영
기 획 · 천성래 | 이용희
편 집 · 방세화
디자인 · 김바라 | 서경아
제작부장 · 공병한
인 쇄 · 두리터

등 록 · 1999년 5월 3일
(제321-3210000251001999000063호)

1판 1쇄 인쇄 · 2016년 6월 1일
1판 1쇄 발행 · 2016년 6월 10일

주소 · 서울 서초구 효령로55길 45-8
대표전화 · 586-0477
팩시밀리 · 586-0478

홈페이지 · www.chungeobook.com
E-mail · ppi20@hanmail.net
ISBN · 979-11-5860-416-5(03810)

이 도서의 국립중앙도서관 출판시도서목록(CIP)은 서지정보유통지원시스템 홈페이지
(http://seoji.nl.go.kr)와 국가자료공동목록시스템(http://www.nl.go.kr/kolisnet)에서
이용하실 수 있습니다.(CIP제어번호: CIP2016008872)

커피 좀 사줘

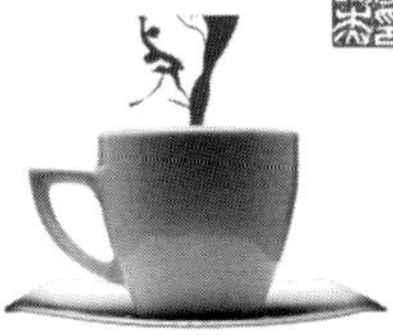

댓 돌

　나는 이 책 앞쪽에 댓돌이라는 글로 한 대목 썼다. 이 댓돌을 지금 쓰고 있다. 이 순간 항일 운동가이시며 민족시인이었던 만해 한용운 선생의 군말도 지나간다. 그렇다고 이 글은 문학적인 가치가 있거나 또 이에 합당한 책도 아니다. 거저 한 사람의 사색이며 하루 일기가 소재다.

　책은 크게 두 가지로 나누어 볼 수 있다. 될 수 있으면 커피와 관련된 용어 하나 선택해서 그와 관련된 이야기를 적었다. 그러니까 커피를 다루면서 내가 느꼈던 생활철학 같은 것이다. 어떤 것은 억측일 수도 있겠으나 커피 한 잔 마시며 읽어 보기에 그리 나쁘지는 않다. 모두 40편이다. 둘째는 일기다. 40편의 소제목과는 별개다. 이 한 편의 단락 아래에 이틀 치 분량의 일기를 넣었다. 일기라고 하지만, 내가 느꼈던 평소에 생각 같은 것이다. 이 일기에 미흡하지만 '단지' 라는 주제로 시 60여 편에 가까운 글을 싣기도 했다. 중간에 번호가 빠진 것도 있다. 수정과 퇴고 과정에 글이 아니다 싶어 지운 것이다. 그나마 남은 것도 여간 볼썽사납다. 띄어쓰기 하지 않은 것은 환심을 사거나 뭔 특별한 것을 보이기 위해 한 것이 아니라 단지 지면을 아끼기 위함이었다. 다른 이유는 없다. 책을 자주 내는 나로서는 부담이 아닐 수 없다.

댓돌에 앉아 우리의 사계절을 본다. 마당은 감나무, 살구나무, 매실도 있고 닭과 개도 있다. 모두 변하지 않는 것은 없다. 봄, 여름, 가을, 겨울이 지나간다. 다산 선생이 생각난다. 유배생활을 오래 했다. 나는 이 세상이 마치 유배생활이나 다름없다고 생각한다.

댓돌이다.

Contents

댓돌

커피 45잔

밤의 계곡 지나 돌 틈 비집고 간 능사의 흑빛 눈물 떨어뜨리
는 것이라면 착 터진 성냥개비의 꿈이었다면 찰랑찰랑 노란
손수건 덮듯 천개의 눈 가리고 누런 가슴 까맣게 속인 것이
라면 뜨거운 물의 노래 웅성웅성 듣고 까만 까치 날개 곧추
세워 젖다가도 저 하늘 그리움 흰 뱃바닥으로 깐 오작교 건
넌다면

카페 鳥瞰圖 詩集 78p

경상북도 경산시 삼성현로 484-2(사동)
053-818-4823

ESSO
E 1996

鵲巢日記

종열 5

나무가 우거진 숲이라 여기지 마시게 그 속에 혼자 걷고 있다고 생각도 마시게 컴컴한 어느 밤길 홀로 걷는 것 같다가도 네 송소리 여기서 느끼고 내가 너서 받아들이고 내 안에서 머물다가 다시 네 품으며 가는 네 숨결로 받아들이고 있잖아
나무가 우거진 숲이라 여기지 마시게 그 속에 혼자 걷고 있다고 생각도 마시게 이슥한 밤 모퉁이에 살아 있는 것 같다가도 늘 살아서 별빛이 되고 그 빛의 내가 입고 네가 입어 함께 누울 수 있는 어머니의 자궁 같은 것일이야

鵲巢日記 12年 4月 19日

카페리코
本店

www.cafferico.co.kr

가배도록

머리말 鵲巢 씀

카페리코
本店

1. 아관파천

지금으로부터 120년 전의 일이다. 국모인 명성황후가 일본군의 무자비한 공격에 시해되었다. 이때가 을미년이었다. 그다음 해(1896) 2월 11일 신변에 위협을 느낀 고종과 왕세자께서 궁녀로 변장하여 경복궁 북문으로 가마 타고 빠져나갔다. 가마는 러시아 공사관으로 향했다. 이곳에서 약 380일 동안 고종은 머물게 되었다. 아관파천 1년간은 아무래도 러시아의 강한 영향력 밑에 국정을 운영할 수밖에 없었다. 고종은 많은 고심 끝에 다시 경운궁 지금의 덕수궁으로 환궁한다. 고종은 떳떳한 자주 독립국임을 세계에 선포하며 국호를 대한제국, 연호를 광무라 하였다.

병신년 새해가 밝았다. 오늘 2월 13일이다. 그러니까 아관파천이 있었던 해로 딱 120년이 흘렀고 이틀이 더 지났다. 고종께서 러시아 공사관에서 처음 마셨던 커피를 나는 지금 한 잔 따라놓고 지금의 세계를 그린다. 『카페 간 노자』를 출간한 지 1주일 지난 시점에서 나는 『커피 좀 사줘』를 집필한다. 나는 무엇 때문에 이런 집착을 하는가! 어쩌면 나만의 자주 독립적인 생활의 무대를 만들고자 하는 뜻은 아닐까! 돈도 되지도 않고 그렇다고 어떤 큰 명예가 주어지지도 않는 이 일을 말이다. 재작년 100의 수치라면 작년 67% 정도의 수치에 머물렀다. 이는 매출신장세다. 그만큼 요식업계통에 일하는 사람은 힘들게 되었다. 폐점률이 그 어느 업종보다 높은 종목이 되었다. 나는 폐점이라는 왼쪽 자리가 아니라 희망의 열쇠를 찾기 위해 바늘 같은 세계에다가 한 발 내딛어본다.

커피 하는 많은 대표는 나와 똑같은 마음일 것이다. 각자 떠안은 숙제에 각기 다른 해결방안을 내놓지만 뚜렷한 해결책이 없는 대표는 문 닫는 일로 간다. 커피 시장이 상당히 커진 것은 사실이다. 내가 커피를 시작할 때, 그러니까 고종께서 처음으로 커피를 마셔보고 딱 100년이 지난 1996년은 약 1조 원 시장도 못 미쳤다. 그리고 20년이 흘렀다. 지금은 그 시장의 다섯 배에 육박한다. 그만큼 기회를 잡은 사람은 상당히 돈을 벌기도 했으며 또 어설프게 뛰어든 사람은 이 시장에 보탬이 되었다.

나는 이 바다 같은 커피 시장에 정말 돛단배 같은 열쇠는 있는 것인가? 그 열쇠가 있다면 노스탤지어와 같은 나만의 목표는 어떤 것인가? 그 향수를 찾았다면 오늘도 쉬지 말고 저어가야겠다. 나는 목탄 같은 내 자본의 노가 파도에 부서지는 한이 있더라도 저어가야겠다. 하얀 바다에 녹초가 되더라도 말이다. 마음껏 휘갈겨 보자.

鵲巢日記 15年 05月 01日

맑았다.

잘 열지 않는 문을 열었다. 안에는 냄새가 났다. 함께 산, 쥐가 있다. 쥐똥과 쥐 오줌은 여러모로 특유한 지린내로 내 코를 간지럽게 한다. 가만 보면 먹을 것이라곤 아무것도 없다. 오로지 습한 것에 녹록한 자리뿐이다. 딱딱한

타일 위에 큰 주전자 하나 있다. 그 안에 물이 담겨 있다. 한 번씩 난 담은 작은 화분을 들었다가 빼며 교대로 다른 작은 난 화분을 넣기는 한다. 하지만 쥐가 물을 마시기에는 알맞지 않다. 내 머무는 곳 다해봐야 다섯 평도 안 되는 공간이다. 책과 파지로 둘러싸인 공간에 종이만 먹었나! 이 쥐가 하루는 내 자리에서 조심스럽게 지나는 것을 보았다. 생각보다 느렸다. 재빠른 줄 알았더니만, 늘 보는 동물이 아니라 조금 당황했다. 같은 설치류 토끼를 보면 그렇게 혐오스러운 동물은 아니듯 쥐도 마찬가지다. 내 방은 쥐와 함께 산 여러 배설물로 악취가 난다.

실습으로 교육받으시는 권 선생께서 점심 한 끼 사셨다. 오 선생과 함께 월드컵대로 끝자락에 있는 약정식 전문 식당에서 밥 먹었다. 아주 VIP 손님만 오시는 곳으로 귀한 분 모시고 식사하기에는 딱 좋은 자리다. 식당은 산 중턱쯤에 있다. 밥 먹고 나오면 야외 테라스도 있어 바깥 공기 쐬며 차 한잔 해도 좋다. 경부선이 지나가는 철도도 보이며 월드컵 도로와 삼성현 도로를 잇는 대로가 훤히 볼 수 있어 더욱 좋다. 테라스 작업을 멋지게 해놓았다. 작업한 방부목 밟으며 난간대로 가본다. 바깥 보면 산 아래가 마치 굴러 떨어질 듯이 경사 꽤 있다. 차 지나는 모습이 선하다.

봉덕동에서 사진 몇 장이 전송되었다. 카페 창업한 지 두 달 되었다던 곳인데 집기 사진을 여러 장 보냈다. 기계를 얼마 정도면 살 수 있는지 묻는다. 각각 중고매입가격을 문자 보냈다. 오후 늦게 답장이 왔는데 살 수 없었다는 문자였다. 어느 분이 몽땅 600에 샀다고 했다. 그래서 답변을 드렸다. '그 사람 처지로 보면 잘하신 겁니다. 직거래는 가능한 금액이지만 새것과 별 차이 없으니 산 사람은 조금 그러네요. 제대로 아시는 분은 중고를 그만한 가격에 사지는 않습니다.' 업자가 사는 가격은 이 금액에 삼분의 일 가격이다. 연식과는 아무런 관계없는 일이다.

문 열어놓고 작년에 내 차를 사 가져갔던 후배 보러 갔다. 그는 중고차 상사를 운영한다. 모닝이 위험해보여 괜찮은 차 있으면 바꾸고 싶었다. 작년은 가게 경영상 타고 다녔던 차를 팔 수밖에 없었다. 아내 차를 팔면서 내년쯤 다시 형편 나아지면 차를 다시 사겠다고 했다. 하지만, 오늘 차를 보고 왔지만, 선뜻 결정하기에는 망설여지는 일이었다. 차를 보고 한 번 타보았다. 차주를 뵌 적 없지만, 헤인사 주지스님이라고 했다. 차를 바꾸기에는 아직 부담인가 보다. 보고 오기만 했으니,

정문에서 1월에서 4월까지 쓴 일기, 링 제본 두 부 했다. A4 200장 분량이다. 400여 페이지 책 한 권 분량이다. 출판사 투고에 앞서 대충 보고자 제본을 했다. 비용은 각 만 원에 이만 원 들었다.

글에 회의감이 들었다. 이 모든 것이 구차하다. 거저 살아있어 적는 그 이유 하나 밖에 없는 듯하다. 생활도 궁핍하고 아이들 제대로 돌보지 않아 궁핍하고 아내인 오 선생께 일만 맡겨놓은 듯해서 궁핍하고 부모·형제 또한 잘 찾아뵙지 못하니 궁핍하다.

鵲巢日記 15年 05月 02日

맑았다.

토요 커피 문화 강좌를 열었다. 날이 맑으니 야외에 행차하신 분이 많을 것이다. 오늘처럼 따뜻하고 포근한 봄날에 커피를 알아보겠다고 오시는 분은 많지 않을 테니까! 교육에 대한 일정을 말하고 창업은 어떻게 이루어지는지, 바리스타 자격증에 관한 것도 간단히 설명했다. 모 선생께서 질문 있었다. 내가 창업하고자 하면 어느 장소를 선택할 것인지 먼저 결정해야 한다. 물가에 하거나 산 밑에 하거나 아니면 시내 공원 가에 내거나 주택가 단지에 하거나 결정해야 한다. 그리고 결정한 자리에 영업허가가 나올 수 있는지 알아보기 위해 식품위생에 관한 관련 관공서에 들러 알아보아야 한다. 모든 것이 이상이 없을 때 가게는 이룰 수 있다. 그리고 내부공사는 어떻게 할 것인지 상표는 어떻게 할 것인지 고민해야겠다. 모 선생께서 질문 또 있었다. 상표에 관한 내용이다. 유수 상표를 쓰면 왜 그리 비싼지 카페 내는데 왜 그리도 돈이 많이 들어가는지 묻는다. 실질적으로 큰 상표(브랜드) 하나 얻는데 대가지급 해야 할 금액이 만만치 않다. 그만큼 큰 상표는 나의 위상까지 높여주는 것도 사실이다. 스타벅스 커피 하나 들고 다니면 된장남, 된장녀 같은 말이 나오니까 하는 말이다. 커피를 두고 말한 것이나 자동차로 예를 들어보자. 카페 교육을 담당하는 오 선생이 한때 이렇게 말했다. 그래도 주부로서 '제너시스' 정도는 타야 어느 정도 나간다고 말하지 그 외 다 똑같다며 한 마디 한 적 있다. 그러니까 그 말이 맞는 말이다. 커피도 그와 비슷한 역할로 성립한다. 하지만 창업을 이루고 큰 상표로 발전하기 위해 애쓰는 여러 상표도 무수히 많다. 나는 오히려 후자를 더 적극적으로 추천했다. 나만의 가게를 하나 내서 지역 밀착형으로 다가가 오시는 고객께 최선을 다하며 그 고객께 알맞은 커피를 컨설팅 할 수 있는 커피 전문가 말이다. 그러면 나의 직업으로서 오랫동안 할 수 있는 소일거리자 놀이자 나의 인생의 무대가 되는 것 아니겠는가!

교육 소개 마치고 압량 개점했다. 손님 한 분 오셨는데 주스 찾으신다. 그간 겨울 보내며 주스를 하지 않았다. 과일 보관하기가 심상치 않아서 할 수 없었다. 오늘부터 판매해야겠다 싶어 본점에 들러 바나나와 키위 외, 신선한 과일 몇 개 챙겨가져다 놓았다. 더치 받은 것은 병에 담고 또 내리려 커피 분쇄해서 걸어놓는다. 압량은 주말에는 동원이가 가게를 보아주었는데 오늘은 사촌 결혼식이라 서울 다녀와야 해서 오 씨가 나왔다.

아내와 아들 둘과 경산 진못 근처 막국수 집에 다녀왔다. 이 집이 유명하다고 해서 점심을 여기서 먹자는 아내의 말에 가족 모두 동행하게 되었다. 식당 주위에 차들로 가득 주차해 있기에 자리가 없을 것 같다는 생각이 들었다. 식당에 들러보니 이미 오신 손님으로 가득했다. 한군데 금시 빈자리 하나 생겼기에 그 자리를 꿰차고 앉았다. 보쌈 한 접시 나오고 국수 나오기까지 무려 한 시간 가까이 걸렸다. 많은 인내력을 필요로 했지만, 아무렇지 않게 우리는 앉아 기다렸다. 그러니까 가게 돌아가는 사정을 이야기하며 직원 복장 문제에 관한 것도 서로 의논을 가졌다. 가게 문 앞에는 줄을 서기 시작했고 앉은 사람은 젓가락만 잡고 있는 분도 꽤 있었다. 여기는 식당이다. 우리 카페가 갑자기 지나간다. 카페도 손님께 주문을 받고 위층 올라가신 다음에 아까 그

손님께서 또 내려오셔서 한 말씀 주시는 분 있었다. '커피 아직 멀었어요.' 손님이 많이 오신 것도 아니지만, 주방에서 처리해야 할 문제는 이것저것 잡다하게 많다. 거저 앉아 있으면 의연히 서비스한다. 혹시나 직원이 메뉴를 까먹거나 모르고 지나칠 때는 거의 없다. 그러니까 선지급제를 도입한 것이 주방 일 처리에 크게 도움이 될 때도 있다. 이미 발행한 영수증은 들 것이나 메뉴 나가는 쟁반에 세팅 착 되니까! 잊을 일 없다. 막국수 나왔다. 국수 면발이 대개 굵었는데 한 젓가락 집어 먹을 때마다 어린이들이 먹는 젤리 과자 같았다. 얼마 집지 않았지만, 입안은 벌써 상추 한 쌈 집어넣은 것과 비슷했다. 그러니까 맛은 특별히 있을까마는 이 집에 나온 김치만 아주 산뜻했다. 보쌈도 그런대로 맛 좋았다. 비계가 적당히 붙어 입안 넣고 씹기에 물컹하고 쫀득했다. 씹는 고기 맛과 적당한 기름은 입안을 아주 부드럽게 했으며 그러므로 해서 느끼함은 마늘 한쪽 된장 폭 찍어 넣어 먹으면 그 기분은 이루 말할 수 없음이다. 늘 이렇게 외식을 하면 적당히 먹는 것 같다. 오히려 집에서 먹으면 과식 아닌 과식이 되어버리는데 재러드 다이아몬드 교수가 생각나기도 한다. 뉴질랜드 어린이들은 배가 아주 뽈똑스럽기만 한데 이 이유는 단백질 부족한 음식을 많이 먹었을 때 그렇게 된다는 거였다. 그러니까 우리는 집에서 밥을 먹으면 이 밥이라는 것은 탄수화물인데다가 단백질이라는 것은 그리 없게 된다. 고기를 많이 먹는 민족이 아니니까! 이렇게 야외 나와서 외식을 하면 편함도 두말할 필요가 없다. 다 먹으면 거저 자리에 일어서서 계산대로 가면 그만이다. 집에서 먹으면 식탁을 치워야 하고 설거지 걱정하며 보내야 하니까! 아무튼, 점심 잘 먹었다.

오후, 집에서 편안히 쉬었다. 책 몇 자 읽다가 누웠다가 다시 좀 읽다가 누웠는데 낮잠은 아니었다. 거저 눈감으며 여러 가지 생각을 가졌는데 약 한 시간가량 그렇게 쉬었던 것 같다.

압량, 책 『손탁호텔』에 관해서 읽고 있었는데 어느 중년 남자분이 아이스 라떼 주문한다. 키는 좀 작았으며 중후한 외관과 말이 의젓해서 '선생님은 무슨 일 하세요.' 하며 물었더니 조금 쑥스러우셨는지 그러니까 '저쪽 돌아서 저쪽에 일합니다.' 하는 거였다. 나는 속으로 꽤 웃었는데 저쪽이면 어느 쪽을 말하는 건지 또 저쪽 돌아서 저쪽이면 도대체 어디야 하며 하고 있었다. 다시 묻기도 뭐해서 그냥 선생님이시냐고 물었더니 갑자기 눈 댕그랬는데 그때야 한마디 더 한다. 무슨 폐 만드는 데 있다고 해서 라떼 만들다가 바 숟가락으로 한 번 젓다가 그만 앞에 말을 흘렸다. 그래서 한마디 더 했다. 옷 만드는 공장에 일하시는가 봅니다. 했더니 '아니 조폐공사요 조폐공사 말입니다.' 하는 거였다. '아! 예.' 거기서 경비한다고 했다. '책 좋아하시는지요. 선생님' 했더니 좋아한다고 했다. 가끔 읽어보시라고 사인해서 한 권 드렸다. 책을 선물로 받는 것은 아주 오래간만에 일인가 보다. 흐뭇한 표정을 지으며 한 손은 책 한 손은 아이스 라떼 들고 가신다.

실은, 손님께서는 아이스 라떼 주문했지만, 샷 하나 더 추가해 달라고 했다. 중년 남자로 한 오십 초반쯤 되어 보였는데 이렇게 원두커피를 찾으시는 것도 또 샷까지 추가해달라는 부탁은 뜻밖이라 커피 만들며 여러 가지 물었다. 손님은 커피 값에도 조금 예민한 듯했다. 왜냐하면, 다른 집에 비하면 라떼가 비싸다는 말씀을 주셨기 때문이다. 솔직히 나는 스타벅스 커피가 비싸

다는 건 알지만, 그 외 커피는 얼마 하는지 잘 모른다. 여기는 앉아 드시는 것
이 아니라 테이크아웃이란 것에 주목해야겠다. 그러면 조금 비쌀 수도 있다.
하지만 블루마운틴 커피를 볶아 파는 아메리카노 용은 아주 싸다. 외관상 풍
겨오는 손님의 자태는 책을 좋아하실 것 같아 권해 드렸으며 커피 값에 한 말
씀 주신 것도 내가 비싸게 받나 싶어 권했다. 손님께 책을 선물하겠다고 하니
시집이냐고 도로 묻는다. 그만큼 시집을 많이 내는 사회라 그런 거 아닌가 하
며 생각했다. 시집도 있지만, 수필인데 생각보다 이 책 많이 팔렸습니다. 하
고 건네니 정말 기분 좋아하셨다. 나도 기분 좋았다. 손님께서 비싸게 여긴
커피 값이 어느 정도는 수그러드는 일로 됐다.

   압량 마감하고 본부에서 밤늦도록 사마천의 사기와 그 외, 동양 고전에 관
한 강의를 들었다.

2. 끽다점喫茶店

끽喫은 먹다 마시다는 뜻이다. 다茶는 마시는 차를 뜻한다. 그러니까 끽다점은 찻집이다. 요즘 세대에는 이 용어가 생소할지도 모르지만 일제강점기 때는 흔히 쓰는 단어였다. 일본말로는 깃사댄이라고도 한다. 차는 언제부터 마셨을까? 우리의 역사를 거슬러 오르면 고조선 시대까지 오르지만 정확한 자료는 없다. 신라시대 때부터 차를 마셨다는 자료가 있기는 하다. 그리고 고려시대에 들어와 다방이라는 용어가 생겼다. 이 다방은 다사茶事와 주과酒果를 다루는 국가 관사였다.

커피가 국내에 들어오고 나서는 어느 시기든 커피는 늘 유행이었다. 시인 이상이 살았던 1930년대도 마찬가지였다. 그의 집안은 가난했다. 어릴 때 큰 아버지 밑에서 자랐다. 아마 이상이 다방을 할 수 있었던 것도 큰아버지로부터 물려받은 재산이 있었기 때문이다. 이상은 다방을 운영하면서 삽화나 시를 썼다. 다다이즘과 초현실주의의 바탕으로 쓴 그의 시는 국문학사에 큰 족적으로 남게 되었다. 하지만 그의 다방 경영은 형편없었다. 처음에 열었던 다방 '제비'와 그의 연인이었던 '금홍'과의 관계는 그의 난해 시 만큼 풀기 어려운 일이었다. 경영난에 다방 '제비'를 문 닫게 되었지만 이 이후로도 몇 번 다방을 열었다. 하지만 특별히 큰 성과를 내지는 못했다.

그 이후 많은 시인은 다방과 커피를 좋아했다. 시인 박인환도 시인 천상병도 커피와는 떼려야 뗄 수 없는 분이다.

    끽다점은 일본식 이름이다. 우리의 고유 이름은 다방이다. 여기서는 다방의 역사[1]를 얘기하자는 것은 아니다. 요즘 다시 뜨는 이름이 다방인 것 같아 의미를 심어본다. 연예인 모 씨다. 그는 다방 이름을 부활시켰다. 싸고 양 많고 가격도 저렴한 커피를 내놓았다. 내놓는 잔에 얼음이 거의 차지하지만 우리는 과연 커피를 마시는가 하는 생각이 든다. 물론 가격이 싸고 질까지 좋다면 더 말할 필요는 없다. 여기에는 경제적인 이해관계와 상업적인 전략이 묻어 있다. 질 좋고 맛이 있고 가격까지 싸면 더 바랄 게 무어랴! 하지만 각종 소스와 시럽으로 장식된 커피라면 또 어떤 상업적인 기술이 가미되었다면 산지의 입도선매와 같은 전략적 기술과 더불어 자본의 결탁이었다면 이것은 진정한 커피, 한 잔의 커피로 바라보기에는 어렵다. 무엇이 진실인가? 이것이 반짝 광고에 한 번 지나는 유행이 될지 아니면 우리 요식업 문화에 자리 잡을지는 모를 일이다.

    커피를 한다면 이 속에 어떤 정보를 담고 나는 어떻게 소비자께 다가갈 것인가? 싸다고 해서 다 좋은 것인가 말이다. 제대로 된 커피 가격을 받더라도 바른 커피를 해야 할 것이다. 그러니까 생두를 들이는 것부터 볶고 내리는 것까지 정성을 다하여야 한다.

---

[1] 다방의 역사를 보자면, 『완벽한 한 잔의 커피를 위하여』(이윤호 저), 『고종, 스타벅스에 가다』(강준만, 오두진 공저)를 참조 바란다. 가볍게 읽으려면 필자의 책 『커피향 노트』도 괜찮다.

비 쫄쫄 내리다.

오전, 사동 점장께서 보고한다. '본부장님, 남자 화장실 문 또 **빠졌습니다.**' 그래서 화장실에 가서 확인했다. 아래, 한성 직원이 와서 문 본 지가 얼마 됐다고 또 빠졌나 하는 생각이 들었다. 더군다나 오늘은 일요일이라 전화드리기도 뭐했다. 그래서 사장님께 문자 보냈다. '사장님, 카페 조감도입니다. 남자 화장실 문짝이 떨어졌습니다. 경첩(힌지)이 튀어나왔는데 문을 열 수도 닫을 수도 없습니다. 완력으로 하면 열리기는 합니다. 일요일이지만 잠깐 오셔서 좀 보아주세요. 커피도 한잔 드시고요.' 그러니까 정오쯤에 오셨다. 점장은 사장님 오셨다고 전화했고 나는 얼른 뵈러 갔다. 사동에 오니 이미 문은 제대로 끼웠다. 사장님과 커피 한잔 마시며 지난번, 마저 해결하지 못한 잔금을 일부 드리며 여러 가지 말씀을 나누었다. 사장님께서는 얼마 전 인사 사고를 겪었다. 사동 조감도 주차선 그을 때도 간판 대 작업할 때도 오신 분이었는데 몸이 마르시고 키가 컸다. 모 소장님으로 어느 일터에서 합판 내리시다가 뒤로 넘어지는 일 있었다. 이 일로 그분은 병원에 실려 가셨다. 무려 한 달 반가량 지나서야 잠에서 깨어나셨다고 했다. 지금도 주위 사람을 알아보기는 어렵고 한쪽 손과 한쪽 눈은 마비되었는지 사용할 수 없다고 했다. 그러니까 넘어지면서 뇌를 다쳤다. 이 일로 사장님은 어려움이 이만저만이 아니다. 산재보험을 들었다지만 보험으로 해결할 수 있는 것도 한계가 있다며 말씀을 주셨고 병원비라든가 도의적 문제까지 생각 안 할 수 없는 처지가 되었다. 일 좀 더하려다가 오히려 낭패 본 셈이다. 요즘 어디든 수익구조가 다들 빠듯해서 먹고사는 일로 급급하게 돌아간다. 이러한 인사사고는 사용자 측도 위험하게 빠뜨리기 때문에 미리 준비하지 않으면 내 하는 일마저 위험하다. 병원비가 무려 몇 백만 원 나가는 현실과 거기다가 앞으로 또 얼마나 더 깨질지 모르는 경비는 말해서 뭐하랴! 사람 썼어, 일한다지만 요즘은 제 몫은 각자 벌어가는 것과 마찬가지라 경영자는 오로지 관리뿐이다. 더구나 대기업체가 아닌 이상 하루 사는 것이 디딤돌 두드리며 가는 것과 같아서 잘못 디디면 영 빠져 헤어날 수 없는 어려움이다. 이야기 듣고 보니 남 같지 않았다.

오후, 사동에서 오 선생이 전화 왔다. 이번에는 여자 화장실이 문제 생겼다며 전화한다. 오 선생은 가벼운 일도 아주 크게 버무려서 하는 습성이 있어 말에 솔직히 많이 놀라웠다. 그러니까 여자 화장실에 사람이 갇혀 나오지도 못하고 마냥 그렇게 안에 있다는 거였다. 장석이 스프링으로 되어 있으니까 스프링이 어떻게 튕겨 나간 것인지 아니면 굳었는지 알 수 없는 일이나 문고리가 안 되는 것뿐만 아니라 문이 영 안 열렸다. 더구나 쇠톱을 가져와서 잘라 안에 있는 사람은 나올 수 있도록 해달라는 거였는데 가만 듣고 보니 사태가 심각한 거였다. 전화 받고 곧장 철물점에 들렀지만, 문이 닫혔다. 다른 철물점에도 마찬가지였다. 오전에 뵈었던 한성 사장님께 할 수 없이 또 전화를 넣었고, 나는 현장에 들렀다. 화장실은 닫혔지만, 안에 사람은 없었다. 비는 여전히 내리고 있었으며 화장실 하나를 쓸 수 없다는 것에 그냥 씁쓸했다. 오늘은 일요일인데 말이다. 한성 사장은 전화를 직접 받지 않았다. 내부에 인사사고까지 겪어 사장의 마음은 어딘가 전화라도 오면 간담이 서늘할 것은 분명했다. 더군다나 조감도 이 건물도 한성이 지은 거라 여간 신경 안 쓸 수 없는 일이 되었다. 방수며 누수며 냄새며 방충망과 문고리까지 하나같이 사람 손이 필요하다. 갑자기 시인 이상 시가 생각난다.

가정 / 이상
문을암만잡아당겨도안열리는것은안에생활이모자라는까닭이다.
밤이사나운꾸지람으로나를조른다.나는우리집내문패앞에서여간
성가신게아니다.나는밤속에들어서서제웅처럼자꾸만감해간다.

이하 생략

더욱, 2층 여자 화장실 문고리 보러 갔다가 사람을 못 알아보는 실수를 했다. 몇 년 전 교육받은 교육생이었다. 그때도 김밥집 운영했지만 지금도 김밥집은 여전히 한다. 우리 아들은 저녁을 늘 이 집에서 해결하는데 몇 년 만에 뵌지라 알아볼 수 없었다. 이 층 창가에 앉았는데 어느 지인과 함께 커피 마시며 있었다. '안녕하세요, 본부장님', 알아볼 수 없어 아주 미안했다. 나중에 문자로 반갑다며 인사 올렸다.

사동, 깜빠뉴 메뉴인 빵 재고가 부족할 정도로 손님께서 많이 찾았다. 오선생은 빵 만드느라 자정 가까이 일을 했다. 한성 사장은 내일 아침 직원을 일찍 보내겠다고 했다. 화장실 문이 잠겼는데 내일 손보아야 한다. 본점, 동원군과 정석군이 있었는데 함께 일하는 모습이 아주 자연스러웠다. 실습장소로서 이만한 곳은 없지 않을까 하는 생각을 했다. 일은 사동이 많고 바쁘기는 하지만 편하고, 본점은 일은 없으나 가끔 들어오는 주문을 처리하는데 부담이 간다고 동원이가 말한 적 있다. 명색이 본점이라 잘해야겠다는 마음이 은연중에 있나 보다.

詩
잠근 문고리처럼 묶은 운동장
수십만 군사처럼 사열한 빗물
우산 없이 걸었던 쏟은 커피라
씁쓸한 오감으로 혀끝 맴돈다.

鵲巢日記 15年 05月 04日

맑았다.

엊저녁 본점 마감하고 난 뒤의 일이다. 동원 군과 정석 군 그리고 본점 단골손님인 듯했다. 여 막창집에서 야식을 함께 했다. 동원 군은 정석 군과 일에 서로가 맞지 않았던 게 있었던가 보다. 어딘가 자리 마련해서 서로 이야기하려고 했다. 그러는 와중에 여 앞에 막창집에 밥 한끼 하자며 데리고 갔다. 김치찌개와 반주로 소주도 한 잔씩 했다. 햇반을 놓고 늦은 저녁을 먹었다. 젊은 사람이라 이성에 눈을 가질 만도 하며 미래에 대한 생각도 전혀 없는 것은 아니었다. 직업에 관한 나의 분명한 철학이 있어야겠다며 한마디 했다. 이탈리아의 바리스타는 평균연령이 47세라고 어딘가 읽은 적 있다. 47세뿐일까! 우리는 나이가 들어도 멋지게 삶을 꾸려나갈 능력과 지혜를 가졌다. 바bar는 일단은 나의 무대다. 오시는 손님께 여러 가지 메뉴로 선을 보이며 구수한 언변 능력으로 고객의 마음을 열어 보인다. 쑥스럽거나 말더듬이라면 가당치도 않은 자리다. 그렇다고 보수가 많거나 권위나 명예가 있는 자리도 아니다. 하지만 우리는 인간이다. 인간으로서 인간을 대하며 커피와 더불어 여러 감정을 논한다. 그 어떤 길로 빠져도 원심회복능력은 분명히 빨라서 커피 한잔 마시며 커피로 귀결된다. 그러니까 대화라는 것은 훨씬 고차원적이며 고급이며 말의 격을 높인다. 언격이 인격이라는 말도 있다. 그러므로 배워야 한다. 커피는 커피만 두고 말할 수는 없다. 방금 김치찌개가 나왔다. 이 김치찌개를 맛나게 먹으려면 숟가락을 들어야 하며 접시를 가져다 놓고 들어서 먹으면 더욱 맛나게 먹을 수 있다. 커피도 이와 같다. 너무 비약적인 말은 아니나 모를까마는 언어구사능력이다. 그러니까 숟가락은 숟가락이 아닐 수도 있다. 호! 그리고 보니 매트릭스 지나간다. 숟가락처럼 딱딱한 사람이 숟가락처럼 비좁은 마음으로 김치찌개를 떠먹다. 숟가락처럼 넓적한 사람이 숟가락처럼 포근한 마음으로 김치찌개와 같은 맛을 찾을 수 있는 커피 한잔이면 더욱 좋겠다. 동원아! 우리나라 최초의 카페는 언제 생겼니? 그러니까 동원이는 우물쭈물한다. 1902년이야. 누가 했을까! 그리고 유럽은 또 언제 최초의 카페가 생겼으며 그 발전은 어떻게 진행됐을까? 그러니 더욱 머뭇거린다. 카페와 커피, 우리 인간에게 어떤 영향을 미쳤을까! 왜 우리는 커피를 이렇게 미치도록 사랑한단 말인가! 그건 말이다. 우리에게는 영혼이 있기 때문이다. 이 영혼의 밑거름이자 윤활유 역할을 톡톡히 하는 것이 커피다. 그러면 이 발산은 어디에 어디로 가는가! 내가 무엇을 만드는 능력, 결과가 분명히 보이는 '깜빠뉴'다. 몽싯몽싯 오르는 빵 같은 일로 아니면 돼지 털 한 옴큼 움켜잡고 휘황찬란하게 그려나간 자연의 복제, 검은색 밭에 흰색 고랑 아니면 흰색 밭에 검은색 고랑 같은 마음을 용케 그려나가는 주름 같은 악보, 피아노 옥구슬 반주에 자연의 소리를 담는다든가 그 어떤 소재도 모다 소화할 수 있는 문필의 힘으로 아니면 춤이라든가 그 어떤 역할도 괜찮다. 우리는 발산하고 싶은 것 모종의 능력을 갖고 있다. 예술이다. 예술은 나의 모든 것을 표현한다. 그간 쌓은 경험과 지식과 지혜로 점철된 붓 같은 몸뚱어리 속에 폭 담갔다가 나온 산물이다. 그러니 그 얼마나 커피라는 것이 우리에게 필요하지 않겠는가 말이다.

오전, 영화 '국제시장'을 다운 받아서 보았다. 이 영화 괜찮다며 적극적으로 추천하신 분이 있었다. 아버지가 겪은 격동의 시대상을 잘 그려놓았다고 해도 지나치는 말은 아닐 것이다. 끝에 아주 감동적이었는데 가슴이 먹먹했다. 6·25동란 때 피난 가는 과정에 주인공 덕수는 미군 군함에 오르며 동생을 잃어버린다. 추운 겨울이었다. 중공군은 코앞에 닥쳤고 많은 사람은 결사적으로 피난길에 내몰렸다. 눈발 휘날리는 흥남 부둣가 상황이 너무 생생하다. 큰 군함은 타이타닉과 비교할 수 없을 정도였다. 1970년대 베트남전쟁, 6·25와 똑같은 상황이었다. 시대만 조금 다르지 공간은 이미 옛 과거의 반복적인 것과 다름없었다. 그러므로 아널드는 역사를 수레바퀴에 비유했나! 1980년대 말 이산가족찾기에 잃어버렸던 동생 막순이를 찾는 과정은, 보고 있자니 눈물이 맺혀 가슴이 답답했다. 그리고 한 생애를 그리며 뒤돌아보는 노부부, 영화는 나비가 펄펄 날아서 노부부 저택으로 가 앉았다가 이내 노부부의 지나간 인생을 되돌아보며 나비는 다시 하늘로 날아간다. 여기서 장자의 나비가 생각났다. 나비는 꿈이다. 꿈같은 세월이 지나갔다. 주인공 덕수는 아버지와의 약속을 생각한다. '근데, 내 진짜 힘들었거든예.' 펑펑 우는 덕수, 그리고 아버지가 찾아든다. 화면은 어릴 때 덕수로 돌아가고 '진짜 고맙다. 내 몫을 다해줘서 진짜 고맙데이.', '아버지 진짜 보고 싶었어예.' 아 오월, 가정의 달을 물씬 생각게 하는 영화였다.

부산 특유의 사투리와 함흥의 사투리가 정답게 느낀 영화였다. 1960년대 시대상, 독일로 간 탄광부와 간호사, 이 노부부는 젊을 때 독일에서 만났다. 커피 문화 강좌를 하며 박정희 시대상을 이야기한 적 있지만, 이렇게 영화로 생생하게 보니 또 감회였다.

오후, 책이 여러 권 왔다. 앞으로 읽어야 할 책인데 모두 여섯 권 받았다. 김영수 선생께서 쓰신 책 『나를 세우는 옛 문장들』 읽다가 이런 것을 느꼈다. 사마천의 사기에 나오는 사자성어를 풀어놓은 글, 책이라 보면 되는데 중국과 우리나라는 문화가 다르고 언어가 다르고 글이 다르다. 하지만 우리의 문화는 역시나 중국문화를 바탕으로 두고 있는 것은 사실이다. 사자성어가 나올 수밖에 없는 그 당시 사정을 읽고 문자가 함축적이면서도 간결하게 표현할 수 있다는 것에 솔직히 놀라움이다. 우리말은 사자성어가 나오기에는 말이 서술형이라서 어려우나 이에 버금가는 것을 굳이 말하자면 속담 같은 것이 맞지 싶다. 예를 들면 '발바닥에 털 나겠다거나 발바닥 핥다[2]'거나 하는 표현 같은 것이다.

학문이 깊어질수록 도는 얕아지고 세상을 겪을수록 인심은 야박해진다는 말이 있다. 공부를 오래 하면 오래 할수록 마땅히 지켜야 할 도리나 이치가 낮아짐을 말하고 세파를 많이 겪은 사람일수록 인간관계에 분명한 논리를 찾으려고 드니 인심은 그만큼 없어지게 된다. 틀린 말은 아니다. 내가 마음이 좋고 너그럽게 상대를 대한다고 해도 이것은 주관적이라 받아들이는 사람은 그렇지가 않다. 어찌 보면 당연한 일로 괜히 긁어 부스럼 내는 것과 마찬가지다. 하지만 최소한의 도리는 있어야겠다. 나머지는 나를 갈고 닦는 일에 우선이며 내 마음을 다스리는 것이 먼저다. 아무리 강조해도 지나칠 게 없다.

---

2) 발바닥에 털 나겠다: 가만히 앉아 호사스럽게 지내거나 몸을 놀리기 싫어함을 비난조로 이르는 말.
  발바닥 핥다: 재력이나 권세가 있는 사람에게 빌붙어 너절하고 더러운 짓을 하다.

3. 초콜릿

오늘은 밸런타인데이다. 아침, 초코 빵을 구웠다며 오 선생은 나에게 보였다. 예전 같으면 초콜릿을 한두 개 정도는 받았지만 오늘은 그 어느 곳도 초콜릿은 없었다. 밸런타인데이는 서양문화에서 들어온 축일이다. 우리나라와 일본에서는 여성이 사랑하는 사람, 남성에게 초콜릿을 선물한다. 이 풍습의 기원은 고대 로마까지 오른다고 한다. 요즘은 굳이 사랑하는 사람이 아니라도 그냥 여성이 관심이 가거나 예우차원에서 어느 남성이든 인사차 건네는 경우가 더 많아졌다.

초콜릿은 카카오나무의 열매 속에 들어 있는 씨앗을 카카오콩이라고 하는데 이를 가공한 것이다. 코코아란 카카오콩을 갈아 만든 분말을 가리킨다. 이 가루를 물이나 우유에 타서 마시는 음료 또한 코코아라고 한다. 16세기 중반 스페인 선교사들은 중남미 카리브 해 연안에서 원주민들이 애지중지하는 카카오콩을 발견했다. 원주민은 화폐 대용으로 쓰기도 했다. 시커먼데다가 맛이 쓰고 기름 거품이 둥둥 떠 있는 카카오 추출물(초콜릿)은 선교사들에게 혐오식품이었다. 유럽으로 건너간 이 음료는 설탕과 결합하면서 사치 문화의 상징으로 부상했다.

초콜릿은 마야족과 아스텍족에게는 원기회복의 물질로 인식했다. 성욕을 자극한다 하여 프랑스 궁정에서는 흥분제로 사용하다가 한때 금지하기도 했다. 초콜릿은 제조절차가 복잡해서 부의 상징이었다. 오늘과 같은 딱딱한 초콜릿은 1800년대에 들어서면서부터다. 미국에서 허쉬 초콜릿이 만들어져 2차 대전 참전 군인들의 전투식량 C레인션에 들어갔다. 우리나라는 오리온제과 초코파이가 유명하다.[3]

하여튼 밸런타인데이는 밸런타인 신부가 몰래 젊은 남녀의 주례를 섰다가 사형당한 날이다. 로마 황제가 원정 나갈 병사들의 사기 저하를 걱정해 출병 직전 결혼을 금지했는데 이를 어겼다. 이를 기리기 위해 축일로 정했다. 또 하나는 서양에서는 2월 14일이 새들이 교미를 시작하는 날로 믿는데서 유래했다는 설이 있다. 이를 비유해서 젊은 남녀의 사랑을 표현한 것으로 보인다.

서양 사람은 커피를 아주 달게 마실 때도 있다. 설탕이 아니라 이 초콜릿을 듬뿍 넣고 만든 쇼콜라(에스프레소+초콜릿소스)나 카페모카(에스프레소+우유+초콜릿소스+크림)나 모카라떼(에스프레소+우유+초콜릿소스)다. 오늘 초콜릿을 받지 못했는가? 카페에 가보라! 예쁜 바리스타가 따라주는 카페모카 한 잔 사 드셔보라!

시커먼 것은 초콜릿뿐일까? 구슬 같은 까만 초콜릿으로 나만의 옥돌을 쌓듯 하루를 곱게 장식해보자. 백지장에다가 나만의 가공된 초콜릿을 만들어보자.

---

3) 세계일보 설왕설래, 초콜릿, 한용걸 논설위원 참조

맑았다. 바람 좀 불었다.

진짜 몸에 좋은 것은 맛이 없다. 아침 먹으면서 이런 생각을 했다. 달걀부침 하나와 김치 몇 조각으로 아침 때웠다.

사동 들어가는 길, 가로수 이팝나무 보고 웃었다. 마치 솜사탕을 양 길가 하나씩 꽂아둔 듯했다. 오늘은 어린이날이다. 저 꽃나무가 아이에게 또 어른께 얼마나 많은 동심을 안겨다 줄까 하는 생각이 들었다. 자연은 참, 아름답다.

사동 문 열자마자, 중년 남자 손님 다섯 오셨다. 차車로 오신 게 아니라 걸어오신듯하니 아마 여, 백자산 산행차 오셨다가 카페에 들러 차 드시러 오신 듯했다. 앞에 내놓은 동인 시집을 보며 한 말씀 주신 분 있었다. '시마을' 에 관한 말씀을 그러니까 무엇을 뜻하는지 물으신 분 있었는데 제대로 답변을 못 했다. 한 분이 메뉴 주문을 하시기에 포스 창 띄우며 메뉴 기재하고 있었기 때문이다. 한 권 가져가셔도 괜찮다며 정중히 말씀드렸다.

압량에서 커피 한잔 마셨다. 요즘은 압량이 이상하게 편하다. 용준이가 커피를 잘 내리거나 자리가 편한 건 아니다. 거저 아무것도 없으니까 편하다. 오로지 수많은 차의 행렬만 있다. 오늘은 바람이 몹시 불었다. 하늘은 아주 맑았고 차 엔진 소리만 들릴 뿐이다.

어느 산문집을 읽었는데 모 시인에 관한 평을 읽었다. 그러니까 시인 '김민정' 에 관한 글인데 '삐친 자지처럼' 이라고 했다.(솔직히 여기서 나는 삐친 자지처럼, 이 말에 자지가 삐친 건지 그러니까 자지가 구부러지다. 뭐 이런 뜻 아니면 제유의 뜻으로 남성을 뜻하는 건지 순간적으로 만감이 교차했으나 역시, 시인이 쓴 글이라 제유로 보는 것이 맞다.) 김민정 시집을 읽으면 이외에 성기를 표현하는 시문이 무수히 많다. 나도 그녀의 시집을 몇 권, 사서 읽었다. 그것뿐인가? 조금은 천박하게 보일지 모르는 문장도 많은데 시 평론가는 이를 또 그럴싸하게 아주 멋지게 표현해 놓는 것을 보면 글이 그렇게 천박하게 보이지 않는다. 뭔가 있다고 느낄 수 있도록 독자께 이야기해 놓는다. 하지만 고리타분한 것보다는 낫다.

옥곡점

블랜드(믹스기) 이상 있다고 해서 잠시 들렀다가 다시 본점에 오다. 어제, 창업상담차 방문하겠다고 전화해 주신 젊은 사람이 오셨다. 고향은 강원도, 사는 곳은 특별히 정한 곳은 없다. 우선 남동생이 하양에 거주하고 있어 잠시 머무른다고 했다. 한때는 포항에서 살았다고 했다가 단양인지 청주인지는 모르겠지만, 그곳에서도 있었다고 했다. 나는 이 말을 들었을 때 우스갯소리일지는 모르겠지만 유목민 같다며 한마디 했다. 투자자금은 1억 한도 내에서 일을 추진하고 싶다고 했다. 창업장소를 특별히 정한 곳은 있는지 물었더니 마땅하게 보아놓은 것은 없었으며 딱히 어디라고 정해서 창업하겠다는 것도 아니었다. 그러니까 어디든 경제적 여건을 생각해서 마땅한 장소면 일 추진할 생각이었다. 그래서 창업에 관한 이야기하려니 공공연히 많은 말이 나갈 것 같기도 해서 여태껏 이룬 카페 중 가장 저렴한 비용으로 가장 성공적으로 이룬 카페 두 군데를 지목하여 지금처럼 상담해서 창업에 이르는 과정과 지금은 또 어떻게 사업을 하며 우리 본점과의 관계는 어떻게 이루는지 앞으로 일의 발전 가능성, 그리고 카페와 더불어 내가 갖는 직업관을 조목조목 설명했다. 나중에는 내가 쓴 책 한 권을 사인해서 드렸다. 책에 얽힌 이야기 즉, 이 책을 읽고 많은 사람에게 꿈과 희망을 심은 이야기를 했다. 아주 감사히 받으시는 것 같았다.

오후, 봉덕동

서 부장과 함께 에스프레소 기계 떼러 갔다. 가는 목적지는 내비에 찍었다만, 본점에서 출발해서 달구벌대로 죽 달리며 한마디 했다. '그냥 이대로 죽 가면 돼', 나는 여느 때와 다름없이 꾸벅꾸벅 졸았다. 졸다가 딱 깨었는데 아주 생소한 곳이라 가만 보니 범어 사거리 지나 수성교로 가고 있었다. 서 부장, 내비가 안 일러주더냐? 하며 물었더니 그냥 죽 달렸다고 했다. 그래서 수성교에서 다시 봉덕동으로 향했다. 현장에 도착하니 이 선생과 이 선생의 바깥어른도 와 계셨다. 기계를 빼려니 전기와 수로와 배수로를 정리해야 해서 개수대 밑에 들어가 이것저것 만지다가 이걸 직접 하면 안 되겠다 싶어 서 부장더러 작업지시를 했다. 그 전에 줄곧 서 있었는데 작업지시를 내려도 다리는 여전히 뻣뻣하고 손까지 어설프기 짝이 없었다. 그러니까 허리 굽혀서 몸 완전히 구부리며 개수대 밑에 들어가도 작업하기 어려운 일인데 거저 허리만 굽히고 다리는 반쯤 구부리고 들여다보는 정도였다. 나는 생각했다. 서 부장은 다리를 완전히 구부릴 수가 없나 보다. 아니면 옷 버릴까 싶어 그런 것인가 하며 생각하다가도 그리 좋은 옷을 입은 것도 아니었다. 캐주얼인데, 말이다. 보는 내내 답답해서 다시 개수대 밑에 몸을 밀어 넣고 배수로는 배수로대로 분해하고 수로는 수로대로 따로 정리했다. 전기는 약 1m쯤 떨어진 위치에 손이 제구 닿을 수 있는 자리에 꽂혀 있었다. 손 닿을 수 있게 억지로 밀어 넣어 콘센트 뺀다. 다 정리가 되었을 때 한쪽은 서 부장 한쪽은 직접 기계 들며 차에 싣는다.

압량 부적리

볶은 커피를 사가져 가시는 손님 있었다. 학생이다. 선배 집에 가는 데 빈손으로 가기에는 뭐해서 또 선배가 커피를 꽤 좋아하시어 사가져 간다고 했다. 커피 값을 받고 아메리카노 아주 연하게 한 잔 서비스 드렸더니 감사하다며 인사한다. 머그잔도 하나 드렸더니 아주 감사하다며 말을 하기에 조금은 당황스러웠다. 바로 연이어 아메리카노 찾는 손님 있었다. 아주 연하게 한 잔 달라고 했다. 머그잔을 선물로 하나 드렸다. 이 닦을 때 쓰시면 효과 볼 수 있을 겁니다. 했더니 웃으신다. 잠시 자리에 앉으려다가 차가 또 선다. 이번에는 남자 분이었다. 아이스 아메리카노 두 잔 주문이었다. 급히 만들어 내드리며 선물로 역시 머그잔 드렸다. 마침 그때 컴퓨터에서 흐르는 음악이 있었는데 경음악이다. 흔히 듣는 음악이라 조금 애달프게 흐르고 있었는데 선물 건네니 감격스러웠을까 눈에 눈물 어린 모습을 보았다. 블루마운틴 볶은 거 하나 달라며 추가 주문하신다. 갈아달라고 해서 갈았다. 머그잔을 이번에는 쇼핑백에다가 항거 담아 내드렸다. 아주 놀라워했다. 바로 아주머니 들어오신다. 아이스 아메리카노 한 잔 뜨거운 거 한 잔 주문이다. 커피 다 만들고 내 드리며 선물 있다며 머그잔 드리니 밝게 웃으신다. 아! 매일 장사가 이와 같다면 얼마나 좋아! 순식간에 십만 원 훌쩍 넘겼다. 어제 문 닫은 분점에서 가져온 머그잔 여러 잔 있어 오시는 손님마다 하나씩 내드렸다.

사동 조감도

주방에 웬 낯선 사람 있었다. 누구냐고 묻기에도 뭐하고 해서 빵 만드는 오 선생에게 넌지시 눈치를 줬더니 점장 친구라 했다. 점장은 집에 모 심는다고 창원에 내려갔다. 배 선생과 예지는 퇴근했으며 주방은 정의 혼자 있었다. 오늘은 어린이날이기도 한데 아마도 정의 혼자서 꽤 바빴는가 보다. 잠시 있다가 나는 본부에 들어왔다. 사동은 오 선생이 밤늦도록 빵 구웠다. 본점 마감하고 오늘 일기 마친다.

鵲巢日記 15年 05月 06日

맑았다.

베토벤 운명을 들으며 하루를 생각한다. 어떻게 시작했던 결과는 있다. 저 운명도 창대하게 시작되었으나 끝은 분명히 있다. 연주와 같이 계속되는 것은 아니기 때문이다. 하루가 어떻게 지나갔는지 또 한 주일은 얼마나 빨리 가는지 우리는 모르고 산다. 관계를 줄여야 한다. 관계를 줄이며 살고 싶어도 나에게 부닥친 상황은 그렇지가 못하다. 이제는 모든 것이 어렵게만 느껴진다. 베토벤은 어떤 마음으로 저 악보를 써내려갔을까? 수많은 악단이 자리하고 연주가 시작되고 인류역사상 최대의 명곡으로 탄생하는 저 순간을 어떻게 보았을까? 아무것도 볼 수 없는 백지에 죽죽 그려나간 그의 필력을 우리는 듣고 있다. 모두가 적재적소에서 제 몫을 다하는 악단의 조화는 부러운 대상이다. 베토벤은 떠나고 없지만, 여전히 그의 작품을 심취하며 듣는 우리는 그를

잊을 수 없게 한다.

우리는 잔잔한 호수에 떠 있는 것이 아니다. 넓은 바다에 파도 같은 세상에 있다. 하루는 조용하게 보내다가도 하루는 정신없이 바쁘게 보낸다. 조용하게 보내는 날은 실업자처럼 우울하고 답답하고 가슴 미어지는 일이다. 정신없이 바쁜 날은 일의 고통에 헤어나지 못해 만사가 귀찮다. 그러니 파도 같은 세상이 아니고 무엇이랴!

서 부장은 노크했다. 나는 피곤해서 다리를 다른 책상 한쪽 모서리에다가 걸쳐놓고 잠시 눈 감고 있었다. 서 부장은 주사위를 던졌다. 그렇지 힘들 거야! '누가 나와 함께 일하려고 하겠나!' 아니 커피 세계를 올바르게 보고자 노력하겠는가! 허 사장이 전화 왔다. '범어 사거리 옷가게 아시죠, 거기 제빙기 수리해 달라는데요.', '음 그래 알았어!' 일은 바꿔가며 하는 거야. 너무 오랫동안 일했어! 20년이면 적지 않은 세월이지. 하나를 놓고 보면 어려운 일도 아니지 20년은 너무 많이 쌓은 거야! 그러니 가벼운 일도 무겁게 보일 수밖에, 아! 힘들다. 봉덕동, 전화가 왔다. '본부장님 내부공사 팀이 다녀갔어요. 뒤에 조그맣게 하는 것도 칠 백 달라고 하던데요. 바bar도 철 작업이 아니고 목수팀 붙이려고 하더라고요. 그냥 아는 데 수작업으로 해서 하면 안 될까요.' 나는 전화 받고 잠시 머뭇거렸다. 나는 그만치 나오겠다는 생각이었지만, 직접 한다고 해도 그렇게 많이 줄일 수 있을까 하는 생각이 들었다. 그렇지만, 700은 적은 돈은 아니었다. 그래서 철 작업 잘하는 데 있습니다. 제가 소개해 드리겠습니다. '공장에서 제작해서 현장에 가져다 놓으면 됩니다.' 말이 떨어지자 아차! 또 '일거리 만들었나.' 하는 생각이었다. 그렇지만, 없는 돈 긁어서 하는 가게다. 경험 삼아 일하기에는 너무 많은 돈이 들어가는 것도 사실이라 줄여야 한다.

건영에 다녀왔다. 반야월에 있다. 화물을 취급하는 업소다. 이 집은 마치 6, 70년대 상황이나 다름없다. 창고 같은 컨테이너 상자 하나와 깔판 죽 펼쳐 놓은 데다가 어디로 보낼 짐이나 또 어디서 받은 짐을 내려놓는다. 오른쪽 벽 돌 가에는 노끈으로 묶은 여러 짐들이 많고 간판은 아래 본 영화 국제시장 '꽃분이네' 간판과 크게 다를 바 없다. 그것도 한쪽 기울며 있었는데 누구나 보아도 난민촌 같은 가게다. 우리가 도착했을 때는 사장은 컨테이너 상자 안에 누추한 소파 위에 누워있었다. 낮잠을 아주 곤하게 취하셨는데 가볍게 '사장님' 불러도 움직이지 않는다. 그래서 약간 큰 소리로 '사장님' 했더니 벌떡 일어나신다. 기계 가져왔습니다. 서울 보내야 해서요. 여기다 내려놓으면 될까요. '네에' 택배비는 착불로 하이소. '네에' 다시 컨테이너 상자에 들어가시는 사장님. 우리는 영천으로 향했다.

나이가 들면 힘들고 어려운 일은 피한다. 여기는 카페 해오름. 기계 샤워망 교체와 고무 개스킷 수리 건이었다. 점장께서는 밥과 커피를 함께하니 일의 어려움을 하소연한다. 커피만 하면 어떠냐고 물으신다. 그러니까 밥은 들어가는 재료가 많고 과정이 많고 시기가 지나면 내놓기도 어려운 점이 있으니 여간 신경 쓰는 일이라 그만하고 싶다. 하지만 커피는 쉬우나 매상이 작으니 고민이다. 매상이 작아도 인건비는 나오지는 않겠느냐며 이모저모 맞춰본다. 개스킷 갈면서도 힘이 달려서 잠시 서 부장께 맡겼다. 나는 개수대로 다가가 손 씻으며 점장께 너스레 떨며 한마디 한다. 이제는 늙어서 고무를 빼지 못하겠네요. 싱긋이 웃는다. 그나마 이 일은 비교적 쉬운 일이다. 눈에 보이는 일이며 결과가 보이는 일이라 쉽다. 힘 달려서 그렇지. 인사경영은 어쩔 수 없이 겪어야 할 일이다. 혼자 마음으로 결단해서 될 일은 아니다. 서로 마음 맞춰 일해야 한다. 마음이 맞아도 일이 안 맞으면 할 수 없고 일은 맞으나 마음이 안 맞으면 더욱 함께할 수 없다. 어느 것보다 마음이 우선이다.

단지 1
태양처럼유치한것은없다.
구름꽉끼었으니까!
아카시아나무는왜그리늘어져보이는걸까!
그러니까꿀벌만본다.
하얀아카시아꽃은텅비었다.
벌통꽉잠그고고경계했다.

4. 겸상兼床

겸상은 둘이나 아니면 그 이상의 사람이 함께 식사할 수 있도록 차린 상을 말한다. 조선 시대 엄격한 유교제도 아래에서는 부부든 가족이든 집안의 가장과 함께 겸상하지 못했다. 남편과 아버지를 깍듯이 대했다. 요즘은 가족과 함께 식탁에 빙 둘러앉아 식사한다. 물론 가족뿐인가! 직장이면 직장 상사와 또 동료와 함께 식사한다. 학교 급식소에서는 선생님과 함께 밥을 먹을 수 있으며 조그마한 가게도 막일하는 작업장에서도 우리는 모두 함께 빙 둘러앉아 식사한다. 함께 식사할 수 있다는 것은 함께 이룬 가족이다.

소싯적이다. 아버지는 벼농사가 천직이셨다. 집안이 가난해서 논밭은 조금뿐이었는데 부모님은 여러 일을 통해 노력한 끝에 전답은 늘어났다. 아버지는 벼농사를 지으셨는데 우리는 쌀밥 먹기 꽤 힘들었다. 가을이면 수매되느라 바빴기 때문이다. 그러니까 제삿날과 명절만 쌀밥 먹은 기억이 있다. 어머니는 때 되면 보리밥을 하셨다. 아버지 밥상은 따로 차려드렸고 어머니와 어린 동생들과 빙 둘러앉아 된장국에 상추나 돌미나리 넣고 비벼 먹었던 기억은 잊을 수 없다.

요즘은 시대가 많이 좋아졌다. 가정이 빚이 많다고 해도 세 끼 밥 굶고 지내는 집은 잘 없다. 더구나 보리밥이 귀하지 쌀밥은 흔하다. 가족도 각기 생활이 바빠 아침 제외하고는 겸상하기가 힘든 시대가 됐다. 예전은 예를 중시하여 각상을 차렸지만, 요즘은 겸상을 중시하며 그 예가 되었다. 이제 아이들은 그렇다고 해도 부부도 각기 바빠, 함께 밥 먹기 어렵다. 이제는 특별히 시간 내어 외식으로 온 가족이 함께하는 시대가 됐다. 세상은 작은 휴대전화기만큼 좁고 편하지만, 마음 씀씀이는 어렵게 됐다.

정말 내 마음과 함께 나눌 수 있는 겸상은 무엇인가? 식사가 아니더라도 따뜻하게 마음 놓을 수 있는 당신만의 겸상 말이다.

鵲巢日記 15年 05月 07日

맑았다.

서 군, 땅 심는 사회에 있지만 땅 심은 없다. 그렇다고 노자가 움직이는 사회에 노자가 아니듯 곱게 핀 코스모스다. 그는 공무 사회와 같은 일절 정시 퇴근한다. 동원 군, 섬유로 만든 나비 사회 같지만 절대 섬유로 만든 나비 사회는 아니다. 화이트칼라 깔끔한 바지 그를 보고 있으면 한 번도 가보지 않은 산토리니만 그립다. 정석 군, 밭두둑에 채마 시대에 살지만, 밭두둑과 채마는 먼 이웃 나라 얘기다. 그는 꽃을 볼 때 발끝에서 머리끝까지 모두 확인하며 본다고 했다. 이 말을 들었을 때 소름 돋았다. 나는 결코 꽃이 아니니까! 성택 군, 같은 소리 시대를 지향한다. 같은 소리가 있다. 그의 빼어난 키는 갓 등 하나쯤은 너끈히 갈 것 같다. 하지만 가게에 등 갈았다며 얘기 들어본 적은 없다. 그의 라떼아트를 보고 있으면 창공을 날고 있는 듯했다. 정의 군, 어디든 안 맞을 곳도 없는 그 어떤 사회라도 받아들일 것 같다. 커피를 두고 바른 뜻을 갖는다는 것은 어려운 일이다. 우리는 모두 한 가지 정점에 서서 오로지 하늘과 같은 님만 본다. 그러니 바리스타다.

전쟁으로 점철된 우리의 역사를 읽거나 그에 관한 영화를 보면 우리 민족은 행운아다. 이 한반도에서 살아남아 지금의 삶을 살고 있다는 것만도 얼마나 행운이 아닌가 하는 생각을 종종 가진다. 더욱이 우리의 얼과 문화를 담을 수 있는 세종의 한글창제는 더없이 소중한 문화유산이다. 이로 인해 한글로 만든 모든 문화유산은 앞으로도 우리의 살 길을 터놓았다고 해도 과언은 아닐 테다. 고구려 역사를 읽으며 고구려인의 삶을 읽다가 대륙의 여러 민족 사이에 그들이 살았던 배경을 읽으니 가슴이 저렸다. 또 아래 본 영화 '국제시장' 흥남 부둣가 상황은 참으로 약소국으로서 처한 상황이 아니고 뭐겠는가! 강대국의 온전한 사상적 대립에 그들의 싸움판인 한반도가 아니었던가! 그나마 세계사 앞에 살아남았다는 것만도 대단한 거였다. 현재까지는 말이다.

오후, 범어 사거리에 자리한 옷 가게 다녀왔다. 제빙기 수리 다녀왔다. 서부장도 함께 갔다. 공구통 싣고 관련 부품도 실었다. 범어 사거리는 여기서 약 삼사십 분 거리다. 세 시에 출발해서 세 시 사십 분쯤 도착했다. 일단 제빙기 전원을 넣고 기계 돌아가는 상황을 지켜보았다. 어쭈! 물도 제대로 공급하며 냉동기도 돌아간다. 그러면 또 상황이 달라진다. 일단, 약 십오 분 정도 지켜보아야 한다. 얼음 얼리는 곽 쪽에 얼은 얼음을 떨어뜨리기 위해 물은 제대로 흐르는지 지켜보아야 한다. 근데, 모두 정상이었다. 떨어진 얼음 들고 주인장께 보여주며 모두 정상이라며 말씀드리니 한 말씀 주신다. 전에도 '이와 같았어요. 제빙기가 돌아가다가 물만 흐르고 내리는 경우도 있고 또 되었다가 안 될 때도 많아요.', '네에' 그러면 상황이 또 달라진다. 제빙기에 물을 공급하는 관련 밸브가 불량이라는 것인데 지금은 기계를 돌려놓았으니 한동안 지켜보았다가 그때 수리하겠다고 말씀드렸다. 어느 정도 시기가 지난 일이라 또 정상으로 돌아왔을지도 모르니까!

청도에 다녀왔다. 분점에 커피 주문 있었다. 봉덕동에서 전화가 왔다. 내일 내부공사 들어가니 잠시 와주셨으면 했다. 하지만 내일 위생교육이 잡혀, 갈 수 없으니 사진과 기계 크기를 문자로 보냈다. 본부에 들어온 시각 오후 다섯 시 사십 분, 편의점에 가 삼각 김밥 샀다. 전주비빔밥 하나와 참치 김치인지 김치 참치인지는 모르겠다만 하나 샀다. 각각 800원, 900원이다. 저녁이었다. 삼각김밥이 아무리 작다지만 한 손으로 먹으면 낭패 보기 쉽다. 그러니까 다 먹지도 못하고 뚝 떨어뜨리거나 아예 통째로 떨어뜨리는 경우도 종종 생긴다. 두 손으로 작은 삼각 김밥을 잡고 한 입씩 먹어야 한다. 그렇게 먹으니 마치 영화에서나 볼 수 있는 거지처럼 궁색하게 보이기도 한다. 뭐 사는 것이 궁색하니 부끄러울 것도 없으며 그렇다고 표낼 것도 아니다만, 저녁은 삼각 김밥으로 때웠다.

압량에 있을 때였다. 『가배도록 1』을 읽으신 어느 독자께서 오시어 인사 주셨다. 책을 너무 감사히 읽었다며 또 군데군데 써놓은 시에 더 매료되어 감동하였다며 인사 주셨다. 읽은 책을 다른 분께 정말 괜찮은 책이니 읽어보라며 선물하셨다고 하니 기분은 이루 말할 수 없었다.

단지 2

느티나무에개미오른다.

잔가지마다오른길은아슬아슬하다.

하늘도보고푸른이파리도보았다.

사월이가고오월이왔지만

느티나무는내나그자리다.

칼같은개미발은도로간지럽다.

개미가밟고간자리각질이있다.

껍질하나너덜거린다.

단도이도밭에

개미는아직도까맣다.

鵲巢日記 15年 05月 08日

맑았다.

　사십 중반이면 나이 많이 먹은 것인가! 나이 먹은 것도 아니건만, 일은 점점 복잡하고 거추장스럽고 번거롭기까지 하는 것은 무엇인가! 그러니까 카페 '가비'의 주문은 여러 차례 문자가 와서 전표만 몇 번을 끊었는지 모를 일이며 위생교육에다가 소득세신고에 관한 세무통지서와 부산에 보냈던 택배 물건과 화원에 커피 주문 전화와 밀양 카페 주문 건 엎친 데 덮친 격으로 영천, 삼사관까지 내일 주말이라 오늘 배송 되느냐는 등 여러 일로 신경이 이만저만이 아니었다.

　서 부장과 점심 한 끼 했다. 오전 급한 거는 먼저 일처리 하고 함께 '백자산식육식당'에 갔다. 곰탕 한 그릇 했다. 곰탕 좋아하는 사람은 따로 있는지라 나는 서 부장에게 물었다. '용준아 곰탕 먹을 수 있니?' 했더니 '그냥 먹으면 되는 거 아닌가요.' 대답을 듣고 보니 그렇다. 그냥 먹으면 되는 일을 괜히 물었나 싶었다. 백자산식육식당은 전에는 삼풍에서 삼대곰탕집을 운영한 분으로 알고 있다. 그때도 가끔 한 번씩 가게 되었는데 맛이 꽤 괜찮아 기억하는 집이었다. 오늘은 대구한의대에 커피 배송 일 나왔다가 삼성현 도로 달리다가 밥 때가 되었고 해서 곧장 차 들이 됐다. 곰탕 먹을 줄 안다고 했으니 다른 메뉴를 볼 필요가 없었다. '아저씨 곰탕 두 그릇 주세요.', 주인장은 '잡고기로 담아 드릴까요. 살코기로 담을까요.', '잡고기로 넣어 주소.' 이 집은 생각보다 음식 값이 죄다 비싸다. 그나마 싼 것이 곰탕이다. 메뉴를 본, 서 부장도 한마디 한다. '여기는 왜 그리 비싸요.', '하하, 소고기니까 비싸지.' 그리고 곰탕이 나왔다. 아! 정말 오래간만에 먹는 곰탕이다. 맛은 뜨겁고 구수하다. 고기는 쫄깃한 것도 담았지만 물컹한 것도 있다. 가히 씹는 맛은 부드럽다고나 할까! 한 입 몽긋하게 입안 두르고 나면 거저 포근한 강아지 시츄 한 마리 가슴으로 폭 안은 듯하다. 두꺼운 가죽 같은 것인데 역시 곰탕에만 볼 수 있는 거겠다. 회색빛도 아닌 것이 그렇다고 상앗빛도 아닌 것이 아주 두꺼운 비곗덩어리 같은 것도 아닌데 적당한 한입거리였다. 입 안 넣고 몽싯몽싯 씹는다. 참으로 먹는 낙 아니겠는가! 하루 고통이 온전한 것이라면 이리 앉아 먹는 즐거움은 단 몇 분이다. 그러니 앤서니 라빈스는 인간의 감정을 지배하는 건 고통과 즐거움이라고 했나! 이 속에 공리주의 철학자 '벤담'은 이렇게 말했다. 인간은 즐거움과 고통이라는 두 신의 기둥 아래에 있다고 했다. 무슨 말인고 하면 이 밥 한 그릇 먹기 위해 하루 고통을 감내하는가! 하는 생각이 잠시 스쳐 지나간다. 에궁 하루치 지옥을 가져다준다손 치더라도 차라리 굶는 게 나을 것도 같지만, 한번 왔다 가는 인생, 지옥도 맛보며 간다는, 느낌은 살아서 오는 것이니까!

식품 위생 교육 다녀왔다. 대구 미래대에서 교육을 받았다. 매년 경산 시민회관에서 하다가 올해는 대학 강당을 빌렸던가 보다. 경산과 청도 요식업에 종사하는 사람이 몇 천 군데 되니 오신 사업주가 강당에 다 미어질 정도였다. 약 두 시간 가까이 교육을 들었다. 위생법에 관한 법률과 특별히 지켜야 할 준수사항을 강사께서는 조목조목 말씀을 이었다. 올해는 금연에 관한 법이 새로 제정되었으니 이에 관한 것도 지킬 것을 당부한다. 그러니까 업소에 '금연'이라는 포스트를 붙여도 금연하는 사람이 적발되면 업소 사장은 일단 책임은 면한다. 담배 핀 사람은 과태료 최소 10만 원 정도 부과하니 조심해야겠다. 주방에 관한 기본 예의, 물론 아는 얘기지만 또 들어서 나쁠 일은 없다. 일하는 직원도 보건증 갖춰야 하며 머리를 빗는 일은 없어야 하며 손은 늘 깨끗이 해야겠다.

오후 코나 사장님 다녀갔다. 주문한 커피를 본부에 내려놓고 본점에서 커피 한잔 마셨다. 안 사장님께서 안은 문제는 나 또한 마찬가지다. 그러니까 자식 문제와 직원 문제 더 넓게 말하면 사업과 일과 가정이겠다. 맏이 하나 있는 게 공부하지 않으려고 하는 것과 오로지 세상 보는 시각이 대나무처럼 곧기만 해서 어디든 적응하겠느냐는 것이다. 앉았다 하면 휴대전화기와 오락 뿐이니 주위 사람과 대화를 나누거나 사회적 성향으로 커가길 바라는 것은 부모 마음이다. 그러니까 두루뭉술하게 커 가면 더 바랄 게 없다. 거기다가 인성까지 갖추면 더할 나위 없는 교육의 완성이겠다. 그러니 우리 사회가 안은 문제가 이만저만이 아님을 불혹에 와서 크게 느끼는 것이다. 사회를 모르고 나만 아는 인격은 남을 배려하거나 위하거나 또 헌신하는 것은 없게 되며 더욱이 다혈질적 경향으로 잘 못 빠지기라도 하면 무서운 결과로 이어질 수도 있음이다. 그러니 각박한 사회가 따로 없다. 이를 조장하는 것은 역시나 자본주의다. 그것을 바탕으로 둔 황금만능주의와 물질만능주의겠다. 돈이 있으면 모든 것을 해결할 수 있지만 정작 돈 한 푼 벌기 어려운 사회라 애초에 포기하는 삶을 살거나 어마어마한 자본 앞에 넋 놓고 바라보는 격일 수도 있다. 그러니 버는 수익보다 쓰는 비용이 더 많은 사회, 저축이 어려운 사회다. 그러니 젊은이는 망연자실하게 미래를 바라보는 것이다. 하지만 그 미래를 두고 내가 준비하거나 산업전선에 일할 수 있는 능력을 갖춘 것도 아니다. 학교에서 배우는 것은 정작 사회에 필요한 것도 아니라서 요즘 학생은 더욱 자신의 장래에 암담할 뿐이다. 능력껏 일하며 능력껏 챙길 수 있으면 더없이 좋으련만 우리는 분배도 문제가 많다. 국민연금이다 건강보험이다 할 것 없이 각종 세금까지 생각하면 우리가 버는 수익의 몇 % 떼는 것에 불과하겠지만 실지로 피부로 느끼는 국민은 그렇지가 않다. 버는 것도 어려운데 얼마 벌었다고 세금까지 떼느냐는 것이다. 공부하지 않는 아이를 볼 때면 앞이 걱정이고 마음 맞게 일할 수 있는 사람 못 구하니 사업장이 어려운 것은 지금 불혹에 갖는 가장家長의 공통된 문제일 것이다.

압량, 아래 오셨던 손님이다. 조폐공사에 다니시는 분이었다. 아이스 라떼가 다른 집보다 나은 것은 얼음을 깨뜨려 주니 맛있다는 거였다. 다른 집은 그렇지 않다고 했다. 각 얼음 통째로 담아 라떼를 만들어 주니 맛이 더욱 나지 않는다고 했다. 전에 책 한 권 드렸었는데 다 읽으셨냐고 공손히 물으니 직장에 다른 분도 이 책을 읽는다며 얘기해 주셨다. 고맙다며 인사 주셨다.

단지 3
구두는느슨하다.
새로산구두는닦지않은지꽤되었다.
구두는꽉낀듯아닌듯아닌듯꽉낀듯
세상걷는다.
오로지축축한땀만스미는데
신벗고
한번씩툭툭튼다.
냄새짙고습한세상
딱구두만큼만담자
구두는아직도느슨하다.

5. 꽃과 단지

꽃은 종자식물의 번식기관이다. 동물에 비유하자면 생식기다. 종자식물도 겉씨식물과 속씨식물이 있다. 그렇다고 여기서는 생물의 다양성을 얘기하자고 쓰는 글은 아니다. 일종의 글쓰기며 비유를 얘기하자는 뜻에서다.

꽃이라고 하면 예쁜 아가씨를 비유로 얘기할 때도 있으며 어떤 중요한 일이나 핵심을 이야기할 때도 그 비유로 종종 쓴다. 언어의 꽃은 단연 시詩다. 시詩는 마음이다. 굳이 시를 모른다고 해서 못 쓰는 것은 아니다. 쓰다 보면 느는 것이 또 글이다.

사람도 나이가 들면 꽃이 필 때가 있나 보다. 우리는 세상을 잘 모른다. 마치 나이가라폭포 증후군처럼 죽을 때가 다 되어서야 인생을 통찰한다. 물론 안 그런 사람도 많다. 젊을 때 노력해서 나이 들어감에 자리를 잡고 주위 평판도 쌓으며 사회에 이바지하는 사람도 많다. 하지만 극소수다.

물론 이 글을 쓰는 필자도 마찬가지다. 언제부턴가 꽃의 중요성을 알게 되었다. 나는 매번 완벽하지는 않지만, 꽃을 피웠다. 지나고 나면 부끄럽기 짝이 없었지만, 그 순간은 세상 환하게 보았다. 자꾸 피우다 보면 어떤 거름을 주어야 할지 어느 시기에 물을 줘야 하고 가지는 어느 때 쳐야 할지 보이기도 한다. 하지만 꽃에 그만한 신경을 썼다고 해서 생활이 소홀했거나 그리 궁핍한 것은 아니다. 오히려 꽃을 그리지 못한 날이 더 궁핍하며 세상 바라보기가

더 어렵다. 꽃,

　당신은 무슨 꽃을 피우는가? 어떤 꽃을 좋아하는가?

　단지는 항아리다. 무엇을 담는 그릇이다. 물론 이외 다른 뜻도 있다. 부사로 '다만' 이라는 뜻도 있다. 하지만 여기서는 꽃과 대조적으로 쓰인다는 것은 분명하다. 꽃이 플러스면 단지는 마이너스적인 구실을 한다. 꽃이 글이라면 단지는 그 글을 담는 종이가 될 수도 있다. 단지가 예쁘면 갖고 싶다. 그 예쁜 단지에 예쁜 꽃도 담겨 있으면 분명히 가지고 싶겠다.
　당신만의 꽃을 단지에 담아보자. 참한 단지에다가 말이다.

　구수한된상찌개꽁당보리밥

　팔공산허리에서내려다보는
　산굽이돌아선길홀로서있는
　와촌의보리밥집꽁당보리밥
　비는쭉쭉내리고불러서가니
　인심은촌댁아씨숭늉한사발
　된장찌개보리밥한가득이네

　아소싯적보리밥떠오르는데
　후끈어머님손맛퍼뜩스치네
　어린동생들함께쭉둘러앉아

상추며미나리며줄줄찢어서
양푼이된장넣어비벼먹었던
된장찌개보리밥잊지못하네

시는 거저 마음이다. 언제였든가 하루 마감하며 일기 시를 쓰겠다고 마음 먹은 일 있었다. 몇 년 되었다. 아니 십 년도 더 된 일이다. 팔공산 아래 어느 보리밥집에 기계 AS 간 일 있다. 아주머니는 밥 한 상 차려주었는데 정말 그 순간 옛 생각이 떠올랐다. 읽는 운을 맞춰 한물간 문학일지는 모르나 7·5조 (칠오조) 형식으로 맞춰 본 글이다. 시가 별게 있겠는가! 마음을 담는 것이다.

鵲巢日記 15年 05月 09日

맑았다.

사동 개장하는데 아카시아 꽃향기가 물씬 풍겨왔다. 여기는 마치 산 중턱과 마찬가지라 주위에 아카시아 나무가 꽤 많은 듯 느꼈다. 오월은 역시 아카시아 꽃향기가 만개한 달이다. 날도 맑고 깨끗해서 더없이 좋은 날이다.

본점 커피 문화 강좌 가졌다. 모 선생께서 『커피향 노트』를 읽고 감회를 말씀해주셔 감사했다. 우연히 이 책 쓸 때 상황을 이야기했다. 다섯 평 카페 할 때였는데 어려웠지만, 열정만은 뜨거웠다. '어떻게 살아야 하는 것이냐?' 생존에 관한 방법론이었다. 특별한 것도 없었으나 마구 헤쳐나간 그때 일이 새록새록 떠오르기도 했다. 그러자, 우리나라 카페 역사에 관한 내용을 간략히

했는데 그러니까 1896년 커피가 처음 들어온 이래 시대별 특징을 이야기했다. 1902년 손탁이 카페를 할 때, 많은 궁중사람과 외국인이 자주 찾았다. 개화 물결은 아마도 인터넷 파급효과와 마찬가지였을 것이다. 외국문물을 연시점은 주위 강대국에 비하면 늦었겠지만, 파급효과는 만만치 않게 급속도로 이루었지 않았나 하는 생각이다. 마치 인터넷이 들어오고 각 가정에 미치는 영향처럼 말이다. 물론 내 생각이다. 30년대 이상이 카페를 했던 시절도 주위 커피 집은 많았다. 문학인들과 예술인들의 아지트였다. 50년대 미군 PX를 통해 들어온 인스턴트커피가 있었다. 양탕국이라는 별명을 갖게 된 것도 이 시기였다. 70년대 박정희 시대 때 커피는 인스턴트커피의 보급이 더욱 빨랐으며 80년대 경제개발 계획과 더불어 많은 산업노동자께 위안을 준 것도 이 커피였다. 90년대 외국문물을 보고 들어온 유학생들에 의해 테이크아웃점이 성행한 시기도 있었으며 국내 스타벅스가 들어온 시점이기도 하다. 이러한 대형 카페에 모방경영을 도입한 국내 유수 브랜드가 창출하며 지금은 커피가 양적으로 질적으로 많이 발전해 온 것만은 사실이다. 커피에 대한 꿈이 있다면 언제 어느 시기에 창업해도 무관할 거로 본다. 일은 곧 스스로 하는 것이니 커피 컨설팅으로 고객께 다가갈 자신이 있다면 얼마든지 해도 좋다.

오후, 가족 다 데리고 촌에 다녀왔다. 어제가 어버이날이었다. 여러 일로 바빠 가지를 못 했지만, 오늘은 주말이니 특별히 시간 내서 또 당연히 찾아뵈어야 할 일이다. 경산서 출발하면 약 45분 정도 되는 거리다. '북삼'이라는 지역인데 이 지역은 내가 어릴 때는 면 소재지였다. 지금은 읍으로 승격되어 예전에 비하면 사람이 많아졌다. 솔직히 나이 어릴 때 내가 산, 동네는 골짜기나 다름없었지만, 지금은 교통이 편리하고 공기 좋아 인근에 돈 많은 사람이 많이 몰려온 듯하다. 주위에 보면 별장 같은 집도 있으며 군데군데 값나 보이는 집도 많이 들어 서 있는 것도 사실이다. 초등학교 등교하려면 산을 넘어야 갈 수 있었는데 이 산이 무너진 지는 오래되었다. 이 자리에 아파트만 높게 들어 서 있기 때문이다. 개울가에는 돌만 들어도 가재가 나왔고 돌미나리는 언제나 흔히 뜯을 수 있는 채마였다. 그러니까 주인 없는 채소라 누구나 뜯어 먹을 수 있었다.

이제는 부모님도 나이가 드시어 어릴 때 본 부모님 용안이 아니다. 피부나 거동도 노쇠하여 예전에 보던 부모님은 아니다. 이제는 성인병도 갖게 되어 어머님은 자주 병원에 가야 한다. 오늘 어머님께 병원비 쓰시라며 삼십만 원 챙겨 드렸다. 어머님은 불편한 몸으로 국수 삶아 주시기까지 했다. 우리 가족 넷이 안방에서 큰 대접에 비벼 오신 어머님의 국수를 밥상이나 어떤 자리 같은 것도 없이 거저 방바닥에다가 놓고 한 젓가락씩 먹었다. 아마도 아내는 이런 분위기를 결코 이해하지는 못할 것이다. 밥상도 없이 그냥 죽 둘러앉아 먹었기 때문이다. 그러니 양반네 문화라고는 전혀 없게 된다. 이렇게 먹으니 어릴 때 생각이 지나간다. 등마루에 앉아 먹었던 어머님이 비벼온 양푼이 비빔밥이 생각나는 것이다. 멀건 된장에 돌미나리에 돌나물을 비벼 먹었던 시절이 있었다. 아버지는 당뇨 수치가 조금 내렸다. 전에는 400 가까이 올랐는데 근래는 100까지 떨어뜨렸으니 다행히 아닐 수 없다. 요즘 농사로 소일거리 삼아 하시는 것에 운동이 되었다. 땀 흘리며 일하니 당 떨어뜨리는 데 큰 도움 되셨다고 했다. 아버지 말씀을 들으니 문제는 나였다. 땀 흘리며 운동해 본 일이 없다.

오후, 3시 집을 나서 오후 4시 조금 넘어서 경산에 왔다.

처가에 다녀왔다. 장인어른과 장모님 뵐 수 없었다. 동네 모임이 있는데 거기에 가셨다며 뵐 수 없었다. 처형이 차려준 저녁을 한 끼 먹었다. 꽃값으로 아까 어머님께 드렸던 만큼 담아놓았다.

압량, 오래간만에 오셨다. 대구대 문학박사, 이 선생께서 오셨다. 포도주 한 병 사들고 오셨다. 어찌나 고마운지 거저 오시기만 해도 반가운 분인데 이렇게 선물까지 주시니 몸 둘 바 모를 일이다. 커피 한잔 마시며 그간 여러 이야기를 나누었다. 근래 논문 쓰신다고 코피도 흘렸다. 건강에 문제가 있는 것은 아니지만, 혹여나 여기서 몸까지 무너지면 나의 모든 것을 잃게 되니 존재가 무엇인지 각성하게 되며 글이 새롭게 보인다는 것이다.

예전에는 글이 사대부만의 소유라면 지금은 지식층 즉 교수 세계에서 글을 쓰며 논하는 것만도 맞다. 하지만 이렇게 바쁜 나날을 보내며 사는 상인 즉 나 같은 사람도 글을 가지고 놀 수 있으니 그렇게 특권층만의 소유도 아니다. 어느 세계든 중요한 것은 내가 살아남아야 한다는 것에 그 방법론에서 최소 무기는 글이다. 살아서도 죽어서도 한 몇 자 살았다면 전체를 볼 수 있으니 그 세계를 반영할 수 있다면 성공이다. 모르겠다. 나는 요즘 참된 것이 무엇인가! 고민에 빠졌다. 그러니까 솔직한 나 자신을 찾는 것이다. 그리고 묘사다.

단지 4
곽에담은포도주는검정이다.

아니다.

붉은색이다.

몇송이포도

하지만포도주는곽에있다.

포도주가

포도냄새맡고싶다.

鵲巢日記 15年 05月 10日

맑았다.

오 선생과 국밥집에 가 국밥 한 그릇 했다. 아침이었다. 국밥 한 그릇 먹고 있었는데 작년에 낸 시집이 지나간다. 그러니까 김 가루와 깍두기가 있었는데 색감도 다르고 맛도 다르다. 이제는 날이 더워지니 깍두기가 영 시큼하다. 한 입 먹을 때마다 눈이 절로 감긴다.

밥 먹으면서 얘기 나눈 것이다. 지난번, 식비 문제에 관해서 좀 더 신중하게 말했어야 했다. 줏대 없이 처리한 것에 주위 사람에게 평판을 듣게 되었다.

시지에 사업하는 우드에 다녀왔다. 샤워망이 찢어졌다. 소독해놓은 것으로 서비스로 교체했다. 고무 개스킷 값만 받았다. 샤워망은 소독해서 재사용할 수 있지만, 여기는 아마도 지체 것으로 근 1년간 사용했던 것 같다. 매달 약품 청소와 더불어 기계관리를 잘한 집 중 하나다. 생각보다, 그러니까 기계

1년 사용한 집 하고는 비교적 깨끗했다. 날이 점점 더워지니 하루 매상이 점점 오른다. 사장님께서는 아르바이트로 일할 분 없느냐고 물으셨다. 정식 교육받으신 분이 많이 없어 추천해 드릴 사람이 없었다. 매출이 천에 육박하며 올여름은 넘을 것 같다. 지금 오전에 아르바이트가 있기는 하지만, 오후가 걱정이다. 요즘 자정은 여사고 오전 두 시고 세 시고 아무튼 그때까지도 문 열어놓은 적도 있다고 했다. 나이도 많으신데 일에 체력이 따라주니 놀라웠다. 아마도 동네 사람이 놀러 오시기라도 하면 맥주 한잔쯤 하니 시간이 그렇게 되나 보다.

사장님께서 직접 볶으셨다며 '블루마운틴' 커피 한잔 내려 주셨다. 맛이 시큼했지만, 뜨겁게 마시니 감칠맛이 더할 나위 없이 좋았다. 작은 밥솥으로 볶았는데 로스터기가 작으니 볶은 콩 색상이 일률적으로 같지 않은 단점이 있으나 그나마 작게나마 드립으로 이용할 수 있는 적당한 기계임은 사실이었다. 그에 비하면 본점 기계는 크고 좋아 색상이나 맛이나 비교될 수 없음이다.

오후, 청도에서 전화가 왔다. 블랜드(믹스기)에서 연기 뿔뿔 난다고 했다. 기계가 수입품을 쓰고 있다. 전에도 똑같은 일로 전화해 주신 적 있다. 수입품은 여간해서 AS 발생이 잘 나지는 않아, 그만큼 오래 사용해서 편하다. 여기는 이제 1년쯤 사용했는데 모터가 이상이 온 것 같다. 똑같은 제품을 쓰는 곳을 여러 비교해도 고장이 빠른 편이다. 주방기기는 대부분 기계를 잘 모르시는 여성분이 많이 사용하기 때문에 AS 부문에서는 조금 난감할 때도 있다. 손님이 많거나 음료 만드는 빈도수가 갑자기 많을 때는 기계도 부하 걸린다. 이렇게 고장 난 기계는 관련 업소나 공장에 보내는데 그쪽에서도 수리가 끝나면 선입금해야 수리한 기계를 내려준다. AS, 그러니까 무상으로 처리해 주지 않느냐고 물으면 보통 '소비자 사용 부주의' 이름하에 보기 좋게 듣고 만다. 어쩔 수 없는 일이다. 더욱이 기계라는 것은 사용한 만큼 AS는 참작해야 한다. 공장이라고 무작정 수리해 주거나 하지는 않는다. 특별히 결함이 있으면 모를까!

메뉴 중 스무디가 문제였다. 스무디는 좀 **뻑뻑**해야 맛이 있는데 이렇게 **뻑뻑**하게 만들려면 블랜드(믹스기)는 힘 많이 들어가는 것은 사실이다. 회전수가 빠르고 힘도 좋지만, 이것도 여러 잔 만들어 내면 당연히 아무리 좋은 기계라도 퍼지게 되어 있다. 그래서 약간만 더 부드럽게 하면 여기서 까딱 잘못하면 주스가 아닌 주스가 되어 버릴 수 있다. 하지만 기계는 편하다. 맛은 문제겠지만 말이다. 그래도 어지간히 **뻑뻑**하게 만들면 기계가 힘 달리는 것은 분명하다. 어쩔 수 없는 일이다.

오후, 본점에서 커피를 볶았다. 케냐와 안티구아 볶았다. 케냐와 안티구아에서 건너온 커피를 볶았다. 커피를 볶으면서도 나는 소득세를 걱정한다. 가슴이 답답하다. 언제나 세금 낼 때가 되면 옹졸한 사람처럼 궁색한 생각만 한다. 돈을 벌었으면 세금은 당연히 내야 하지만, 경영은 그렇지 못한 것에 나의 마음을 불안케 한다. 일할 의욕도 없지만 일할 의욕을 잃은 것도 사실이다. 경영을 생각하면 결코 마이너스도 플러스도 없다. 거저 관리라는 것을 깨닫는다. 결코, 욕심을 내서도 안 되며 그렇다고 노쇠한 것처럼 무기력한 자세는 더욱 안 되겠다. 이러쿵저러쿵 하면서 콩 볶는다.

아는 형님으로부터 문자를 받았다. 범어 사거리에 사업하는 '커피바람'이다. 커피바람은 상호다. 이번에 만촌동에 2호점 냈다며 문자 왔었지만, 여러 일로 찾아가 뵙지 못했다. 커피바람은 창업한 지 4年 정도 되었다. '이○○' 형은 미국에서 이민 생활하시다가 범어동에 자리 잡았다. 처음은 꽤 힘들었다. 형도 자본이 없어 카페 처음 열 때 아주 힘들어했다. 내부공사도 혼자서 며칠 아니 몇 달을 걸쳐서 했다. 에스프레소 기계를 설치해 드렸지만, 로스터기는 미국에서 직접 수입하여 사용하신다. 중고다. 교육과 영업에 관해 조언을 많이 해 드렸다. 처음이 어렵지 지금은 그래도 어느덧 자리 잡으신 것 같다. 그 이후로 잘 찾아뵙지는 않았지만 이번에 2호점 냈다며 문자를 주신다. 이곳도 처음 연 카페처럼 어렵기는 마찬가지다. 문자로 보아서는 힘들다는 표현을 안 아끼시니 말이다. 뼈대 있는 말씀을 놓으신다. '6개월 이상 홍보해야겠다는 것과 뭔가 명소를 만들지 않으면 그야말로 죽음이다.' 라는 얘기다. 나는 이 글을 압량에서 쓰고 있다. 다섯 평 아주 조그마한 카페다. 차만 씽씽 다니는 거리에 깜깜한 밤에 혼자 앉아 이 글을 쓰고 있다. 압량은 그야말로 사랑방 같은 카페. 어제는 대구대 이 선생께서 오셔 여러 이야기를 나누고 갔지만, 자본주의 시대에 우리가 어떻게 살아가야 하는가? 이 시대를 사는 경제인으로서 생각 안 하는 사람은 없을 것이다. 많은 사람의 경제활동을 보고 있다. 나도 그중 한 사람이다. 강 건너 불 보듯 그렇게 앉아 있는 것만도 아니다. 자본주의 사회 사회복지가 점차 확대되어가는 시점에 우리는 살고 있다. 카페가 이 시대에 어떤 역할을 하는 것인가! 모두가 빠듯한 생활에 마치 시곗바늘처럼 짜인 현대의 삶을 누리고 있다. 시간 갈수록 이 조밀한 세계에서 빠져나오기는 더욱 어렵게만 보인다. 그러니까 여유가 없다. 어쩌면 여유가 없는 우리를 카페로 내모는 것일지도 모르겠다. 17c~18c 과학혁명을 통한 산업혁명, 프랑스 대혁명에서 공산당 혁명에 이르기까지 문학과 예술과 정치의 밑바탕이었던 카페가 아닌 거저 이 시대에 삶을 노래하는 커피 한잔의 목축임 정도 말이다. 하지만 어느 시대든 막론해서 커피는 우리의 뇌를 자극한 것은 분명하다. 한마디로 계몽이다. 다음은 선동이며 이를 위해서는 구체적인 방안이 있어야겠다. 거저 횡설수설하며 적는다.

본점 마감하고 여기서 가까운 막창집에 앉아 김치찌개 놓고 늦은 저녁을 먹는다. 동원 군, 정석 군 함께 앉아 오늘 일 서로 얘기하며 먹는다. 정말 제대로 된 신맛 맛보기에는 이 집 막창집 장터 막창집이 최고다. 옆은 시끌벅적하고 오디오에서 들려오는 김건모의 '잠 못 드는 밤, 비는 내리고' 찌개는 펄펄 끓고 한 숟가락 뜨는 한 끼 밥술에 그리움도 외로움도 없는 고달픈 배 달래는 밤 긴긴밤 잠잘 올 것 같아! 연탄불 위에 찌개는 폭폭 끓고 내일은 더 영업이 잘 될 거야, 아!

단지 5
그대먹어보았는가!
눈절로감기는
쩝쩝한그새그무레한김치
그냥김치가아닌
허름한냄비에폭폭익는
갓끓여놓은찌개

한젓가락건져보았는가!
새큼한그맛더욱
뜨거운한숟가락에
군침절로나는
고달픈배허기달래며먹는
폭폭담는
앗싸뺑뚫은맛

6. 칼디의 전설

칼디는 커피를 최초로 발견한 사람 이름이다. 전설은 옛날부터 민간에 내려오던 이야기다. 이상한 체험이나 공동체의 내력, 혹은 어떤 영웅담도 포함한다. 이러한 얘기는 공동체 문화를 낳고 또 그러한 공동체를 함께 묶는 역할도 가진다.

칼디는 어쨌거나 커피를 발견한 사람이다. 발견이라는 말은 미처 찾아내지 못한 어떤 사물을 찾아내는 것을 말한다. 그러니까 커피는 늘 우리 주위에 있었다. 이 열매를 알고 먹은 지는 오늘로 1400년의 역사를 지니게 됐다.

칼디가 커피를 발견한 이래로 이것은 우리에게 많은 것을 일깨웠다. 칼디가 발견한 커피를 한 잔 내려 보자. 칼디가 걸었던 그 까만 대륙을 우리 몸에서 찾아보자. 우리는 얼마나 많은 삶의 희망을 발견하였나!

우리는 모두 어쩌면 전설 같은 내면을 지녔다. 미처 발견하지 못했을 뿐이다. 아니 죽을 때까지 발견하지 못할 수도 있다. 내 안의 다이아몬드를 찾지 못한다 하더라도 찾는 그 과정은 미덕이다. 이는 나를 조금 더 알 수 있는 계기는 될 것이다.

우리는 사회에 봉사하다가 한평생을 보낸다. 여기서 참된 자아를 깨닫는 것이야말로 진정한 도를 얻는 것이다. 우리는 그 무엇을 찾기 위해 남의 밭을 일군다. 꼭 아프리카 다이아몬드를 찾는 이야기처럼 말이다. 가장 소중한 것은 다른 데 있지 않았다. 내가 자리한 곳에 있었다. 이 세상은 나와 똑같은 것은 하나도 없다. 그 이야기를 잘 다듬어보라! 그것이야말로 다이아몬드다.

예전은 만년필 같은 것이 까만 대륙이었다면 지금은 거북이 등껍질 같다. 매일 거북이 등을 씻기듯 가볍게 두드려보자. 그렇게 까만 대륙을 거닐어 보자. 나의 삶을 그려보자. 내 마음에 숨겨놓은 창작의 기쁨을 뿌리째 뽑아 하얀 밭에다가 심어보자.

칼디가 염소를 몰면서 빨간 체리 같은 열매를 발견하였듯이 향 맑고 구수한 커피를 우리가 마실 수 있듯이, 신이 주신 하루를 곱게 지나온 이 하루를 까만 염소를 몰 듯 칼디가 되어보자. 이들 까만 염소로 인해 새로운 희망을 심어보자. 빨간 체리 같은 열매가 아니라 떳떳하게 바라볼 수 있는 밝은 태양을 그려보자.

鵲巢日記 15年 05月 11日

흐렸다. 저녁때 비가 왔다.

날씨처럼 머리가 맑지가 못했다. 오전 두 시경, 컴퓨터에 쓰인 글자가 마치 두 겹으로 겹쳐 보였다. 흐릿했다. 머리도 꽤 아팠는데 아마 노안이 오는가 보다 하며 느꼈다. 아침 먹고 사동에 출근하는데 갑자기 현기증 일었다. 머리 한 대 맞은 것처럼 아팠다.

본부를 기점으로 동쪽에 자리한 카페는 직접, 서쪽에 자리한 카페는 서 부장이 배송 다녀왔다. 진량에 커피를 내릴 때였는데 점장께서 의미심장한 말씀 한마디 했다. 그러니까 오전에도 카페를 문 닫았으며 지금 세 시 잠깐 물건을 받고 또 어딘가 가신다고 했다. 그러니, 무슨 일이냐고 물었더니 직접적인 말씀은 없고 '가화만사성' 이라야 바깥 일이 잘되지 않겠느냐며 한마디 했다. 아들 문제냐고 물었더니 아무 말씀 하지 않는다. 나는 '대학' 에도 나와 있는 문구를 한마디 했다. '수신제가 치국평천하' 라는 말이 있다며 결국 모든 일은 나로부터 이루니 마음을 잘 다스리고 몸을 잘 가꾸어야겠다.

압량에 있을 때 『고구려왕조실록』을 읽다가 시간을 다시금 생각하게 한다. 광개토왕릉비는 세월에 닳은 모습을 보며 돌에 새긴 글자도 닳고 닳았다. 이 비는 장수왕이 아버지 업적을 기리기 위해 414년에 세웠으니 약 천육백 년 전에 세운 것이다. 참으로 아득한 세월이다. 거기 비하면 인간의 수명은 얼마나 짧은 것인가! 수십 대에 이르러도 이 비는 건재하게 서 있으며 우리의 역사를 말하고 있다. 앞으로 천육백 년이 흐르면 이 비가 어떻게 남아 있을 것이며 우리 민족은 그때까지도 살아있을 것인가! 바깥은 비가 내린다. 저 비처럼 수많은 사람이 다녀간 이 지구다. 저 비처럼 짧은 삶을 마감한 우리의 인생이다. 제 뜻이 어떻든지 간에 세워 볼일도 미구하며 지켜나가는 것은 아주 미구한 일이다. 저 비처럼 내려서 역사에 파묻히고 만다.

삼국의 언어 차이겠지만 예전에는 한강을 고구려는 아리수라 했다. 이는 '크다' 라는 말이다. 신라는 한이라고 했는데 대표적인 말로 큰길을 한길로 표기하는 것도 그렇거니와 경상도 방언으로 '한거' 라면 '많이' 라는 뜻이 있다.

솔직히 나도 '한거' 라는 표현은 자주 쓰는 표현인데 사투리인 줄 알면서도 소싯적 자주 썼던 표현이라서 표준어가 어색할 정도로 잘 바뀌지 않는다. 예를 들자면 그녀에게 감나무에서 딴 감을 바구니에 한거 담아주었다. 뭐 이렇게 표현할 수 있는데 이는 그녀에게 감나무에서 딴 감을 바구니에 많이 담아주었다는 뜻이다.

단지 6
음악흐른다.
우주는산탄같다.
여전히깨끗한도자기에담은커피한잔
옹지같은찻잔
죽죽내리는비같은
받침대다.
지렛대다.

사동에서 나의 책 『구두는 장미』를 잠시 열어보았다. 이 책은 나의 시론서다. 어쨌거나 내가 바라본 시의 관점이다. 전문학자도 아니고 시인은 더욱 아니다. 거저 내 마음 한 자락 놓을 수 있는 여유와 치유다.

鵲巢日記 15年 05月 12日

맑았다. 어제 자정까지만도 비가 왔었는데.

정오, 압량에 있을 때였다. 오 씨가 출근했다. 용준이가 커피를 뽑고 있었는데 오 씨가 한 잔 뽑아보라며 시켰다. 그러니까 오전에 왔던 손님이었는데 어떤 남자분이 뽑아주는 커피가 아주 맛있었다는 것이다. 그래서 오 씨께 물었다. 그러면 오 씨는 그간 어떻게 뽑았느냐며 했더니 거저 듬성듬성 담아서 꽉 누르니 쑥 들어갔다는 것이다. 조금 어이없었다만, 조금 넉넉하게 담아서 수북하게 오른 커피는 평탄하게 쓸고 난 다음 탬핑기로 꽉 다져야 한다며 다시 일렀다. 한 잔의 커피를 뽑더라도 꽉 다져서 뽑아야 함을 강조했다. 방금 뽑은 '용준이표 커피'는 아이스로 해서 직접 마셨다.

점심 먹고 봉덕동 카페 내부공사 보러 갔다. 설비업자 1명, 타일업자 1명, 문 수리공 1명 오셔 일하며 있었다. 여기 모두는 카페 주인장 이 선생께서 직접 불러 일을 하고 있었다. 현장에 들렀을 때는 현관문은 떼어낸 데다가 떼어낸 문은 산산조각 내었다. 새 문으로 교체했다. 타일 업자는 뒷벽에다가 크고 넓적한 하얀 타일을 바르고 있었으며 설비업자는 바닥을 커팅해서 상하수도 배관을 놓았다. 내일 칠 할 것이며 모레 심야 작업으로 전기마감을 하겠다고 주인장 이 선생께서 다부지게 말씀 놓으신다. '정말 인테리어 별것 아니더라고요. 전체 한 사람에게 떼어주니 꽤 비쌌는데 개별적으로 불러서 하니 진작 이렇게 하면 될 것을 그간 괜한 고민했나 싶어요.' 맞는 말씀이었다. 일은 이렇게 한 공정씩 떼어 하며 전체를 이룬다. 일은 역시 내가 직접 해야 결과가 어떻든지 간에 후회도 없으며 일하는 맛도 누리니 이러한 맛을 누구에게 떼어준다는 것은 이왕 드는 돈 배움의 길을 저버리는 거라 안타까운 일이 된다. 참으로 잘하시는 일이라며 격려로 한 말씀 드렸다. (이러다가 인테리어만 전문으로 하는 일로 빠지지는 않을까 하는 생각도 들었다.)

단지 7 퍽
구르는 까만 동태에 굴러다니는 우유팩 같은 것이 들어갔나 보다.

다시 경산 들어오며 터미널에 자리한 만두집으로 가고 있었다. 전에 주문 받았던 빙삭기를 가져다 드리기 위해서다. 라디오에서 나오는 음악인데 아주 재밌었다. 그러니까 대충 부르자면 이렇다. '아메리카노, 좋아, 좋아, 좋아, 어떻게 하노, 시럽, 시럽, 시럽, 빼고 주세요.' 참말로, 할 말 잃었다. 커피 전문점이 이리 유행이다 보니 노래까지 아메리카노다. 가사도 크게 와 닿는 그런 내용도 없다. 거저 아메리카노다. 그러니까 흔히 우리가 걸어 다니며 흥얼거리는 어떤 수준인 양 아메리카노, 좋아, 좋아, 좋아, 어떻게 하노, 어떻게 하긴 좀 사 먹고 다니자. 뭐 이렇게.

만두집에 전에 주문했던 빙삭기 내려 드렸다. 이 집은 예전에 본점에 일했던 강 선생과의 친구 사이다. 만두 장사를 오래 했다. 만두 장사를 하게 된 것도 강 선생의 영향이 적지 않았지만, 자리를 옮겨 하는 것도 두 번째다. 이곳은 경산 시내며 터미널 옆이라 전에 있던 곳보다는 훨씬 괜찮다. 전에는 정평에서 했지만 힘들었던 거로 알고 있다. 오늘 가게 와 보니 생각보다 너무 작았다. 약 세 평쯤, 세 평도 안 되어 보였는데 손님이 앉아 먹을 수 있는 자리는 없다. 만두도 모두 테이크아웃이다. 만두가게 앞에는 가로수 메타세쿼이아 나무가 있다. 키도 훤칠하며 굵기도 제법 굵어서 운치가 절로 난다. 만두가게 앞에 들어내 놓은 찜통에서 만두 찌는 김이 모락모락 나며 있고 지나는 사람은 많으며 키 훤칠한 나무를 보고 있으니 이렇게 좋은 자리도 없어 보인다. 만두를 하지 말고 커피를 하면 더 낫겠다는 생각도 가지게 되는데 테이크아웃 카페로 하면 더 낫지 않을까!

단지 8
만둣집에는만두만있다.
김치만두고기만두야채만두주문했다.
나무젓가락도한네개달라고했다.
만두하나밥상에놓고젓가락으로
집는다갈라본다꾹눌러본다.
반딱자른모습본다.
안에든소가나왔다.
나무젓가락도손도입술도
그소가묻었다.

커피잔에얼룩소한마리있다.

압량에 있을 때다. 코나 사장님께서 다녀가셨다. 윤 과장도 함께 왔는데 윤 과장은 혼자 오든 함께 오든 말이 적다. 그렇다고 금방 가버리는 사람은 아니다. 사장님께서는 공장에 여러 일 중 앞으로 포부에 대해서 말씀하신다. 그러니까 공장 주위에 땅이 있으니 강릉에 '모 카페' 처럼 공장형 카페를 하나 지을까 하는 생각이다. 실행에 옮길 단계는 아니지만, 여러 구상을 하는 건 사실이다. 그와 관련해서 자금을 생각하지 않을 수 없으며 자금을 생각하자니 은행 돈도 생각해야 하니 투자해서 기대수익을 누릴 수 있을까 하는 생각이다. 바깥에 돌아가는 경제사정과 커피 소비시장을 참작해서 선뜻 결정할 일은 아니다. 아무튼, 계속 증진해 나가시는 사장님 보니 아직도 젊다. 나에게도 격려로 적극적인 방향으로 일을 추진해 나가라는 말씀이 있었지만, 세금과 이자에 여러 수십 번 목이 날아간 패잔병처럼 멍하니 있었다. 거저 따뜻한 커피 한 잔이 이상하게도 몸에 잘 맞는지 잔 비운 채로 잔에 얼룩만 짙었다.

오 선생은 자정이 지났지만 빵 굽는데 정신이 없다. 오 선생은 이제 나름의 낙을 찾았는가보다. 집을 잊은 지 오래되었다. 굽는 빵의 8할은 재미다. 그러니까 판매용하고는 거리가 좀 멀다. 나는 그것을 지켜주어야 한다. 내가 글을 쓰듯이, 십 년 이상의 길은 적지 않은 세월이다. 모든 것이 그렇다. 저녁 늦게 비가 내렸다. 일찍 손이 끊겼다. 본점 마감할 때였는데 성택군에게 한 마디 했다. '음 성택아 수고했네!' 그랬더니 '손님이 있어야 수고하지요.'

7. 상장군과 편장군

상장군과 편장군이라는 말은 노자 『도덕경』에 나오는 말이다. 한자로 옮겨 보면 상장군上將軍, 편장군偏將軍이다. 상上은 위 상이고 편偏은 치우치다 혹은 곁을 얘기한다. 노자 『도덕경』에는 편장군거좌偏將軍居左, 상장군거우上將軍居右라 했다. 그러니까 이 문장만 보더라도 조금 뛰어난 장군을 오른쪽에다가 두고 이에 못 미치는 장군은 왼쪽에다가 둔다. 또 노자는 이런 말을 했다. 길사상좌吉事尙左, 흉사상우凶事尙右라 했다. 길한 일에는 왼쪽을 높이고 흉한 일에는 오른쪽을 높인다. 물론 여기에 담긴 철학은 많으나 좌측은 문을 우측은 무를 뜻한다. 이는 중국 문화를 형성한다. 더 나가 동양문화를 낳았다. 좋은 일이 있을 때는 왼쪽을 높인다는 것은 문文을 내세운다는 뜻이며 좋지 못한 일이 있을 때는 오른쪽을 높이는데 이는 무武를 내세운다는 뜻이다. 지난번 노자 『도덕경』에 관한 해석을 한 바 있다. 필자가 쓴 『카페 간 노자』 201p 내용을 여기서 수정한다. 좌무우문이 아니라 좌문우무左文右武가 바르다. 옛날 임금은 항상 남쪽을 향해 앉았는데 왼쪽은 문신이며 동쪽을 가리키며 오른쪽은 무신이 자리하며 서쪽을 가리켰다. 좌청룡우백호였다. 역에서는 동쪽은 양이며 서쪽은 음이다.

좌문우무左文右武라는 말은 중국 한나라 때 형성된 문화다. 하여튼 좌측이 문이든 무든 또 우측이 무든 문이든 여기서는 크게 상관할 바는 아니다. 현대

자본주의 시대는 1인 기업가 시대다. 세상은 더 좁고 세세하며 그 무엇이든 해야 하며 할 줄 알아야 한다. 어떤 일도 전문가답게 해야 하며 또 할 수 있도록 노력해야 한다. 그 어떤 일도 외주에 맡긴다면 그 비용은 감당하기 어렵다. 내가 다루는 일은 그 비용까지 감수하면 경쟁력은 이미 떨어진다.

일은 무武라고 하면 글은 당연 문文이다. 일 열심히 한다고 해서 성장을 남달리 기하는 것도 아니다. 글공부는 매사 일을 다시금 갈고 닦는 일이다. 인류 문화사를 통틀어 보아도 글만큼 소중한 것도 없었다. 문명은 모두 문자를 근간으로 한다. 문자를 발명하고 이용했던 민족은 그렇지 않은 민족을 지배했다. 어쩌면 이 세상 살아가는 데 가장 필수적인 도구는 문자다. 그러니까 나만의 문자 말이다.

鵲巢日記 15年 05月 13日

맑았다. 바람이 몹시 불었다.

커피 배송체계를 조금 바꾸었다. 당일 주문은 익일 배송하며 주말은 쉰다. 그러니 일이 훨씬 덜 복잡하고 하루 여유가 있으니 마감도 편하게 되었다. 오늘은 어제 주문받은 분점 두 군데만 배송 다녀왔다. 서 부장이 수고해주었다.

갈수록 몸이 안 좋은 것 같다. 이제는 나이가 들었다는 것이 몸소 느낀다.

본부에서 책 읽으며 하루를 보냈다. 몇 군데 전화가 오기는 했지만, 모두 기계 관련 상담이나 AS라서 전화로 되는 일이었다. 월배에 일하는 후배가 전화가 왔다. 내일 두 시 전까지 본점으로 오겠다고 했다. 그러니까 로스팅 실습에 관한 교육이 필요한데 로스팅 과정을 한번 보고 싶다고 했다. 오후 동네한 바퀴 운동으로 조금 걸었다. 학교 앞, 서점에도 다녀오고 거기서 위쪽으로더 오르면 압량 조감도가 나오는데 조감도에도 잠시 들러 시원한 물 한 잔 마시며 본부에 들어왔다.

『고구려왕조실록』을 모두 읽었다. 끝에 수나라를 개국한 수 문제 양견과그의 아들 수 양제 양광은 고구려에 막대한 병력으로 침공하지만, 실패한다.그 뒤 당 태종 이세민 역시 여러 번 고구려 침공을 감행했으나 뜻을 이루지못했다. 이를 막았던 안시성은 고구려의 수문 역할을 톡톡히 했는데 성의 성주는 밝힐 수 없었지만, 훗날 조선 시대에 와서 송준길과 박지원은 이 성주를양만춘梁萬春이라고 했다.

커피 발견 시점이 약 600년경이었다. 이때 우리는 삼국의 역사 중 하나인약 구백 년의 역사 고구려가 그 흥망성쇠의 종지부를 찍는다. 수나라와 당나라가 침공해도 무너지지 않았던 고구려였다. 역시, 적은 내부에 있다는 말이영 틀린 말은 아니다. 안에서 먼저 곪고 나무는 쓰러진다. 연개소문이 죽고그의 아들들의 권력다툼에 의해 점차 쇠망의 길을 걸었으니 말이다. 안시성의 성주 양만춘이 커피 한잔 마시면서 수나라와 당나라의 군사를 대면했다면, 양견과 양광, 이세민이 커피를 좋아했다면 하는 생각이 퍼뜩 지나갔다.물론 유럽에도 들어가지 않았던 커피가 동양 세계에 먼저 들어왔다면 아마도유럽의 르네상스보다 훨씬 빠른 근대문화의 산물을 태동하지는 않았을까 하는 생각, 참 그렇다고 하더라도 중국의 유교문화 속에 얼마나 계몽을 일으켰을까 하는 생각도 든다. 절대 왕정 시대에 말이다.

헉! 진량에 어느 고객이다. 단골손님이신데 스타벅스 텀블러에다가 커피를 담아 달란다. 전에도 늘 이 잔에다가 담아 드렸다. 내용이 조금 많이 담기기는 하지만 얼음 양을 빼면 거저 보통 잔만큼은 된다. 그래도 행사가격에 샷도 하나 추가하니 그런대로 맛을 보나 양을 보나 커피 값은 꽤 저렴한 편이다. 거기다가 쿠폰도 내밀다가 그만, '저기요, 샷도 하나 추가한데다가 행사 가격으로 드리니 쿠폰은 안 되는데요.' 하며 말씀드렸다. 싱긋이 웃으시며 '아! 그렇지요.' 하며 머리 긁적인다. 늘 오시는 손님인데 재밌다.

본점과 사동 조감도 눈꽃 빙설기 기계가 고장 났다. 오 선생은 청소 잘하려다가 그만 센서 하나를 미처 발견하지 못했다. 공구 들고 관련 부품을 풀어 청소하며 조립한다고 했지만, 뒤쪽에 붙은 마이크로스위치 하나를 제대로 놓지 못해 전원을 올려도 작동되지 않았다.

올해 팥빙수를 처음 맛보았다. 백제의 역사를 읽기 시작했다. 고구려 왕권에서 분리 독립한 비류와 온조, 처음은 열 명의 신하와 더불어 나라를 세웠다고 해서 '십제'라고 했다. 후에 다시 백제로 고친다. 온조라는 말도 오늘 새롭게 알았다. '온'은 순우리말로 온전하다 모든 것 등을 나타내는 말이다. 온조라는 것은 한자로 굳이 표현하자면 태조로 표기해도 무관할 정도다. 비류와 온조의 남하에 관해서 저자의 의견을 읽었는데 중국을 통해 뱃길로 왔다는 것인데 이 일로 중국 일부 그러니까 산둥반도일 것이다. 산둥반도와 요동반도 일부 또한 백제 땅이었다는 것이다.

중국의 동북공정을 통한 역사 왜곡도 아직 통일을 못 이룬 우리나라로서 거저 지켜보는 일뿐이지만 우리의 역사해석도 조금 달리 보는 역사가의 움직임도 보는 것 같았다. 꼭 한반도 내에서만 이루리라는 법은 없었다. 옛 선조의 활동무대를 다시 본다. 그러니까 지금의 우리가 사는 시대와 크게 다를 바 없겠다는 생각이다.

鵲巢日記 15年 05月 14日

맑았다.

은행에 다녀왔다. 월급 맞추기 위해 계좌확인 차 잠시 들렀다. 전무님께서 인사 주신다. 전무님은 자리에 앉아 업무 보고 계셨는데 그 앞에 놓은 티포트 들어 보인다. '이거 사용해 보니까 꽤 편하더라고요. 세 개쯤 언제 한번 주문할게요.', '전무님 도움에 저희가 삽니다.' 하며 인사드렸다.

화원에 일하는 후배가 찾아왔다. 로스팅에 관해서 궁금한 것도 있고 기계에 관해서 물어볼 것도 있었다. 본점, 후배가 보는 앞에서 커피를 볶았다. 케냐 커피를 볶았다. 볶은 커피를 어떻게 포장하며 또 상품은 어떻게 이루는지 그 공정이라 해보아야 별것 있겠는가마는 하나하나 찬찬히 해 보였다. 마침 볶은 이 콩으로 커피 한잔 내려서 함께 마셨다. 후배가 살아왔던 인생을 커피 한잔에 듣게 되었다. 대학 졸업하고 보험회사에 일하다가 피자집을 경영했다. 피자집 경영할 때 잘 나갈 때는 하루 매상 꽤 올렸다. 해인사에서도 주문

받은 적 있었는데 피자 오십 판을 만들어 배달한 적도 있었다고 했다. 한겨울이었는데 피자를 열어 보일 때 젊은 스님의 눈매는 잊을 수 없다. 또, 오토바이 사고로 잃은 직원 얘기를 듣기도 했다. 마주 오는 차의 불법 뉴턴에 그만 부딪혔는데 거기다가 달려오는 차에 피할 새 없었다. 그만 직원을 잃었다. 조의를 표하고 부모님 대할 때 마음을 듣기도 했다. 그리고 그간 아파트로 돈 벌었던 얘기, 그 결과 지금 커피집 하기까지 과정을 들었다. 하지만 커피집이 만만치 않다.

단지 9
까만김밥한웅큼먹고보아라
세상보는힘단지먹고보는일
우울함도갓길도허기서나와
일단먹고보아라까만그김밥

저녁, 만촌동에 2호점 냈던 형이 전화 주셨다. 지금 범어 사거리에 낸 카페는 그나마 세가 싸다. 하지만 재개발지역이라 여러모로 영업에 불안하게 했다. 어차피 커피를 계속하려면 어딘가 가야 하기는 마찬가지였지만 그 기회가 마침 왔다. 그래서 낸 곳이 만촌동 2호점이다. '커피바람'이다. 형은 여러모로 어려운 이야기를 한다. 범어동에 비하면 세가 몇 배나 비싸고 바리스타도 써야 해서 인건비 또한 적지 않아 걱정이다. 그 외 전기료라든가 각종 세금에 머리가 아플 지경이다. 그러니 총 매출이 천은 올려야 하지만, 지금은 영 미치지를 못한다. 뚜렷한 홍보 또한 없지만, 자연적으로 이 자리가 알려지기까지는 몇 개월 필요하다. 지금 오월이니 오 개월 지난다 해도 아득한 것은 겨울이다. 커피 일로 보면 비수기에 접어든다. 참으로 암담한 일이나 이래 죽어나 저래 죽어나 어차피 부딪혀 보아야 할 일이니 먹고 사는 일이 보통 일 아니다.

세가 작은 지역은 영업이 좀 덜 되더라도 마음은 편하다. 나가는 지출이 작다보니 다음날 조금 더 하면 어찌 되겠지 하는 막연한 심리로 일을 능동적으로 이끈다. 하지만 세가 비싼 지역은 하루 영업이 안 되면 마음의 긴장이란 마치 심장이 멎을 듯 답답하며 숨을 쉴 수도 없거니와 얼굴은 노랗게 뜨기까지 한데 잠 못 이루는 것은 두말할 필요가 없겠다. 이때는 사람이 살았다고 하나 이는 죽은 거나 마찬가지라 죽음도 불사하게 된다. 그러니 자본주의 시대에 손에 쥔 기회로 끝까지 살아남는 다는 것은 참으로 대단한 일이며 인간 승리다. 더구나 지금처럼 국가경제 아니 세계경제 침체에 내가 만든 상품을 판매한다는 것은 별 따기만큼 힘든 일이며 이 상품이 소비자께 각인되는 것은 더더욱 힘든 일이다. 재 구매와 단골로 이어지며 관계를 맺기에는 더욱 힘드는 일이다. 뭐든지 직접 나서서 해도 되기 힘든 일인데 이를 밑에 직원까지 그 위험수위를 어떻게 교육하며 그들에게 삶을 절실히 깨달아 미래를 개척할 수 있도록 부추기는 것은 참으로 힘든 일 중 하나다.

하지만 형은 살 수 있을 것이다. 그렇다고 하더라도 평수대비 세가 너무 비싸다. 그 자리가 어떻든 건물의 조건이 어떻든 크게 상관하지는 않는다. 삼일 영업에 세 맞추지 못하면 무임노동이라 아무리 좋은 일이라도 시간과 노력을 투자할 사람은 아무도 없다. 차라리 그 돈으로 좋은 카페에 앉아 시원한 커피 한잔 마시며 책 읽으며 보내는 것이 오히려 몇 백 배 인생을 즐길 수 있으니 사서 고생할 이유가 없다. 하! 웃기지 마라! 사서 고생도 한다는 말은 젊을 때 이야기지 경영하는 세대까지 미치는 일은 없다. 삶은 그리 길지 않다.

8. 국수

국수는 밀이나 메밀로 가루를 만들고 이 가루를 반죽해서 가늘게 만든다. 가늘게 만든 이것을 면이라 하는데 따끈한 국물에 말거나, 비비거나, 볶는 요리를 국수라 한다. 국수의 역사는 기원 오륙천 년 전까지 거슬러 오른다. 밀은 메소포타미아 문명이 있고 난 뒤 기원전 칠천 년 경부터 재배했다. 중국에 들어온 것은 전한 무제 때다. 무제는 서쪽 오랑캐를 견제하기 위해 장건을 서역으로 파견했다. 이때 서방과의 교역로였던 실크로드를 통해서다.

우리나라는 중국 송나라 때 국수 만드는 법이 전해져, 삼국시대나 통일신라시대부터 면을 먹을 것으로 추정하나 정확한 기록은 없다. 다만 고려 시대 제례에 면을 쓰고 사원에서 국수를 만들어 팔았다는 내용이 『고려사高麗史』에 기록되었다.[4] 뭐 국수의 역사를 쓰고자 주제를 단 것은 아니다. 면을 꽤 좋아하는 나로서 또 아들이 꽤 좋아하기도 해서 마침 국수 먹자는 얘기에 생각남에 적는다.

출출할 때면 밥 대신 국수를 많이 먹는다. 또 잔치(생일, 회갑)가 있거나 결혼이 있는 날은 국수를 먹었다. 이는 국수 면발이 하도 길어서 경사스러운 이

---

4) [네이버 지식백과] 국수 [noodle, 麵] (두산백과)

일이 오래갔으면 하는 바람이다.

우리나라 사람뿐만 아니라 중국인 서양인까지 이 국수를 좋아하지 않는 민족은 없다. 글쟁이들은 이 하얀 면발에다가 많은 것을 얹어 놓기도 했다. 특히 백석의 시 '국수'는 평안도 사투리 보기에 이만한 것도 없을 것이다. 그러고 보니까 백석은 우리 민족의 시인이며 그가 살았던 평안도 땅도 우리 한민족이 대대로 이어온 삶의 터전이었다. 사상과 이념의 분쟁으로 이에 강대국 개입은 국토가 반 토막이 났다. 분단의 국가로 반세기도 더 흐른 이 시점에 우리는 통일을 기대하며 마음 졸이지만 갈 길은 자꾸 멀어 보인다. 북한은 장거리 미사일을 시험 발사하며 이 성공을 자축하는 분위기고 우리는 이에 경계라 랩터를 불러들이기에 바빴다.

이제 더는,

국수, 우리 민족이 대동단결하여 세계 속에 유일한 단일 민족임을 선포하고 이러한 축제 분위기 속에 국수 한 그릇 했으면 싶다.

에휴, 마! 국수 한 그릇 하자.

鵲巢日記 15年 05月 15日

맑았으나 저녁에 비가 내렸다.

오전, 병원 분점에 다녀왔다. 사장님께서 에스프레소 한 잔 내려 주신다. 이곳은 약 7평이지만 백 평 조감도와 매출이 비슷하다. 사람도 많이 쓰지를 않아 수익으로 보자면 조감도와 비교할 수 없다. 본부 돌아가는 일 사정을 말씀드리며 근래 카페 돌아가는 이야기를 듣기 위해 왔었지만 잠시 앉아 있는 시간에 오고 가시는 손님 꽤 되어 말씀을 잘 나눌 수 없었다. 모두 테이크아 웃이다.

여기 주방은 두 평 남짓하다. 하지만 있을 것은 다 있다. 제빙기며 하부 냉 장고 냉동고, 빙삭기부터 온수기까지 모두 있다. 더구나 빵도 있어 병원에 오 시는 손님이나 환자께서 출출하면 언제든 사다 드실 수 있게 예쁘게 진열되 어 있다. 비교적 작은 공간이지만 영업에 효율적 공간이라 병원이 널리 알려 지기만 하면 덩달아 사업은 동반 상승하는 곳이다. 여기는 병원장께서도 새 로 부임하시어 경산에서는 종합병원으로 하루가 다르게 급성장하는 곳이다. 사람이 늘 붐빈다.

이곳 사장님은 여기 이 카페 말고도 한군데 더 한다. 시내에 자리한 테이 크아웃만 전용으로 운영하는 카페다. 실은 매점으로 쓰는 공간에 조그마한 에스프레소 기계를 한 대 놓고 영업했다. 근데, 생각보다 매출은 괜찮다. 전 에는 김밥 말아서 판매해 보았지만 별 재미를 못 보았다. 약 3평에서 4평 되 는 작은 공간이지만, 병원에 많은 보증금을 안겨다 주어 무엇이든 팔아야 한 다. 팔지 못하면 보증금에 합당한 이자와 원금을 회수할 방도가 없기에 어떤 것이든 생각 안 할 수가 없다. 커피나 김밥도 영업방법에 따라 관련법에 적용 방법이 다르니 운영하는 사람이야말로 신경이 이만저만이 아니다. 그러니까 예를 들면 편의점에는 삼각김밥이나 캔 커피부터 각종 커피에 이르기까지 팔 아도 위생허가라든가 용도변경이라든가 면허 같은 것은 없다. 하지만 커피나 김밥을 직접 추출하거나 만들면 위생허가부터 각종 법망에 피할 수 없으니 관련 요건을 갖추어야 한다. 그러니 번거롭기가 이만저만이 아니다. 이렇게 운영하는 것도 누군가가 관청에 신고했던 일이 생겼다. 그래서 관공서 직원이 나와 사진을 몇 컷 찍어갔다고 했다. 정식영업하려면 용도변경을 하라는 말만 하고 갔다는데 어떻게 해야 하는지 물으신다. 관청에서 요구한 몇 가지 조건을 갖추면 허가가 나올 뿐 아니라 영업도 할 수 있다. 사실 우리가 그 일에 관해서 잘 모르니 마냥 어렵게 여겼다. 신고와 더불어 합당한 영업을 하게 되면 관련 세금이 나오니 신경 써야겠다.

B 업체 돌격대장이 왔다. 누군지는 모른다. 거저 B 업체 직원이고 이름은 몰라 휴대전화기에 등록한 이름은 'B 업체 돌격대장'으로 올렸다. 커피가 필요해서 왔다. 사장은 돈 관계가 복잡하다. 얼마 전에는 정평에 창업한 강 선생의 진열장을 해주기로 했는데 돈만 받고 깜깜무소식이었다. 그러니까 답변은 '아직 수입되지 않았어요.' 그리고 약 한 달이 지났지만, 물건은 오지 않았다. 하지만 똑같은 물건이 칠성시장에서는 팔리고 있다는 게 문제다. 그러니까 시장보다는 이 사장 물건이 조금 싸다. 약 오만 원 정도 차이 있기는 하지만 몇 만 원 차이가 시간과 애간장을 태웠다. 결국, 물건도 못 받았지만 말이다. 그것뿐만 아니라 여러 가지로 신임을 받기에는 어렵다. 글로 다 표현하기에는 지면은 어려워 그냥 여기까지 적는다. 돌격대장은 이곳 사무실에 일하는 정직원이다. 대구 약 두 평짜리 테이크아웃용 카페가 있다. 이곳에 쓸 커피다. 돌격대장은 어떻게 하면 커피를 많이 팔 수 있느냐며 물었다. 두 평짜리 카페가 평일이면 오만 원 주말이면 십만 원 가까이 팔기는 하지만 아르바이트 비용 충당하기에도 부족한 매출이다. 그러고 보면 시간이 돈이라는 말이 맞다. 최저임금 수준만큼 팔지도 못한 현 공급과잉시대를 우리는 맞았기

때문이다. 그러니 바리스타로서 내가 경영인이라면 인맥을 다져 나가야 한다. 드립을 팔든 커피를 팔든 인맥을 통해 각 가정에 사무실에 볶은 커피를 마실 수 있게끔 여러 가지 설명을 했다. 그리고 소비자는 '아무튼 뭐든지 귀찮습니다.' 이 전제하에 커피를 생각하셔야 할 겁니다. 그러니까 드립주전자와 드리퍼와 거름종이를 갖춰 가며 커피를 내려 마시지는 않을 거예요. 내가 마시는 커피인데도 말입니다. 어떤 집은 거름종이에다가 커피를 놓고 물 내려서 마시고는 치우지도 않고 있다가 거기다가 분쇄커피를 더 넣어 추출해서 마시는 집도 적지 않게 봤습니다. 그러니 쉬운 용기를 권하며 또 관리가 쉬운 것을 추천해야 합니다. 나는 티포트를 꺼내어 확인해 드렸다. 그러니 돌격대장은 생각이 많이 달랐다. 눈 동그랗게 뜨며 질문을 계속 이었는데 합당한 답변을 이어야 했다. 그러고 한 시간쯤 흘렀을까 돌격대장은 두 평짜리 카페로 달려갔다. 바깥영업을 제대로 할 수 있으면 그러니 외부세계를 개척할 수 있는 사람이면 카페가 필요할까! 또 카페가 필요하더라도 굳이 평수를 논할 필요가 있을까! 진정한 바리스타라면 온몸 거저 바닷물에 폭 담근 양 생활해야 하지 않을까!

이거는 사족이다. 사마천이 쓴 사기에는 '범려'라는 인물이 있다. 정치뿐만 아니라 경제에 관해서 나름의 철학을 가진 인물이었다. 그러니까 월나라 왕 구천을 도와 구천의 목숨뿐만 아니라 국가도 부국강병으로 키운 인물이다. 절대 왕권시대에 시기적절하게 몸을 피신할 줄 알았으며 다른 나라로 가상인으로 큰돈을 벌기도 했다. 또 벌었던 그 큰돈을 주위 이웃에 나눠주기도 했는데 참으로 정치와 장사 모두 통찰력을 가진 인물이었다. '토사구팽'이라는 말은 그가 강국으로 만든 월나라를 떠나면서 함께 고생했던 정치반열에

어깨를 나란히 한, 친구 문종에게 남긴 말이었다. 범려가 떠날 때 함께 떠나지 못했다. 권력에 눈이 멀었다만 결국 구천에 의해 자결하고 마는데 토사구팽은 이를 두고 하는 말이다. 왜 이런 이야기를 여기에다가 남겨놓는가 하면, 지금 현 세상도 마찬가지다. 사마천이 얘기한 사기에 나오는 인간의 군상은 참으로 많다. 시대만 다를 뿐이지 우리는 무대 하나만큼은 똑같다는 것이다.

우리는 양심껏 살아야 한다. 최소한 남에게 피해를 주어서는 안 된다. 그 피해 기준이 너, 나, 우리로 보아서 어느 기준에 따를지는 모르겠지만, 최소한 제삼자가 보아서 가장 도덕적이어야 한다는 말이다.

봉덕동에 다녀왔다. 내부공사는 어느덧 다 이루었지만 관련 기계를 설치해야 한다. 현장에 들러보니 아직 어수선했다. 의자와 탁자, 신열장 등 영업하기에는 너무 혼잡했다. 엊저녁에 급히 칠한다고 제자리 놓지를 못했다. 주방 뒤는 환기팬도 달아야 하는데 구멍만 뻥 뚫려 있다. 며칠 더 마감을 보아야 하지만 기계만 급했다. 서 부장과 함께 얼른 싣고 온 기계를 차에서 내려드리고 본부에 와야 했다. 구미에 볶은 커피를 택배 보내야 해서 들어왔다.

압량, 청도에서 전화가 왔다. '본부장님, 어제 물건과 전표는 잘 받았고요. 근데, 전표 뒷면에 쓰신 글 읽고 고민을 참 많이 했습니다. 물건을 이제 택배사에다가 맡긴다는 말씀을요. 이건 솔직히 체인을 해서 무슨 이점이 있으며 굳이 체인을 할 이유가 있겠나 싶습니다.' 그래서 답변을 드렸다. '네에 점장님 우리 카페리코가 규모가 작다 보니 재고손실도 이만저만이 아닙니다. 최소 서른 개 이상 점포망을 갖춰야 유통으로서 재고손실도 줄이며 경비 또한 줄일 수 있습니다. 지금 상황으로 보아 한 사람 인건비도 제구 맞추는 경우라 어쩔 수 없이 결단을 내렸습니다. 당일 주문 당일 배송은 지금껏 저의만 그렇게 해왔는데 다른 업체는 그렇게 하지도 않거니와 할 수도 없습니다. 택배사를 운운한 것은 제 잘못이 크지만 이렇게라도 토를 달지 않으면 독촉이 오니 마음으로 부담이 컸습니다. 어떤 집은 배송 가는 도중에 주문을 추가로 주신 분도 있고 배송을 다녀왔지만, 또 주문하거나 배송 범위가 청도나 영천 혹은 포항까지 커지면 또 말이 달라집니다. 하루에 일을 끝낼 수도 없거니와 일은 별로 없지만, 마음으로 갖는 부담은 이루 말할 수 없으니 어쩔 수 없이 다음 날 배송으로 한 겁니다. 앞으로는 아마 직접 배송 가지 않을까 싶습니다. 양해 바랍니다.', '네 알겠습니다.'

그 뒤로 통화는 더 가졌다. 지면으로 남기기에는 경영상 어렵지만, 점장은 이해했다. 혹시나 카페리코가 문을 닫는 건 아닌지 안 그래도 불경기에 자꾸 줄어드는 점포 수에 점장은 내심 위기를 느꼈다. 작년, 하반기 때였다. 본점 판매 부족에 따른 위기와 거기다가 세금과 각종 비용은 나로서는 감당할 수 없어 영업시간 단축까지 거론한 바 있었다. 하지만 고비를 잘 넘겨왔다. 그만큼 카페경영은 어렵다.

성수기를 맞고 있지만, 솔직히 비수기에 비하면 매출이 약 1.5배 이상의 신장세를 보아야 한다. 하지만 지금 이와 같은 경기에 비수기 보내는 일만큼 경영을 한다면 올겨울은 또 힘들겠다는 것은 뻔한 사실이다. 하루가 돌다리다.

본점장 성택 군이 오래간만에 카톡 문자 왔다. '본부장님 본부장님보다 어린데 이런 이야기하긴 좀 뭐합니다만 세월 참 빠른가 봅니다. 작년 수련보고 열심히 셔터질 해댈 때가 어제 같은데 올해도 벌써 수련이 피기 시작했습니다. 벌레도 많고 깨끗하지 않은 고여 있는 물에서 피어나는 꽃이라고 하기에는 너무나 향기로운 꽃입니다. 잎사귀 하나하나 같은 듯 다른 듯 붉기도 하고 처녀의 치맛자락처럼 은은한 분홍이 아름답습니다. 세월 가는 정도는 알고 삽시다. 오늘도 수고하세요.'

그리고 수련 꽃인가 본데 몇 장 전송됐다.

'그러네, 꽃이 아름답게 보이는구먼! 저 꽃처럼 세상 환하게 보고 싶다만, 수고해 주시게, 나도 압량에서 건투하네.'

鵲巢日記 15年 05月 16日

맑았다.

벌써 주말이다. 토요 커피 문화 강좌에 새로 오신 분 있었다. 강좌를 소개하고 커피 일을 소개했다. 오늘은 나이가 좀 있으신 분이 많았다. 아마도 커피 시장이 커지다 보니 점점 소일거리로 아니면 그 이상의 목적을 위해 이 강좌를 들으러 오신 것 같다. 한 국가 경제 전체를 보면 모래 같은 조밀함에 틈새 새어나갈 길 없는 마치 물로 꽉꽉 채우듯 커피는 이미 온몸에 닿았다. 모르겠다. 주위를 보고 커피를 보며 또 이렇게 찾아오시는 여러 선생을 볼 때 그렇게 느낌이 닿았다.

충주에서 문자가 왔다. 전에 커피 상담했던 분이었다. '안녕하세요. 본부장님! 커피숍에 초기 투자되는 인테리어, 기계, 설비, 집기류, 초기원자재 등, 항목별 대략적인 금액 좀 알 수 있을까요?'

교육 소개 끝나고 열어본 문자였다. 답변을 드렸다. '인테리어 비용은 대략 평당 100 정도 들어갑니다. 평수가 작으면 생각보다 더 들어가 보이기도 합니다만, 기계 집기는 대충 갖추려고 하면 800~1,200 정도 들고요. 비용을 더 줄일 방법도 있습니다. 어떤 집은 직접 내부공사 한 집도 있더라고요. 대구 카페 모모가 있는데 이 집은 거저 기계 놓는 탁자만 어데 제작해서 놓고 합니다. 투자비가 아주 적게 들었습니다. 세는 당장은 괜찮아도 시간 지나면 지대는 오르니까요. 그걸 생각하면 적당한 투자도 좋을 듯합니다. 건투를 빕니다.'

'네, 본부장님. 또 연락드리겠습니다.'

압량에서 이것저것 영업 준비하며 있었다. 아직 출근 전인 동원이가 전화가 왔다. '안녕하십니까? 본부장님 오늘 정상대로 나왔는데 본부장님 여 앞에 도로공사 하는가 봅니다. 한, 십분 정도 늦을 것 같습니다.', 으으 음 '그래 괜찮다. 천천히 와라', 우리는 결과보다 동기가 중요할 때도 있다. 그러니까 출발이다. 정상대로 나왔지만, 각종 천재지변은 막을 수 없는 일이니까! 더구나 도로공사는 나의 의도에 따라 하는 것도 아니라서 차가 막히는 일은 어쩔 수 없는 일이다. 이건 사족이지만, 도로만 보더라도 중국은 벌써 진시황제 이전부터 닦아 쓴 사료가 있다. 우리는 수레를 보더라도 조선 후기 실학자에 의해 실천하려고 했지만, 산과 계곡이 많아 잘 운행할 수 없었다. 물론 세종 때에 사용한 기록은 있으나 그때뿐인 걸로 알고 있다. 그러고 보니 진시황제의 충신이었던 몽염장군이 떠오른다. 만리장성뿐만 아니라 도로망까지 포함하여 대토목공사를 벌이기도 한 인물이었다. 수레가 다닐 수 있게 길을 잘 닦았다. 무릇 이천 이백 년 전의 일이었다. 수레바퀴뿐만 아니라 문자와 도량형까지 통일을 기했던 진시황이 스쳐 지나간다.

봉덕동에 다녀왔다. 기계와 수도를 직결했다. 물론 정수기하는 아우, 허 사장도 함께 갔다. 제빙기가 너무 지저분해서 청소를 도왔으며 뒤 따라 허 사장이 PB로 다시 한 번 더 닦았다. PB는 독극물이나 마찬가지다. 묵은 때를 벗기거나 기름 때 벗기는 데는 더할 나위 없이 좋은 세척제지만, 분사하고 나면 자연히 냄새를 안 맡을 수 없는데 폐 깊숙이 들어온 듯 바늘처럼 느낌 와닿는다. 이 때 폐가 따끔거리다 못해 숨 멎을 듯 숨쉬기 어렵다. 공업용으로 많이 쓰기도 하지만, 가정용으로 일부 쓰기도 한다. 제빙기 구석구석 낀 푸른 이끼류가 싹 다 닦인다. 주인장 이 선생은 목요일쯤 개업하려고 했다. 그 전까지는 청소도 말끔히 해야겠고 시운전도 해보아야겠다.

한성에 다녀왔다. 드립 그라인더 부품 스테인리스강 재질 일부 떨어진 것이 있어 용접 두 방 필요했다. 한성은 나와는 인연이 참 깊다. 그러니까 2004년 봄날 본부 건물 짓고 앞에 테라스 철재 작업을 위해 처음 만났다. 그때 이후 철과 관련된 바깥일은 거의 모두 한 사장과 함께 이루었다. 한 사장께서도 꾸준히 거래해 준 일로 아마, 사동 카페사업을 소개한 것인지도 모른다. 지금 운영하는 사동 조감도는 한 씨 문중 땅이기 때문이다. 일은 일이다. 일하면서 많이 싸우기도 하며 그 싸운 일로 기분 또한 적지 않게 좋지 않은 경우도 많았지만 언제나 다시 얼굴 보며 서로 이해하는 마음이 없으면 함께 하기는 어렵다. 한성은 늘 비싸게 와 닿았지만, 그것만큼 돌려받았으며 또 후속조치를 해주었다. 그러니 믿고 함께 일할 수 있는 좋은 분이다.

화장실 문고리 문제와 방수 관련 그리고 방충망에 대해서 다시 말씀을 드렸다.

자정, 본점장 성택군 부탁으로 교회에 판매할 기계 견적을 뽑다. 우드와 옥곡에 커피 배송 다녀왔다. 화원에 일하는 후배 카페에 어제 커피 택배 보내달라는 것을 깜빡 잊었다. 택배 보냈느냐며 문자 왔기에 알게 되었다. 아무런 답변 없기에 전화해서 내일 갖다 주기로 했다. 아침 일찍 나서야 한다. 포항에 커피를 고속버스 편으로 보냈다. 오늘 주문 주신 건 데 월요일 보내겠다고 하니 당장 필요하니 고속버스로 보내달라고 했다. 이 일로 학교 앞에서 버스 기다리느라 무릇 30분을 커피 상자 들고 서 있었다. 9시 압량 마감하고 11시 15분 사동 마감했다. 임당으로 다시 넘어와서 11시 40분쯤 본점 마감했다.

9. 오감도烏瞰圖

오감도烏瞰圖는 시인詩人 이상李箱이 지은 총 15편의 연작시連作詩다. 1934년 7월 24일부터 8월 8일까지 〈조선중앙일보〉에 이태준李泰俊의 소개로 연재되었다. 이 시가 발표되자 난해한 시로 일대 물의를 일으켜 독자의 비난이 만만치 않아 중단되었다. 오감도는 당시 조감도를 뜻하지 않았나 하는 그러니까, 고의로 만든 신조어로 보인다. 아니면 70년대도 그랬지만 어쩌면 오타로 인한 우발적 사건 같기도 하다.

이상, 본명은 김해경이며 관향은 강릉이다. 두 살 때 큰아버지 밑에 양자로 들어갔다. 그가 경성고등공업학교 건축과에 진학한 것은 큰아버지의 영향이었다. 건축과 학생은 12명이었는데 이중 조선인은 3명이었다. 이상은 그중 한 명이었다. 건축과를 수석으로 졸업했으나 이상의 마음은 화가나 문학가였다. 그가 카페를 할 수 있었던 것은 그가 만났던 문인들의 영향이 가장 컸을 것이다. 말하자면 이태준, 박태원, 정지용, 김기림, 김소운, 정인택, 윤태영, 조용만 등이 바로 그들이다. 하지만 다방 경영은 여의치 않았다. 다방 마담 노릇을 했던 이상의 연인 '금홍'도 권태를 느낀 나머지 바람을 피웠다. 결국, 다방은 그의 간헐적인 각혈처럼 폐점을 피할 수 없었다. 이 이후도 이상은 다방을 몇 번 더 열고 또 닫은 바 있다.[5] 이로써 그는 우리나라 카페 역사에도 큰 발자취를 남겼다.

그와 달리 나는 커피에 어떤 희망을 안고 일을 시작한 것은 아니었다. 거저, 먹고 살기 위한 하나의 수단이지 뭐 전적으로 어떤 꿈을 위해 매진했던 것은 아니다. 카페를 하다 보니 책을 꽤 좋아했다. 물론 이상은 고등학교 국어 시간에서 먼저 만난 일 있었지만, 그 뒤 대학가 복사 집에서 또 만나기도 했다. 땅바닥에 흘린 어떤 파지를 줍다가 그의 시 '시제 2호'를 읽고 나는 무심코 웃었다. 정말이지 그때 느낌은 황당했다. 그의 묘한 매력은 그때부터 끌렸다.

수년이 더 흐르고 카페를 해도 특별히 나의 가치관이 바르게 서지는 않아 가게 이름조차도 이탈리아 말로 지었다. 일에 뜻을 두고 카페를 하고 싶은 이에게 많은 도움을 주었고 이름까지도 함께 했다. 하지만 일은 뜻대로 되지 않았다. 정말 나의 가치관으로 바르게 일하고 싶었다. 나만의 직영점으로 바른 커피를 하고 싶었다. 커피 맛을 바르게 짚고 그 뜻을 생각하다가 오감五感이 떠올랐다. 거기다가 글은 평생 취미라 이상의 시를 생각하며 오감도五感圖라 상표 등록을 시도했다. 하지만 이미 여기까지 온 사람이 있었나 보다. 물론 오감도五感圖인지는 모르겠지만 오감도였다. 이참에 나는 조감도鳥瞰圖라는 이름으로 바꿔 다시 시도했는데 뜻밖에도 됐다.

그리고 몇 년이 더 흐르고 정말 내가 꿈에 그리던 자리에서 조감도를 할 수 있게 되었다. 하지만 상표는 이름이 좋아 알려지는 것이 아니라 이 속에 얼마나 많은 노력과 성취가 따라야 함을 알게 되었다. 세상은 그리 호락호락 하지는 않다. 옛사람이나 지금 시대에 사는 사람도 마찬가지며 우리 자식들

---

5) 『이상과 모던이 뿌이들』, 현암사, 장석주 지음, 017p 참조

세대도 마찬가지라 생각한다. 삶은 노력이며 그것을 바탕으로 운도 따르며 그러다가 파도처럼 내려오는 시기도 있다. 부는 아무것도 아니다. 삶은 무한 도전과 갈등과 고뇌와 성취, 또 실패 같은 것으로 반복한다. 끝까지 도전하는 마음만은 잃지 않았으면 싶다.

鵲巢日記 15年 05月 17日

맑았다.

사동 개장하고 바로 화원으로 넘어갔다. 후배가 경영하는 'AW COFFEE' 카페에 다녀왔다. 아래, 주문받은 커피를 보내지 못해 직접 배송했다. 여기서 한 시간 좀 안 되는 거리다. 범물과 상인을 잇는 터널이 없다면 아마도 두 시간 가까이 족히 걸리는 거리인데 그만큼 경산에서 보면 가까워졌다. 후배에게 물었다. AW가 무슨 뜻인가? 하며 물었더니 Able가능하다, 할 수 있다과 Wealth부, 부자의 앞글자로 '부자 되세요'라는 의미라고 했다. 그러니까 친구 부자, 마음 부자, 시간 부자, 경제적인 부자 되시길 바란다는 뜻에서 가게 이름을 이렇게 지었다. 후배는 덧붙여 한마디 더 한다. '맛있어서 좋아서 아우성을 친다는 의미로 아우 커피라고도 부릅니다.' ㅎ^^ㅎ, 그러게 말이다. 정말 이 집 커피는 커피 모두 다 맛있지만, 아메리카노 하나만큼 블루마운틴 커피를 볶아 파니 그만큼 고객께 배려하는 것이 된다.

후배가 경영하는 가게는 작지만, 여러모로 오시는 고객께 볼거리를 제공한다. '빔프로젝트'라 하는데 뮤직비디오를 볼 수 있게 천정에다가 엡손사 제품을 장착해 놓았다. 얼마 전에 설치했다고 했다. 가게에 컴퓨터로 연결해서 영상을 즐길 수 있는데 화질도 깨끗해서 볼 만 했다. 또 며칠 전에는 에어컨이 싸게 나온 게 있다며 8평짜리 벽걸이로 신청했다고 했다. 그래서 한마디 했다. '가게 돈 벌어서 이런 기구 하나씩 사면 오히려 돈 달리겠습니다.' 당분간은 가게 꾸미는 데 쓰겠다고 한다. 아무래도 내가 머무는 카펜데 허술하면 나 또한 고리타분해지니까 뭔가 참신하고 신선한 맛이 나야 카페에 있는 맛이라도 나니까! 말이다.

결혼식 다녀왔다. 카페 조감도 사동점을 설계하신 건축사 오 사장님 자제분 결혼식이다. 아들 둘 데리고 대구 동구에 자리한 퀸벨호텔에 갔다. 호텔이 자리한 곳은 방촌을 통과하는 큰 도로가에 있다. 주차할 수 있는 공간이 없어 강변에 주차했다. 주차요원이 그쪽으로 안내했다. 호텔에서 보면 제법 먼 곳이다. 차를 주차하고 호텔로 걸어갔다. 날씨도 좋은데다가 나들이 삼아 나온 시민도 꽤 많아 보였다. 결혼식장은 1층이었는데 하객들로 꽤 붐볐다. 어깨가 서로 부딪힐 정도였다. 신랑 측 부조 받는 쪽으로 걸어가니 건축사 내외분이 한복 곱게 차려입으시고 서 계셨다. 참! 오래간만에 뵈었다. 가볍게 눈인사하며 나왔다. 부조를 내며 나눠주는 식권을 챙겼다. 실은 축하하는 마음으로 결혼식도 보며 나와야 하는데 우리는 식당으로 곧장 갔다. 애들 엄마만 없지 특별 외식이나 마찬가지였다. 아이들 먹는 모습 보며 이런 생각을 했다. 건축사 오 사장님과는 나이 차도 있는데다가 친분도 그렇게 있는 거는 아니라지만 조금 나 자신이 '뭔가' 하는 생각이 들었다. '식충이' 따로 없지 않은가! 밥 먹기 위해 여기까지 왔나 하는 생각, 현대사회가 각박하다지만 또 빠르게 가는 문화에 나 또한 여유라는 것을 잊은 지 오래되었다. 이것이 습성이 되어버린 걸까! 습성에 젖은 삶이라고 하지만 목적 없는 삶은 더 슬픈 일이다.

작지만 한 푼 두 푼 모아서 새로운 건설을 하고 싶다. 온몸을 하나로 통일하여 새로운 곳을 지목한 목적한 바를 향해 사심 없이 일념으로 달리고 싶다.

오후, 동호 형께서 가게에 오셨다. 마침 결혼식 갔다가 돌아오는 길, 형 가게가 보여 잠시 들러 인사드리려고 했지만, 형도 인터불고 호텔에 결혼식 있어 뵐 수 없었다. 그리고 한 삼십 분 흘렀을까! 형도 가게 일로 시간을 잘 낼 수 없어 오늘밖에 여유가 없었던 모양이다. 너무 오래간만이라 이참에 보고 싶어 오신 듯했다. 본점에서 에스프레소 몇 잔 시원한 드립 한잔 드셨다. 이번에 2호점 낸 경위와 공사과정을 듣게 되었다. 돈이 제법 들어갔지만, 대구은행 통해서 신용대출이 꽤 나온듯했다. '이제는 뒤지도록 일하는 게 소원이야! 일하며 죽는 일밖에 없어.' 하며 한마디 했다. 형은 참 예나 지금이나 말씀 하나만큼 허심탄회하다. 신용대출이라 죽으면 빚도 그만이라 한다. 형의 말씀을 들으니 이제는 은행도 자금대출 문턱이 아주 낮아졌다는 것만 또 느낀다. 사업하는 사람은 대출에 모두 민감하다. 한 푼이라도 빚을 더 내고 싶고 이자가 한 푼이라도 싸다면 말도 갈아타는 법이다. 커피 하는 사람이야 무슨 돈이 있을까! 거저 일하며 하루 먹고 사는 일, 어떻게 잘 돌아가면 최고만점인 세상이 되어버렸다. 이 무기력한 세상에 정말 나는 또 미치도록 살고 싶은 욕망이 순간 일었다. 또 도전하고 싶은 욕망 말이다. 하루가 무미건조하다.

저녁, 시마을 문정완 형님께서 오셨다. 시와 문학에 관해서 얘기를 서로 나누었다. 영화 이야기도 있었으며 TV 드라마에 관한 얘기도 있었다. 그 어떤 얘기보다 가실 때 바깥에서 나눈 얘기가 더 솔깃했다. 형은 당이 높다. 당 수치가 높아 여러 가지 증상을 얘기해 주었는데 몸 관리는 그 어떤 것보다도 우선임을 깨닫는다. 얼마 전에 어머님과 병원에 다녀온 일이 있다. 가족력이 있으니 나도 예외는 아니다. 꾸준한 운동과 때를 거르지 않는 식습관, 이 중에는 쌀밥을 먹지 말라는 말씀이 있었다. 나는 농 삼아 한마디 했다. '요즘 이상하게도 쌀밥이 달더라니깐.' 참 평범한 말인데도 평상시 잘 지키지 않는 일이다.

단지 10
찻잔은소리만요란하다
안녕하세요.
수고하세요.
의미없는샤워처럼
한시간이고두시간이고
물만흘려보낸다.
찻잔은개운하다.
거저명하니앉았다.
하얀코털만자꾸간지럽다.
빨간입술처럼
담지도않은휘핑크림만구겼다.

鵲巢日記 15年 05月 18日

비 왔다.

청도 가비에서 전화가 왔다. 오늘 시장 보러 가며 본점 들리겠다고 했다. 물론 그 전에 문자가 왔다. 생두 만델링, 케냐, 안티구아, 예가체프 1K씩 담아 놓으라 했다. 점심때 오셨다. 당일 주문은 내일 출고 된다며 양해 말씀드렸다. 아무것도 든 것 없이 그냥 가셨다. 솔직히 조금 죄송했다. 하지만 어쩔 수 없었다. 오셨던 시각이 정오였는데 서 부장이 압량에서 막 본부로 왔던 때이며 나는 하양에서 창업관련으로 상담하고 있었다. 본점장 김 씨는 계산대보며 있었는데 부탁할 상황이 못 되었다. 만약 또 챙겨드렸다면 앞으로 일이 더욱 걱정이었다. 일은 두서없는지라 예나 지금이나 별반 차이가 없겠지만, 이제는 몸이 늙었다. 예전처럼 빠듯하게 처리할 능력이 못되며 신경도 꽤 쓰이는 일이라 이로 인해 스트레스가 극에 달해서 몸부터 변화가 오기 시작했다. 그나마 지난주에 일처리는 이미 통보했기에 그러느니 받아들이실 거다.

하양에서 부동산 하시는 분이었다. 부동산 가게에 조그맣게 테이크아웃으로 커피를 팔 수 있게 시스템을 완비하고 싶었다. 영업신고와 내부공사와 기계 값 그리고 교육비를 말씀드렸다. 테이크아웃으로 아주 조그맣게 한다며 강조하였는데 뭐 그리 복잡하고 돈이 들어가느냐고 했다. 그래도 돈 받고 커피를 파는 것 같으면 바르게 해야 한다며 말씀드렸다. 그래도 샵인샵 아주 조그맣게 하는 거니까 그냥 커피만 파는 가게라며 누차 강조하는 거였다.

단지 11

저렇게예쁘게파인것도없다.
아프리카뜨거운태양빛에
노릇하게익은까만머리긴숙녀
시원히뽑은아이스아메리카노
한잔놓았다.
탁자가
시원하겠다.

바깥은 비가 오고 있었는데 내가 머무는 방에 작은 화분 몇 개를 이참에 내다 놓았다. 빗물에라도 흠뻑 적셨으면 싶어 내놓았다. 화분 하나는 죽지 않은 것 같지만, 너무 말랐다. 솔직히 죽은 거 아닌가 할 정도로 말랐다. 전에 흥곡 선생께서 주신 난도 위험하기는 마찬가지다.

오래간만에 시집 한 권 읽었다. 카페는 어느 집이든 조용했다. 저녁, 오 선생은 사동에 커피를 볶았으며 나는 아이들과 함께 책 읽으며 보냈다. 내일 아침에 먹겠다고 두부찌개를 했다.

10. 신맛

커피의 신맛은 생두의 품질, 저장 기간, 배전 방법, 추출 기술에 따라 변하고, 쓴맛과 함께 커피의 맛을 결정짓는 미각 성분이다. 커피에서 느낄 수 있는 맛은 모두 넷이다. 단맛, 쓴맛, 신맛, 떫은맛이다. 솔직히 매운맛과 짠맛은 커피에서는 나지 않으니 여기선 뺀다. 우리가 흔히 말하는 최고의 맛은 감칠맛이다. 감칠맛은 신맛과 단맛이 어우러진 맛을 말한다. 이는 입에 착 당기는 것이라 이 맛을 싫어하는 사람은 잘 없다. 사람은 제각각 제 좋아하는 맛이 따로 있다. 어떤 이는 신맛을 좋아하는 이가 있는가 하면 또 어떤 사람은 쓴맛을 좋아하는 사람이 있고, 어떤 사람은 죽으라고 단맛을 싫어하는 사람도 있는가 하면 이 단맛 없이는 못사는 사람도 있다. 커피는 크게 표 나는 맛은 쓴맛 정도다. 이는 커피에 카페인 성분이 많기 때문이다. 아라비카종보다는 로부스타종에 더 많이 함유해서 로부스타 커피는 더 짙다. 커피를 재배하는 대부분 나라는 신맛을 선호해서 아라비카종 커피나무를 많이 심는다. 어떤 나라는 로부스타 커피를 법으로 제재하는 곳도 있다.

우리나라도 점차 신맛을 강조하는 시대가 됐다. 하지만 아직도 영업장에서는 이 신맛을 꺼리는 고객을 많이 만난다. 산도가 높은 커피를 마셨던 어떤 고객은 커피 농도로 오인해서 말하는 분도 있다. 그러니까 짙은 거 아닌가 하는 말이다. 비싼 커피 마시고 잠만 못 잤다는 얘기다. 커피를 알고 마시면 그

맛의 깊이를 느낄 수 있다. 어떤 영업장은 아예 커피를 손님 앉은 자리까지 들고 왔어 내리기까지 한다. 커피를 내리면서도 이 커피가 어떤 커피인지 어떤 등급을 받았고 로스팅 포인트는 어느 단계까지 했으며 대체로 맛은 어떤 것인지 얘기하는 곳도 있다. 어떤 손님은 이러한 바리스타의 모습에 반하기도 해서 한 번씩 그 매장에 가보기도 한다. 하여튼 감칠맛 나는 커피를 찾아 마셔보라!

우리는 아주 옛날부터 그러니까 어쩌면 태곳적부터 이 신맛을 좋아했는지도 모르겠다. 과일이 아주 무르익으면 촉촉하면서도 산미가 풍부하다. 이러한 열매는 구태여 찾아왔다. 술의 기원도 폭 익은 과일에서 유래했다고 해도 과언은 아닐 테다. 잘 익은 포도주는 단맛과 신맛이 잘 어우러져 있다. 커피? 한 모금 마실 때마다 군침이 도는 것은 아주 좋은 커피다. 이 맛을 느껴보자.

레몬 향만큼 상큼한 커피, 오오우! 레몬과 같이 야를 시큼한 커피 한 잔 마시고 싶다.

鵲巢日記 15年 05月 19日

맑았다.

아침 본점 문 열 때였다. 문 앞에 개똥 세 동가리 보였다. 치우지 않으면 누가 밟기라도 할까 봐 냅킨 여러 장 들고 나가 몇 겹 싸서 버렸다.

사동에 있을 때였는데 장 사장 문자가 왔다. 본점에 왔는데 케냐AA 필요하다고 했다. 장 사장은 요즘 불로동에 집 짓고 있다. 이 집이 계기가 된 것인지는 모르겠지만, 조만간 서울 간다며 얘기한다. 아파트 리모델링 공사인데 한 동 공사가 이 억 정도 되는 견적에 모두 7동을 해야 한다. 한동안 조용하더니만 결국 일을 냈다. 아마도 이번 건으로 한 몫 톡톡 챙기겠다며 얘기했더니 싱긋이 웃는다. 그간 늘 커피집 타령하며 보냈는데 며칠 아니 몇 달 얼굴 보기에도 힘들 것 같다.

단지 12
갈매기는낮게비행하는것좋아한다.
개미같은나무껍질하나씩주워다가집짓고
높은둥지에의미없는알낳아
먼바다만깨지않은꿈으로바라본다.

화원에 카페 하는 후배가 교육을 받게 되었다. 로스팅만 받는다. 장 사장과 커피 한잔 할 때였는데 오 선생이 지도했다. 오후에 후배가 전화 왔다. 아까는 정말 알찬 수업이었다며 칭찬을 아끼지 않았다. 빔프로젝트에 관한 좋은 정보를 후배가 주었는데 오 샘과 상의하니 아직은 그 필요성을 못 느끼겠다며 두고 보자는 의사였다. 가게에 조용한 맛에 오시는 분도 많을 텐데 어쩌면 뮤직비디오나 다른 어떤 영상물을 튼다면 어수선한 것은 분명하다. 그 어수선한 맛에 오시는 분도 있겠지만 잠시 생각해보아야겠다.

청도 점장 만났다. 배송에 관해 바뀐 일을 다시 더 부탁했다. 청도에서 바로 봉덕동에 갔다. 기계를 다시 보아 드리고 빙삭기를 설치했다. 블랜드 사용

방법을 설명했다. 오늘만 손님 열댓뿐 오셨다. 오시는 손님께 커피 맛을 각각 물었는데 다들 맛있다며 칭찬을 아끼지 않았다. 그라인더 분도는 에스프레소 추출에 맞게 가늘게 맞췄다. 한 잔씩 뽑을 때마다 걸쭉하게 내려온다. 황금색 커피를 보니 맛이 절로 나 보였다. 뽑은 커피를 주위 서 부장, 이 선생, 한 잔씩 맛보시라 건넸다. 이때 이 선생께서 한 말씀 하시는 거였다. '사장님 커피 팔로 누가 들렀습니데이!', 킬로 당 얼마며 맛보기용으로 한 봉 놓아둔 커피를 구석에서 꺼내시는 거였다. 명함도 주셨다. 그래서 한 말씀 드렸다. 더구나 이러한 일은 종종 있는 일이라서 태연하게 말씀드렸다. '호! 생각보다 커피 장사꾼 굉장히 많습니데이, 커피뿐만 아니라 시럽과 소스, 일반잡화까지 들릴 걸요. 무엇보다 사모님께서 마음에 드시는 커피와 부자재를 선택하셔 일관성 있게 믿고 거래하시는 것이 좋을 겁니다. 거래처를 너무 자주 바꾸면 맛도 바뀌게 되니 오시는 고객께 신뢰를 저버리게 됩니다.' 이 선생께서는 그냥 다녀간 거라며 아무것도 아니라고 했다.

전에 본 가게와는 확연히 달랐다. 오늘은 탁자가 하도 깨끗해서 새것 사셨냐며 물었다. 예전 것 닦았다고 했다.

국민건강보험공단에 다녀왔다.

압량에 있을 때, 코나 사장님과 윤 과장, 그리고 사장님 자제였는데 정호였던가! 다녀갔다. 공장에 인사변동이 있나 보다. 전에 본 정 대리 그만둔다고 했다.

사업을 여러모로 생각해 보면 거저먹는 일은 결코 없다. 모두 경제원리에 정확히 맞물린데다가 그 어떤 것도 이익 같아도 이익인 곳이 없으며 노력하지 않으면 한 푼 벌기는 더욱 어려운 사회다. 직원을 대하며 월급을 볼 때도 갑과 을의 관계를 떠나 사회 전체로 보아도 공정한 배분원리에 돌아가는 듯하다. 최저임금에 따른 경제 전반에 정부의 보이지 않은 손이 안 닿는 곳이 없으니 우선 경영인의 참된 윤리관이 필요하겠지만 그렇지 않을 수 없는 처지임도 분명하다. 갑과 을과 병이 어느 입장에서도 손해 보지 않을 것이며 일절 이익이 없으면 모두 손 놓을 거니까!

鵲巢日記 15年 05月 20日

맑았다.

지각을 잘하지 않는 정의가 오늘은 늦게 출근했다. 화원에 카페 경영하는 후배가 로스팅 교육을 받았다. (주)유리안 대표 이 씨가 다녀갔다. 에스프레소 커피가 필요했다. 정평에 진열장 어떻게 되었는지 확인 차 물었다. 중국에서 수입하는 물품이라 아직 입고되지 않았다고 했다. 이 일로 지난번 서울에 다녀온 일이 있으며 이번 주에도 다시 서울 올라간다고 했다. 모두 열 대 주문했다고 했다. '죄송하다' 는 말씀을 아끼지 않았다. 압량에서 교육문의로 오신 분 있었다. 본점에서 상담했는데 아주머니였다. 창업 때문에 오신듯했다. 교육 진행과정도 보여드리고 일하는 모습도 보여드렸다. 교육비에 관해 말씀 드렸더니 역시 힘에 겹다. 토요문화강좌를 들어보시라 했다. 아무래도 이것도 어려운 듯해서 지은 책 한 권을 소개했다. 『커피향 노트』였다. 이거 무료로

주는 거냐며 물으시기에 만 원에 팔고 있다고 말씀드렸다. 다음에 오겠다고
했다.

　서울에 커피를 택배로 보냈는데 주소가 틀리다. 형님께서 이사 가셨는지
도 모르고 옛 주소로 보냈더니 KGB 서울 담당 기사께서 전화가 왔다. 다시
바뀐 주소로 보내겠다며 했는데 택배비가 조금 더 든다고 했다. 조금 더 들어
도 괜찮으니 그쪽에서 보내는 것이 더 나을 것 같아 그렇게 해달라고 했다.
근데 오늘 택배사에서 전화가 왔다. 물건 받지 않으니 이쪽으로 다시 돌려주
겠다고 했다. 한 십 분쯤 흘렀을까 서울에 계시는 형님께서 전화를 주셨다.
택배 직원의 불친절함에 화가 단단하게 나셨다. 그래서 어쩔 수 없이 돌려보
냈다며 말씀하셨다. 언제였는지는 모르겠다. 택배 기사가 하루에 처리하는
물량만 해도 몇 수십 건이라고 들었다. 그 많은 업무에 시달리다 보니 또 하
루 처리해야 할 일이 많아 시간에 쫓기는 삶을 사니까 짜증 어린 말을 우리는
늘 듣게 된다. 어느 택배인들 안 그럴까마는 그래도 너무 성의 없는 기사들의
말로 하루가 불쾌한 것은 사실이다.

　○○동에서 전화가 왔다. 제빙기가 아무래도 낡아 제대로 돌아가지 않는
듯했다. 가게 인수하는 데 돈 얼마가 들었을 것이고 기계 바꾸는 데 또 얼마
가 들었을 것이다. 내부 이미지 개선하는 데 또 얼마가 들었을 것인데 이리
저리 합해도 꽤 들었음이다. 거기다가 어느 기계는 닳고 낡아 갈아야 하지만
투자비 아끼겠다며 닦아 쓰려다가 이런! 젠장 주인장 마음을 모로 잘 읽었는
지 폭 퍼졌더라! 이젠 더는 얼음 같은 것은 없으니 알아서 하라는 것인지 소

리는 윙하며 도는데 얼음은 떨어지는 것 같은데 설익은 얼음인 데다가 하마 떨어진 것도 금시 녹아버리니 주걱 손으로 퍼올리려고 밑바닥 긁어보니 에 궁 없더란 것이다. 어쩌꺼라! 내일 아침 일찍 와 달라는데 오전 중으로 가기로 했다.

　주인장은 조금 전에 카톡으로 명함과 커피 이야기를 보냈다. 그러니까 대구 어느 집인데 커피를 제법 많이 볶아 판다며 이 집은 어떤지 나에게 물었다. 이 문자를 받았을 때 나는 몽롱했다. 보통 기계가 들어가면 커피를 어디서 구해 쓰겠다며 말씀하시는 분은 잘 없다. 더구나 커피가 나쁘다면 모를까! 맛과 가격이 어느 조건에도 떨어지지 않는데 구태여 다른 커피를 쓸 이유가 없지 않은가! 거기다가 아직 거래도 해보지 않고 커피도 몇 잔 팔아보지 않은 상태에서 나온 거라! 이건 뭐지 하며 생각했다. 그러니까 가격에 대한 불만족도 아니며 그렇다고 커피 맛이 없어 그런 것도 아닌데 말이다. 단지 친구의 말에 명함을 전송하며 커피 볶는 어느 집을 이야기하는 이유가 무엇인지 아직도 분간이 안 간다.

　단지 13
　벽돌같은수북한각얼음본다. 다시는보지말자며밤새물만뿌렸다. 냉각판텅비었다.

11. 사과

사과는 몇 가지 뜻이 있다. 우리가 흔히 먹을 수 있는 사과가 있고 어떤 잘못에 대해 뉘우침으로 용서를 비는 것 또한 사과다. 전자는 발음이 짧고 후자는 발음을 길게 한다. 먹는 과일로 사과는 그 원산지가 발칸반도로 알려졌다. 우리나라는 고려 시대 때부터 재배했던 것 같다. 처음 이름은 임금이다. 임금이 변천되어 능금이 됐다. 지금의 사과는 1901년 윤병수 씨가 외국 선교사 통해서 들여와 상업적으로 경작하여 지금에 이르게 되었다.

사과가 되지 말고 토마토가 되라는 속담도 있다. 사과처럼 겉만 붉은 것이 아니라 토마토처럼 겉과 속이 같아야 한다는 말이다. 어떤 일이든 성실해야 한다. 성실誠實은 정성스럽고 참됨을 뜻한다. 정성이 들어가지 않고 더욱 참되지 않으면 그 일은 오래가지 못한다. 그리 멀리 바라볼 것도 없다. 우리가 사는 곳에서 가까운 유명한 밥집이나 장인을 보라! 맛과 기술에 남다른 원칙이 있다. 이들은 더욱 돈을 좇는 것 같지도 않다. 만약 돈을 좇는다면 아마 자릿값이나 권리금을 챙겨 떠날 것이다. 어떤 이는 주식이 상한가 칠 때 떠나라는 말도 한다. 하지만 목표가 없는 방향은 항상 제자리걸음이다. 변함없이 내일을 사랑하고 이웃을 사랑하고 이웃과 함께할 때 내 위치도 바르게 선다.

노자 『도덕경』 46장이다. 화막대어부지족禍莫大於不知足, 구막대어욕득咎莫大於欲得, 고지족지족상족의故知足之足常足矣라 했다. 재앙은 만족을 알지 못해서 더 큰 것이 없고, 허물은 얻고 싶은 것에 더 큰 것은 없다. 그러므로 만족을 아는 충분함이 늘 만족이다. 내 하는 일은 평생 공부다. 그렇다고 그 공부를 성급히 해서도 안 되며 느긋하게 해서도 안 된다. 내가 걸을 수 있는 보폭으로 성실히 걸으면 된다. 이것이야 말로 만족을 아는 것이며 허물을 쌓지 않는 일이며 화를 부르지 않으니 오래간다.

사과는 빨갛다. 무르익은 과일이다. 봄에 꽃이 피고 여름 뜨거운 햇볕 아래 충분한 땅 기운을 받아 가을에 맛깔스러운 과일을 맺는다. 과일은 크다고 좋은 것도 아니며 그렇다고 아주 작은 것은 볼품없으나 성실히 하면 제 모양은 갖춘다. 우리는 어떤 사과를 맺을 것인가?

加添

여기서는 열매를 맺더라도 겉과 속이 다른 과일을 맺으라는 말이 아니다. 내실 있는 성과를 이루며 제 모양을 갖추었으면 하는 바람이다. 작은 일이라도 단단한 직업의식을 가졌으면 한다.

鵲巢日記 15年 05月 21日

맑았다.

이른 아침 사동 개장하고 여기서 바로 봉덕동에 갔다. 봉덕동에는 카페 주인장 이 선생과 바깥어른도 함께 계셨다. 도착한 시간이 열한 시 가까웠는데 아침 드시지 않으셨는지 무엇을 드시며 계셨다. 혹여나 방해된 것은 아닌지 몰라 조금 쑥스러웠다. 내가 도착하고 잠시 후 대구 모 업체 기사가 왔다. 기사는 모르는 얼굴이며 어디서 만난 적도 없는 사람이다. 하지만 모 업체는 아는 업체라 이 선생께 여러 가지 조언을 드렸다. 오늘 여기 온 것은 드립그라인더 분도 조절 방법을 이르기 위해 왔지만, 기계는 이미 조립되어 있었다. 아침, 실험 삼아 드립 두 잔 내렸다. 어느 커피 회사 건지는 모르나 에스프레소 커피와 예가체프를 드립으로 내렸다. 찐 내가 몹시 나 맛이 영 아니었다. 웬만하면 마시는 커피지만 그냥 한 모금 입 대고는 말았다.

어제 주문받은 물량을 챙겨서 서 부장과 함께 배송 다녀왔다. 밀양에 내려가는 길, 덤프트럭이었다. 아무래도 졸음운전 했는지 차가 고속도로에 엎어졌다. 경찰차 한 대 대형 크레인 한 대 와서 차를 일으키기 위해 작업하고 있었다. 이 일로 고속도로가 상당히 막혔다. 우리가 내려갔을 때는 차가 그리 많이 밀리지는 않았다. 밀양에서 식사하고 볼 일 다 보고 올라올 때는 여전히 그 큰 덤프트럭을 견인하지 못했나 보다. 차가 이번에는 청도 지나서까지 죽 밀려있었다.

밀양, 에르모사에 왔다. 이번에는 동쪽 창가에 앉았다. 서 부장도 나도 스파게티 주문해서 먹었다. 주인장께서는 골동품을 꽤 좋아한다. 한 몇 달 뵈지 못했으나 새로운 골동품 몇 점이 눈에 들어왔다. 커피 분쇄기인데 아마도 일제 강점기쯤으로 보이는 물품 두 점과 집에서 오랫동안 썼던 서랍장 두 점이 보였다. 주문했던 스파게티 나왔다. 서 부장은 버섯 관련 스파게티 같은 거였고 나는 해물 스파게티였다. 그 전에 수프가 나왔는데 배고파서 그런지 맛이 꽤 있었다. 이 수프를 한 숟가락씩 떠서 먹는데 이런 생각이 들었다. 배경음악은 클래식인 데다가 카페 분위기는 로코코, 귀족풍 식사는 하나가 나오면 충분히 맛볼 수 있는 시간적 여유 다 끝나갈 때쯤이면 또 다른 메뉴, 그렇게 하나씩 먹으면 마지막은 스파게티다. 바깥은 자연경관에 아름답고 그렇게 응달은 아니지만, 햇볕은 충분히 보이는 이곳 에르모사에서 점심을 3시쯤 했다.

그러니까 이러한 식사를 즐기는 부류는 현대여성이다. 서 부장과 식사 한 끼 하면서도 이 카페 고객은 모두 여성분들뿐이었다.

대구 카페 무봐라로 향했다. 서 부장이 운전하며 나는 옆에 탔다. 운전은 직접 하는 것이 덜 피곤하다. 꾸벅꾸벅 졸기도 하며 백제사를 읽기도 하며 거래처에서 온 문자와 전화를 받기도 했다. 꽤 피곤했다. 중국 사마천이 지은 사기가 있다면 그 영향을 받아 지은 김부식의 삼국사기가 있다. 이 삼국사기가 사대부 주의적 역사관을 갖고 쓴 것임을 확인할 수 있는 것은 백제사에 더 뚜렷하다. 주의 여러 나라에서 쓴 당시 역사서 그러니까 중국의 진서, 송서, 양서 거기다가 일본의 역사 왜곡으로 말이 많은 일본서기까지 비교하여 보면 백제에 일어났던 일을 허술하게 적었을 뿐만 아니라 그 영향력을 축소 기술한 것임을 알 수 있다. 지은이 박영규 선생께서 각 사서를 비교하여 우리의 역사를 설명해주는 대목이 많아 읽을 가치가 있다. 나는 서 부장에게 물었다. 삼국사기 누가 지었는지 아느냐고 했더니? 솔직히 누가 지은 것 때문에 물었던 것은 아니었다. 우리의 역사관에 관해서 얘기 나누려고 했는데 누가 지었는지 모른다. 그러니 더는 할 말을 잃었는데 지금의 삼십 대는 학교에서 역사를 배우지 않나 하는 생각이 들었다.

단지 14

너른평야보면누떼가있다.푸른초원을향해대이동한다.악어떼득실거리는저
강을우리는건너야한다.어느누는무사히건넜지만어느누는발목잡혀강물에허
우적거린다.결국,발목날아간누가땅밟고초원에절뚝거리며걷는다.어느누는결
국강물의포악한식성에희생이된다.발목을잡고놓아주지않는악어가있다.악어
의골목대장이왔다.골목대장도모른다.오로지긴강물에얹혀있으니우리는악어
가되었다가누가되었다가어쩌면강물인듯아닌듯잠시있었는지도모르는억겁의
꿈같은현실에있다.

압량 마감할 때였다. 아까 더치에 관해서 오 씨와 여러 가지 말을 나누었
다. 그러니까 커피는 얼마며 얼마를 받았고 또 내린 커피는 얼마니 얼마를 받
고 팔면 된다는 둥 그러다가 그만 시재를 다 맞춰 놓은 오 씨와 계산 착오가
있었다. 솔직히 다 맞는 말이며 계산도 맞는데 인수하고 마감 때까지 책 읽다
가 또 글 몇 자 적다가 그만 다 잊어버렸다. 그래서 전화해서 다시 확인하니
떠오른다. 그러나 이 일로 오 씨가 꽤 마음이 상했다. '본부장님 아까 다 맞췄
다고 얘기했잖아요.' 그러니까 말이다.

鵲巢日記 15年 05月 22日

맑았다. 오늘 처음으로 모기에 물렸다.
역사를 읽으면 왕조의 흥망성쇠가 눈에 들어온다. 굵고 실한 왕의 치세가

있는가 하면 바람 앞에 등불이었던 왕도 있었다. 어느 역사를 막론하고 왕은 그 시대에 영웅이었다. 왕의 생몰년을 읽다보면 인생이 참 짧다는 것을 수시로 느낀다. 몇 년에 나서 몇 년에 죽을 때까지 그가 누렸던 치세라고는 불과 몇 년 밖에 안 된다. 한 사람이 뜻을 갖고 사회에 적응하며 사는 것도 몇 년 되지 않듯이 말이다. 오전, 백제의 왕 무령왕에 관한 역사를 읽었다.

이천 년이나 되는 역사를 도톰한 빵처럼 한 권 잡고 읽는 것은 아름다운 일이다. 장미처럼 피었다가 시든 왕가의 일대기를 읽고 있노라면 이 땅은 참으로 기름진 얼과 문화를 가진 셈이다. 고구려 역사가 시작되고 고구려가 사라졌다. 고구려의 유민 십제가 나라를 일으켜 훗날 백가가 더 모여들었다 해서 백제라 시작했으며 백세가 사라졌다. 오늘은 진시황제의 진秦의 후손일지도 모르는 또는 시황제의 북방민족 경계로 만리장성 축조에 동원되었던 연나라 사람의 후예일지도 모르는 진한의 역사로 시작하는 첫날이다.

○○동에 기계를 설치한 지 1주일이 지났다. 아직 기계대금을 받지 못해 문자로 인사했다. 잠시 후 답변이 왔다. '사장님 지금 응급으로 병원 왔는데요. 조금 다쳤어요. 수술 들어갈 것 같은데 수술 끝나고 전화 드릴게요.' 크게 위중한가 싶어서 교육을 맡은 강 선생께 알아보니 청소하다가 유리에 상처를 입은 것 같다. 자세한 것은 알 수 없었다. 전화하기도 뭐하고 그렇다고 문자로 확인하기도 뭐한 상황이었다.

본점에서는 화원에 창업한 이 사장 로스팅 교육이 있었다. 오늘은 생두 블루마운틴 커피를 직접 볶아 가겠다며 후배는 야무지게 말씀을 주셨는데 잘 볶았는지는 모른다. 다음 달에 로스팅 기계를 설치한다. 기계는 국산 태환 거로 했다. 설치조건과 기계사양을 선택했다.

단지 15

태권도장앞미리와주차하며맏이녀석기다린다. 차에탄아들보며선수치려다가아빠조금늦게와도돼요. 아령처럼집에왔다. 양은냄비에달걀다섯개넣고폭폭삶는다. 넣을때도깨질까봐조심스럽다. 더군다나소금을넣는이유는?누드화, 맨드라미꽃송이에폭익은노른자혹자는끓는점혹자는단백질의응집력이라결국누드화다. 벗긴저껍질은개수대밑에장착한칼날을맑고선명하게갈겠지. 구석기시대에버렸던음식찌꺼기거저말끔히씻겨내려갔으면, 동그란접시위단백질, 숨겨놓은진실, 미끄덩한탄력, 한알씩풍덩거리며넣는바다같은냄비에섬처럼솟았다. 탈해가왜국동북쪽일천여리에있는용성국출신이라는것, 진짜이유는, 양념잘된오래된김치찜보다는물과두부만넣어도갓지진두부찌개가낫다는거.

12. 카페인caffeine, 珈琲人

카페인은 커피나 차의 잎이나 열매에 함유한 알칼로이드alkaloid의 일종으로 인체에 흡수되면 중추신경계에 작용하여 정신을 각성시키고 피로를 줄인다. 카페인은 흰색의 결정체다. 꼭 바늘처럼 생겼다. 하루는 영대 강 선생님께서 연구한 실험노트를 본 적 있다. 커피를 분석한 노트였다. 실험관에 놓인 커피를 확대한 사진이 여러 장 있었는데 그 관 둘레는 죄다 하얀 결정체로 수많은 바늘처럼 싸여 있었다.

카페인은 쓰다. 커피에 쓴 맛이 나는 이유는 이 카페인 성분 때문이다. 우리 인간은 원시시대부터 이 카페인을 즐겼다. 지금 현대인이 껌을 좋아하듯이 커피나 차 잎을 따서 씹고 다녔을지도 모른다. 이는 신진대사를 자극하여 피로를 줄이고 졸음을 막는다. 이뇨작용을 촉진시키기도 해서 몸을 가볍게 한다. 이러한 작용도 한 시간이면 충분하고 서너 시간이면 그 효과가 떨어진다.

커피를 하는 사람은 모두 카페인珈琲人이다. 카페인처럼 손님께 정신을 각성시키고 피로를 줄여줄 수 있으면 아주 바른 카페인珈琲人이다. 영업장은 청결하며 손님이 앉아 편히 쉴 수 있는 공간으로 부가서비스는 잘 되었는지 카페인珈琲人은 늘 확인해야 한다. 능력이 있고 양심 바른 카페인珈琲人은 늘 영감을 불러일으킨다. 커피를 내리는 서비스에서부터 사회, 문화, 예술, 음악, 미술, 정치, 경제 등 다채로운 지식을 갖춰 그 어떤 손님과도 대화를 이룰 수 있다. 에휴 이리 적고 보니 나는 편협하다. 그렇다고 낙심할 필요는 없다. 언제나 더 나은 삶과 그 질을 높이는 것이야말로 본연의 자세다. 그러면 더할 나위 없는 바른 카페인珈琲人이겠다.

손님은 한 잔의 커피에 여유와 휴식을 담는다. 카페인珈琲人은 그 여유와 휴식을 만든다. 바늘처럼 일침을 놓을 수 있는 사회에 대한 비평도 아무것도 모르는 맹한 백지처럼 무한히 받아 적을 수 있는 처세도 좋다. 이는 모두 카페인珈琲人의 능력이다.

정말 우리는 카페를 이용한다. 카페는 오늘 하루 폭 쉴 수 있는 영혼의 안식처다. 카페인은 하얀 결정체만이 아니라 영혼의 마케팅 같은 백지도 있다. 아무도 걷지 않은 하얀 눈밭에 나의 발자국을 찍어보자. 영업에 자부심을 느껴보자. 그 자부심으로 내가 걸었던 삶과 희망을 심어보자. 비록 뜨거운 태양 아래 다 녹는다 해도 내 삶의 질은 한결 더 높았으리라! '동트기 전에 일어나라. 기록하기를 좋아하라. 쉬지 말고 기록하라. 기억은 흐려지고 생각은 사라진다. 머리를 믿지 말고 손을 믿어라.' 다산의 말씀이다.

鵲巢日記 15年 05月 23日

맑았다.

토요 커피 문화 강좌 열었다. 새로 오신 선생이 세 분이었다. 나이 많으신 분이 계신 것 같아, 자신감 심어주기 위해 이미 여기서 배워 일하시는 분 중 나이 좀 있으신 분께서 운영하는 카페 두 군데 소개했다. 더군다나 창업비에 고민이 많으실 것 같아 부담을 덜어드리기 위해 열심히 일하시는 업계 사장님 몇 분 소개했다. 그러니까 생각보다 창업비가 그리 들어가는 것은 아님을 말하고 무엇보다 내가 커피를 얼마나 많이 아느냐가 중요함을 이야기했다. 왜냐하면, 커피를 많이 알게 되면 일은 자연스럽게 추진될 것이며 추진된 일은 부드럽게 진행될 것이니까 말이다. 모두 재밌게 말씀을 들으시는 것 같았다. 오늘은 드립교육을 했다. 전국 라떼아트 최고 권위자로 활동하는 오 선생을 소개하며 시작했다. 오 선생께서 끝까지 수고해 주었다.

사동 직영점은 10시 정시에 모두 출근했을 것이다. 본점 교육이라 직원과 상면하지는 못했다. 압량 정오에 동원군이 출근했다. 동원군이 출근하자, 어제 주문받은 몇몇 군데 그리고 오늘 아침에 주문받은 곳에 들어갈 물건을 본부에서 챙겼다. 실은 어제와 오늘 주문은 월요일 배송해야 맞지만, 문자로 받은 내용은 모두 다급하게 주신 것 같아 직접 배송을 갈 수밖에 없었다.

우선 ○○에 갔다. 한 시 좀 지났다. 손님은 한 분도 없었지만 하기야 이때는 점심 갓 지난 시간이라 손님이 있겠는가마는 아르바이트 남자 일꾼과 그의 여자 친구로 보였는데 자리에 앉아 있었다. 남자는 20대 중반쯤으로 보였고 키가 훤칠한데다가 인물도 좋았다. 점장께서 계시면 커피 한잔 청해 마시며 배송에 관해 부탁 말씀을 드릴까 했다. 커피 내려놓고 확인하며 그냥 나왔다. 점장께 문자로 커피 왔다갔다며 인사드리시라 했다.

○○동에 들렀을 때는 두 시가 조금 넘었다. 손님으로 보이는 여자 두 분 있었다. 막 들어오신 듯 서 계셨는데 젊은 점장과 무슨 말을 주고받는 듯했다. 이곳 점장은 삼십 대 초반으로 알고 있다. 총각이라며 전에 점장께 들었

다. 손님으로 오신 여자 분은 모두 미인이었다. 젊은 점장은 커피를 곧 뽑을 듯 포타필터 들고 있었는데 나는 주문받은 커피를 내려놓고 전표를 바 넘어 건넸다. 그러니까 젊은 점장은 '구태여 이리 안 가져다 주셔도 되는데요.' 하며 인사로 말했다. 거저 감사하다며 싱긋이 미소로 화답했다. 그리고 얼른 나왔다. 아무래도 그 시간에 들어간 것이 꽤 방해된 것은 아닌가 하며 생각 들었다.

사동에 (주)유리안 대표 이 씨로부터 받은 플라스틱 더치병을 내려놓고 물건을 확인했다. 근데, 받은 물건이 다르다. 300㎖짜리 병이 내려와야 하는데 60㎖짜리 병이 내려왔다. 이 씨께 사진 찍어 문자 보내며 주문한 물건이 다르다며 보고했다. 이때 세 시 가까이 됐다. 곧장 대구 곽 병원에 갔다. 월드컵대로 거쳐서 달구벌 대로로 달렸다. 졸음이 쏟아졌다. 한 손으로 핸들 잡고 한 손으로 좌석 중간쯤에 서랍 통을 열며 껌을 꺼내었다. 전방을 주시하며 껌 하나 빼는데 그만하나를 뺀다는 것이 두 개는 흘렀고 하나를 잡았다. 씹는다. 단물이 입안 착 퍼졌는데 눈이 꽤 맑았다. 나는 이런 생각을 했다. 당 떨어져서 그러나 하며 생각했는데 아닐 거야. 하지만 머리는 꽤 맑았다.

4시쯤 곽 병원에 도착했다. 주문한 커피를 내려놓을 때 점장은 누군가와 통화 중이었다. 전표를 건네니 얼른 전화 끊으셨고 저쪽 병원에 일하는 이 씨 얘기를 하기 시작했다. 아직 손에 덜 익은 듯해요. 메뉴 숙지가 좀 부족한 듯합니다. 본점에서 실습하셨나요. 본점에서는 요즘 아이스 카페모카에 토핑으로 시나몬을 뿌리는가 보죠. 등 이야기 계속 이었는데 나는 거저 미소만 지었다. 조금 더 두고 보면 더 잘 하실 거예요 하며 인사드리고 나왔다. 곧장 중앙 병원에 갔다. 이 씨 보았다. 이 때 다섯 시 가까이 됐다. 에스프레소 한잔 청해 마셨다. 얼굴이 초췌해 보였다. 목도 쉬어서 어찌나 가련해 보이는지 거저 일 아주 잘하시는 거라며 격려 어린 말씀을 건넸다. 절대 커피 포기하시면 안 됩니다. 다시 한 번 격려했다. 그리고 주위 일하는 동년배 일꾼들을 이야기하며 앞으로 꿈에 더 신경 쓰시게끔 희망을 얘기했다. 이 씨는 잘하실 거라 다짐 삼아 적는다. 여기서 이 씨로부터 받는 보수 얘기를 들었다. 내가 보아서는 열악했다. 하지만 경영인으로 보면 잘한 처사다. 그러니 이곳 사장님은 돈을 버시는가 보다며 생각했다. 오늘 처가에서 밥 먹고 와서는 아내와 여러 가지 말을 나누었는데 직원 보수 얘기에 관한 것이 있었다. 분명히 우리 직원은 괜찮은 보수로 나가고 있는 것만은 사실이다. 이것은 업계와 비교해도 세무서에 발표한 평균자료와 비교해도 분명한 사실이다. 하지만 우리 직원은 오 선생께 이런 말을 했다. '아직 시급제로 계산하니 우린 알바나 다름없잖아요.' 각종 수당과 4대 보험은 무엇인가? 하며 생각이 지나갔다. 오 선생께 한마디 했다. 중요한 것은 직원에게 나가는 보수만 문제가 아니라 국가에 내는 세금이 더 큰 문제다. 한 달 경영하면 제로섬게임이지만 세금 낼 때면 적자 면하지 않으면 다행히 아닐 수 없는 일이다.

머리가 뻑적지근하다. 이렇게 글을 쓰는 것은 나의 최소한 자존심이며 나를 다스리는 것이다. 그러니 어찌 책을 생각지 않을 수 없는 일이며 책만 안 읽을 수 없는 처지도 맞게 된다. 누가 나를 위하며 누가 따뜻한 말 한마디 함께 하겠는가! 사는 것이 괴롭고 사람이 싫은지 오래되었다. 모르겠다. 돈이야 언제 벌릴지는 모르겠지만 혼자 조용히 살 수만 있었으면 할 때도 있다.

처가에서 저녁을 먹었다. 오늘 무슨 날이냐고 아내에게 물었더니 어떤 날

이어야 밥 먹으러 가느냐고 일축했다. 장인장모님께서는 포도밭에 일하시고 들어오셨다. 집에서 먹는 밥보다는 처가에서 먹으니 각종 반찬에 밥과 국만큼은 진수성찬이 아닐 수 없다. 장모님은 그리 바쁜 농사일에도 저녁을 이렇게 챙겨주시니 감사할 따름이었는데 평상시 잘 해드리지 못한 마음에 마냥 송구했다. 장인어른께서는 소주 한잔 하시게 하며 잔을 건네셨지만 운전도 해야 하며 아직 일끝나지 않아 사양했다. 식사 끝난 시간이 8시 반이나 지났다. 밥상머리에 앉아 오래간만에 여러 군말도 있어야 옳은 예의지만 9시 마감을 보는 동원군은 퇴근해야 한다. 장인어른께 저녁 인사드리며 나왔다.

9시 조금 지나서 압량에 도착했다. 동원군은 이미 마감을 다해놓고 기다리고 있었다. 아이스 아메리카노 한잔 청해 마셨는데 오늘 소개팅 있다며 카톡을 기다리고 있었다. 아이쿠 그러면 내가 시간을 너무 빼었나보구나 했더니 아직 연락 안 왔다며 괜찮다며 말한다. 삼십대 초반이다. 이성을 찾는데 무엇보다 신경 쓰는 일이며 또 신경을 그만큼 안 쓸 수도 없는 처지다. 평생의 반려자를 찾는 것이니 얼마나 중요한 일일까! '많이 만나면 끌리는 사람이 있을 거야 세상 혼자 사는 것이 아니니 근면성실하면 좋겠네.'

단지 16
털깎은붕이있다. 붕은강아지다. 전에는한번씩보면매우짖었는데지금은짓지는않고몸짓만한다. 나는털깎은그녀의몸통을어루만진다. 털은없지만, 거죽은두껍다. 털없는얼굴을본다. 코며눈이며입이며날름날름내는혀며만질때마다엉덩이만치켜든다. 지도여자라고생리한다. 엉덩이는주홍빛이고그늘는두툼하다. 생리혈이 깔아놓은 보자기에 여린 무지갯빛같이 쿡쿡 찍었다. 나는 그러느니 하며 본다.

鵲巢日記 15年 05月 24日

맑았다.

사동 개장하며 출근한 직원과 청소했다. 청소 끝나고 배 선생과 예지와 오래간만에 커피 한잔 마셨다. 음악회에 관심 두는 손님은 있었는지 물었더니 모두 없었다고 한다. 예지는 오히려 음악회 물어보는 손님은 여태껏 오시지는 않았다며 얘기했다. 나는 웃으며 그분도 간첩이었나 했다. 카페 활성화 방안으로 무엇이 좋을까요? 물었더니 배 선생께서 여러 가지 말씀을 주셨다. '다른 카페는 바깥에 앉아 커피 마실 수 있는 테라스가 있는데 우리는 없는 것 같아요.' 솔직히 테라스는 멋지게 만들고 싶다. 지대도 높은데다가 바깥을 훤히 내려다보며 커피 마실 수 있는 공간 하나쯤은 만들고 싶다. 하지만 이건 엄연히 불법이다. 관에서 허용한 영업 공간에 들지 않기 때문이다. 보통 업주는 하시는 일을 더욱 장려하기 위해 테라스를 많이 만든다. 하지만 이거는 경쟁을 부추기는 일도 되지만 동종업계에 심기를 건드리는 처사로 민원 들어갈 소지가 크다. 민원이 들어가기라도 하면 과태료가 부과되거나 원상복귀로 철거명령을 받을 수 있는 일이다. 내 하는 일을 더욱 잘하기 위해서 한 거라지만 우리는 주위의 따가운 눈초리를 받는 셈이다. 더구나 카페는 다중이용시설이기에 관심 대상이다.

'여 밑에 파스타 집 있죠. 팔려고 내놓았다고 하던데요.' 배 선생께서 한마디 했다. 얼마라며 금액도 자세하게 말씀을 주셨는데 돈이 꽤 되었다. 하기야 대로변인 데다가 신축 건물이다. 주차장까지 완비해 놓고 있으니 땅값 제대로 불렀다. 파스타 한 접시 파는 것보다 땅덩어리째로 파는 것이 오히려 낫다는 것은 분명하다. 그 정도 돈이면 충분히 땅 사서 새롭고 건실한 창의적 작품을 만들 수 있는 자본이다. 어찌 보면 세금도 절세할 수 있는 좋은 방안이 나올 수 있을지도 모른다. 그리고 보면 유목민의 삶의 철학이 오히려 현대인의 삶을 더욱 빛낼 거라는 생각도 들었다. 그러니까 안주하면 오히려 죽을 것이며 새로운 시장을 개척하며 나서는 사람이야말로 살 수 있을 것이다. 먹고 싸며 쉬는 삶의 주기를 길게 잡는 것이 오히려 더 나을지도 모른다는 것 말이다. 그러니까 하루 벌어 하루 경비 떨고 급급하게 쪼들리며 사느니 큰 덩어리 하나 만들어서 팔아버리고 그 돈으로 새로운 시장을 개척해서 더 좋은 정보로 멋진 아이디어 상품을 만드는 시간까지는 어느 것이 더 긴가 하는 것이다. 그만큼 마음의 여유를 가질 수 있는 시간이 매일 쪼들리며 사는 것보다 나을 수 있다는 것이다.

그렇다면 많은 비평을 받겠지. 비평을 받은 만큼 돈은 벌겠지. 글이고 뭐고 없겠지. 하지만 삶은 유복하겠지. 모를 일이다. 더 못할 수 있으니 앞을 장담한다는 것은 위험한 발상이다. 내실을 다지며 마음을 다스리고 내 하는 일에 뜻을 두는 것이 중요하다. 이것만이 하루를 살아도 바르게 사는 것이며 오래가는 것이리라 믿는다.

오후, 사동에서 책 읽으며 보냈다. 정평에서 문자가 왔다. 20일 자 커피가 향이 좀 덜하다며 오히려 지난 거 남은 것 있으면 바꿔달라고 했다. 마침 사동에 재고가 있어 바꿨다. 옛 점장 손 씨가 있었는데 커피 확인하기 위해 아이스 에스프레스 한잔 청해 마셨다. 맛과 향만 좋다며 한마디 했더니만 주위 사람도 '커피 맛 괜찮은데요.' 하며 맞장구 한다.

본점에서는 오 선생께서 본점용 아메리카노 커피 전용으로 쓸 커피를 볶았다. 가비와 한의대에서 커피 주문을 받았다.

압량은 옆에 성당에서 무슨 기공식 가졌나 보다. 오시는 고객께 물었더니 동편에 있는 건물을 허물고 대학생을 위한 용도로 건물 짓는다고 했다. 성당에 새로 부임한 신부님은 젊다. 아직 사십이 안 되신 거로 안다. 전에 신부님은 어찌나 딱딱하셨는지 옆에 커피를 팔면서도 여러 가지로 신경 쓰이는 말씀을 많이 들었다. 이번에 새로 부임해 오신 분은 아직 인사도 못 나눴다. 오신지 아마 1년 넘었지 싶은데 말이다. 대로변이 두 겹으로 주차한 차로 아주 붐볐다. 저녁때였는데 이렇게 붐빈다고 해서 커피 판매 하고는 거리가 멀다. 임시 주차요원으로 나서며 차를 정리하신 분 있었는데 가만 보니까 전에 암웨이 통해서 알게 된 전 사장님이다. 전 사장은 건축자재 관련 일을 한다. 그러니 이번 공사도 건축 관련이니 이렇게 참석하시었나 하는 생각도 든다. 얼떨결에 눈 마주쳤는데 악수하며 인사 나눴다. 실은 친함이 없으니 먼저 인사하기가 쑥스러웠는데 손을 건네니 밝은 얼굴로 악수하며 가게로 바로 들어왔다. 성당의 신부님 처세를 간접적으로 보는 마당이다.

단지 17
주차한차가대로변에두겹이다.가로수은행나무가제그림자만길게늘여놓는다. 구린내폭폭나는은행여기서왜생각나는건지! 나는그은행뭐잘모르고주운적 있다. 아이스테이크아웃용컵에다가가득담았다. 어떤때는손으로이개며씨를발 겼을때도있었고그냥물에폭담가놓았다가좀삭으면다시이개며씨앗을얻은적도 있다. 하얀소쿠리에그씨앗이한가득이다. 아무짝도쓸모없이내버려두었다. 차는 한대씩빠져나갔다. 은행나무는그대로다.

13. 로스터

로스터roaster는 굽는 사람 혹은 구울 수 있는 무언가를 말한다. a person or thing that roasts 여기서는 굽는 사람을 얘기한다. 그러니까 커피 볶는 사람이다. 커피 볶는 과정을 배전이라 하며 영어는 로스팅이다. 콩을 볶는 이유는 더 맛있는 커피 맛과 그 향을 즐기기 위함이다. 이 볶는 과정은 나름의 규칙이 있고 배전의 방법과 단계가 있다. 어느 정도 숙련된 기술을 쌓으려면 전문가 지도로 여러 번 볶아야 하며 또 보아야 한다. 가볍게 배우려면 매일 한두 시간을 투자해서 일주일은 해보아야 하며 전문적 수준은 약 한 달은 필요하다.

우리나라에 쓰는 콩 볶는 기계는 여러 종류가 있고 볶음을 구별하는 배전 단계도 몇 가지 있다. 이에 관한 정보를 모두 적는다면 족히 한 권의 책은 써야 한다. 여기서는 가벼운 철학을 심는 것이 목적이니 그냥 넘어간다.

그러니까, 콩 볶아보라!

커피는 이국에서 넘어온 씨앗이다. 모체에서 떨어져 나온 한 나무의 유전자다. 이 씨앗을 로스팅 기계에 넣고 볶으려면 몇 분은 넉넉히 필요하다. 그 과정을 유심히 보면 꼭 돌고 도는 세상 보는 것 같다. 수많은 사람이 모여 사회를 이루고 옥신각신 부딪히며 살아가는 세상 말이다. 커피 다 볶으면 색상은 단색으로 황금색도 아니고 그렇다고 짙은 갈색도 아닌 완전히 다른 모습을 본다. 부피는 조금 크데 무게는 조금 줄었다. 하지만 이 커피는 수많은 사람에게 또 다른 씨앗으로 태어난다. 커피 한 잔은 영감을 부르거나 어떤 위안을 주거나 아니면 최소한 휴식을 제공하고 갈증을 해소한다.

밭에 오이를 심으면 오이를 얻고 콩을 심으면 콩을 얻는다種瓜得瓜, 種豆得豆.[6] 물론 명심보감에 나오는 말이다. 내 영혼의 밭에 무엇을 심을 것인가?

우리는 조상 대대로 물려받은 유전자의 결정체다. 어느 책에서 읽은 바다. 우리는 단 몇 대만 거슬러 올라도 전 세계 그 어떤 조상과도 맥이 닿는다. 우리 인류는 한 어머니 아래에 나왔다. 물론 생물 시간이 아니라서 여성의 난세포를 이야기하거나 미토콘드리아가 어떻다는 말은 빼겠다. 우리의 몸 안에는 영웅도 예술가도 정치가나 경제학자도 있다. 위인의 씨앗은 모두 가지며 태어났다. 커피 한 잔은 유능한 로스터에 의해 재탄생한 것이다. 맑은 영혼의 한 잔 그대도 유능한 로스터가 될 수 있다.

鵲巢日記 15年 05月 25日

맑았다. 아파트 담벼락에도 길가에도 흔히 피어 있는 장미가 보기 좋았다.

---

6) 종과득과種瓜得瓜, 종두득두種豆得豆

천망회회天網恢恢, 소이불루疏而不漏

오이를 심으면 오이를 얻고 콩을 심으면 콩을 얻는다. 하늘의 그물은 넓고 넓어 성기지만 새지 않는다. 명심보감에 있는 말을 인용했지만, 그 속뜻은 다르다. 명심보감은 천명天命으로 선과 악을 이야기하지만 여기서는 거저 개인의 습성을 이야기하고 싶었으나 부족하다.

사동, 오늘은 점장이 늦게 나왔다. 얼굴도 보지 못하고 본부 일 때문에 나왔다. 오늘은 석가탄신일인데 동생은 또 한바탕 싸웠는지 이제는 더는 못 살겠다며 이혼 도장을 꽉 찍겠다고 했다. 근데 그냥 나가라는 김 서방의 무책임한 말에 어이가 없었던 건 마찬가지였다. 오늘은 석가탄신일인데 오 선생은 오후 늦도록 늦잠을 잤고 아래 저녁에 처가에 갔던 아이들은 염치없이 아침까지 해결했다. 오늘은 석가탄신일인데 용준이와 한학촌 배송 가기 전 백자산 곰탕 전문점에 가 곰탕 한 그릇 했다. 오늘은 석가탄신일인데 아주머니께서는 살코기로 하까요 잡고기로 하까요 하며 되물었는데 마! 잡고기로 넣어주소 했다. 오늘은 석가탄신일인데 잡고기 넣은 곰탕 한 그릇 나왔고 천장에는 조성모의 '아시나요' 흐르며 있었고 우리는 곰탕에 둥둥 떠 있는 소고기를 먹고 있었다. 오늘은 석가탄신일인데 소가 나서 여물을 먹고 커서 도축장에 갈 때까지 이 음악을 들었을 거로 생각하니 도축의 칼날이 목을 앗아 갈 때도 '아시나요'가 흘렀고 들었다면 가슴 먹먹했지만, 점심은 먹어야 했다. 오늘은 석가탄신일인데 도로바닥에는 차들로 즐비했고 카페는 텅텅 비었다. 오늘은 석가탄신일인데 후배가 경영하는 화원 AW COFFEE 집에 다녀왔다. 오늘은 석가탄신일인데 후배는 '선배님 홍시 주스 안 드셔 보셨죠. 이참에 한번 드셔 보십시오.' 하며 아르바이트에게 주스 두 잔을 만들어 내어드리게 했다. 오늘은 석가탄신일인데 내온 주스가 맛도 꽤 있었지만, 더욱 볼만한 것은 왕 빨대라는 것을 물고 빨았다는 것이다. 오늘은 석가탄신일인데 이탈리아 마피아가 생각나며 그들이 죽죽 빨며 뱉는 시가가 생각났다. 왕 빨대 잡으니까, 오늘은 석가탄신일인데 왕 빨대 잡으니 마치 한 손 묵직한데다가 제법 잡는 맛도 나는 것인데 당길 때마다 입안이 몽긋했다. 오늘은 석가탄신일인데 말이다.

단지 18

우리집대문은까만철문이다. 철문을열기까지는땅바닥에서무려스물한개단
밟고올라서야한다. 우리가아는숫자몇자쿡쿡누르면문이열리고우리가늘보는
이불이며비개[7]며밥그릇이며숟가락젓가락심지어땅바닥에흘린밥풀떼기까지
반긴다. 이집은며칠전에벗은옷도양말도러닝팬티까지너절하게뒹군다. 앞으로
입어야할옷도있으며가장가까운삶의지린내까지함께한다. 등붙이고누우면이
곳이천국인데눈뜨면까만철문열고나간다. 다시닫으면숫자는잊어버려도잘만
닫힌다. 더낮은땅바닥향해스물한개단밟으며내려간다. 언제들어올지모르는길
을나선다.

鵲巢日記 15年 05月 26日

맑았다. 은행이파리가 더없이 푸른 날이었다.

아침 일어날 때면 몹시 피곤하다. 종일 배송에다가 본부 장부 신경 쓰다
보면 맥이 다 풀린다. 저녁에 읽어야 할 책을 생각하며 목표했던 양만큼 읽으
려면 눈꺼풀이 천근만근이다만 읽지 않으면 머리가 아프고 머리가 아프면 몸
까지 시들하다. 몸은 늘 피곤하지만, 나는 복이라 생각한다.

오전에 잠깐 (주)유리안 대표 이 씨께서 다녀갔다. 커피가 필요했으며 잘
못 내려온 더치병을 도로 가져갔다. 압량, 정오에 오 씨가 정시 출근했으며

---

7) 비개: 베개의 경상도 사투리

서 부장과 국밥집에 가 점심을 먹었다. 영대 서편에 자리한 이 국밥집은 늘 붐빈다. 점점 이 집 국밥이 짜게 느껴지는 것은 왤까! 나의 입에 짜지만, 주인장께서 주신 국밥과 밥은 다 비웠다.

독서실과 네슬레 커피 대리점과 모 치과와 대구 모 대리점에도 다녀와야 할 일이 생겼다. 더군다나 배송 가야 할 집도 여럿이라 서 부장 혼자 하기에는 일이 많은 셈이다. 몇 건은 직접 다녀왔다. 바짝 신경써서 다니면 얼마 걸리지 않는 일이지만 곳곳 들르면 그냥 나올 수는 없어 안부라도 주고받으면 시간 꽤 걸린다. 오늘은 커피만 전달하며 나왔다.

하양에 커피 매장을 내기 위해 자리 좀 보아달라는 모 선생의 부탁이 있었다. 이 일로 내부공사만 전문으로 하는 장 사장, 본점으로 오시게 했다. 두 시 반에 만나서 하양에 세 시 전에 도착했다. 경일대 앞 상가건물이었다. 지금은 부동산중개매매 사무실로 사용한다. 주인장께서는 테이크아웃으로 커피를 팔고 싶었다. 매장은 이십여 평 족히 돼 보였다. 천고가 제법 높았는데 아무리 안 돼 보여도 약 삼 미터 오십은 넘어 보였다. 여기는 대학가다. 근방 커피집이 없어 테이크아웃 전용으로 내기보다는 카페로 전적으로 하며 어느 구석진 자리에 부동산 좌석 한자리 마련하는 것이 오히려 낫겠다는 생각이 들었다. 하루 매상 얼마가 오를 것이며 투자비는 어떻게 들어갈 거라는 얘기를 자세히 했다. 하지만 주인장은 그만큼 투자할 자본이 없다. 한 삼십여 분간 대화했지만 천여만 원도 투자하기는 어려워 보였다. 하지만 이왕 여기까지 온 이상 커피집과 예상 수익 그리고 투자비는 테이크아웃으로 낼 때 드는 비용과 카페만 전적으로 할 때 드는 비용만은 충분히 설명했다.

이야기 끝내고 다시 본점 돌아오는 길, 장 사장은 한마디 한다. 거래하기에는 조금 어려워 보이듯 여러 군말을 뱉었다. 나 또한 장 사장께서 본 눈빛과 다르지는 않았지만, 사회에 몸담은 이상 맡은 바 일은 해야 한다.

단지 19

한없이깊고넓은바다를누비며다녔을거라는고등어가노릇노릇하게구웠다. 한마디로말해서고등어백반이다.마른나물을무친거며생나물과콩나물, 김치와 각종반찬이널브러진밥상에는구운고등어가그중앙이라단연주인이다.뼛골도 노릇하게익어서젓가락으로새새발기면바다의층계를고스란히벗는다.벗은그 계단을한점씩오르면하늘은더없이자유롭고둥둥떠있는구름한쪽도부럽지않 다.가만,

가만있어라!깊은바다의압력도앞길한길도볼수없는먹먹한길이라생각지 말자.

함께 일하는 오 씨는 내린 더치 병을 열 병이나 챙겨서 가져갔다. 어디서 주문을 받았다고 했는데 솔직히 들어도 모르겠다. 거저 가방이 더부룩했는데 미소 지었더니 미소로 화답한다. 그래도 이 좁은 가게에 실성 안 하시고 이리 재미나게 일해주시니 기분은 아주 좋다.

압량, 여름 다가오니 띄엄띄엄 손님 오신다. 한 분이 오면 또 한 분이 오고 잠시 앉아 책을 읽다가도 또 들어오시니 커피 한잔 만들며 안부 전한다. 단골 이신 고 씨도 오늘 오셨는데 위로 올라가며 아이스 더치를 마시며 갔다. 근데, 친구 두 분과 내려왔는데 아이스 커피 석 잔 달라고 했다. 시럽은 늘 넣는

다. 오늘 어데 가시느냐고 물으려고 했는데 무슨 급한 일이 있는지 또 금시
나간다.

14. 다茶

다茶는 마시는 차를 말한다. 차는 예부터 우리 선조들이 즐겨 마셨던 음료다. 아마도 신라 시대부터 마셨던 거로 안다. 고려 시대에 들어와 궁정에 다방茶房이라는 관청이 생겨 차를 관리하였고 다촌茶村이라는 마을도 생겨 차를 임금께 바쳤다. 이때부터 차 마시는 문화는 귀족적으로 변모했다. 고려 시대는 불교가 국교였다. 불교를 숭상했던 고려는 여러 가지 불교 행사(연등회, 팔관회)에 차를 다루었고 이는 상류층에 특별한 문화로 이어 자기瓷器의 발전에도 귀했다.

차를 생각 하면 다산이 떠오른다. 다산茶山 정약용 선생은 차를 무척이나 아끼시고 좋아했다. 1801년 '황사영 백서 사건'에 연루되어 선생은 강진에서 무려 18년간 유배 생활했다. 이때 차를 재배하며 집필에만 몰두했다. 하지만 다산이라는 호는 선생께서 부르기 좋아했던 호는 아니었던가 보다. 생전에 잘 사용하지 않았다고 하며 선생께서 직접 지으신 '여유당'을 오히려 더 많이 쓴 것으로 안다.

'여유당'은 노자 『도덕경』 15장8)에 나오는 말이다. 예언약동섭천豫焉若冬涉川, 유혜약외사린猶兮若畏四隣이라 했는데 해석하면 미리 말하건대 겨울 냇가를 건너는 것과 같고 다만, 사방 이웃을 두려워하는 것과 같다. 여기서 예豫는 예전은 여與로 쓰였다. 현대에 와서 문맥상 예로 변천된 것이 아닌가 한다. 아무튼, 세상 바라보는 선생의 마음을 볼 수 있음이다. 그만큼 인간관계에 조심하겠다는 뜻이다.

현대에 와서 차는 커피까지도 포함한다.

시인 김현승 선생은 호가 '다형茶兄'[9]인데 직접 만드신 호다. 그만큼 커피를 사랑했다. 선생의 시로 우리가 익히 아는 거는 「가을의 기도」가 있다. 앞만 조금 언급하면 '가을에는/기도하게 하소서/낙엽들이 지는 때를 기다려 내게 주신/겸허한 모국어로 나를 채우소서' 선생은 열두어 살 때부터 커피를 마시기 시작했다고 하니 참! 일찍 맛을 본 셈이다. 그때 이후로 하루 몇 잔씩 습관적으로 마셨다고 한다. 또 그만큼 오래 마셨기에 커피 하나만큼은 남다른 자부심이 있었다고 한다.

그러니까 집에 손님이 찾아오시면 물부터 끓였는데 꼭 선생의 방식대로 커피를 태웠다고 한다. 그리고 여름철엔 일곱 시쯤, 겨울철엔 여덟 시쯤이면 반드시 집 근처의 다방에 나가 좋아하는 종류의 커피를 마시는 습관이 있었다고 하니 이 시간만큼은 일과 중 가장 쾌적한 시간이었다는 것이다. 아마도 선생께서 커피와 고독으로 이룬 시간이 시의 영향으로 있지 않았나 하는 생각이다.

---

8) 필자의 책 『카페 조감도 대표가 쓴 카페 간 노자』 100p 참고
9) 김용범 『커피, 치명적인 검은 유혹』 184p 참고

鵲巢日記 15年 05月 27日

오늘도 꽤 맑았다. 아이스 아메리카노가 무척 그리울 정도로 날씨가 더웠다.

오전, 박영규 선생께서 쓴 『신라왕조실록』을 읽었다. '진흥왕 실록'을 읽다가 화랑도에 관한 내용을 읽었는데 신라는 성문화가 지금의 현대사회만큼이나 문란했다. 선생은 이렇게 되었던 이유를 골품이라는 계급과 이를 바탕으로 왕위세습에 이유를 두고 있다. 그러니까 성골은 부모 모두가 왕족인 사람인데 이는 가족 간의 결혼풍습을 낳았다. 그러니 어릴 때 함께 자란 형제자매나 사촌 간이 된다. 그러니까 형제자매나 사촌이 이 세를 보는 것은 왕족으로 목적을 두는 것이지만 진정 사랑이 있으면 다른 배우자를 택해 결혼하는 것도 비일비재하게 많았다. 나는 이 성문화를 보고 이런 생각을 했다. 가족적인 문화가 그나마 폭군을 낳지 않았던 건 아닌지 이러한 가족력이 신라가 삼국을 통일할 수 있게 한 원동력은 아닌지 하며 생각해본다.

신라는 참으로 독특한 문화를 낳은 셈이다. 아직 다 읽지는 못했지만, 왕위 세습도 박, 석, 김으로 이어지다가 17대 내물왕 때부터 완전히 김 씨 세습으로 잇는다. 이렇게 성씨가 다른 왕으로 이을 수 있었던 것은 신라가 모계사회였다는 것이다. 또 하나 독특한 문화는 마복자라는 것이 있는데 이는 '배를 문질러서 낳은 아이'라는 뜻으로 왕족 중 어느 부인이 임신했다면 그 부인을 왕은 받아들여 함께 살면서 즉 살을 맞대고 정을 통함으로써 태어날 아이와 인연을 맺는다. 이는 일종의 의제가족 관계를 맺는 풍습인데, 성적인 접촉을 그 수단으로 삼는다는 사실이 매우 놀랍다. 세계사 어디를 보아도 이런 유례는 없다고 한다. 법흥왕은 소지왕의 마복자 출신이라 선생은 적고 있다. 이는 또 영광스러운 일이라 훗날 화랑의 문화를 낳기도 한다.

　서강 이 사장께서 다녀가셨다. 새로 출시된 연유 몇 개 주고 가셨다. 하나는 본점에 가, 직접 맛을 보았는데 코코넛 향이 아주 진해서 이전에 사용했던 연유에 비하면 차별이 많이 날 정도로 좋았다. 이때 화원에 일하는 후배 이 씨가 교육받고 있었다. 이 씨께도 맛을 보였다. 모처럼 드립 교육을 받고 있어 참관하며 지켜보았는데 오 선생의 부탁으로 드립 하는 방법을 차근차근 시행하면서 보여드렸다. 나중에 후배는 하리오 드리퍼와 거름종이를 사 가져 갔다. 거기다가 매장에 쓸 아메리카노 원두와 에스프레소 기계 그라인더를 샀는데 가게에 여러모로 쓰겠다고 했다. 그러니까 아메리카노 전용과 에스프레소 전용으로 구별해서 쓰는 것이 된다.

　오후, 청도 두 곳, 대구 한 곳에 커피 주문이 있었는데 서 부장께 맡겼다. 오늘은 사무실에 줄곧 있었다. 소득세 신고 관련으로 여러 가지 자료를 갖추기 위함이었다. 작년 매출이 4억 넘었다고 세무서에서 전화가 왔다. 작년 인건비만 1억천만 원이 넘었으며 삼성카드만 사용금액이 구천만 원에 이른다. 가게 세와 금융기관대출이자가 남았다. 올해는 세무 관련 일이 또 뭐가 바뀌었는지 세금을 다른 때보다 더 많이 내니 자료를 충분히 갖춰 가져오라며 신신당부를 한다. 나는 또 몸이 실실 아프다. 신경이 갑자기 당겼는지 입맛이 없어 저녁을 먹지 않았을 뿐 아니라 뼈마디가 골절한 것처럼 아팠다.

단지 20

봉고스타렉스앞범퍼가쓰다가구긴종이처럼알아볼수없었다. 평탄한길같다 가도모르는어느돌부리에콱찍었는데찢는종이처럼그냥지나갔다. 하루가그렇 게지나갔다. 하지만봉고스타렉스가안중에없었던끄트머리는늦은오후뼈마디 가욱신거리는상황에서일어났다. 바깥으로나가보니눈알이튀어나왔고턱이조 금내려앉았다. 아무렇지않게하루를달렸고지금은석양을등지면서있었다. 천방 지축뛰어놀다온어린강아지처럼색색안기며있었는데열기는아직식지않았다. 아직가야할길이수만수천리라거저보기에안쓰러웠다.

청도 다녀온 서 부장은 오후 늦게 차가 심하게 긁었다며 보고한다. 나는 무척 놀랐는데 어데 하며 뛰쳐나갔다. 자세히 보니 앞범퍼 긁은 데다가 부분 적으로 부서졌지만, 이는 다 부서진 거나 마찬가지였다. 전조등이 상대적으 로 툭 튀어나와 있었기 때문이다. 이대로 탈 수는 없는 지경이라 내일 정비공 장에 넣어야겠다며 한마디 했다. 언제 사고가 났느냐고 물었더니 어제 일이 발생하였고 오늘에서야 보고하는 거라고 했다. 인사사고가 없으니 천만다행 이 아닐 수 없었다.

단지 21

허리잘뚝한잔을만졌다. 빨대꽂은커피다. 마냥구부려당겼다. 얼음잘녹지않 는다. 노란탁자위문은얼룩하늘빛같다. 거울처럼큰눈동자에별빛같다. 모든세계 는다볼록하다. 알아볼수없는한방울이슬처럼죽은숨결에스민다. 코팅한바닥이 아주미끄럽다. 어느새네프킨한장석다녀간다. 죽죽당긴잔얼음만있다. 블루마운

틴은장자의나비처럼왔다갔다.

맑았다.

욕심을 내면 몸이 상한다. 읽어야 할 책이 많지만, 몸만 자꾸 허해지는 것 같다. 박영규 선생께서 쓰신 우리나라 역사에 관한 각 왕조의 실록을 다시 읽 겠다고 마음먹고 잡은 일이다. 무려 한 달 가까이 지났건만 고구려 백제를 거 쳐 신라왕조에 다가섰다. 마음은 하루 한 권이지만 여러 가지 일로 한 왕조의 어느 왕의 치세만 들여다보는 것도 하루가 걸린다. 하지만 읽을수록 시대상 을 보니 지금 시대와 구별이 되고 시대만 바뀌었지 무엇이 바뀌었나, 할 정도 로 너무나 똑같은 인간사다.

세무서에 다녀왔다. 소득세 신고에 관한 일로 그간 모은 자료를 챙겨서 맡겼다. 그러니까 인건비와 이자와 각종 세금과 같은 것인데 담당 세무 여직 원에게 드리며 물었다. 소득세 공제에 대해서 또 무엇이 있을까 하며 물었 다. 나는 여러 가지 세금을 들었지만, 여직원은 그것이 그렇게 많이 차지하 는 것은 아니라고 했다. 제일 많이 차지하는 것이 인건비니 지금 챙겨온 인 건비만 보아도 되지 않겠느냐며 말하는데 자세한 것은 산정해보고 전화하겠 다고 했다.

세무서에서 나와 여기서 가까운 정비공장에 들렀다. 전에 아내가 이곳 정비공장 사장이 처남 친구라고 했다. 봉고 스타렉스 앞범퍼 견적을 보았다. 약 40여만 원이 들 거라고 했다. 나는 범퍼를 주문하시라고 했다. 이 차량은 영업용이라 늘 타고 다녀야 해서 준비되면 전화 달라고 했다. 정비하는데 시간은 약 4시간가량 소요된다고 했다. 가려달라고 했다.

장 사장께서 전화가 왔다. 불로동에는 언제 올 거냐고 했는데 내일 가겠다고 했다. 장 사장은 불로동에서 집 한 채 주문받아서 짓고 있다. 소득세 관해 나에게 묻는다. 작년 매출이 없으면 소득세 내지 않는 것 아니냐며 했다. 그래서 매출이 없는데 무슨 소득세가 있겠느냐고 했다. 실은 장 사장은 어떤 공사를 맡아 일하면 금액단위가 높아 몇 억은 여사다. 커피는 한 해 팔아도 한 점포당 1억 넘기기가 힘들다. 하지만 건축은 자료가 없으니 세금 또한 피한다.

본점에서는 저녁 늦도록 커피 교육을 했다. 오 선생께서 수고했다. 월말이라 그런지는 모르겠다. 본점과 사동 조감도 매출이 급감했다. 성수기 접어들었지만 지난 겨울철만치 어렵기만 하다. 사는 것이 왜 이리 힘이 드는지 눈물 날 지경이다.

제주도에서 택배가 왔다. 선생님께서 이번에도 고사리를 꺾어 정성껏 상자에 담아 올려주셨다. 고사리 주실 때쯤이면 집안에 제사가 가까이 있었다. 제사 때마다 선생님께서 주신 고사리를 정성껏 올렸다. 정말 어떤 말씀을 드려야 할지, 감사하게 잘 받았음을 선생님께 문자로 인사 올렸다.

단지 22

투박한뚝배기에뼛골만가득담은해장국이다. 나는그뜨거운뼛골하나씩건져 살발기며물렁물렁한고기를먹는다. 하얀뼈만골라담은뒤주그릇과빈뚝배기만 남았다. 우리는최소한야만인처럼지나왔다. 더거슬러오르면말할게무어랴!토기 를만든신석기는지나는계절처럼뼛골본다. 울창한숲을거닐며무리를이끌던돼 지족처럼두려운눈빛같으나한세대는다음세대에묻히고만다. 어느새아무것도 없는봉분처럼하늘본다. 나는새며바람따라흔드는이파리며그어느것도담지못 할것도없다. 단지, 뒤주그릇처럼빈뚝배기처럼가야할길걷는다.

15. 달걀

달걀은 닭이 낳은 알이며 순우리말이다. 한자로는 계란鷄卵이라 표기한다. 닭은 원래 동남아 열대에 살던 야생 새였다. 약 만 년 전 가금家禽으로 길러지기 시작하여 각지로 퍼져나갔다. 달걀은 그만큼 우리 인간에게 필수적 영양을 제공했다. 우리의 역사도 달걀 먹었던 흔적을 쉽게 찾아볼 수 있다. 삼국시대까지 오른다. 신라 고분에서도 달걀이 든 토기가 출토되기도 했다.

지금은 달걀을 사다 먹기에 어려운 가정은 그리 많지 않다. 소싯적이다. 초등학교 다닐 때였다. 점심시간이면 도시락을 먹는다. 우리는 흔히 벤또라 했는데 일본말이다. 도시락에 달걀프라이라도 한 장 얹어 오는 이는 그나마 부유한 집이었다. 도시락 반찬으로 김치가 흔했는데 보통 병에다가 담아 다녔다. 학교에 가면 이 김칫국물이 흘러 책가방 안에 든 책이 한 모퉁이씩 물들기도 했다.

초등학교 4년이 되도록 고무신을 신고 다녔다. 반에 이 고무신 신은 아이는 딱 두 명이었다. 모두 우리 동네 아이다. 하나는 친구 장훈이라고 숭산에 살았고 나는 그 아랫마을에 살았다. 장마철이었다. 동네 가로지르는 도랑이 있었는데 평상시에는 이 다리가 제법 낮아도 흔히 건너다녔다. 하지만 비 오는 날은 늘 물이 범람해서 건너기에는 마뜩찮다. 하루는 비 억수로 내렸는데 아버지는 빙 둘러 오라고 신신당부했다. 나는 그래도 이 다리만 건너면 바로 집이라 아버지 말씀도 듣지 않고 막무가내 건너다가 그만 고무신 한 짝 잃고 말았다. 아! 그때 아버지께 엄청나게 꾸지람을 들었다. 에휴 또 샜다.(사족) 아무튼, 가난했다. 달걀은 귀한 음식이었으며 소풍 갈 때나 한두 개쯤 삶아 가곤 한 기억이 있다. 뽀빠이 한 봉지 들고서 말이다.

70년대 다방은 모닝커피를 팔았다. 물론 70년대는 필자는 초등학교 다녔던지라 다방은 가지 않았다. 그때는 완전 극 촌이라 다방도 실은 없었다. 면 소재지 아니 읍 소재지쯤에나 나가야 다방 구경 할 수 있었을 것이다. 나는 강준만, 오두진 선생께서 지은 『고종, 스타벅스에 가다』라는 책을 통해 알게 되었다. 물론 책뿐만 아니라 고등학교 졸업하고 정말 다방 비슷한 어떤 찻집에 간 적 있는데 달걀노른자 동동 뜬 쌍화차는 본 적 있다. 유추해서 거슬러 보면 그럴 수 있겠다는 생각이다. 다방레지 문화도 알고는 있지만, 이 필자는 겪어보지는 못했다. 아무튼, 이 모닝커피에는 달걀노른자를 동동 띄웠다 한다. 이는 아침 대용으로 많이 나갔다며 선생은 이야기한다. 젊은 총각들이 다방 출입이 잦았는데 모닝커피가 우선이었는지 레지의 그 예쁜 손이 먼전지는 모를 일이다.

2007년이었나! 드라마 '커피 프린스 1호점'이 방영됐다. 이 드라마를 기획한 이가 바리스타 이동진 씨로 알고 있다. 그는 모닝커피를 재현했다. 물론 드라마도 꽤 인기를 끈 것으로 알고 있다. 나는 집에 TV가 없어 볼 수 없었다. 하지만, 커피를 하는 사람으로 이 드라마가 뜨고 있었다는 것은 알고는 있었다. 모닝커피를 생각하면 나는 우리 조감도를 많이 생각한다. 과연 이곳도 되겠나 하는 마음에서다. 하루는 조회했다. 모닝커피는 팔리지 않을 거라는 것이 대세며 달걀프라이는 좋아하지 않겠나 하는 의견은 있었다. 그냥 생각 중이다. 이 말을 아내 오 선생께 잘못 꺼냈다간 커피는 영 얻어먹기 어렵지 싶다. 조심스럽게 기재한다.

鵲巢日記 15年 05月 29日

맑았다.

오전 대구 동구 불로동에 다녀왔다. 장 사장께서 짓는 건물을 보기 위함이다. 사동에서 출발하면 수성나들목을 지나 불로동으로 빠져 나올 수 있다. 시간은 약 삼십 분 정도 걸린다. 장 사장께서 건물 짓는 곳은 신라 시대 것으로 보이는 고분이 꽤 있는 곳이었다. 그중 몇 개가 발굴되었는지는 모르겠지만 4~5c 경으로 추정한다고 팻말석이 있었다. 짓는 집은 그 팻말석에서 불과 몇 m 앞이었다. 이곳에 건축허가가 나온 것이 신기하다며 말을 건네니 장 사장도 같은 뜻이었다. 하지만 기초공사하며 땅을 파보니 바닥은 천석뿐이라고 했다. 도착한 시간이 11시 좀 못되었는데 현장에 나와 있는 인부는 잡부 한 명뿐이다. 건물은 골조는 다 뺀 상태였다. 이제 내부와 외부에 신경 써야겠다. 한 삼십 분 있었을까! 자전거 타고 오신 분이 있었는데 사람 꽤 선해 보였다. 장 사장과 인사하며 서로 말을 건넸는데 분명히 집 주인 같았다. 현장에 들어가는 모습 보며 넌지시 물으니 맞다. 나는 장 사장께 짓는 건물에 좀 더 신경 쓰시라며 한마디 건네고는 본부로 들어왔다.

정문기획 사장님께서 전화 주신 건 참, 오래간만이다. 소득세와 부가세에 관한 일로 전화가 왔다. 마침 점심때라 식사 함께 했다. 서 부장도 함께 사동에 자리한 '도미'에 갔다. 이 집은 오늘 처음이다. 고기 집인데 바깥에서 보기에는 술집이 아닌가했다. 들어와 보니 그런대로 식사하기에 괜찮은 집이다. 기획사 사장님은 남달리 내가 하는 커피 사업에 관심이고 또 걱정스럽게 보아왔다. 오늘도 여러 가지 말씀을 아끼지 않았는데 월드컵대로에 있는 B 카페를 얘기한다. 그러니까 이 집은 메뉴 중 뭐가 있는데 꽤 잘 나간다는 둥 어느 집은 개업할 때는 손님이 붐볐는데 요즘은 자리가 왜 이리 비는지 말이다. 그래도 영업이 되며 운영은 되어 가는지를 물었다. 실은 답답한 것은 나였지만 호들갑은 기획사 사장이 더하다. 식사 마치고 본점에서 커피 한잔 마셨다. 여기서 가까운 사동에서 커피 한잔 하면 되는 것을 마침 두 시까지 대구대에 가야 할 일이 생겼다. 서 부장 시간이 빠듯했다.

기계를 시험운전 했다. 내일 교회에 들어갈 기계다. 볼트를 조이고 콘센트 작업을 끝내고 가동해본다. 내일 설치해도 괜찮을 정도로 아무런 이상이 없었다. ○○동에서 전화가 왔다. 커피가 다 되었다. 결재에 관한 말씀을 드렸지만, 오늘 송금하겠다고 했다. 하지만 입금하지 않았다.

단지 23
종달새같았다. 아니종달새였다. 창밖에보이는그새는어디서날아왔는지나무 난간에있었다. 머리가참새에비하면컸다. 쫑긋쫑긋새운머리카락도이색적이며 총망하게바라보는눈빛도잊을수없다. 어디서날아왔는지똑같은새가하나더있 었다. 두새는서로를내색하지않으며하나가날면하나가그뒤를따라날고하나가

난간에다시앉으면다른하나도그옆에앉았다.저건너편까만도로에는수많은차가지나며있었고새가바라보는창밖은새처럼새를바라보며있었다.말간봄날이었다.

鵲巢日記 15年 05月 30日

오전에 비가 왔다. 오후에는 흐렸다.

토요 커피 문화 강좌를 열었다. 오늘도 새로 오신 분 한 분 있었다. 교육내용을 소개하며 커피에 관해 궁금한 점 있으면 질문할 수 있는 시간을 드렸다. 한 분께서 교육내용에 관한 질문이 있었다. 그러니까 정식교육을 받게 되면 어떤 과정을 거치게 되는지 물었다. 아주 간단하게 말씀드렸는데 커피 이론과 로스팅 그리고 라떼와 기타 메뉴 순으로 잇는다고 했다. 물론 두 달여 간 교육을 받아도 부족할 수 있을 거라며 그 부족한 것은 실습으로 배워나가도록 배려한다고 했다. 창업교육이다.

압량은 요즘 옆집 성당에 대공사가 시작되었다. 대학생을 위한 어떤 공간을 마련하기 위해 건물 짓는다고 했다. 공사가 삼 일째 진행하는 모습을 지켜보게 되었다. 전에는 마당이 다소 높았다. 이 높은 마당이 도로 면과 거의 일치하도록 땅을 파 내었다. 이 땅을 파내는 과정에 화단에 조성한 나무가 캐내어 지고 토막토막 났다. 수종도 그렇지만 제법 큰 나무로 인해 주위 사람에게 적지 않은 풍경을 안겨다 준 나무였다. 매년 벚꽃이며 목련 꽃을 보았는데 볼 수 없게 되었다.

점심을 가족과 함께 먹었다. 외식했다. 경산 대평에 자리한 무슨 갈비집인데 냉면도 함께하는 집이었다. 이 집은 주차장이 이층과 삼층에 있다. 건물 일층만 매장으로 사용한다.

경산 은혜로 교회에 에스프레소 기계를 설치했다. 전에 압량에서 교육받은 김 씨가 있었다. 기계에 들어가는 전기용량이 맞지 않아서 전기업자가 오기도 했다. 주말이면 늘 바쁜, 입 툭 튀어나온 허 사장이 와서 약간 도와주었다. 전기업자가 전기시설을 해놓은 뒤 버튼마다 알맞게 추출할 수 있게끔 세팅했다. 교회 안이 깔끔하고 기계를 설치한 공간 또한 너르고 좋았다. 햇볕이 잘 들어올 수 있도록 창이 많아서 그런지 에스프레소 기계가 예쁘게 보였다.

오후, 집에서 한 시간 쉬었다. 5시쯤 본점에 나가 책을 읽으며 보냈다. 팔공산에서 오신 손님인데 단골손님이다. 바bar 안쪽에서 본점장은 샤케라또라는 메뉴를 하는지 씩씨그덕-씩씨그덕 거리는 소리가 들렸다. 세이커 흔드는 소리였다. 나중에 물으니 단골이라 서비스했다고 한다. 9시쯤 압량에 나가 동원이와 함께 마감했으며 곧장 사동에 가 책을 읽으며 쉬었다. 정의가 '본부장님 드립 한잔 헤드릴까요?' 하며 물었는데 오늘은 이상하게도 커피가 당기지 않았다. 하지만 한잔 달라고 했다. 정의가 싱긋이 웃었다. 11시에 사동을 마감하고 곧장 본점에 들어가 성택군 마감하는 모습을 지켜보았다. 11시 40분에 본점 마감했다. 11시 45분 본부에 들어와 일기를 마친 지금 시각 12시 30분,

지난 30일 일기를 모두 마감한다.

단지 24

아침이면바짝마른입처럼

뻥뚫은목구멍처럼

천장만바라보다가

천년가뭄에소나기맞듯흠뻑적셔도보고

띄엄띄엄오가는바다에뜬섬처럼

유랑하다가

빈그릇루주발린숟가락도

담뱃내나는물잔도

계걸스럽게빨아당기는토네이도에

궁예보다가

까만티입은사내가오고

해는저물어

습내나는밑구멍도닦아주고

털신같은솜뭉치가지런히놓고

노란고무장갑벗어걸쳐놓고

아직도탄탄한어깨에걸쳐놓고

16. 우유

우유는 소에서 짠 젖이다. 색상은 하얗다. 우유는 각종 영양소가 인체의 요구에 아주 잘 맞는 단일식품 중에서는 으뜸이다. 인류가 소를 가축으로 사육하기 시작한 것은 약 BC 6000년경으로 추측한다. 아마 이때부터 우유를 먹었을 것으로 추측한다.

우리나라는 고구려의 시조인 주몽이 말의 젖을 먹고 자랐다는 설화가 있다. 우유는 삼국, 고려, 조선 시대까지 이용했지만, 왕이나 귀족, 특수계층에서만 마신 것 같다. 낙농업이 본격적으로 시작한 것은 1960년대부터다. 이때부터 꾸준히 이용하여 국민의 필수식료품으로 자리매김했다.

우유는 우유뿐만 아니라 이를 가공한 식품까지 합하면 유제품이 종류별로 많다. 특히 커피전문점의 빠른 성장은 우유 소비를 더 촉진했다. 커피는 카페인이 많아 인체에 부정적인 영향을 이 우유로 보충한다. 우유는 칼슘과 각종 비타민이 많아 커피와 배합하는 식품으로는 단연 최고다.

우유가 들어간 커피는 나라별로 부르는 호칭도 각기 다르지만, 에스프레소 본고장인 이탈리아 말로 라떼라 한다. 라떼를 주문한 손님은 단지 커피의 성분과 우유의 성분을 알고 주문하는 것보다는 오히려 아트에 더 관심인 것도 사실이다. 한때 이 라떼아트를 보기 위해 커피를 배우겠다고 하는 이도 많았다. 실지로 커피 한잔을 만드는 이 기술이야말로 최고의 바리스타로 인정

받기까지 했다.

커피전문점 최고의 매출 품목은 단연 아메리카노다. 다음이 이 라떼다. 우리 동양인은 우유가 그리 내성이 강한 것은 아니지만, 식생활은 점점 서구화되다 보니까 커피를 많이 찾게 되고 이와 곁들여 마시는 라떼가 흥행하게 됐다. 나는 아직도 아메리카노나 드립이 좋다. 우유가 싫어서가 아니라 맑고 깔끔한 커피 한 잔은 입안까지 무언가 다 훑어 씻은 것 같다.

요즘 커피 집이 많아 또 이곳에서 일하는 인력도 꽤 많이 필요하고 많이 지나가기도 한다. 라떼아트를 배우겠다고 아까운 우유를 마구 쓰는 것을 본다. 물론 좋은 기술을 얻기 위해서는 어쩔 수 없는 일이겠으나 그래도 엄연한 자원이며 생산품이다. 마셔보지도 않고 마구 버려지는 커피와 우유를 볼 때 매우 안타깝다.

정말 내가 다루는 커피, 그중 라떼아트로 만들었다면 한 모금의 예는 필요하다. 어떤 이는 아예 커피를 마셔보지도 않고 영업하는 이가 많아 이는 뻔한 결과를 초래하기도 한다. 내가 다루는 상품에 대한 믿음의 결여다. 진정한 바리스타라면 내가 다루는 자재와 그 속성을 알고 아낄 줄 알아야겠다.

鵲巢日記 15年 05月 31日

讀
깨끗하게비운과자봉지처럼 꾹꾹눌러담은쓰레기봉투처럼 태양아래걸대걸어놓은행주처럼 밤길환하게비춰주는가로등처럼 맑았다.

오전에 사동에서 잠깐 책을 읽다가 정의와 예지가 출근한 모습을 보고 집에 들어왔다. 집에서 박영규 선생께서 쓴 『고려왕조실록』의 후삼국시대와 태조 왕건에 관한 부분을 읽었다. 그러니까 태조 왕건의 일대기였다. 왕건은 궁예의 지도자 밑에서도 물론이거니와 각 전장에서도 생사 위기가 많았다. 이러한 생사위기를 모면했던 일과 지방 호족세력을 통합하는 과정을 거쳐 국가의 기틀을 잡았다. 신라가 당의 도움으로 한반도를 통일했다면 고려는 자력으로 통일을 일구었다.

태조 왕건의 삶을 읽다가 자꾸 역사 드라마에 출연했던 배우 '최수종'이 떠오르는 것이다. 왕건의 배역으로 어찌 보면 잘 맞았던 건 아닌지 아니면 배우 최수종께서 주어진 배역을 잘 소화한 건지 아무튼 책을 통해 읽는 것도 어쩌면 드라마에 나오는 분위기와 상이 어렸다.

사동 조감도에 다녀온 어느 고객께서 하신 말씀을 어느 지인에게서 듣게 되었다. 옆집(두붓집과 터줏대감)을 이용하신 고객은 주문하신 메뉴 금액에 5% 할인을 받을 수 있다는 팻말을 조감도 문 앞에 놓았다. 물론 여기는 한 씨 문중 땅이라 이곳 상가 홍보와 협력 차원에서 한 일이다. 근데 단체손님으로 옆집을 이용하고 우리 카페에서 커피를 마셨는데 나가실 때 이미 계산이 다 끝난 상황에서 5% 할인해 달라는 요구가 있었던가 보다. 물론 고객은 앞에 끝난 계산에서 다시 번복하여 계산해야 하는 계산대 일의 번거로움을 잘 모른다. 계산대는 번거로움 속에서도 할인해 드렸지만, 이 과정에 뭔가 오해가 있었는지 불만이 잔뜩 있었나 보다. 그러니까 직원의 배려하는 마음이 차지 않았다. 가끔, 사동에서 책 읽으며 있을 때, 이러한 모습을 본 일도 있다. 그러니까 커피를 주문하고 계산할 때 할인권 있으면 미리 하면 되는 일인데 나가실 때 다시 계산을 번복하는 일이 생기니 직원은 일하기에도 번거롭기는 마찬가지다. (연인이나 남자 손님은 그나마 괜찮다. 아주머니 여럿 오실 때 이러한 일이 많이 생긴다. 계산대에서는 미리 공지해도 비일비재하게 생기는 일이다) 계산 문제는 어느 곳 어느 부서 할 것 없이 민감한 일이라 다 마찬가지인 듯하다.

압량에서 가야역사를 집중적으로 탐구하는 어떤 역사 다큐멘터리를 보았다. 한반도 고대국가는 고구려, 백제, 신라 외에 가야도 있었는데 가야는 모두 여섯 국가로 이룬 연합체였다. 아라가야와 금관가야가 그중 가장 강한 나라였다. 아라가야는 함안이 근거지로 토기로 유명했으며 금관가야는 김해가 근거지로 철 산업이 그 어떤 국가보다도 경쟁력을 갖추었다. 토기와 철은 가야의 주요 수출품이었는데 바다 건너 왜와 고구려 심지어 중국까지도 수출한 것으로 보인다. 가야 사람은 스스로 기록을 남기지 않아 주위 여러 나라의 역사서 그러니까 『일본서기』라든가 『삼국지 위서 동이전』를 통해 가야역사를 알아볼 수 있다. 거기다가 곳곳에 발견된 고분을 통해서 가야의 삶을 알아보는 것인데 다큐멘터리가 볼만했다.

사동 마감 보며 배 선생과 점장과 영업회의 했다. 첫째 문 앞에 할인팻말을 없애자는 것과 둘째 아메리카노 리필은 돈을 받더라도 하자는 것과 셋째 1층 서재에 본부장께서 본 책은 소중히 다루자는 것이다. 첫째 문제는 어차피 식당을 이용하시고 오신 손님은 식당에서 공지가 나갈 거라 여기서 팻말로 인한 분란을 미리 방지하자는 것이다. 둘째 문제는 리필을 하게 되면 아무래도 압량의 테이크아웃 가격 정도는 맞추자는 것이다. 이 문제는 오 선생의 동의가 필요해서 당장 결정을 못 했다. 셋째는 책 좋아하시는 분은 빼서 보시고는 아무 데나 꽂아 두는 듯해서 그러다가 한두 권씩 없어지기라도 하면 마음 아픈 일이라 미리 손님께 양해를 구하자고 했다.

단지 25
멍하니앉아있었다. 문은꽉닫아들어오는이는없었다. 거저흘깃쳐다보고가는사람뿐이었다. 마치외딴섬에아무런효용가치도없는척경비처럼있었다. 단지,밀물이있으면하늘같았고썰물이면침침하게가라앉았다. 커피를바보온달처럼마시다가카페인의창날에목만여러번날아갔다. 아무것도좋은것하나없는데나는무작정좋다고말했다. 무엇이또두더지처럼팔수없는바위를갉아놓고있는것인가! 아무도오지않는이외딴섬에

鵲巢日記 15年 06月 01日

두렵고 불안하여 차라리 살고 싶지 않았다.
– 세손 이 산(정조) 1775년 2월 5일

세손은 노론과 소론을 알 필요가 없고
이조와 병조를 알 필요가 없고

나랏일에 이르러서는 더더욱 알 필요가 없습니다.

– 노론 벽파 홍인한 1775년 11월 20일

너는 대신들의 말에 동요하지 말라

단지 내 하교를 따르고 내 뜻을 따르기만 하면 될 것이니

이것이 너의 효이다.

– 영조 1775년 11월 20일[10)]

단지 26

두렵고불안하여차라리살고싶지않았다. 너는커피와차를알필요가없고도
자기와자판기를알필요가없고나랏일에이르러서는더더욱알필요가없다. 너는
공작새의말에동요하지말라. 단지, 내하교를따르고내뜻을따르기만하면될것
이니이것너의忠이다. 도살장에끌려가는소처럼하늘본다. 그간먹고산일과
불었다면그나마한푼도못갚은빚, 다, 자업자득이라. 하늘아래일절소나무처럼
살아라.

맑았다.

사동, 예지가 출근했다. 예지에게 출근 시간을 조금 더 일찍 했으면 하고
부탁했다. 그러니까 10시 출근이지만 9시 50분이나 45분쯤이라도 왔으면 하
는 바람으로, 본부에 일하는 용준이가 일 그만두고 나가게 되면 앞으로 압량

---

10) 영화 '역린' 서두 부분 인용

은 직접 나가야 해서 말이다. 어제는 배 선생과 점장에게 얘기했더니 오늘 배 선생께서 아주 일찍 오셨다.

여기 상가는 모두 오전 10시쯤에 출근한다. 옆집 두 집은 9시 30분쯤 지나면 모두 한 사람씩 출근하는 모습을 본다. 나는 여기에 도착하면 9시 30분쯤 되니 이쪽 상가 사람이 출근하는 모습을 보게 된다. 우리 조감도 직원이 이 세 집중에서도 가장 늦다. 카페의 특성상이라고 생각하지만 그래도 다만 일찍 출근했으면 하고 속으로 늘 가졌었다.

세무서에 다녀왔다. 소득세 신고 일 때문이었다. 복식부기 이행자이지만 간편 장부로 신고했으며 인건비 신고를 해야 했지만, 그것도 하지 않아, 여러 가지 과태료가 있다고 했다. 하지만 간편 장부로 기상을 했다. 매출 4억에 순소득이 1억 5천여만 원, 인건비 1억 4천여만 원이나 된다. 이자와 각종 세금은 공제하지 않았다. 이것만 가져도 세금은 소득이 마이너스라 내지 않게 되지만, 매출이 높아 나라에서 정한 세율 9%로 적용하면 500만 원 정도는 내야 한다고 했다. 낼 수 없었다. 소득세를 안 낼 수는 없어 약 250원으로 조정해서 냈다. 마이너스 통장에서 바로 뺐다.

세무사께서 복식부기는 내년부터 해나가자고 했다. 그리고 인건비 신고는 다음 달부터 하기로 했다. 여태껏 직원 사대보험은 들어가는 사람도 있고 안 들어가는 사람도 있어, 이제는 모두 들어갈 수밖에 없는 처지다. 직원들께도 미리 공지했다.

사동은 점장 제외하고는 모두 사대 보험 가입자다. 점장은 전기 관련 자격

증이 있는데 창원에 계시는 아버님 일로 적용할 수 없게 되었다. 점장과 잠시 대화를 나누었지만, 아르바이트로 신고하면 되는 일이라지만 세무서에서 인정해 줄 수 있을까 하는 의문이다.

　○○동에서 입금되었다. 내일 제빙기 설치 일로 허 사장과 시간을 맞추기 위해 전화했다. 오후에 들러 연결하겠다고 했다.

17. 에스프레소

에스프레소는 한마디로 빠르다는 의미다. 좀 더 설명하자면 에스프레소 전용 기계로 9기압의 강한 압력에 뜨거운 정수로 약 25초에서 30초로 빠르게 뽑은 30㎖ 양을 말한다. 이 커피가 나온 배경은 약 300여 년 전 이탈리아에 있다.

1650년경 유럽은 카페가 들어가기 시작했다. 1652년 영국, 제이콥스라는 유대인이 일명 '페니대학교'라는 카페를 처음 열었다. 커피 한 잔이 당시 1페니였다. 그 후 카페는 지금 우리나라 카페 성시를 보듯 별 차이는 없겠다.

유럽도 마찬가지다. 카페도 많았지만 카페에 몰려드는 손님도 많았다. 이 탈리아는 어떻게 하면 이 많은 손님께 커피를 서비스할 수 있을까 하는 궁리 끝에 증기 물통과 비슷한 기계가 나왔다. 1901년 이탈리아 베제라의 몇 차례 실험 끝에 지금 우리가 사용하는 기계와 아주 흡사한 기계를 만들어냈다.

에스프레소 커피는 드립에 비하면 상당히 진하며 걸쭉하다. 향도 아주 진하다. 돼지고기에 비유하면 마치 비계 듬뿍 들어간 삼겹살 먹는 기분이겠다. 반면에 드립은 아주 깔끔하며 담백하다.

우리나라에 에스프레소 기계가 들어온 지는 얼마 되지 않는다. 1989년 자뎅이 처음 들였다. 그리고 십 년 후 스타벅스가 진출했다. 이로써 우리나라 커피 전문점의 성장은 급속도로 증가했다.

에스프레소는 그 양이 아주 적고 색상은 까맣다. 크레마가 풀리면 마치 먹물 한 종지 받은 것과 같다. 이 한 잔은 각성효과가 강해서 눈이 번뜩 뜨이게 한다. 원기를 회복하며 나를 무한한 상상력에 이르도록 돕는다. 실지로 육필이라고 하지만 이 육필에 찍어 바를 수 있는 먹물은 단연 에스프레소다.

향은 또 어떤가! 에스프레소 다 비운 종지 들고 함 맡아보라! 그 냄새는 아찔하기까지 하다. 딱 한 모금이다. 그리고 보면 인생은 이 에스프레소처럼 빠르다. 한 백 년 살다 간다고 치자. 백 년도 한순간인 듯 일장춘몽一場春夢이다.

우리는 이 세상 하얀 원고지에다가 나의 꿈을 그리며 아주 작고 진하고 씁쓸하고 달고 짧은 에스프레소 한 잔에 이 육필을 폭 담가 일필휘지로 써간다. 쓴다는 것은 꿈과 희망을 담는 것이다. 이 원고지는 일반 종이와 달라서 한 번 쓴 것은 고칠 수도 없으며 그렇다고 구길 수도 없다. 시간을 누가 자유자재로 통제할 수 있단 말인가! 그러니까, 신께서 내린 원고지다.

하여튼 우리 인간은 꿈과 희망을 심지 않으면 장래는 없다. 까마득한 블랙홀에다가 모락모락 사라지는 연기처럼 삶을 그리지는 않는다. 자! 커피 전문점에 가, 에스프레소 한 잔 마셔라! 오늘도 환하게 뜬 태양 아래 까맣게 폭 적신 육필을 당장 마르기에 앞서 꼼꼼히 일하라!

공자가 말했다. 나무가 먹줄을 따르면 곧아지고 사람은 간언을 받아들이면 성스러워진다고(자왈[子曰] 목종승칙직[木從繩則直] 인수간칙성[人受諫則聖]). 먼저 에스프레소 한 잔 마셔라, 그리고

일하라!

鵲巢日記 15年 06月 02日

맑은 날씨였다.

사동 문 열고 잠시 앉아 책 읽었다. 오늘, 점장과 예지가 평상시보다 일찍 출근하는 모습을 보았다. 본점에 놓아두어야 할 청도 가비 물건을 깜빡 잊는 바람에 즉시 본부로 갔다. 녹차파우더 담은 봉지를 들고 본점에 내려놓았다. 본부 용준이가 나가기 전에 차를 정비해야 할 것 같아 기아자동차 서비스에 곧장 다녀왔다. 엔진오일도 갈고 가끔 뜨는 이상 증세도 물어보았다. '액티브 후드 시스템 이상'이라는 글귀가 뜨는데 이유가 무엇인지 물었다. 차체에 큰 충격이 있을 시 뜰 수도 있다고 했다. 하지만 여태껏 충격을 가할 정도로 그렇게 무심하게 타고 다니지는 않았다. 기사는 무상수리가 되니 관련 부품이 들어오면 교체하겠다며 안심시켜 주었다.

정오 정각에 영천 해오름께서 다녀갔다. 빙수용 팥 한 상자 가져가셨다. 마침 자동차 서비스센터에서 바로 들어오는 길이었다. 아주 급한 일이 생기면 몇몇 일은 까먹는 버릇은 여전하다. 처남이 주문한 커피도 정평 강 선생께서 부탁한 일도 모두 잊어버렸다. 부랴부랴 만촌동까지 커피를 오후 늦게 배송했다.

점심은 봉덕동에서 먹었다. '썸앤썸' 카페에서 주문한 제빙기를 설치하며 정수기 허 사장 기다리다 못해 근방 밥 한 끼 했다. 김치찌개를 주문해서 먹었다. 여기는 한옥이다. 한옥을 식당처럼 수리한 듯 보였다. 거실과 방마다 손님을 받을 수 있는 객실이 되었다. 카페 주인장께서 이 집이 맛있으니 여기서 먹으라며 했다. 따라오시기까지 해서 밥값까지 냈다. 정말 미안했다. 카페 이 선생께서는 언제 식사 한 번 대접해야 했다며 말씀하신다. 염치없이 밥 한 끼 얻어먹었다.

밥 먹고 한 오 분 쉬었을까! 곧장 허 사장이 왔다. 물 관련 일은 허 사장께 맡기면 잘 처리한다. 앞으로 용준이가 나가면 이런 기계 쪽 일은 어떻게 해야 하나 고민이다. 용준이가 수리하거나 기계를 옮길 힘이 있는 것은 아니나 그나마 옆에서 보조해 왔다. 오늘도 넌지시 물었다. 정말 나갈 거니? '네', 하기야 심부름도 이런 심부름도 없다. 어디를 다녀와라. 어디에 배송은 어떻게 되었니? 거기는 어떠니? 여러 가지로 많이 물어보지만, 답변은 한결같다. '아무런 말씀 없으시던데요.'

오후, 본점- 병원에 일하는 이 씨가 왔다. 언제부터 한번 오시려고 했지만 여간 시간 마련하기가 어려웠다. 오늘은 특별히 시간 내서 온 듯하다. 피자며 훈제며 양념 닭과 간장 닭까지 샀다. 시원한 콜라 곁들여 먹었다. 양손에 기름기 묻혀 가며 닭다리 잡고 뜯었다. 그간 병원에서 일한 경험을 줄어드는 피자 판처럼 삭여나갔다. 아무래도 오신 손님의 취향을 맞추려니 얼마나 힘들었을까 더욱 손수 정성껏 만들어 내놓으니 말이다. 맛있다며 드시고 가시는 손님 대하면 기분은 이루 말할 수 없는 일이나 조금 싱겁다는 둥 뭐가 덜 들어간 것 같다며 다시 찾으면 마음은 여간 불편한 일이 된다. 일하는 곳은 테이크아웃용으로 만든 카페라 손님과의 거리감이 거의 없어 일일이 맞춰야 한다. 어떤 손님은 노골적으로 말하기도 한다. 아줌마가 만든 커피는 절대로 안 사 먹을 거예요. 이럴 때면 난감하다. 혼자 있으면 혼자 있는 데로 옆에 일하는 동료가 있어도 마찬가지다. 그렇다고 손님과 농으로 주고받을 수 있는 처지도 못 된다. 그러니까 여기는 병원이기 때문이다. 아마, 속으로 이러고 싶었을 것이다. '그래요, 저도 당신을 위해 커피를 만들지는 않을 거예요.' 뭐 이렇게……

압량, 요즘 나는 저녁으로 모닝 빵에다가 딸기잼을 바르고 우유 한 컵 따라놓고 먹는다. 생각보다 맛있고 간편하다. 그러니까 이것이 저녁이다. 가끔 손님이 오시면 모닝 빵 한 줄 가르고 딸기잼 발라 서비스로 하나씩 드리기도 한다. 그러면 손님은 뜻밖에도 무척 좋아하신다. 여 밑에 일하시는 주유소 아주머니다. 기름 넣을 때 가끔 보기도 하는데 볶은 커피는 여기 것이 맛있다며 오셨다. 그럴 때면 아메리카노 한 잔 추출해서 드리는데 오늘은 저녁은 드셨는지 하며 물었다. 아직 먹지 않았다고 하시기에 모닝빵 두 개 딸기잼 발라드렸더니 너무 좋아하신다. 별것 아닌데 말이다. 고객이 이렇게 좋아하시니 나 또한 얼마나 기분이 좋든지, 역시 일은 돈과는 아무런 관계가 없을 때도 있다.

단지 27
화단이있다. 한평남짓한화단이다섯평도안된작은카페앞에있다. 봄이지나고여름이다가오고가을이오고추운겨울이지나도화단은돌로서로어깨동무한것처럼빙둘러쳐있다. 만든첫해는꽃이며이상한꽃나무까지심었지만, 지금은동네고양이들똥터가되었다. 똥맛을톡톡히본담쟁이가해를거듭하며이파리만더푸르렀는데아주강질나게자란다. 담쟁이화단은작지만, 고양이는날개와균형만그린다. 오늘도작은화단을파며똥묻어놓는다.

鵲巢日記 15年 06月 03日

아침에 일어나 창문을 보았다. 맑은 햇살이 곱게 내리쬐고 있었다. 참 평화로운 날이었으나 마음은 백제와 신라와 고구려 그리고 왜에 둘러싼 작은 나라의 가야처럼 불안하고 두렵고 세상이 어둡기만 했다.

아침은 수프와 달걀부침 하나였다. 예전에는 아침밥을 꼭 먹었으나 식욕이 떨어진 지도 오래되었다. 이제는 밥이 더 부담 갈 때도 있다. 일은 많으나 돈은 벌지 못하니 아내에게 뭐라고 할 수 있는 처지도 못 된다. 이렇게 함께 살아주는 것도 참으로 고마운 일이다.

샤워할 때였다. 엊저녁 잠자리 들기 전에 아내가 한 말이 자꾸 떠오른다. 요즘 '메르스' 바이러스 관계로 카페에 손님이 없다고 했다. 본점과 사동은 매출이 아주 급감했기 때문이다. 하루면 모를 일이나 이것도 여러 날 이어지니 불안했다. 나는 메르스와 아무런 관계없는 것 같은데, 하며 얘기했다. 젖은 몸을 닦고 머리를 빗는다. 로션을 바르려고 하다가 만다. 로션 떨어진 지도 오래되었기 때문이다. 떨어진 로션 보니 병원에 일하는 이 씨가 생각났다. 남편이 로션 떨어졌다며 한소리 들었다는 얘기를, 하지만 한소리 할 처지도 못되지만, 로션을 사는 것도 돈이라 어찌할 수 없는 일이다. 그냥 속옷 한 장입고 허름한 바지 입고 티 한 장 입으며 나왔다.

사동 개장하고 책 읽으며 있었는데 첫 손님 오셨다. 금오공대 나오신 선생이다. 여자 분도 함께 오셨다. 계산대 위에 올려놓은 책을 보시며 이 책들은 그냥 주는 거냐며 물으신다. 파는 거라고 했다. 직접 쓴 것이라 얘기하니 더욱 관심을 둔다. 아무래도 심상치 않아서 『커피향 노트』가 그나마 읽어볼 만할 겁니다, 했다. 그러니 책 표지를 보시고는 얼굴 대조해 보는 고객, 쑥스러웠다. 책을 사인해서 한 권 드렸다. 손님께 커피 드리고 잠시 앉았나, 정비공장에서 전화가 왔다. 범퍼가 준비되었으니 차를 가져오라는 것이다. 얼른 본부에 들어가 봉고 몰고 정비공장에 갔다. 차를 맡겼다.

차를 맡겨놓고 본부에 들어가고자 택시를 기다렸지만, 좀체 오지 않는다. 콜택시 부르니 콜택시도 오늘은 무슨 일이 있나 보다. 배차하는 데 실패했다며 문자가 뜬다. 잠시 도로 가 경계석에 앉아 쉬며 있었는데 마침 까만 택시 하나가 오기에 세웠다. 임당동 갈 수 있으시냐며 물었더니 택시가 어데 안 가는 데 있겠습니까? 하는 거였다. 콜택시 요청했는데 안 되더라며 얘기했더니 기사께서는 여직원에 대해서 말을 아끼지 않았다. 그러니까 배차에 관한 문자나 통보를 한 번 더 띄우면 되는 일을 한 번하고 만다는 것이다. 손님 모시고 가더라도 그사이에 일이 끝난 분은 바로 이행할 수 있는 일인데 손님께도 미안하고 우리 기사들도 일할 기회가 없으니 안타까운 일이 된다. 아무튼, 오래간만에 택시 탔는데 뭐라고 표현해야 할지 아주 편했다. 임당동 가는 내내 기사의 말씀도 뒤에 앉은 나로서는 안 지루했다. 본점에 내려 시원한 아이스 아메리카노 한잔 대접했다.

우리는 택시 기사는 아니지만 택시 기사처럼 커피 일을 해야 한다. 어쩌면 카페에 일하지만, 손님은 택시에 타듯 잠시 오셨다가 가시기 때문이다. 카페에 오시면 편안해야 한다. 그래 편안한 공간만큼은 우선이 되어야 한다. 그러면 편안한 공간만큼 우리가 해야 할 일은 무엇인가!

단지 28
검은사발에담은눈꽃빙설
눈보다고운마치설탕처럼소복하다.
그위에얹은단팥과인형같은아이스크림도
한숟가락씩먹으면가라앉는빙설
혀에닿는달콤한맛에군말도있을법한데
점점줄어드는빙설
쓴고깔모자처럼

검은사발에담은눈꽃빙설

오후, 현대자동차 서비스 센터에 다녀왔다. 엔진오일 갈았다. 노동청에서 전화가 왔다. 근로자와 근로계약서는 있는지 임금은 노동부에서 준하는 수준에 합당하게 나가는지 조사했다. 다음 주 월요일 순시할 것이니 가게에 비치해놓으라고 했다. 만약 근로계약서가 없으면 과태료가 500만 원이라고 했다. 사동에 일하는 직원에게 노동부에서 제공하는 양식을 보이며 조목조목 설명과 더불어 모두 서명할 수 있도록 일렀다. 나라에서 하는 일이니 지시한 대로 따랐다.

18. 마끼아또 Macchiato

마끼아또란 '점찍다', '얼룩지다' 라는 뜻이다. 물론 이탈리아 말이다. 커피 전문점에서 사용하는 마끼아또는 몇 가지 메뉴가 있다. 이탈리아식으로 커피 맛을 더욱 높이기 위한 카페 마끼아또가 있고 미국식으로 캐러멜 시럽을 넣은 캐러멜 마끼아또가 있다. 전자가 커피의 진한 맛을 느낄 수 있다면 후자는 달짝지근한 커피다. 영업장에서는 마끼아또라고 하면 후자를 이야기하며 바리스타는 이렇게 받아들인다.

어차피 인생은 이 세상에다가 점찍는 것이다. 수많은 인파에 우리는 점처럼 왔다. 점은 점만으로 끝나는 것이 아니라 많은 점과 이으며 사회를 이룬다. 마끼아또는 에스프레소와 시럽과 그리고 벨벳 우유와의 조화에 나온 메뉴다. 벨벳은 아주 부드러운 것을 말한다. 마치 솜털 같기도 하고 목도리 같은 입안에 착 감기는 것을 말한다.

커피 전문점은 이제 우리나라 어디든 쉽게 보는 매장이다. 어떤 거리는 커피 집으로 성시를 이룬 곳도 있다. 이러한 거리도 점점 많아졌다. 이로써 과열경쟁과 경쟁에 경영난을 겪는 카페도 적지 않게 많다. 또한, 이렇게 많은 카페로 인해 시장은 더 커진 것도 사실이다.

얼마 전에 한국조선업에 관한 기사를 본 적 있다. 지난해 사상 최대의 적자를 냈다. 이에 그 원인을 고임금이 가장 큰 이유인 것 아니냐는 내용에 많은 네티즌이 반발했다. 그러니까 그간 돈 벌었을 때 경영진은 뭐했냐는 것이다. 수익이 좀 났을 때 부가가치가 더 높은 크루즈라든가 유람선에 투자하지 그랬냐는 것이다. 어떤 네티즌은 금융권과 경영진, 정부의 책임이 더 크다는 지적이다. 큰 배가 이유 없이 쓰러지지는 않는다. 그 원인을 찾으면 하나같이 모두 얽히고설킨 이해관계다.

내가 보았을 때는 집안을 잘 살피지 못한 경영진의 책임이 가장 클 것이며 좀 더 부지런했어야 할 노동자의 책임도 없지 않아 있다. 명심보감에 나오는 말이다.[11] 살림살이는 검소하게 하지 않을 수 없으며 부지런함은 값을 매길 수 없는 보배라 했다.

우리는 벨벳이 필요하다.

우리는 한 배를 탔다면 너나 할 것 없이 조화를 이루어야 한다. 웃음이 넘쳐나는 가게라야 한다. 그러려면 대표는 검소함을 몸소 실천해야 할 것이며 임원은 친절과 근면 성실로 임해야 할 것이다. 웃음이 넘쳐나면 손님께 다루는 메뉴도 다른 집과 남다를 것이며 이에 즐거움을 느낀 고객은 다시 찾는다.

오늘, 입안 착 감기는 마끼아또처럼 나의 잔은 부드러웠던가! 그렇지 않았다면 닦아라! 자본의 사슬이고 여유고 작업장이고 다 필요 없다. 잔은 거칠고 더러운데 무엇을 담고 무엇을 내놓겠는가 말이다. 먼저 닦아라! 빠아악 빡

---

11) 명심보감 치가편, 손님 접대는 풍성하게 하지 않을 수 없고, 살림살이는 검소하게 하지 않을 수 없다.(대객불득불풍待客不得不豊, 치가불득불검治家不得不儉)
명심보감 정기편, 태공이 말했다. "부지런함은 값을 매길 수 없는 보배이고, 삼감이란 몸을 보호하는 부적이다." (태공왈太公曰 근위무가지보勤爲無價之寶, 신위호신지부愼爲護身之符)

맑았다.

아침 볶음밥을 먹었다. 아내는 그간 먹지 않고 내버려두었던 물김치와 볶아놓고 먹지 않았던 김치 같은 것인데 이것 모두 프라이팬에다가 탁 털어 넣는 것을 보았다. 그리고 며칠째 밥솥에 머무는 밥 한 덩이를 넣고 비볐다. 두 아들과 나는 식탁에 앉아 있었다. 그렇게 비빔밥을 먹었다.

엊저녁 자정쯤이었다. 아내, 오 선생과 대화를 나누었던 것이 생각난다. 경산, 남매지 가에 요즘 카페가 많이 들어섰다는 것과 내부의 인사문제를 이야기했다. 남매지 연못가는 청도 모 선생으로 1, 2층 규모의 카페를 개점했다는 것이다. 청도 모 선생은 토요커피문화강좌 통해서 알게 된 분이었다. 여기만 보지 않았지, 그 외 남매지 가에 있는 카페는 오며 가며 본 카페들이었다. 모 선생께서 차린 이 카페는 전에도 시장조사차 함께 가 본 적도 있었다. 위치가 아주 좋았다. 호숫가라서 동편에 있는 거라서 지겹지 않은 산책가라서 아마도 연인들과 학생, 많이 찾을 듯싶다. 작년에 문 열었던 주남저수지 '커피 여행'도 호숫가라서 시민들이 제법 많이 찾는 카페가 되었다.

동원 군에게 안 좋은 일이 있었나 보다. 직접 듣지 않은 일이라 일기에 올릴 수 없으나 오 선생과 나눈 대화라 적어 둔다. 인간관계는 좋은 관계라면 아무 탈이 없겠지마는 좋지 못한 결과로 마음 상해도 맺고 가야 할 일도 있다. 직원 간의 문제인 듯 보였다. 본점에서 일하는 김 씨의 동생 김 씨도 동원 군 친구인 김 씨도 교육이 다 끝났다. 모두 실습으로 일하고 있다는 얘기였

다. 그리고 다음 주 모 선생께서 정식 교육을 받는다는 것과 하양 허 씨께서
도 커피 교육을 듣겠다고 했다. 본점장 성택군은 이미 나간 강 선생의 말을
오 선생께 이었다. 창업했는데 한 번쯤은 와서 보아야 하지 않느냐는 것이다.
그러니까 예전, 계양과 옥산이 생각났다. 물론 그 외 어떤 카페도 가 본 적이
없었다. 오 선생은 또 갈 수 있는 처지도 아니다.

단지 29
산지몇달되지않은기타가카페에있다.아!괜찮아요.현관문은몇되지않은딸
기를곱게만졌다.허리구부리고머리폭숙인할미꽃,다음해를기약한다.깨진항아
리는들어내지않는다.얼마깊지않은옥돌에쌓였다.무엇을담기에맞지않으나안
해는더는뿌리내리지않는다.까만철대위에얹은생콩,아침마다푸른햇살만본다.
어느쪽도굴절없이향맑은커피한잔만있다.

　오후, 서 부장과 함께 한학촌을 거쳐 밀양에 갔다. 밀양에 사업하는 상현
이, 커피 주문이 있었다. 밀양은 한 달에 한 번 아니면 두 번 정도 내려간다.
이곳에 내려오면 점심은 여기서 먹는다. 상현이가 만들어 주는 파스타가 점
점 입맛에 맞아 들어가는 것 같다. 손님은 밀양에 사시는 분도 꽤 있지만 여
기서 가까운 울산이나 창원에서 오시는 분도 많다고 했다. 지난달은 개점 이
래 최대의 매출을 올렸다고 했다. 상현이는 나의 커피를 손님께 자부심을 품
고 판매한다. 어느 집은 신비에 싸인 듯 공급처를 잘 얘기하지 않는 반면에
여기는 그렇지 않다. 한 잔의 커피에 얼마나 정성을 담느냐가 중요하다. 애착
이고 관심이 중요하다.

엊저녁 오 선생이 말한 카페를 보기 위해 차를 몰고 나왔다. 남매지 연못 가로 카페가 모두 네 군데 있다. 새로 생긴 1, 2층 규모의 카페는 생각보다 주차하기가 어려웠다. 특히 들어가는 골목길은 아주 좁다. 여성이 운전해서 들어가기에는 위험하지 않을까 하는 생각도 들었다. 전에 청도 모 선생과 함께 본 자리는 아니다. 그러니까 주인장도 다를 수 있겠다. 훨씬 호수에 더 가까운 자리나 오십보백보 차이다. 잠재적으로 이곳에 카페 하나 더 생길 수 있겠다는 생각도 든다.

안에 들어가 보지는 않았다. 화원에 후배가 경영하는 카페에 커피를 택배 보내야 하는 것과 포항에 주문 들어온 커피도 택배로 보내야 하는 일이 있었다. 겉으로 보는 느낌은 저 잔잔한 호수의 물결처럼 평화롭다. 정면에 들어가는 문이 있으나 옆에 차도에 내놓은 작은 이젤 판 위에 적은 글이 눈에 들어왔다. '개업 이벤트 행사' 내용이었는데 자세히 들여다보지는 않았다. 호숫가에 세운 자본의 아비를 보지만 정녕 자본은 여기서는 거리가 멀다. 몰라! 밤이면 얼마나 많은 자본이 이 호숫가를 거닐 것이며 그중 몇이 이곳까지 걸어올 것인가! 하는 생각이 들었다. 카페? 이 속에 어떤 철학을 담을 것인가? 그 어떤 철학도 담지 못하면 카페는 어느 곳에 자리하더라도 죽은 거나 마찬가지인 시대에 우리는 살고 있다. 그러니까 카페? 카페는 담는 것이다. 무엇을 담을 것인가는 읽는다고 되는 일이 아니다. 질문하라? 나에게 아리랑 고개를 넘듯 아주 처절하게 하라!

鵲巢日記 15年 06月 05日

오전에 비가 왔다. 오후는 내내 추웠다. 이상 저온 현상이 아닌가 할 정도로 추웠다.

상추 씻었다. 달걀부침을 하고 밥을 펐다. 아이들을 깨우고 식탁에 앉혔다. 아내가 늦게 일어났다. 아내는 주먹밥을 만들었다. 아이들을 위한 밥이었다. 나는 씻은 상추 몇 장에 된장 넣고 몇 쌈을 싸서 먹었다. 달걀부침도 하나 먹었다.

샤워했다. 빗소리가 천정에서 들려왔다. 샤워 실에서 보면 안방 문이 훤히 열려 있어 저 건너편 원룸이 다 보인다. 우리 집 앞에 세워놓은 전봇대도 보이며 가끔씩 전선 위에 앉은 새도 볼 수 있다. 비가 많이 내리나 해서 저 건너 쪽을 바라보며 샤워했다. 아이들이 이미 닦고 지나간 수건을 들고 온몸 닦는다. 옷을 입는다. 1층에 내려가 본부를 연다. 계단을 내려오면서 이런 생각을 했다. 이제 내게 남은 꿈이 있다면 이 집을 새로 짓는 것이다. 이런 패널 집이 아니라 골조로 짓고 싶다. 카페는 모두 골조로 지었다. 처음 경험부족으로 지은 건물이 이 집이었다. 골조로 짓더라도 정말 개성 있는 집으로 물론 1층은 카페, 2층은 내부 계단으로(그러니까 바깥에서 보면 단층이다. 천고가 높은) 지금보다 더 완만하게 만들 것이며 칸칸 없는 방 하나와 샤워실 그리고 부엌은 한 쪽 코너에다가 더 크게 만들고 싶다. 그러니까 교육을 할 수 있거나 지인 몇이 토론 할 수 있는 공간쯤인 카페, 피곤하면 바로 올라가 잠시 누울 수 있는 잠자리, 뭐 이런 카페 말이다. 꼭 짓고 싶다.

단지 30

현대문명의최고봉마치층층쌓은아파트건설현장을지나며있었다. 한쪽구석
은쌓아놓은틀과온전한각목이있는가하면동강난각목도쓰다만철사까지지렁이
처럼흩어져있었다. 철둑같은수평기가있는가하면위층을받아주는지지대도있
었다. 도굴한고총처럼하늘만보는데앞뒤뻥뚫은노출콘크리트뿐인것을 나는또
여실히깨닫는다. 비가내리는매트릭스바닥에떨어지는물방울밟으며모두정지
한세계를바라본다. 마네킹처럼칸칸옷을입어도또벗어놓아도추위와더위와부
끄럼도없는진열장을그리며 —동영상같은목걸이다. 우물은늘하얗다. 이끼처
럼가만보면하늘이보이고가만보면얼굴이보인다.— 유성페인트에담가놓은롤
러붓을잡고 한쪽벽면을고흐도아니면서나는매일같이칠하며

시재가 맞지 않는다고 문책할 수도 없는 일이다. 오만 원권 지폐가 몇 장
들어오는 날이면 잔돈 거슬러 드리기도 바빠 혹여나 만 원짜리 한 장 곁들여
나가는 날도 있다. 하루 매출도 신경 써야 할 일인데 시재까지 맞지 않으니
종일 머리만 지근거렸다. 아무 죄 없는 오 선생께 짜증 어린 말로 왜 맞지 않
느냐고 타이르기만 했다.

책을 읽고 책을 쓰는 사람은 우리 주위에 많다. 하지만 그렇게 낸 책을 읽
는 독자는 많이 없다. 이제는 책을 쓰는 것은 쓰는 자의 취미가 되어버렸다.
카페 홍보 및 마케팅의 한 차원이라고 말하지만, 이것이 얼마나 크게 이바지
했는지는 수치로 환산하기 어렵다. 아주 막연하다. 하지만 홍보와 마케팅이
란 덜미로 글을 치장하거나 없는 이야기를 쓰는 것은 쓰는 자의 도덕과 결부

되는 일이니 이는 곧 나쁜 결과로 이어지는 것은 분명하다. 하루가 내 마음의 벽돌이라면 책은 온전한 나의 집이다. 내 영혼이 숨 쉬는 곳이며 내가 머무는 곳이니 홍보와 마케팅까지 덤으로 얻는다면 더 말할 것도 없지만 없어도 나는 그만이다.

책을 낸다는 것은 그만큼 배움을 갈구하는 몸짓과 같다. 지금 이 시대는 인류역사상 최대의 태평성대라 해도 과언은 아닐 테다. 우리는 이 시대에 살고 있다. 하지만 그 뒤편에는 우리가 모르는 자본의 굴욕감부터 인간의 외로움, 삶의 희망과 생존, 점점 불확실한 미래를 맞닥뜨리며 살고 있다. 한 권의 책값은 얼마 하지 않는다. 하지만 한 권을 만드는 것은 엄청난 비용이다. 자본주의 시대에 이 한 권을 낼 수 있는 사람은 특권층이며 지배계층에 있는 사람이다. 하지만 자본주의 시대는 누구나 책을 낼 수 있으며 그 기회를 공평하게 주고 있다. 정말 내가 살고 싶은 욕망이 강한 자만이 책을 선택하리라는 것도 분명한 사실이다. 읽지 않으면 모르는 일이며 그러한 바탕의 생각은 얇을 수밖에 없으며 얇은 사고로 누구를 선도할 수는 없다. 비록 작은 웅덩이 같은 세계를 만들었다 하더라도 말이다. 쓰는 것은 아예 못 박는 일이다. 그 못에 삶의 무게를 걸어놓는 일이다. 보는 세계가 더 가벼워졌다면 오히려 다행한 일이다.

압량에 머물 때였는데 단골손님이신 조폐공사 다니시는 분께서 오셨다. 앞으로 현금이 많이 안 쓰일 텐데 조폐공사에서 하는 일이 줄지 않겠느냐며 말을 했더니 우리나라 돈뿐만 아니라 외국 지폐도 수주 받아 생산한다고 했다. 그것뿐만 아니라 상품권 종류나 지폐 대용으로 쓰는 그러니까 위조를 방지하는 어떤 화폐대용권은 예전보다 많아졌음을 이야기한다. 그러고 보니 예전이었다. 카페 단골손님이었는데 어느 나라인지는 모르겠지만, 그 나라 지폐를 가져오시어 나에게도 한 장 주시고 가신 분이 있었다. 그때 그 지폐를 받고 느낀 것은 우리나라 지폐보다 질겨 보였고 만드는 비용이 더 들면 들었지 낮아 보이지는 않았다. 그만큼 우리나라 돈보다 더 좋아 보였다. 그 돈도 우리나라에서 만들었다고 했는데 나는 모르는 일이다. 조폐공사도 사업체니 무엇을 생산하지 않으면 안 되는 엄연히 기업체다.

사동에 머물 때였다. 점장과 정의 군에게 한 가지 부탁했다. 마감의 내용을 분명히 하자는 뜻에서 시재 맞추는 몇 가지 방법을 일렀다. 조감도 찾으시는 손님께 더 친절히 할 수 있도록 노력하자고 했다. 그 일로 조감도에 들어오시고 나가시는 손님께 인사만큼은 친절히 하사와 계산대에는 한 사람은 앉아 있자는 내용이었다.

19. 거름종이

일명 여과지라고도 한다. 액체나 기체를 통과시켜 침전물이나 불순물을 선택적으로 걸러내기 위해 사용하는 종이다. 거름종이는 식물성 섬유로 되어 있으며 지름이 0.05mm 정도 되는 구멍이 무수하게 서로 뒤엉켜 있다.

커피 전문점에서 사용하는 거름종이는 커피를 거르고 커피에 내재한 영양분은 받아 내린다. 뜨거운 정수로 사용하면 좋지만, 일반 수돗물도 크게 나쁘지는 않다. 금방 끓은 물을 잠깐 식혀 93도~95도 정도 되는 물로 드립 한다. 드립은 여러 가지 방법이 있지만, 정성을 다하여 아주 천천히 마치 물방울로 커피를 잘근잘근 밟듯이 한다. 중심에서 바깥으로 떨어뜨리면서 찬찬히 내리면 더욱 좋다. 일반적으로 원액 약간 받아 물로 희석하여 마시는 방법이 있고 뜨거운 정수로 분쇄한 커피 몇 번을 적셔 물 희석함이 없이 그대로 한 잔 내려 마시는 방법이 있다. 나는 전자를 택한다. 훨씬 깔끔한 맛을 느낄 수 있다.

거름종이에 걸러서 나온 커피는 대체로 깔끔하며 담백하기까지 하다. 이것은 아무래도 커피의 기름 성분까지 종이에 어느 정도는 걸렀기 때문이다. 커피는 5대 영양소라 부르는 단백질, 비타민, 지방, 탄수화물, 무기질 같은 성분이 있다. 여기서 지용성 성분은 종이에 걸러지게 마련이다. 이러한 이유로 진정한 커피 맛을 느낄 수 없다는 이가 있는 반면에 다이어트로 이 커피만큼 좋은 것도 없다는 이도 있다. 참 여러 가지다.

잘못된 커피는 분쇄한 커피를 잘못 다루었거나 거름종이가 잘못되었거나 물이나 주전자 사용이 미숙할 때 나온다.

여과지도 몇 종류가 있다. 누런색의 천연펄프와 표백 여과지다. 한때 미국에서 유해성 논란으로 표백여과지를 한동안 쓰지 않았다. 뒤에 아무런 이상이 없다는 발표가 있었지만 아직도 매장에서는 누런 여과지를 많이 쓴다. 이들 맛의 차이는 오히려 천연 여과지보다 표백 여과지가 커피 본연의 맛을 더 느낄 수 있다. 천연 여과지는 종이 냄새 즉 나무 냄새가 배여 나무 맛이 전혀 나지 않는다고는 할 수 없다.

말끔한 커피 한 잔을 마시려면 이 거름종이가 필요하듯이 우리의 일상에서도 영혼의 충전은 필요하다. 이 영혼의 충전이야말로 하나의 거름종이 역할과 다름없다. 독서 말이다. 일과 중 가장 중요한 일은 책을 읽는 것이다. 우리는 언제나 새롭게 태어난다. 늘 반복적인 학습으로 하루를 마친다. 다람쥐 쳇바퀴 굴리듯 일상을 보낸다. 영혼은 항상 어둡고 지치고 나약하기까지 하다. 이러한 것을 걸러주는 여과지 역할은 단연 독서다. 우리는 과연 한 달에 몇 권의 책을 읽는 것인가!

지독한 독서광을 뽑으라면 나폴레옹을 들 수 있겠다. 그는 전쟁 중에도 약 천여 권의 책과 이를 관리하는 사서 두 명을 데리고 다녔다. 그는 많은 전쟁을 치렀지만, 이들 대부분 승리로 이끌 수 있었던 것은 독서의 바탕과 이 속에서 나온 지략과 전술 덕분이었다. 현대에 사는 우리는 많은 인간관계를 맺으며 앞날 훤히 내다볼 수 없는 불투명함 속에서 산다. 정말 독서를 하지 않는다면 언제 어느 시기에 위험에 닥칠지 모를 일이다. 마치 횃불 없이 어두운

동굴을 걷는 것과 다름없다. 맛난 커피 한 잔을 내리기 위해서는 거름종이가 필요하듯 그나마 미소를 지으며 인생을 돌이켜 볼 수 있으려면 독서는 필수다. 좋은 책을 만나면 반듯이 줄을 긋고 메모하며 언제 어느 때나 꺼내 볼 수 있도록 장식하는 것도 좋겠다. 나중에 요긴하게 쓰일 것이다.

鵲巢日記 15年 06月 06日

날씨는 꽤 맑았으나 내 머릿속은 온통 흐렸다.

고정관념이 있다. 이 말은 변하는 것을 잘 받아들일 수 없는 어떤 사고방식, 행동을 주로 결정하는 확고한 의식이나 관념을 말한다. 기준이라는 말이 있다. 사물을 바라보는 시각이 어떤 근거를 바탕으로 하는 것을 말한다. 그러니까 고정관념이 강하고 기준이 있는 사람은 외부세계를 바라보는 관점도 벽 같다. 그러니 그 벽을 허문다는 것은 가히 어려운 일이다.

우리는 모두 편한 세계를 추구한다. 하지만 이 세상은 편한 세계란 없다. 저쪽보다 이쪽이 조금 더 편할 수는 있어도 대해보면 또 그렇지 않다. 모든 것이 힘들고 어렵고 생각을 필요로 한다. 인간관계에 어떤 답이라는 것은 없기 때문이다. 바다는 있어도 파도는 모양을 그릴 수 없다는 것이 된다. 커피를 가르친다는 것은 수많은 파도를 이르는 것이지 바다의 깊이를 말할 순 없다. 파도의 모양을 이야기하며 대충 바다가 어떻다는 것을 묘사할 뿐이다.

아침 토요 커피 문화 강좌를 가졌다. 어느 교육생이었다. 카페를 하고 싶은데 어떤 유형의 카페를 그려야 할지 고민이었다. 테이크아웃만 하는 마치 줄 연이어 파는 어떤 카페처럼 아니면 카페 건물을 지어서 한마디로 뽐 나는 카페를 할지 두 번째 어느 쪽이 수익이 더 큰지 셋째 어느 쪽이 머리가 덜 아프고 편한지 넷째 어느 쪽이 더 오래 할 수 있으며 평생직업과 같은 일이 될 수 있을지 말이다.

단지 31

굴착기는딱따구리처럼경계를파고있었다. 옆집이었다. 보이지않은세계를 믿음으로일관하고솔잎같은꿈을세웠다. 새떼그리며나는소나무밑전시장보라. 미실은개미의궁전을뭉갰다. 꿀담은미래를무시했으며나비의고향에부러뜨릴 수없는목침을놓았다. 구두는길잃은땅강아지처럼물집나서두툼한입술에따까 리같은세상을남겼다. 경계가부서지고카페인같은보도블록이놓이고그위주워 담을수없는모래소음이놓일때조개는서식할것이다.

압량에는 동원이가 나왔다. 곧장 본점에 들어가 강좌에 오신 모 선생과 대화하였다. 카페를 차릴 자금도 충분히 있으신 듯했다. 경산에 카페 할 만한 곳이 있는지, 그러니까 카페 건물을 건축해서 하고 싶다는 내용이었다. 이미 여기서 배워나간 교육생이 많고 동네마다 알게 모르게 영업하시는 분도 적지 않게 많아서 어떤 자리를 선뜻 권할 수는 없는 처지였다. 좋은 자리가 있으면 보아 드리겠다며 조언을 했다. 약 한 시간 이상 대화를 나눈 것 같다.

오 선생과 약속한 상담이 또 있었다. 이 일로 점심이 꽤 늦었다.

경산, 어느 광고회사에 다니는 모 선생이다. 바깥어른은 공무로 일하시며 선생도 직장 다닌 지 오래되었다고 했다. 바깥어른께서 꽤 만류하지만, 말년을 대비하고 싶어 이렇게 상담이 필요했다. 교육을 받고 싶어도 낮에는 일하러 다니기 때문에 어렵다며 저녁에 받을 수 있는지 물으셨다. 하지만 오 선생은 여간 힘든 일이라 거절할 수밖에 없었다.

국밥집에 가 국밥을 먹은 시각이 오후 3시가 넘었다. 오 선생은 국밥 먹다가 나에게 질문을 했는데 답이 뭐냐고 묻는다. 그러니까 질문은 '고객은 어느 카페에 우선으로 가고 싶어 할까?' 였는데 뜬금없는 질문에 뭐라고 답변을 못 했다. 나는 거저 커피 꽤 좋아하는 바리스타가 일 보고 있으면 가지 않을까! 하며 묻는 말에 답변은 해야 해서 얼버무렸다. 딱 잘라 말하는데 아니야, 젊고 예쁜 사람이 바bar를 보고 있으면 그 집에 자주 가기 마련이라는 것이다. 호! 듣고 보니 맞는 말 같다. 그러면서 우리 카페를 예를 들었는데 본점장, 김 선생, 조감도 점장, 배 선생, 박 군 등 여럿이 거론 되었지만, 젊고 예쁜 사람은 우리에게는 해당하지 않은 말이다. 물론 본부장, 오 선생도 꽤 늙었음이라! 여기에 해당하지 않는다. 그러면 그게 못 미치는 만큼 공부해야 하는 것이 논리다. 예외도 있었는데 정의 군은 꽃미남이라는 것이다. 옆집 오리집 아주머니는 정의 보러 자주 온다는 거였는데 정의가 나가고 나면 어쩔까 하는 마음이다. 나는 웃고 말았다. 내가 보기에는 동원이가 더 미남이지 않나! 하며 얘기했더니 동원이는 오히려 남자들이 더 많이 찾는다는 것이다. 크게 웃을 수는 없었지만, 동원이가 들으면 꽤 좋아하겠다는 생각이다. 안 그래도 요즘 마음이 많이 불편하게 보이는 동원이다.

사동에서 책을 꽤 읽었다. 본부에서도 책을 꽤 읽었는데 몸이 아주 아팠다.

저녁, 본부에서 쉬었다. 참치 해체 작업하는 사람을 보았다. 돌덩이 같은 참치를 톱날에 자르고 가죽을 벗기며 횟감으로 먹기 좋게 다듬는 일이다. 유튜브에 오른 동영상을 보았다. 1년 내내 강한 추위에 고된 작업이며 위험한 일이다. 집에서 쉴까 했지만, 몸이 더 좋지 않아 내려와 자리에 앉아 보게 되었다.

鵲巢日記 15年 06月 07日

맑았다. 시원한 아이스 드립 커피가 그리울 정도로 더웠다.

오전 모든 영업장을 개장하고 본부에 와서 마치 실업자처럼 쉬고 있었는데 시지에 사업하시는 우드 테일러스 카페 점장께서 오셨다. 가게에 쓸 생두와 부자재가 필요했다. 본점에서 만나 뵈었는데 마침 이때 김 선생이 출근하여 아이스 드립을 청하고 나는 위층에 올라가, 생두 케냐와 블루마운틴을 담았다. 아주 오래간만에 오셔 가게 돌아가는 사정을 이것저것 들으며 또 본점 소식도 전했다. 엊저녁에 사장님께서 과음하셨는지 오늘 아침, 가게 청소를 하지 못했다고 한다. 그나저나 아침 가게 문을 닫고 오시어 마음은 불안해 보였다.

오후, 집에서 쉬었다. 점심은 라면이었다. 몇 시간 책을 읽으며 보냈다. 고려 시대 왕조를 읽는데 『삼국유사』를 쓴 일연을 다시 보게 되었다. 『삼국유사』는 일연 스님께서 청년 시절에 사료를 모아 70세 이후 노년기에 집필한 책이다. 스님은 1289년, 89세의 일기로 세상을 떴지만, 제자 무극에 의해서

1310년에 처음 목판본으로 간행되었다. 이 책은 시대가 거듭할수록 우리의 고대사, 지리, 문학, 종교, 언어, 민속, 사상, 미술, 고고학 등 모든 부분의 열쇠를 제공하는 총체적 문화유산으로 인식되고 있다.[12] 스님은 경산 사람으로 삼성현 성인 중 한 분이다. 『삼국유사』를 썼던 가장 큰 동기는 아무래도 몽고 지배에 우리 민족성을 각성하기 위함일 것이다.

한 통의 전화를 받았다. '조감도 음악회 이달 며칠에 하나요?' 가슴이 뜨끔거렸지만, 당분간 음악회 안 한다고 친절히 말씀드릴 수밖에 없었다. 근데, 그 뒤 잇는 말이 가슴에 더 와 닿았다. '그러면 요즘 카페 마케팅은 어떻게 해요?' 이 말을 들었을 때 아! 이분은 카페 하시는 분 아니면 광고업계에 일하는 업자다. 그렇지 아무래도 고객께서 음악회에 관심 둘 이유가 없지 않은가! 하지만 그분께서 마케팅이란 말을 들었을 때, 나는 또 여실히 깨닫고 만다. 그간 무엇을 했나? 또 무엇을 생각하며 있고 얼마나 실천했나! 하는 생각이 들었다.

단지 32
공기빼면마침표고공기넣으면느낌표였다. 이느낌이없었다. 비가오고그다음날말간날느낌을앞에세웠는데서지않았다. 지퍼를열고똑딱스위치확인하며만져보아도꼼짝하지않았다. 느낌없으니그날도그다음날도손은줄었다. 애초에느낌을들고온봉고에전화했더니안그래도주말에들러확인하겠다고했다. 풀

---

12) 『고려왕조실록』, 박영규 지음, 충렬왕 실록 참조

죽은느낌을확인한다. 이래만져보고저래만져보아도꼼짝하지않는다. 더는안
되는지, 빠듯한시간에예의상들른건지, 주말쉬고월요일보자고했다. 느낌은
탁막힌공간안에다가놓아두었다. 비스듬히세워서뚜껑도덮지않고손은내내줄
었다.

압량 마감하고 본점에서 콩 볶고 있었다. 아! 실습생 정석 군 가족(부모님과
여동생) 모두 카페에 오셨다. 콩 볶다가 얼떨결에 인사했다. 잠시 후, 처가에
다녀온 건지 오 선생이 들어 닥쳤다. 오늘 본점에서 큰 로스터기로 콩 볶을
일 있는데 하며, 뭐라 뭐라 했다. 이왕 볶는 콩은 계속 볶을 수밖에 없었다. 저
녁을 먹지 못했는데 9시 지난 시각에 집에서 먹었다. 약 2주간 김치 없이 살
았다. 나만 아는 일이다. 곁에 김치냉장고에는 있었지만 아무도 김치 얘기를
하지 않았으며 아무도 꺼내려고 생각지 않았다. 처가에서 가져온 곰국을 데
워 먹었는데 도저히 그냥 먹을 수는 없었다. 김치를 직접 끄집어냈다. 아! 이
김치 맛, 고려 말 때였다. 원나라 지배하에 있을 때였는데 그때도 고려인은
중국뿐만 아니라 어디든 대외교역상 많이 진출했다. 고려인이 사는 곳에는
여지없이 김치가 있었던가 보다. 지금도 중국 광저우(광주)에는 배추가 고려추
로 통하니 말이다.

20. 더치커피

더치커피는 네덜란드인에 의해 만든 커피다. 그 유래는 17세기 네덜란드령 인도네시아 식민지 시대까지 오른다. 네덜란드 인은 인도네시아에서 커피를 상당히 재배했다. 재배한 커피를 선적하여 자국에 이송 도중 빗물에 적신 커피 물을 마셨는데 그런대로 괜찮았다. 맛과 향이 특별했는데 이를 더 보완하여 나온 커피가 더치커피다. 물론 정설로 보기에는 어렵지만, 그 명칭이 우리나라에서는 더치커피로 통한다. 영어권에서는 콜드 브루cold brew라 한다.

이 커피는 뜨거운 온수로 뽑는 것이 아니라 차가운 물이나 얼음에서 녹는 물로 자연스럽게 떨어뜨리며 오랫동안 적셔 내리는 방식이 있고 분쇄한 커피를 물에 폭 담가서 어느 정도 숙성의 기간이 지난 뒤 찌꺼기만 걸러내는 방법이 있다.

더치커피는 드립이나 에스프레소와 달리 향이 독특하며 그 부드러움은 다른 어떤 커피보다 더하다. 더치커피 한 병을 받는데 거의 하루가 간다. 한 방울씩 떨어지는 물방울을 보라! 가랑비에 옷 젖는다는 말이 있듯 저 한 방울에 커피가 젖어드는 모습도 지켜볼 만하다.

어느새 한 방울의 위력은 그 세계를 온통 물들여 놓는다. 물방울은 검은 왕관을 그리듯 한 방울씩 허공을 친다. 폭 젖은 커피는 그 내면의 영양분을 내놓고 마는데 색상은 까맣다.

여기서 배울 수 있는 철학은 끈기와 열정이다. 수적천석水滴穿石이라는 말이 있다. 한마디로 물방울이 돌을 뚫는다는 말이다. 요즘 사회에 이 말이 통하나 싶어도 엄연히 필요한 자세다. 계단을 오르는 것도 몇 계단을 한꺼번에 오를 수는 없다. 내 하는 일에 빛을 보려면 어느 정도는 그 세계에 거름이라 생각하며 헌신할 필요가 있다. 어떤 일이든 덕을 얻고자 한다면 먼저 베풀어야 하며 실익을 떠나 노력하여야 한다. 여기서 베푼다는 것은 많은 돈을 들여 무작정 서비스하는 것이 아니라 친절과 배려와 고객에 대한 적극적인 마음이면 충분하다.

鵲巢日記 15年 06月 08日

오전은 잠깐 맑았으나 오후에 한차례 비가 내렸던가 보다. 사동에서 노동청에서 나온 직원과 대화하다가 나와 보니까 빗방울 몇 방울 떨어졌는지 땅이 젖었다.

오전, 사동 개장하고 본점으로 곧장 들어갔다. 오늘부터 커피 교육 새로받는 분이 있었다. 약 두 달가량 커피에 대한 이야기와 실습을 몸소 체험한다. 오늘은 첫날이라 '카페리코' 사업을 하게 된 동기와 그간 어떻게 사업이 진행됐는지 말씀을 드렸다. 교육을 참관해서 들으시는 선생도 한 분 있었는데 다소 궁금한 점이 있었다. 몇몇 질문이 있었다.

일기를 읽어드릴 때였는데 밀양에 사업하는 '에르모사' 이야기다. 교육 등록하고 사업하기까지 과정을 간략하게 설명했다. 현지를 볼 수 없으니 설명에 애로사항은 좀 있었다. 그러니까 건축은 어떻게 했는지 건축한 지금은 어떤 분위기에 어떤 손님이 오시며 매출은 어떻게 올리는지 말이다. 상현이가 운영하는 '에르모사'는 성공적이라 건축을 원하는 분이면 본보기로 삼을만한 카페다.

카페 조감도에 대한 얘기도 있었다. 사동에 있는 카페가 영업은 되는지, 규모에 합당한 수익은 있는지 말이다. 규모가 크다고 해서 영업이 잘되는 것도 아니다. 그렇다고 그렇게 큰 규모의 카페도 실은 아니다. 요즘 워낙 큰 카페가 많이 생기는 추세라 100평은 카페의 일반적인 모형이 되었다. 규모 큰 카페가 오히려 유지하기가 더 힘들 텐데 어떻게 이끌어 가느냐는 것이었다.

여러 가지로 교육의 중요성을 들어 일관했다. 내일은 마케팅에 관한 내용을 얘기하기로 하고 마쳤다. 약 두 시간 가까이 교육 가졌다.

오후, 노동청에서 파견한 직원 두 명이 카페 조감도에 찾았다. 노동계약서와 그 계약서에 맞게 임금은 나갔는지 확인했다. 임금이 많이 나가든 적게 나가든 상관하지는 않는다. 하지만 노동법에 맞게 적용되는 항목이 있다. 그러니까 시간제로 했으면 일한 시간만큼 월급이 나갔는지 주당 몇 번을 쉬며 그 쉬는 날, 주휴수당은 나가는지 퇴직금은 어떻게 지급하는지에 관한 말이었다. 주휴수당과 퇴직금 문제가 아니면 큰 문제는 아니나 그 외 수당항목을 결국은 바꾸어 기재하라는 뜻이었다. 실지로 다른 카페에 비하면 월급이 많이 나가는 것은 맞지만, 항목의 이름이 달라서 사용자가 피해를 보는 경우도 있다는 것이다. 나는 그렇게 피해를 볼 만큼 직원을 대하지는 않으며 또 직원도 남에게 해할 만큼 악한 사람은 여기에 아무도 없다며 얘기했더니 꼭 그렇지만도 아닐 거라며 일축했다. 노동청에서 오신 분들의 말씀이 옳았지만, 꼭 굳이 그렇게까지 해야 하나 하는 마음이 들었다. 노동청도 국가 기관이니 어쩔 수 없는 일이다.

단지 33

까만뚜껑과까만빨대는잔과함께한다. 잔은아메리카노,주로담지만카라멜마끼아또와카페모카도가끔은유자와핫초코같은것도담는다. 아메리카노찾는손님에나는위안한다. 커피뽑을때마다풍겨오는향은내몸을더욱가볍게한다. 잔은늘허기진것처럼커피만얘기하지만, 커피는실은세계에있다. 잔은더도딜도딱그만큼만담아그모양에맞는삶의뚜껑과지혜의빨대를꽂는다. 잔은오늘도버려질것이다.

압량, 옆집 성당을 새로 짓는다고 공사판이 아주 난장판이었다. 행인도 걸어 다닐 수 없을 정도로 대형덤프트럭이 아예 길 막고 섰다. 오늘은 더욱 비까지 내려서 도로바닥도 모두 황토와 흙탕물로 뒤범벅 되었는데 여간 보기 흉하다. 거기다가 덤프트럭의 엔진소리는 내내 꺼지지 않아 소음공해가 만만치 않았다.

저녁은 모닝 빵에다가 딸기잼 발라서 먹었다. 이 모닝 빵도 배고프다고 많이 먹으면 별로 좋지 않다. 허기가 있더라도 한 개나 두 개 정도가 맞다. 우유에 곁들여서 먹으면 더욱 맛있는데 어떤 때는 밥보다 더 편해서 요즘은 자주 찾게 된다. 아까 압량 오기 전, 서 부장과 함께 본부 마감하고 학교 앞에 나가 이 모닝 빵을 사서 왔다.

단지 34

엄지손가락하나든것처럼기골이장대했다. 낮은내모르는차까지호령하며이곳을알려주었고 밤은반딧불처럼밝아등대가따로없었다. 한껏발기한그의피부를만지면탱탱하기가그지없어 이곳은아직도건장하다며한마디내뱉는듯했다. 나는또가까이가그를만졌다. 참으로탄력적이며밝기까지해서 이희망의빛이과연어디까지닿을것인가! 베토벤의황제가흐르고몽키디루피의꿈이흐르는이곳, 저지나는많은차가버쩍든이엄지손가락앞에자지러지길바랐다. 이리하여손이끊이지않기를바랐다.

압량 에어간판을 수리했다. 아무 이상이 없었다. 단지, 전선 어딘가에 끊어진 것 같다. 봉고가 와서 가볍게 손보아주고 갔다. 참, 고마운 일이다.

鵲巢日記 15年 06月 09日

날씨는 꽤 맑았다. 하지만 온종일 머리만 지근거렸다.

오전, 본점에서 커피 교육했다. 커피 마케팅이란 주제로 약 두 시간 가까이 강의했다. 강의하며 느낀 것은 수업다운 수업이며 강의다운 강의가 아닌가 하는 생각이 들었다. 예전 대학 다닐 때 일이다. 한 과에 학생이 약 100여 명 이상 모아 놓고 강의하는 교수님이 스쳐 지나가는 것이었다. 일반적인 강의라 할 수 있다. 스승과 제자 사이에 질의와 응답시간 같은 것은 아예 없다. 할 수도 없거니와 해서도 안 되는 분위기였다. 오늘 커피를 어떻게 하면 잘할 수 있을까 하는 내용이 주겠지만, 궁금한 것이나 모르는 것 있으면 바로 질문하는 학생을 대하면 기분이 좋다. 이것은 커피 하는 나에게도 성찰할 기회를 준다.

오후, 화원에 일하는 후배에게 문자를 주고받았다. 로스터기 설치 일자와 시간을 맞췄다. 정문기획에 다녀왔다. 카페 조감도 홍보용으로 사각 주머니를 만들기 위해 디자인 하나 했다. 전에 그러니까 작년이었다. 시집을 여러 권, 사서 읽은 적 있었다. 그중에서 문학동네에서 출판한 시집을 여러 권 사면 사각 주머니를 하나 끼워 받은 적 있다. 생각보다 간편하고 무엇을 담아 다니기에도 좋아 이 주머니를 만드는 공장을 알아보고 전화했다. 한 장당 가격이 1,400원 정도 했는데 500장 주문했다. 판촉으로 쓰기에도 가격부담도 없어 이거면 딱 좋겠다고 생각했다. 그간 머그잔과 수건 외에 특별히 고객을 위해 선물을 제작한 일이 없어 이번에 새로이 주문했다.

병원 분점에서 전화 온 일 있다. 어제였다. '본부장님 교육상담이 있어요. 한 번 오셔야 할 것 같아요?' 그래서 오후 4시로 약속했다. 대구 월배 사람이다. 조경 관련으로 관급공사만 주로 해왔으며 꽤 사업을 일구어 오신 분이었다. 이번에 여러 가지 목적으로 카페 하나를 인수하게 되었는데 카페로 인해 크게 돈 벌 생각은 아니었다. 그러니까 카페로 인해 본本 사업에 효과를 높이기 위한 어떤 한 방편으로 인수하게 되었다고 했다. 근데, 커피를 제대로 뽑아야 하면 교육이 필요한데 어디서 배울까 해서 고민하다가 전화한 거였다. 중요한 것은 월배까지 파견 오시어 가르쳐 달라는 내용이었다. 나는 정중히 거절했다. '교육비만 문제가 아니라 시간이 문제였다.' 월배면 다른 일을 못하게 된다. 그래서 오히려 커피를 제대로 하는 아르바이트 구해서 어깨너머 배우는 것이 나을 거라며 말씀드렸다. 커피를 잘 모르시는 분 같았다. 커피가 막연히 좋아서 인수한 느낌이다. 정말 커피를 알면 이 분은 포기할 분이다. 왜냐하면, 관급으로 일하는 조경 사업이 오히려 더 낫기 때문이다. 조경 사업에 비하면 커피사업은 여러모로 신경 쓰이는 일이다.

나는 분명 '카페 조감도' 경영을 잘못하고 있는 것이 맞다. 상호고 명예고 저술이고 간에 누가 더 명석하게 조감도 이끌 수 있는 사람이 있으면 내드리고 싶다. 이제는 아무런 미련이 없다. 나는 어느 곳에서나 인정받는 사람이 아니기 때문이다. 나는 적자를 보아가며 사업할 이유가 없으며 세금을 낼 이유가 없다.

한 달 매출 이천여만 원 인건비 칠백만 원 임대비 이백이십만 원 들어가는 커피 재료비 약 사백여 만 원 코스트코에서 사다 쓴 카드 값이 백여만 원, 은행 이자가 백오십만 원이다. 빵 굽는 기사 월급과 매달 부가세 10%와 각종 세금(전기료)은 포함하지 않았다. 제빵사 월급은 얼마며 전기료는 백여만 원에서 백오십여만 원 계절마다 다르다. 그러니까 여름과 겨울이면 백오십만 원이고 봄과 가을이면 백만 원에서 조금 덜 낼 수도 있다. 제빵사 월급을 제외하면 경비만 약 천구백여만 원이 나온다. 그러니 작년 개점하고 가을과 겨울은 매달 오백여만 원 이상 빚을 더 낸 셈이다. 갚은 빚 더는 늘어서는 안 되지만 줄이고자 노력하고픈 의욕마저, 노동청은 다시 꺾어놓는다. 문제는 아 다르고 어 다르기 때문이다.

오후, 석 점장에게 전화했다. 언제 직원 다 모여서 회의를 해야겠다며 시간을 마련해 보라 했다.

단지 35
천장은구둣발로누른뱀머리
핏줄거미줄처럼꽉찬해돋이

늦은 밤 제사가 있었다. 오 선생은 제사 음식을 다 장만하였으며 일절 마감까지 했다. 내일 주문 받은 청도 가비 커피를 본점에서 볶았다. 나는 내내 머리만 아팠는데 몸이 심상치가 않다. 이번 달 들어오고 나서는 하루도 몸이 성한 날 없었다. 본부에서 내일 아침 일찍 우드에 들어갈 커피를 챙겼으며 1시에 마감했다.

21. 정숙이[13]

지금 막 고베를 떠나려고 합니다(9일 7시). 앞으로 적어도 20일간은 당신에게 편지 못 합니다.

잘 있으시오. 쪼금도 잊지 않습니다. 사랑합니다.

애들에게도 안부 전해 주시오.

앞으론 더욱 행복하기를……

선창에서 눈부시게 고베의 네온이 뵈입니다.

당신과 어린애들의 눈동자가 뵈입니다.

밤에는 잠 잘 자시오.

9일 밤 7시

박인환 서

                                        −세월이 가면− 근역서재, 1982

시인 박인환이 아내 이정숙 여사께 보낸 편지다. 50년대는 지금처럼 카톡

---

13) 맹문재, 『박인환 전집』, 실천문학사, 636p

이나 문자 같은 것은 없었다. 오로지 편지가 통신수단이었다. 편지 내용만 보더라도 시인 박인환은 아내 사랑이 얼마나 지극한지 볼 수 있다. 그뿐만 아니라 카페에 대한 사랑도 남달랐던 것 같다. 선생의 시 「세월이 가면」은 카페에서 즉흥적으로 썼던 시다. 이에 이진섭 씨가 작곡하고, 임만섭 씨가 즉석에서 노래를 불러 이를 명동의 샹송[14]이라 했다.

교칠아교膠漆之交라는 말이 있다. 당나라 때 백낙천白樂天과 원미지元微之는

---

14) 세월이 가면 / 박인환

　　지금 그 사람 이름은 잊었지만

　　그 눈동자 입술은

　　내 가슴에 있네

　　바람이 불고

　　비가 올 때도

　　나는 저 유리창 밖

　　가로등 그늘의 밤을 잊지 못하지.

　　사랑은 가고 옛날은 남는 것

　　여름날의 호숫가 가을의 공원

　　그 벤취 위에

　　나뭇잎은 떨어지고

　　나뭇잎은 흙이 되고

　　나뭇잎에 덮혀서

　　우리들 사랑이

　　사라진다 해도

　　지금 그 사람 이름은 잊었지만

　　그 눈동자 입술은

　　내 가슴에 있네

　　내 서늘한 가슴에 있네.

　이윤호, 『완벽한 한잔의 커피를 위하여』, MJ미디어, 76p

🌸 183

절친한 친구 사이였다. 이 두 사람은 과거에 함께 급제하여 벼슬살이하다가 어떤 이유로 황제께 원성을 사게 되어 시골로 좌천되고 말았다. 이로 인해 서로가 만날 수 없는 처지가 되었는데 백낙천이 친구인 원미지에게 보낸 편지에서 나온 말이다. 교칠은 아교와 옻을 말한다. 아교로 풀칠하면 서로 떨어지지 않고 옻으로 칠을 하면 벗겨지지 않으니 서로 떨어질 수 없는 사이를 비유놓은 것이다.

내 하는 일은 친구처럼 아내처럼 사랑하자. 매일 똑같은 마음으로 아내와 같은 친구 같은 일에 편지를 쓰라. 당신의 삶의 이야기를 쓰라! 이 편지를 모아 엮어서 내 일을 사랑하는 사람에게 붙이거나 드려라! 그러면 이 일은 달리 볼 것이며 이 일을 사랑하는 이도 제법 많아 우리가 생각한 일보다 더 큰 일을 이룰 수 있다.

아교와 옻칠처럼 잠시라도 떨어져서는 안 된다. 딱 붙어 이 일을 사랑하라!

鵲巢日記 15年 06月 10日

맑았다.

아침, 우드에 다녀왔다. 사동 개장을 미처 보지도 못하고 일찍 길 나서야 했다. 오전 10시 반까지 본점에 들어와야 했기 때문이다. 아래 저녁이었다. 커피가 똑 떨어졌다며 문자를 받았는데 어제 새카맣게 잊고 있었다. 부랴부랴 다녀오게 되었다.

커피 이론 강좌 삼 일째 맞는다. 마케팅의 한 부분이다. 오늘은 상호, 로고,

레트링, 슬로건에 관한 얘기와 사업설명을 기반으로 여러 가지 이야기를 했다. 이중 슬로건에 관한 설명이다. 슬로건은 스코틀랜드 게일 족 언어다. '슬라계름 Sluaghgairm; 군세의 외침'이라는 단어에서 유래했다. 스코틀랜드인이 전투에서 병사의 전의를 북돋우기 위해 지르던 함성을 의미한다. 설명을 돕기 위해 영화 '브레이브 하트'를 들었다. 배우 멜 깁슨이 주연이다. 스코틀랜드와 잉글랜드는 한마디로 계급적 차이가 있다. 그러니까 잉글랜드가 약간의 상류층 부류며 지배계층으로 이 영화는 나온다. 영화의 배경은 13세기쯤 된다. 우리나라에 비유하자면 고려 시대 후기쯤 보면 되지 싶다. 고대나 중세사회에서는 각 부족 간에 국가 간에 전쟁을 많이 치렀다. 전쟁도 그냥 막무가내 하지는 않는다. 춘추전국시대에 이미 손자는 '손자병법'을 통해 전쟁의 기술을 언급한 적도 있다. 그러니까 계計와 더불어 전략과 전술이 필요하다. 슬로건은 이와 같은 전술을 통해서 나온 것이다. 전쟁은 막대한 인명과 재산적 손실을 낳는다. 현대에 들어와서는 어느 나라든 전쟁하지 않는다. 대신 자본 전쟁을 한다. 스타벅스가 우리나라 인사동에 1호점을 기점으로 수백 점 개점하여 자본을 마치 아이스 아메리카노 한 잔 빨 듯 쪽 빨아간다. 이러한 경영에 머리 싸매고 용기백배 얹을 수 있는 표어가 슬로건이다.

정오, 청도에 사업하시는 가비 점장께서 오셨다. 엊저녁에 배전한 커피를 드렸다. 영업에 관한 여러 가지 말씀을 주고받았다. 청도 운문은 전국구다. 그러니까 운문사는 우리나라 모든 사람의 휴양처며 명소다. 어느 지역 할 것 없이 많은 사람을 만나볼 수 있는 곳이 여기 운문사이기에 커피가 제법 나간다. 처음 자본이 없어 아주 조그맣게 낸 카페였다. 약 대여섯 평정도 시작한 카페지만 손님은 꽤 된다. 여러 가지 일의 애로사항을 말씀하셨다. 일을 열심히 하시는 모습을 보니 마음은 한결 놓였다.

오후, 경산 모 치과에 다녀왔다. 기계 수리다. 치과 2층에 놓인 자판기가 소리 많이 난다고 해서 다녀왔다. 팬 모터의 노화관계로 관련 부품을 교체했다. 사동에서 문중 어른 오시어 인사했다. 총무님께 가게 경영의 어려움을 언젠가 하소연한 적 있다. 며칠 전에는 오 선생이 얘기를 건넨 바 있었는데 이번 문중회의에 이 일이 건의가 되었던가 보다. 보증금 천을 돌려주시겠다고 합의 보았다며 전화 주셨다. 감사했다. 총무님과 회장님 직접 뵙고 감사하다는 말씀을 올렸다.

단지 36
양귀비이었네 꽃처럼온전히설수있는 조심스럽게몸통만만졌네 투박한손에쥐었을때는꼬닥꼬닥마른한해살이풀같았네 아니야바람에날리는이파리처럼 절대고려장은안돼 청려장으로곱게한길가리키며바른안내여야해 어두운거리에동반자며 거친산길에곁에둘수있는꽃이었으면 꽃을곱게잡고돌부리쳐내리며 똑똑저기야 저곳이정상이야! 어머니는고이걸었던길을양귀비처럼놓으며 양귀비의둘도없는친구처럼 밝은내일이었으면 흐렸다. 빗기가 조금 있었으나 내리지는 않았다.

오전, 커피 교육할 때다. 詩「단지 36」을 읽고 해석했다. 독해력이 있으면 대충 어떤 느낌이 들겠다고는 싶으나 시는 비유라 그 속뜻을 이해하기가 힘들다. 웬만한 시간을 들이지 않으면 얼핏 그냥 읽고 만다. 어느 지인께서 어머님 드리시게 하며 명아주로 만든 '지팡이'를 하나 선물 받았다. 어제였다. 압량에서 일할 때였다. 그분은 어머님이 '당뇨'를 앓고 계시다는 것도 안다. 어머님은 병을 이기고자 가끔 동네 산책 삼아 운동도 하신다. 어디든 짚고 다니시라 선물 주시던 분 있었다. 여기서 양귀비는 지팡이를 환치한 일종의 은유다. 예전이었다. 시인 송찬호 선생께서 지은 시다. 시제가 '지팡이'인데 시 문장을 읽으면 지팡이하고는 영 딴판이다. 여기서는 마치 막창쯤으로 해석해도 무관할 정도로 가만 생각하면 웃기고 재밌는 문장이 된다. 그러니까 내가 쓴 「단지 36」은 양귀비는 양귀비가 아니라 지팡이다. 양귀비는 중국 당나라 때 현종의 애첩 이름이기도 하며 한해살이 풀 이름이기도 하다. 물론 꽃처럼 미색이 대단했다. 현종은 잠시라도 그녀의 곁에서 떠나 있지를 못했다. 현종은 '개원의 치'라 이를 정도로 당나라의 최대 태평성대를 이루기도 했다. 하지만 치세의 말기는 안녹산의 난으로 목숨까지 잃게 된다. 여하튼 어머님의 양귀비처럼 곁에서 보필 잘했으면 하는 마음을 담았다.

오후, 화원에 일하는 후배 이 사장과 통화했다. 로스터기 설치 일자와 다트, 가스 연결에 관한 이야기를 했다. 이 사장은 한 마디 웃으며 이야기 했는데 의미가 깊다. 그러니까 '아! 선배님 커피 제대로 하려고 하니까요. 돈 많이 들어갑니다.' 이왕 하는 일, 제대로 해보아야 한다. 제대로 하지 않으니 힘든 거다. 물론 장비만 제대로 갖췄다고 해서 영업이 잘 되는 것도 아니다. 일단, 장군이 갖은 병기마저 부실하면 기氣마저 잃게 되니 자부심으로 일관하는 자세는 모든 사업의 기본이다. 이런 말도 있지 않은가! 자세가 모든 것을 결정한다.

기계 값만 천만 원 다트 설치도 몇 십만 원은 족히 들어갈 것이며 가스배관 작업도 꽤 들 것이다. 생두시장을 묻기도 했으며 소량주문은 가능한지 기계가 설치되면 시험가동은 지켜볼 수 있는지 자세히 물었다. 모두 친절히 답변했다.

사동 분점에 다녀왔다. 사동은 아마 08년도 처음으로 문 열었다. 지금껏 가맹점으로 본점과 유대관계를 맺고 있다. 초창기 점장은 이곳에 사업하고자 한 뜻은 없었다. 이곳은 어느 지인의 권유로 직접 경영을 부탁받았지만 투자비가 여간 들어가지 않겠나 하는 마음과 일할 수 있는 인력이 없었다. 그때 당시 모 분께서 교육받고 계시어 또 마땅할 것 같아 함께 작업하여 만든 카페다. 그러니까 카페로 보면 1호점이다. 그때까지는 모두 테이크아웃 점포만 냈다. 초기 점장은 아주 두려웠다. 여기는 촌이나 다름이 없었기 때문이다. 그때 이후로 줄곧 컨설팅해 왔다. 지금은 사동에서는 제법 알아주는 카페가 되었으며 주민들께도 이곳만 한 편안한 장소는 없을 정도로 인식되었다.

어느 가맹점은 십 년을 거래한 집도 있다. 십 년이면 강산도 변한다는데 우여곡절이 왜 없을까! 사업도 사건·사고가 비일비재하지만, 그 일을 일일이 적을 수 없음이 안타깝다.

오늘은 이곳에 기계가 고장이 났는데 버튼 이상이 문제였다. 관련 부품을 가져오지 못해 내일 다시 들르겠다며 친절히 인사드리고 나올 수밖에 없었다.

단지 37

우물도보았고고물길도보았고 오르고내리는바가지도보았네 뜨머이는파장도보았을테지 시간은언제나그대로라하늘만담네 그래날아가라이곳은먼태곳적부터 흐르던구름뿐이라우레며한줄기비며 바람이있어도무지갯빛뜻은 돌계단이라돌계단받치는잔돌이라 구를수도뜰수도없는어깨, 뻑적지근한어깨만무거워 시간은유령처럼있다고는하지만 거저먼산바라보는한마리군은까치여, 동상이여, 하얗게언바다여, 더넓은곳향해꿈을펼쳐라

22. 물 아래 그림자 지니

물 아래 그림자 지니 / 정철
물 아래 그림자 지니 다리 위에 중이 간다
저 중아 게 있거라 너 가는 데 물어 보자
막대로 흰구름 가리키며 돌아 아니 보고 가노매라

　송강 정철(1536~1593)이 지은 시조다. 고산 윤선도, 노계 박인로와 더불어 조선조 3대 작가로 가사의 제1인자다. 그의 시가집 '송강가사'에 관동별곡, 성산별곡, 사미인곡, 장진주사, 훈민가 등 수많은 가사와 단가를 지었다. 송강은 애주가였다. 그의 장진주사는 술에 대한 찬미다. 선조께서는 이를 못 마땅히 여겨 하루에 한잔씩 마시라는 뜻에 은잔을 하사하기도 했다. 지금처럼 커피가 있었다면 어쨌을까 하는 생각을 해본다. 베토벤처럼 이른 아침에 커피 콩 한 알씩 헤아리며 분쇄기에 갈고 뜨거운 물에 정하게 내려 진한 커피 맛을 느꼈다면 장진주사將進酒辭가 아니라 가배찬사咖啡讚辭가 나오지는 않았을까! 아무튼, 차보다는 술을 꽤 좋아했다. 그는 정치가로서도 큰 구실을 하여 벼슬이 좌의정까지 이르렀다. 서인의 영수였다. 곧은 말 잘하는 정승으로 이름이 높았다. 이러한 이유로 화를 입은 일도 많았다.
　시조는 현실 세계의 유한함에서 자연 세계의 무한한 염원이다. 초장은 대구를 이룬다. 물 아래와 다리 위가 그렇다. 내 사는 세상은 모두 그림자뿐이다. 환영幻影이다. 다리는 어쩌면 현실과 가상 어떤 염원을 잇는 매개체로 보이기도 한다. 그 위에 중이 간다. 중이라고 하지만 어떤 절대자로 보이는 것은 또 왜일까! 송강은 묻는다. 어디로 가느냐고? 중은 막대로 거저 흰 구름만 가리켰다. 백지다. 무한의 세계다.

정치와 권력, 명예와 부귀영화가 무엇인가? 인간세계에 내가 옳다고 행함이 그것이 진정 옳은 것인가? 모든 것을 초월하여 자연과 벗 삼아 사는 것은 또 어떨는지, 송강은 시끄러운 세상을 버리고 자연으로 도피하고 싶었는지도 모르겠다.

一盞一色 / 작소
한 잔씩 내리는 커피 까맣기만 하네
깊이 얕다고 가볍게 보지 마라
하루씩 허공 친 잔이라 죽은 오늘 건너네.

송강이 살았던 시대에 비하면 현대 자본주의 시대는 물질문명만큼은 큰 성과를 이루었다. 자동차, 컴퓨터, 거기다가 하늘은 별처럼 인공위성이 떠다니며 그만큼은 생활은 편리했다. 하지만 인간관계의 얽힌 세계는 별 차이는 없을 것 같다. 그렇다 하더라도 또 우리는 물질문명과 더불어 더 복잡다단하게 잡혀 있는 세계에 사는지도 모르겠다. 이러한 세계에 내 가치관이 옳다고는 말 못 한다. 기준은 언제나 변하기 때문이다. 그러니까 다른 안목을 가지고 더 높은 가치를 세워 우리를 바라보는 또 다른 무리는 얼마든지 출현하는 사회다. 어쩌면 지금은 무한한 생산력만이 기반이다. 틀에 짜인 부품이 아니라 여러모로 맞출 수 있는 어떤 유형 물질 같은 것이다. 한마디로 말해 껌 같은 것이다. 언제 어느 때 폭발할지도 모르는 이 세계에 비 전도체와 같은 안전장치는 있어야겠다는 생각이다. 껌 말이다. 살짝 씹거나 주물러서 안성맞춤으로 생산하는 그 무엇 말이다. 세상은 잠시 안정시킬 필요가 있다. 이는 내 마음이다. 그러니까 씹어라! 무작정 씹어서 번득이는 무릎에 유연성을 갖추란 말이다.

鵲巢日記 15年 06月 12日

맑았다. 어딘가 무엇을 떼 놓고 온 듯 불안했다. 그러면서도 나는 몽롱하게 지난 일기를 읽으며 내일을 바라보았다. 약 450여 쪽 되는 지난 삶을 수정해나간다.

오전, 커피이론교육 오 일째다. 커피 18년은 결코 짧은 생은 아니었다. 어느 커피 업자의 이야기를 통해서 커피 인의 삶을 보았다. 이야기는 재밌게 들으시는 것 같으나 커피에 대한 삶을 조금이나마 이해가 되었으면 했다. 우리나라 커피 역사에 관한 이야기를 모두 끝냈다. 강의 끝으로 꿈을 이야기했다. 꿈이 얼마나 강한가에 따라 내가 앞으로 어떤 일을 추진해 나갈 것인가 결정된다. 교육생 모 분께서는 카페를 열겠다는 계획은 세웠으나 어디에 어떻게 해야 할 것인가를 두고 많은 고민을 했다. 마땅한 자리를 놓고 여러 가지 이야기가 오갔지만, 선뜻 결정하기에는 힘들어 보였다.

서 부장과 사동에 다녀왔다. 어제 관련 부품을 바꾸지 못한 분점에 갔다. 에스프레소 기계는 어디를 만져도 예열이 되어 있기에 무엇을 만져도 주의를 기울이지 않으면 피부가 델 수도 있다. 현장에 수리 다니다 보면 손에서 팔꿈치까지 모두 상처다. 밸브 가리거나 PCB나 버튼을 가릴 때면 여지없이 데이고 만다. 오늘도 뜨거운 보일러를 이리저리 피해가며 아주 작은 너트를 풀고 버튼기판을 들어내며 새것으로 갈아 끼웠다.

단지 38
휴지를들었다聽. 작대기같은목소리는산을휘어잡았다. 구석은포개놓은피자를한판씩들어냈다. 삼각형은왼쪽에다가사각형은오른쪽에다가동그란모양만제비처럼나려보냈다. 제비가문호박씨는호박의씨라따로고랑을파지않는다. 골목길죄다막다. 솔잎같은휴지를북북찢고싶었다. 휴지는쓰레기통이다.

저녁 10시경에 사동에 다시 들렀다. 기계세팅이 또 지워졌나 보다. 나오는 에스프레소 양을 조절해달라며 전화가 왔다.

鵲巢日記 15年 06月 13日

흐렸다.

자금에 쪼들리는 사람과 그렇지 않은 사람과 차이는 엄연히 있다. 우울하고 불안하다. 무엇을 해도 재미가 없고 무엇을 해도 적극적인 마음이 앞서야 하지만 머뭇거리기 일쑤다. 하지만 오 선생은 다르다. 엊저녁에도 밤늦게 들어왔다. 오 선생이 언제 집에 들어왔는지는 모른다. 밤새 빵을 구웠다고 했다. 어제 잠자리 들 때다. 아이의 방에서 꼽사리 끼어 누워 잤는데 둘째 녀석이 한마디 한다. '아빠 왜 여기서 자요?', '음 엄마 언제 들어올지 모르니 그렇지, 엄마가 들어오면 아빠는 잠이 깨잖어!' 했다. 그러면서 혼탁하고 무거운 머리를 뉘었다. 오늘 아침, 부엌에서 딸그락거리는 소리가 들렸다. 아내는 언제나 밝다. 밝은 아내의 모습을 보니 내 마음이 또 환하다. 경영과 경비 생각하면 하루가 우울하지만, 매각되거나 문을 닫을 때까지는 열심히 해야 하는 거 아니냐며 한마디 쏘아붙였다. 그래 맞아! 아내의 말이 맞다. 언제였던가! 전에 모모 분점에 들렀던 일이 스쳐 지나간다. 거기는 점장이 두 분이다. 자매다. '본부장님은 경영만 하시잖아요. 내부 일은 그렇게 간섭하지 않지 않습니까? 우리는 경영뿐만 아니라 내부 일도 도맡아 하기에 매사 더 어렵습니다.' 하는 거였다. 이 말은 메뉴 개발부터 고객관리에 이르기까지 모두 일이며 신경 써야 할 일이라 부닥치는 일이다. 맞는 말이었다. 오 선생이 일을 좋아하고 저렇게 매사 성취감을 누릴 수 있는 것은 어찌 보면 자금압박의 포승만은 채우지 않았기 때문이다.

압량 거쳐 사동 개장할 때였다. 이른 아침부터 손님 있었다. 엊저녁에 옆집에서 술을 드시고 차를 놓아두고 가신 손님이었다. 아침 카페 문을 열자, 아이스 아메리카노 4잔을 테이크아웃 해 달라는 손님이었다. 아침 이곳 문만 열어놓고 본점에 곧장 들어가야 했다. '주말커피문화강좌'를 곧 열어야 했다. 하지만 손님께서 요구하신 커피를 친절히 만들어 드렸다. 더구나 아침 첫 손님이라 머그잔을 하나 선물로 드렸다. 손님께서 마음에 흡족했나 보다. 고마움 말씀을 아끼지 않으셨다.

본점, 오늘도 새로 오신 분이 세 분 있었다. 카페 소개와 더불어 교육방법을 얘기했다. 중년 여성이 많았다. 어느 한 분은 질문이 있었는데 '나이가 많아도 취업할 수 있는지, 또 현장에서 일하는 사람은 있는지?' 묻는다. 답변을 드렸다. 우리 카페 조감도 일 하시는 배 선생은 아마도 지금 교육을 들으시려는 분보다 나이가 많으실 겁니다. 또 병원에 일하시는 점장님, 사동, 영천 분점에 일하시는 점장님 모두 오십은 족히 넘으셨습니다, 했다. 이탈리아다. 현장에 일하는 바리스타의 평균 연령은 47세라며 나와 있는 어떤 책을 본 적이 있다. 지금은 자꾸 고령화되어가니 나이 많으신 분들의 일자리가 절실히 필요하다. 우리가 어디 가서 일하겠는가! 그렇다고 집에서 마냥 놀기에도 어정쩡하다. 서비스 시장에 우리의 일자리를 창출할 방안을 모색해야 한다. 적극적인 마음으로 어떤 종목에 관심을 기울여 전문화된 기술을 쌓으려고 스스로 노력해야 한다.

단지 39
살구나무는경계에심었다.
사람들은떨어진살구는거들떠보지않았다.
어느동태에짓눌린것인지이미형체가없는것도있었다.
나는바닥을긁으며짓눌린살구를떼었다.

버섯명가 사장께서 전화 주셨다. 설탕시럽 만드는 방법을 전에 들었다만 잊었다며 어떻게 하는지 묻는 거였다. 나는 친절히 답변을 드렸지만, 설탕시럽 만드는 방법을 알고자 전화해 주신 거는 아니었다. 요즘 경기가 심상치 않기 때문이다. 타 업종의 매출은 어떤지 궁금해서 전화한 거였다. 왜냐하면 '메르스' 인해 사람은 움직이지 않기 때문이다. 실지로 매출은 약 15%에서 크게는 20% 준 곳도 있다. 사람이 많이 모이는 곳은 일단 피한다. 그러니 카페나 요식업을 하는 곳 목욕탕, 당구장, 할 것 없이 서비스 업종에 종사하는 사람은 어지간히 힘들게 됐다.

시마을 모 형님께서 전화 왔다. 오래간만에 경산 들어가니 오늘 카페에 있느냐는 것이다. 카페 있다며 커피 한잔 드시러 오셔요 하며 친절히 말씀드렸다. 작소야 요즘 어떠노? 하며 묻는다. '메르스' 때문에 어지간히 힘들다며 말씀드렸다. 그러니 웃으시며 하시는 말, 거기 메르스 환자들만 모여 있는 건 아니겠지. 호! 네 메르스 때문에 카페 텅텅 비웠으니 안심하고 오십시오.

작년이었다. 그러니까 카페 공사하며 심은 살구나무가 있는데 심을 때는 왕 살구였으면 하고 심었다. 살구가 열린 건 오늘 처음 확인했다. 꽃이 피고 열매가 붙기 시작하는 건 때때로 보았는데 그간 일로 한 며칠 보지 못했다. 오늘은 제법 노랗게 익은 것도 있고 몇몇은 떨어진 것도 있었다. 모두 씨알이 작은 거였다. 근데, 건물 뒤에 심은 한 그루가 왕 살구다. 따먹으려면 한 며칠 있어야겠다. 그래도 왕 살구가 한 그루 있다는 건만도 마음이 흐뭇했다. 왠지 기분이 좋았다. 아직 따먹지는 않았지만.

23. 로부스타

원산지는 아프리카 콩고 산이다. 1898년에 발견되었다.[15] 더욱 섬세한 풍미를 지닌 품종인 아라비카와 달리 튼튼하고 잘 자란다. 로부스타라는 이름은 로버트robot에서 나왔다. 그만큼 튼튼하다는 얘기다. 전 세계 커피 생산량약 30% 차지한다. 주로 동남아에서 많이 재배하며 아라비카보다 한 나무에 맺는 열매수확량은 많다. 고급커피집은 이 로부스타 커피를 꺼린다. 이 커피 종은 주로 인스턴트커피 재료로 많이 쓰인다. 때로는 경제적인 이유로 블렌딩용으로 쓰이기도 한다. 어떤 나라는 로부스타 커피 재배와 유통을 법으로 제재 두는 곳도 있다.

세상사 삶은 물처럼 어디 막힘이 없고 순하고 부드러워야 하며 산처럼 두텁고 무거워, 의義가 있어야 한다. 힘을 쓸 때는 지혜가 바탕이 되어야 일은 즐길 수 있으며 고요하고 차분함이 있어야 내 몸을 오래 지킬 수 있다.

이에 공자는 지자知者는 요수樂水하고 인자仁者는 요산樂山이니 지자知者는 동動하고 인자仁者는 정靜하며 지자知者는 낙樂하고 인자仁者는 수壽니라 했다. 논어 품성에 나오는 말이다. 지혜로운 사람과 어진 사람의 삶의 처세를 말한

---

15) 『매혹과 잔혹의 커피사』, 마크 펜더그라스트 지음, 정미나 옮김, 을유문화사, 249p

다. 구태여 로부스타 커피와 빗대어 설명하기에는 억지가 있을지는 모르겠다. 커피가 애초에 쓰고 거칠다 보니 세상 사람은 피한다. 그래도 이 커피를 쓰는 이유는 병충해에 강하고 단위면적당 생산량은 아라비카보다 앞서기 때문이다. 그러므로 경제적인 이점도 있다. 아무리 좋은 커피라도 가격이 비싸면 대중적 음료로는 맞지 않기 때문이다. 하지만 가격 차이가 그렇게 차이 나지 않으면 부드럽고 맛이 있는 커피를 찾겠다.

나는 대중적이었는지 혹여나 편협한 마음은 갖지 않았는지 다시금 생각한다.

鵲巢日記 15年 06月 14日

맑았다. 홀가분했다. 아무것도 걸치지 않은 맨몸처럼 아주 편했다.

엊저녁, 직원들 일한 시간을 모두 정리한 시간이 자정 지나 한 시였다. 아내는 카톡으로 일한 시간표를 전송하고 집에 먼저 들어갔다. 나는 일기 마무리하고 약 30분 뒤에 들어갔다. 아내는 온종일 피곤했던 모양이다. 코를 심하게 곤다. 조용히 아이들 방에 들어가 눈 붙였다.

아침, 아내를 깨웠다. 아침 먹자며 얘기하니 처가에서 가져온 상추를 다듬는다. 겉절이 한다. 된장 데워서 식탁에 둘이 앉아 밥 비벼 먹었다. 아이는 처가에 가, 집이 조용했다. 본점, 압량, 사동을 개장하고 본부로 들어와 어제 전송한 사진을 보며 월급계산을 했다. 모두 제 통장에 송금한 시간이 정오였다.

어깨가 홀가분했다. 그간 억눌렸던 어떤 중압감 같은 것인지는 모르겠다. 하지만 허전하고 기력이 없어 종일 어디에 앉아 있는 것도 힘들었다.

정평에 다녀왔다. 정평, 강 선생은 새로운 교육생을 맞았다. 청도 운문 사람으로 청도 읍내(산동지역)에 개업하려고 한다. 이 일로 기계와 필요한 부자재 견적서를 작성했다. 정평에서 커피 한잔 마셨다. 어제는 사동에 손님이 오셔, 그저께는 사동 분점 기계수리 때문에 견적서 작성이 꽤 늦었다.

압량에 일하는 동원이와 KFC에서 산 햄버거를 함께 먹었다. 사동에 들러, 배 선생께 직원 모두의 월급명세서를 전달했다. 배 선생과 대화하다가 건강보험과 연금보험이 기본금 기준으로 보면 많이 나감을 알게 되었다. 다음 주 건강보험공단에 다녀와야 할 일이 생겼다.

본점에 일하는 김 선생으로부터 문자가 왔다. '월급 생각보다 많네요. 감사합니다. 한 달 동안 고생하셨어요.', '아, 아닙니다. 모 씨 제가 진심으로 감사합니다. 함께해서 고맙고요. 늘 어렵습니다. 이해해주시고요.', '넹' 커피전문점은 내가 보기에는 영세업자다. 커피 판매가격은 세계와 비교해서 높은 가격은 아니라고 나는 생각한다. 이것은 우리나라 물가와 비교해서 생각해본 금액이다. 하지만 서민이 느끼기에는 아직도 비싼 가격이라 여길 정도다. 판매량을 들여다보면 일하는 사람의 인건비가 제구 나오거나 못 미친다. 예를 들면 압량은 오늘 총 매출이 칠만 원이다. 10시에 출근해서 9시 마감한 동원이 시간당 아르바이트비가 육천이라면 커피는 종일 서비스한 셈이다. 이곳도 모레부터는 오전은 문 닫는다. 용준이가 그만두기 때문이다. 참으로 살림살이가 빠듯하다. 직원도 받은 월급으로는 한 달 살기가 빠듯하다. 경영하는 경영자도 한 해, 한 달, 하루가 바늘 같다.

단지 40

크으업홀드는허공의계단을밟는다. 허연,독불장군을삼키며저승의길목, 흰투구에흰철갑두른까만독종을먹는다. 그러다가,크으업홀드는또허공의계단을밟는다. 좁은,바$_{bar}$바닥걸으며자르지못한썩은다리를생각한다. 끊을수없는카페인은자정의바늘로구두에묻은골수를닦는다. 크으업홀드는또자위한다. 찔러도피한방울나지않는음지여 두꺼운피복이여 아버지는몸은늙으셔도목소리는쩌렁쩌렁하다. 에잇,한밥그릇에담은짱또리, 그어떤도끼날도뭉갤수없는노루빨짱또리여!

남자로 태어나 중앙에 이름을 세우지 못할 바에는 만 권의 책을 읽어 불후의 이름을 남기자.[16] 세조가 계유정난을 성공할 수 있었던 것은 권람의 공이컸다. 권람은 권근의 손자다. 그는 한명회와는 둘도 없는 친구 사이였으며 동문수학했다. 한명회는 수양의 장량이라 할 정도로 당시 최고의 책사였다. 위문장은 권람이 한명회에게 했던 말을 빌려 적은 것이다. 한명회는 청주 한씨다. 지금 내가 경영하는 카페 조감도는 청주 한씨 문중 땅이다. 세조 때 또 한명의 충신을 더 들자면 당 태종의 충신 위징에 버금가는 신숙주가 있었다. 이러한 충신이 없었다면 세조는 과연 계유정난을 성공할 수 있었을까!

---

16) "남자로 태어나 변방에서 무공을 세우지 못할 바에는 만 권의 책을 읽어 불후의 이름을 남기자" 한명회와 동문수학했던 절친한 친구, 권람의 말

사동, 왕 살구가 어제와 다르게 아주 노르스름하게 익었다. 몇 개를 땄다. 살구나무가 총 다섯인데 그중 왕 살구가 하나다. 그것도 손이 많이 탈 수 있는 보기 좋은 곳에 심은 것이 아니라 건물 제일 뒤에 심은 나무니, 낮에 잠깐 몇 개 따려다가 이 층에서 내려다보는 사람이 있었다. 그만 따는 흉내만 조금 내다가 그만뒀다. 저녁에 두 개 따서 먹었다.

나에게도 권람과 한명회가 있었다. 사동 11시 30분에 마감했다.

鵲巢日記 15年 06月 15日

맑았다. 오후는 비교적 끄무레했지만 맑은 편이었다.

오전에 시작한 커피 교육은 정오쯤 지나 마쳤다. 오늘 졸업하는 용준이랑 여기서 가까운 보쌈집에서 점심을 한 끼 했다. 내일부터는 혼자서 해나가야 한다. 잘할 수 있을지 모르겠다. 이제는 내근 업무도 상당히 많아서 모두가 머리 아픈 일뿐이다.

오후, 노동청에서 요구한 근로자 근무시간을 모두 작성했다. 점심 먹고 난 후, 시작한 일이 오후 10시 30분쯤에야 마칠 수 있었다. 그 사이 화원에 일하는 후배가 찾아오기도 했다. 후배는 커피 일 하기 전에 피자집을 했는데 직원으로 아주머니를 고용한 적 있다고 했다. 아주머니는 성품도 좋고 일도 잘했다고 한다. 일 그만둘 때다. 집의 남편이 노동법에 근거해서 여러 가지로 노동청에다가 고발한 일이 있었다. 이 일로 후배는 곤욕을 치렀다고 했다. 후배는 얼굴이나 성품이나 어디를 보아도 호감 가는 상이다. 더구나 붙임성도 좋아 아주 사교적이며 누가 보더라도 매력이 있다. 후배는 나에게 충고 어린 말을 해주고 갔다. 노동계약서에 관한 내용이다. '포괄성 계약'이라는 단서를 달면 아무 문제가 일어나지 않는다며 강조하기까지 했다.

대학에서 노동법을 배우기는 했지만 법 조항을 자세히 보지는 못했다. 또 시기가 25년이나 흘렀다. 사업하는 사람은 일하기 바쁘지 복잡한 노동법을 구태여 생각하며 다니는 사람은 없다. 또 생각하면 오히려 머리 아픈 일이라 들여다보지 않으려고 한다. 더욱이 고용문제는 모두 가족적이며 정겨운 분위기로 이끌고자 노력하지 긁어 부스럼 내기 싫은 게 경영자의 마음이다. 이번 일은 이것이 더 큰 화를 일으킬 수 있다는 것을 새삼 느끼게 한다. 그러니까 불화를 미리 방지하자는 것이다. 어찌 보면 노동청에서 온 것은 그간 내 모르는 일을 일깨워주는 것이다.

단지 41
허기가바나나껍질벗긴다. 태생은애초여기가아닌 물건너아득한시간에무르익어간다. 까만점송송박은바나나를 오늘도난벗긴다. 딱딱한식탁처럼개지않은이불보며 입으나마나한팬티입고 느슨한고무줄다시조이듯한입먹는다. 나비는날고앨빈케넌은 '바나나의죽음'[17]을선포했다. 단지, 네가족이먹을수있는바나나를 오늘도마트에서산아내가있고 그것을식탁모서리에다가놓은둘

---

17) 월간문학 2015년 6월호 평론 김봉군 '한국 현대시의 소통 지연장치와 문학 현상론적 과제' 295p 인용

째가있었다. 맏이는바나나를먹지않을것이다.

　가만 생각하면 사람이 사람을 고용한다는 것은 무섭고 두려운 일이다. 앞으로 어떤 사회가 도래할 것인가! 그러니 이끄는 자가 올바른 미래를 제시하지 않으면 현실은 암울한 시궁창이다. 새로운 수요가 있어야 한다. 보이지 않은 믿음도 피 끓는 열정도 허황한 꿈이라도 내놓을 수 있으면 이것은 별 탄 희망이며 곧 내일이며 합일이며 욕구다.

24. 블렌딩(혼합커피)

블렌딩은 혼합한다는 뜻이다. 커피는 대륙 간 또 그 산지별로 품질과 맛이 차이가 난다. 블렌딩 즉 혼합 커피와 대조를 이루는 것이 스트레이트 커피다. 산지에서 생산한 커피를 그 어떤 커피와도 섞는 일 없이 바로 볶아 내리는 커피를 말한다. 이 스트레이트(단일 종) 커피는 주로 드립을 말하며 일명 오리지널 커피라고도 한다.

혼합하는 가장 큰 이유는 더 좋은 맛을 내기 위함이다. 두 번째는 상업적인 여러 가지 목적으로 한다. 그러니까 경제적 가치를 고려하여 가격을 내리거나 올리거나 자신만의 브랜드전략으로 혼합하는 경우가 대부분이다. 솔직히 혼합 커피를 만드는 기술은 스트레이트 커피에 대한 맛과 기준이 분명하다는 것에 바탕을 둔다. 커피를 오랫동안 한 장인도 이에 섣불리 손을 쓰지는 않는다. 예전, 그러니까 불과 10여 년 전만 해도 이 혼합 커피가 꽤 유행이었다. 맛이 아니라 가격 때문이었다. 예를 들어 고급종인 아라비카에다가 약간 저급 종 커피 로부스타를 섞는다. 커피를 알고 마셨던 시기는 아니었다. 지금은 카페가 많이 생겼고 이러한 수많은 카페에 이들 경쟁 또한 치열해서 커피는 더 저렴한 가격임에도 불구하고 수준은 꽤 높다. 이에 혼합 커피보다는 단일 종인 스트레이트 커피를 더 권장하는 시대가 되었다.

혼합하는 방법은 여러 가지가 있다. 종을 달리하는 방법과 같은 종이라도 특색 있는 산지로 선택해서 하는 경우, 같은 종이라도 로스팅 포인트를 달리 두는 경우, 또 각 커피별로 가장 적절한 로스팅 포인트로 볶아 혼합하는 경우, 아니면 미리 생두를 다 섞어서 한 번에 볶는 경우도 있다.

군자君子는 화이부동和而不同하고 소인小人은 동이불화同而不和니라.

논어에 있는 말이다. 군자는 조화를 이루지만 끼리끼리만 모이지는 않고, 소인은 자기들끼리 모이지만 조화를 이루지 못한다.

조직을 만들고 경영하면 안다. 아주 작은 기업도 때로는 파가 생긴다. 경영주는 이를 배격하거나 무시하는 처사가 아니라 오히려 관심 가져야겠다. 일에 대한 조화 없이는 그 어떤 직장도 함께하기에는 어렵다.

혼합 커피가 맛이 있으려면 각 커피의 속성을 잘 알아야 한다. 각 커피의 속성을 알고 나면 배합의 원칙이 서고 조화를 이루는 방법이 나온다. 사람 사는 사회에서는 각기 원하는 일을 하겠지만, 사업장이 커지면 사람을 써야 한다. 조직생활은 인격이 바로 서야 하고 다른 직원과 원만한 관계를 유지하며 그러기 위해서는 배려와 양보의 미덕을 갖춰 상대를 존중하는 마음이 우러 나야겠다.

우리는 하루 대부분 직장에서 일하며 시간을 보낸다. 상대에 관한 관심과 배려 없이는 함께하기에는 꽤 어렵다.

배합이 잘 된 커피는 크레마가 풍부하며 이는 라떼아트라는 예술적 음료의 바탕이다. 원만한 인간관계로 이룬 조직은 생산력 향상뿐만 아니라 기업의 발전에 근본이다.

鵲巢日記 15年 06月 16日

오전은 맑았으며 오후는 빗기 있었다.

오전은 커피 교육으로 보냈다. 모 선생과 대화하다가 알게 되었다. 카페를 열고자 경산 여러 군데 땅을 알아보았다. 남천가에 백천지역도 신대부적가에 압량도 그 외 지역도 알아보셨는데 땅값이 만만치 않았다. 대구와 가장 인접한 도시라 상대적으로 땅값이 싸다고 하지만, 이제는 어디든 투자하려면 적지 않은 금액이 들어가겠다. 창업하기가 어디가 좋은지 자꾸 물으시기에 도움 되었으면 하는 바람으로 초등학교나 중학교 쪽도 좋으니 한번 알아보시게끔 했다.

오후 문중 총무님께서 전화 주셨다. 보증금 일천을 돌려주겠다고 전에 약속하시었는데 오늘 입금되었다. 이 일로 가게 임대계약서를 새로 작성했다. 한성 사장님께서도 오늘 카페 오셨다. 화장실 냄새를 다시 거론했다. 조만간 주차장 확보문제로 건물 뒤쪽 임시로 쓰는 주차장을 지금보다 더 쉽게 이용할 수 있도록 들어가는 길목을 다시 조성하겠다고 했다. 이때 화장실 냄새를 손보겠다고 했다.

오후 4시 30분, 사동에서 직원과 영업회의를 가졌다. 임금문제와 매출향상에 대해서 논의했다. 목요일 노동청에 들어가야 한다. 직원들 노동시간을 적어놓은 것이 있는데 모두 직접 서명 날인 하도록 했다. 조감도 경영상황을 쉽게 설명한 자리가 되었으며 모두가 주인의식으로 더 적극적인 마음으로 일해 주십사 부탁했다. 곧 주차장확보공사가 들어갈 거라는 얘기와 이때 올겨울 크리스마스트리 대용으로 조형물을 계획이 있음을 얘기했다.

단지 42

단지,지면이아깝다고어깨동무할이유는없습니다. 아닙니다. 천삼백년전칼디가요즘사람의세태와말미를어찌알았겠습니까! 염소몰며빨간체리처럼익는홍등빛아래한되씩놓은경국대전에다가투명한극지를놓아봅니다. 한왕조의삶을누비며가는세계는반뼘도안되는깊이, 지린내폭풍기는하루위안입니다.

기획사 사장님으로부터 전화가 왔다. 오래간만에 전화를 주시다니 별일 있나 싶었다. 약간 떨리는 목소리로 요즘 어떠냐며 물으신다. '메르스' 영향으로 매출이 약 10에서 크게는 20%대까지 떨어졌다고 말씀드리니 인쇄출판도 어렵기는 마찬가지인가 보다. 나는 학교 앞 출판업계는 철옹성인 줄만 알았다. 경기 파도는 어느 시장 할 것 없이 영향 안 받는 곳이 없구나!

鵲巢日記 15年 06月 17日

맑았다.

아침 샤워 할 때였다. 화원에 사업하는 후배로부터 전화가 왔다. '선배님 다트 설치기사 왔는데요, 잠깐만요 전화 바꿔 드릴게요.', 머리는 샴푸로 뒤범벅인 데다가 몸은 물기로 어쩔 수 없는 상황이었다. 별수 없이 대충 닦고 전화 받았다. 다트는 내부에서 외부로 빼는 환풍구 제일 끝에다가 바람을 빼낼 수 있게 송풍 모터 하나 달아야 한다. 힘은 최소 1/4마력은 되어야 하며 내부에서 통제할 수 있는 똑딱 스위치 하나 달아놓으면 사용자는 편하다. 기계에서 바로 연결하는 다트 부위도 개폐할 수 있는 레버가 있어야 한다. 아침 샤워하다가 받은 전화로 그만 수염을 깎지 못했다.

커피이론교육, 대장정을 마쳤다. 몇 번째 과정인지는 나도 모른다. 전에는 칠백 몇 번째까지 수를 적어왔지만, 이것도 안 적은지가 꽤 오래되었다. 나는 아마도 팔백 번째 아니 구백 번째가 아닐까 하며 생각한다. 그러니 교육받은 사람은 이보다 더 되겠다. 교육받은 사람 중에는 자신의 꿈 찾아 여행을 즐기시는 분도 있으며 어떤 분은 아직도 머뭇거리며 매년 상담만 하는 분도 있다. 내가 꿈이 있다면 장소와 자본이 크게 중요치 않다. 아주 작지만, 커피 일을 소신껏 시작하는 분도 꽤 있기 때문이다. 그러고 보면 세상은 도전하지 않으면 내 것으로 만들 수 없다는 것은 분명한 진리다. 교육을 끝까지 재밌게 들어주신 교육생께 지면이나마 감사한 마음을 놓는다.

봉덕동에서 사업하는 모 사장님께서 카페에 오셨다. 빵을 구울 수 있는 오븐이 필요했다. 사모님과 따님도 함께 오셨는데 일단 사동에 모셨어, 기계 오븐 기를 보여드리고 기능을 설명했다. 이 선생께서 하시는 카페는 남구청에서 가깝다. 어제 뉴스에 대구 남구청 쪽에 '메르스' 환자 이야기가 있었다. 이 일로 남구청 거리에 사람이 다니지 않는다고 했다. 오늘도 이렇게 온 가족이 나오신 건 어차피 가게 문 열어도 손님이 없기에 이 기회에 문 닫고 나오신 거라 했다. 작년은 '세월호' 사건 이후로 경기 꽤 위축되었다만, 올해는 '메르스'로 인해 위축되는 경기를 본다. 이래나 저래나 서민은 살기 힘든 세상이다.

우드, 교회, 정평, 시지 애견카페, 사동에 커피 배송 있었다. 본점에 일하는 김 선생의 동생 김 씨와 함께 하양에 다녀왔다. 여기는 토요문화강좌 통해서 알게 된 곳이다. 부동산 사무실이다. 주말강좌도 적극적으로 활용하지만, 라떼만 전문으로 오 선생으로부터 교육받았다. 오늘 여기에 온 것은 그간 테이크아웃만, 샵인샵 개념으로 해보겠다며 말씀 주신 적 있었는데 바bar 작업이 모두 끝났다고 했다. 들러서 확인했다. 바bar는 철제로 만들었다. 단면적으로 철제 받침대를 만들어 나무를 끼워서 사용하게끔 하였는데 그런대로 모양이 괜찮다. 부동산 사무실은 그대로다. 앞유리를 들어내거나 내부공간미를 따로 만들지는 않았다. 그러니까 받침대 하나만 덜렁 있는데다가 수도와 하수도처리만 해 두었다. 그래도 기계를 놓고 영업하기에는 아무런 지장이 없다. 일단, 해보고 또 어찌해보겠다는 심사였다. 괜찮았다. 다음 주 초쯤에 기계를 설치해 드리기로 했다.

단지 43
담벼락에심은살구나무있었네 밑바닥천석이라어
찌살수있으리하며심었던살구, 봄이오고꽃이피
고이파리무성히피었네 나무는제홀로자라튼실
하게컸다만, 나는그를잊었네 어느새바람이불고
길바닥에노랗게익은살구몇알떨어뜨릴때난알았네

커피는 허울 좋은 미끼 같다. 늦은 밤 아이들과 함께 시지 어느 골목길 지나가는 길이었다. 우드는 거래처라 안다지만, 바로 그 옆에 또 카페가 생긴

것 같다. 그러니까 '벙커'와 '나비드' 사이에 어느 건물 1층이었다. 지나면서 얼핏 본 기억으로는 약 열 평 좀 안 돼 보였다. 물론 이 카페 말고도 이 부위는 카페가 많다. 흔히 쓰는 말로 한 집 건너 한 집이 카페라 하지만, 실지로 한 집 건너 한 집이 되었다. 그만큼 카페가 많다. 카페는 많지만 실지로 영업이 되는 곳은 몇 집 안 되니 이것이 더 큰 문제다. 제삼자 처지로 뭐가 걱정이겠느냐며 묻는다면 이것은 모르고 하는 말이다. 영업이 안 되면 가격은 밑바닥으로 떨어뜨리게 되며 이것은 제대로 영업하는 카페는 그야말로 소비자께 비난의 대상이 되니 어찌 걱정이 안 될 수 있겠는가!

오늘 시지 애견카페에 다녀온 일이 있다. 사장은 30대 중반으로 아주 점잖은 분이었다. 개업하고 한 몇 달은 버틸 수 있었다고 했다. 마케팅의 하나로 지역광고와 현수막 광고를 꾸준히 해왔다. 물론 이러한 홍보 덕택에 손님은 항상 있었으나 흑자경영은 아니었다. 손익을 분석한 결과 가장 큰 경비가 인건비였다. 한 사람을 고용해서 오랫동안 함께 일했지만, 아르바이트 월급으로 나가는 임금이 이백여만 원 이상 나갔다. (여기는 한 사람만 고용해서 근 종일 일했다. 하루 매출은 정보관리상 적지 않겠다) 그러니까 한 달 약 사백여만 원 적자다. 이 금액은 월 임대료 포함한 돈이었다. 도저히 버틸 수 없어 지난달부터 아르바이트를 쓰지 않았다. 지금은 '메르스' 파동에 매출 오르지 않으니 죽을 지경이다. 지난달은 약 200여만 원 적자를 냈다고 했다. 개업 이후 매달 적자를 본 셈이다. 아무리 돈 많은 사람이라도 적자 경영은 이끌어가기는 무척 어려운 일이다. 나로서도 어떤 대답을 드리기가 어려웠다.

25. 인스턴트커피

인스턴트커피는 물에 바로 타 마실 수 있는 커피를 말한다. 인스턴트커피 역사는 우리나라가 커피를 들여놓은 시점과 비슷한 시기에 시작한다. 그러니까 고종황제께서 러시아 공사관에서 처음 커피를 드셨을 때 인스턴트커피 연구는 시작되었다. 이를 최초로 발명한 사람은 미국계 일본인 사또리 가또였다. 대량생산을 할 수 있게 한 사람은 영국인 화학자 조지 콘스턴트 워싱턴이었다.

우리나라는 해방 전까지 원두커피 시대였다. 해방되자 미군에 의해 이 커피가 처음 들어왔다. 거의 반세기 이상 우리나라 커피 시장 90%를 이 인스턴트커피가 차지했다. 2000년 이후 점차 커피 전문점의 성세가 원두커피 시장 확대를 크게 이바지 한 셈이다.

우리나라 전체적인 커피 시장은 매년 성장했다. 인스턴트커피는 매년 줄었지만, 원두커피 증가는 월등히 늘어 이제는 젊은 세대부터 노년층까지 이 커피에 대한 매력을 안 느껴본 사람은 없을 정도다.

커피는 이슬람 문화에서 나온 음료다. 이 커피는 서양세계에 들어가 훨씬 고차원으로 진화하여 여러 방면으로 많은 영향을 끼쳤다. 이에 바탕은 역시 생각의 깊이와 폭을 넓혀 주었다는 데 있다. 나는 단지 그것뿐이라고만 생각한다. 커피를 너무 찬미하거나 어떤 묘한 매력을 이끄는 신약처럼 말하는 것은 잘못되었다. 커피를 마시면 졸음을 잊게 하여 잠이 오지 않는다거나 신진대사가 빨라지는 것은 사실이다.

나는 솔직히 커피가 아니었다면 배가 산처럼 불렀을 것이다. 나의 아버지 배는 볼록하기 때문이다. 그렇다고 하더라도 커피는 어떤 묘한 맛이 있다. 늘 아침에 이 커피 한 잔 마실 때면 온몸에 착 당기는 무엇이 있다. 이를 어떻게 묘사해야 하나! 시원한 국 국물 마시는 거에 비하면 그 양이 적고 어떤 차를 마시기에는 머리가 아주 선하다.

이제는 인스턴트커피는 못 마시겠다. 하루는 카페 내부공사가 어떻게 되어가나 하며 현장에 들릴 때 있었다. 목수는 물을 끓일 수 있는 커피포트와 인스턴트커피는 가지고 다닌다. 목수나 혹은 현장 일 많은 다른 인부도 마찬가지다. 커피 전문점도 많은데 그러니까 분쇄한 원두커피 또한 쉽게 구할 수 있는 것도 사실이나 왜 이 원두를 마시지는 않을까하며 생각한 적은 있다. 인스턴트커피의 그 밍밍한 맛보다는 오히려 진하고 감칠맛까지 더한 이 커피를 말이다.

세상 사람은 커피가 건강에 좋다며 얘기한다. 아직도 살고 있으니 이런 글을 쓰고 있는지는 모르겠으나 솔직히 건강에 좋은 건지는 모르겠다. 하지만, 전혀 안 마시는 거보다는 낫지 않을까 하는 생각이다. 왜냐하면, 우리 몸은 아시다시피 근 70% 이상이 물이다. 이 물의 함량이 1~3% 부족 시 갈증을 느끼며 5% 부족 시 혼수상태에 이르게 된다. 약 12% 부족은 사망까지 이른다고 한다.

커피도 물이다. 차를 좋아했던 다산은 죽음 이후를 쓴다며 '자찬묘지명' 을

써 놓고도 몇 년 더 살았다. 그러니 커피도 물이라 영 나쁘지는 않을 거로 생각한다. 에휴 이러다가 급사할라! 뭐 그래도 나는 원 없이 살았다. 누구는 평생 하지도 못할 말을 이리 뱉어 놓았으니 말이다. 여한은 없다.

鵲巢日記 15年 06月 18日

그리 썩 좋은 날씨는 아니었다. 기분도 그렇지만, 일도 마찬가지였다.

아침, 본점에 들렀을 때 휴대전화기로 사진 몇 장 담았다. 사동에 들렀을 때도 사진 몇 장 담았다. 담은 사진을 출판사 방 팀장께 카톡으로 전송했다. 휴대전화기 카메라 해상도가 얼마나 높은지는 모르겠지만 찍은 사진은 맨눈으로 보는 맛은 나쁘지 않다. 시대가 얼마나 좋아진 것인가! 전화기 한 대로 통화며 사진이며 문자와 인터넷까지 통하니 말이다. 책 앞쪽에 넣을 사진을 전처럼 똑같이 하려니 물릴 것 같아 바꾸어야겠다. 어차피 칼라 판으로 내는 것이 아니니 선명도가 중요하지 않을 것 같다.

오전, 옥곡에 들렀다. 에스프레소 관련 부품이다. 포타필터에 끼우는 망을 잃어버렸다고 어제 문자를 받았다. 현장에 들러보니 아르바이트로 일하는 직원이 청소하려다가 그만 제빙기 뒤쪽에 흘러들어 갔던 모양이다. 바bar 바닥에 바짝 엎드려 손을 최대한 뻗어 그 망을 끄집어냈다. 아침 교육이 없으니 일찍 나올 수 있었다. 모처럼 점장님 뵙고 커피 한잔 했다. 여기도 '메르스' 영향으로 매출 떨어졌음을 이야기한다. 얼마 전에 점포 재계약했다고 했다.

다른 분점에 비하면 여기는 한 달 월세가 꽤 비싸다. 가게 평수는 작지만, 그래도 옥곡에서는 번화가라 만만치 않은 자리다.

옥곡에 자리 잡아 영업한 지도 올해로 8년은 되지 싶다. 그간 점장은 세 번 바뀌었다. 초기 점장께서 내부공간미 꾸민 이후 한 번도 손 쓴 적 없다. 그러니 내부가 낡고 후한 건 어쩔 수 없는 일이다. 유명 상표는 이삼 년마다 상표 관리 차원에서 한다지만 우리는 그렇게 할 수 없다. 가맹 조건도 경쟁적인 사업구도 속에서는 내세울 수 없는 문제가 여러 있다. 세월이 이 집은 어찌 보면 역사가 된 것 같다. 8년 전 초등학생이 들러 딸기 주스 달라던 아이는 지금쯤은 대학생쯤은 되었을 테니까! 구석구석 손보아야 할 곳이 많지만 때때로 고쳐가며 이끌어야 한다.

정오, 압량에서다. 옆집 공사 차량이 나의 차를 박는 일이 있었다. 보닛이 쓰다가 구긴 종이처럼 쭈그러졌다. 여기서 가까운 정비공장에 맡겼다. 차량 수리가 다 되려면 한 며칠 걸린다고 했다. 압량에 나의 카페를 공사할 때다. 옆집은 성당이라 성당 신자들의 민원이 끊이지 않았다. 시청에서도 감시감찰로 나와 현장답사를 하며 내심 신경 써야 할 일이 한둘이 아녔다. 물론 공사를 다 끝내도 마찬가지였다. 어떤 것은 그 민원에 따라 처리한 것도 있다. 정녕 옆집 공사가 들어가니 나는 벙어리다. 옆집 토사물이 우리 가게로 밀려와도 내 차를 찌그러뜨려도 중장비가 오고 내내 시끄러워도 꾹꾹 참아야 했다. 저기는 삼백 여기는 일당이다. 일당 삼백으로 어찌할 수 없는 일이다. 거저 공사가 빨리 끝나길 바랄 뿐이다. 내년 초까지는 내내 시끄러울 것 생각하면 답답하다.

단지 44

짜증어린말투는한단이높다. 단은십전이다. 설명한세계는바닥이라한단더
높이려했다. 유리잔은노동청이다. 이쪽도보고저쪽도보아, 상황알게되었다.
단, 높은단은예전습관을읽는다. 삐친손목은자꾸아프다. 그러니까데미타세잔
은이온스다. 에스프레소는그중딱반이다. 비워나가는그양만큼어두운그림자
만깊다. 거꾸로꽂은영양제가뿌리곳곳닿는다.

정평에 들렀다. 청도에 가게 낼 업주와 대화 나누었다. 납품 들어갈 기계
때문인데 경쟁업체와 여러 가지로 부닥치는 일이 발생했다. 그 경쟁업체도
여러모로 사업제휴를 하며 함께 나가는 업체라 잘 아는 곳이다. 어찌 알게 되
었지만, 기계 공급 상황을 솔직히 얘기했다. 있다가 계약금이 입금된 상황으
로 보아서는 이해하신 듯했다. 커피에 관한 많은 얘기를 정평 교육생께 해 드
렸다. 이 일로 강 선생은 여러모로 기분이 언짢았다. 교육은 분명 강 선생께
서 맡아 하게 되었으니 그에 대한 재량을 이해 못 한 건 분명 나의 잘못이다.
교육생께서 많은 것을 여쭈었는데 본점과 조감도가 시장에 미치는 상황을 분
명히 보여주어야 거래가 성사될 것 같았다. 아무쪼록 미안했다.

자정, 청도에서 문자가 왔다. 내일 방문해 달라는 문자가 왔고 또 잠시 후
에는 시장에서 사람 들리니 다음에 와달라는 문자가 왔다. 꼭 지켜야 할 게
있는데 기계에 들어가는 전기용량은 3K~5K 정도는 들어와야 하니 꼭 살피
시길 부탁했다.

鵲巢日記 15年 06月 19日

맑았다. 덥지도 않았으며 춥지도 않았다. 선선한 바람이 불어 어디 다니기에 딱 좋은 날씨였다. 늦은 밤, 비 좀 내렸다.

아침 사동 개장하고 한학촌에 갔다. 어제 주문받았던 커피를 가져다 드렸다. 본점은 아래 주문했던 커피를 가져다 놓았다. 어제 오후 본점에서 일하는 김 선생의 말씀에 깜빡 잊었던 주문이었다.

정오, 김 씨와 함께 밀양에 다녀왔다. 며칠 전에 주문받았던 커피였다. 밀양은 커피 주문을 미리 한다. 그것도 한 이틀이나 삼 일 전에 한다. 본부에 일이 많으면 어느 날 정하기도 좋아 밀양에 특별히 시간 내서 가보기도 한다. 점심을 이곳에서 먹었다. 밀양 에르모사 주인장 상현이 어머님께서 직접 나오시어 인사 주셨다. 언제나 들러도 가게에 어느 자리에 앉으시어 건물 앞에 골동품가게 아주머니와 이야기하는 모습을 본다. 두 분 사이는 아주 절친한 사이다. 가게에 골동품이 많은데 이들 물건은 모두 앞집에서 가져온 것이다. 가게가 그런대로 볼거리를 제공해 주니 여기 머물다가 가는 손님은 나름으로는 눈요기라 꽤 즐겁다. 우리 가게에도 이렇게 갖추고 싶지만, 내가 자주 머물러 있지는 않아서 주위 사람에게 폐가 될까, 하지 못한다. 더구나 저 골동품 하나 쥐었다 하면 최소 몇 십만 원에서 백은 족히 넘는다. 관상용으로 갖추기에 나로서는 조금 버겁다.

식사 마치고 후식으로 아이스 커피 한 잔 가져다주었는데 한 모금 당기니 커피 향이 물씬 나서 한마디 했다. '야아~ 커피 맛 좋네' 하며 했더니 상현이가 한마디 한다. 안 그래도 오시는 손님마다 이 촌 골짜기에 커피 제대로 한

곳 있어 모두 만족한다며 이야기해 주었다. 정말 내 커피라서 붙이는 말은 아니다만, 한 모금 당겨 커피 향이 이렇게 진한 것은 바깥에서는 찾아보기 힘들다.

정평, 교회에 자리 잡은 이 씨네 가게에 들렀다. 기계 망과 고무 개스킷을 갈아 끼웠다. 전화가 왔다. 기계가 물이 곧지 않아서 이상 있는 것은 아니냐며 물었다. 지금쯤은 그럴 만도 하다. 커피 기름기가 아마도 채였을 것이니 말이다. 스테인리스강 망과 고무는 모두 유상처리 한다. 새 차를 샀다고 해서 엔진오일을 그냥 갈아 주는 것은 아니듯이 말이다.

그간 가게가 많이 바뀐 것 같다. 카페가 전보다 훨씬 복잡해 보였는데 도자기 전시용으로 받침대가 상당히 많았다. 사람 한 길 정도의 크기로 폭은 약 40전 너비가 2m 정도인 장이 몇 개 놓였으니 가게가 비좁아 보였다. 여전히 도자기 교습을 받는 분이 몇 분 있었다. 주인장은 초췌해 보인데다가 어깨 축 처져 있었다.

정평, 강 선생 가게에 들렀다. 교육받으시는 청도 모 분이 있었다. 오늘은 안색이 어두워 보였다. 본점에 들러 생두를 싣고 조감도에 가져다 놓았으며 김 씨는 이곳에서 실습했다.

조감도 뒤 심은 왕 살구나무는 올 한해 결실은 모두 끝난 셈이다. 몇 개 남지 않은 살구를 마저 땄다. 농사라고도 할 것 없지만, 그렇다고 그냥 심어놓은 것도 아니었다. 과실수 심어놓고 바라보며 지냈다만 살구가 실하게 익는 모습 보는 것도 기분 꽤 좋다. 내가 딴 살구는 오 선생, 배 선생, 그리고 졸업한 서 부장, 점장 석씨, 점장 구씨, 박 군과 박 양은 먹지 못했다. 또 먹지 않으려고 했다. 본점 김 선생, 교육받으시는 이 선생, 실습 받으시는 권 선생은 꽤 좋아했다.

나무는 비교적 작다. 손을 뻗으면 살구를 쉽게 딸 수 있을 정도다. 내년은 나무가 더 많이 크기를 바라며 열매 또한 많이 열리기를 기대한다. 참으로 좋다. 무언가를 기대한다는 것은 아무것도 아닌 것 같아도 사람 마음을 풍성하게 하고 희망을 품게 하니 어찌 좋지 않을 수 있을까!

운문에서 전화가 왔다. '커피를 따로 볶았으면 싶다'며 말씀 주셨다. 전에 황금동에 사업하는 김 씨께 자체상표로 볶아서 납품을 넣은 경험이 있다. 이 집은 야구장에 쓸 커피로 상당히 많이 나갔다. 경제적인 이유로 인해 그렇게 볶아 드린 적 있다.

청도 산동지역이다. 다음 달이면 카페가 하나 더 생기게 되었으니 점장께서는 아무래도 신경을 영 안 쓸 수 없게 되었다. 물론 거리상으로 보면 꽤 되지만 또 아무런 효과가 일어나지 않을 것 같음에도 긴장했다. 처음 경산 곳곳 분점 낼 때였다. 같은 커피가 동네마다 팔게 되었으니 기존의 점장께서는 달갑지 않게 보았다. 하지만 어느 정도 시간 지나 보니, 오히려 상표를 제대로 알리는 효과를 볼 수 있었다. 이것은 상표가 같아서 가능한 일이 아닌가 하며 생각도 해본다.

이곳은 상호가 다르다. 상호가 달라도 커피 맛을 구별하며 마시는 고객은 없다고 본다. 물론 고객의 수준을 이야기하는 것은 아니다. 점장의 친절이 무엇보다 더 중요하다. 커피는 친절해야 한다. 그러니 커피는 어려운 일이다. 청도 산동지역도 점점 카페가 늘어나는 것을 본다.

단지 45

　손님께커피뽑아드리는커피쟁이죠 몇장의지폐몇푼의동전은몇안되는마음
서랍에있죠 거저붉은태양만믿으며자란붉은열매를또오옥따서하얀바구니에
다가담는일이어요 바구니는널널합니다 쇠약합니다 더군다나아직은미약합니
다 뻣뻣한시곗바늘처럼커피는걸쭉했으면싶어요 그라인더같은사회가잘융합
해서웅덩이같은소망에곱게담았으면싶어요 꽈아악잡으래이 야야–꽉꽉잡으
래이 뜨거운열정은작은데미타세잔에다가꿈으로채워요 몇장의지폐몇푼의동
전은몇안되는마음서랍에있죠 단지, 손님께커피뽑아드리는커피쟁이죠

26. 군말

「님」만 님이 아니라 기룬 것은 다 님이다 衆生이 釋迦의 님이라면 철학은 칸트의 님이다 薔薇花의 님이 봄비라면 마시니의 님은 伊太利다 님은 내가 사랑할 뿐 아니라 나를 사랑하나니라

戀愛가 自由라면 님도 自由일 것이다 그러나 너희는 이름 좋은 自由에 알뜰한 拘束을 받지 않너냐 너에게도 님이 있너냐 있다면 님이 아니라 너의 그림자니라

나는 해 저문 벌판에서 돌아가는 길을 잃고 헤매는 어린 羊이 기루어서 이 詩를 쓴다.

군말은 만해 한용운 선생께서 쓰신 시집 『님의 침묵』 서시에 해당하는 글이다. 그 뜻은 필요 이상으로 하지 않아도 되는 군더더기 말이다. 어찌 보면 겸손이겠다. 선생은 항일운동가다. 민족대표 33인 중 한 사람으로 3·1 만세운동을 주도하였다. 근대의 고승이면서도 독립운동가로 시집 『님의 침묵』을 남겼다. 이 군말은 만해의 시집, 님의 침묵에 첫 시작이니 서시다.

얼토당토않은 말이겠지만 사랑은 양말이다. 사랑은 팬티다. 만해는 사랑이라 표현하지 않았다. 단지 기룬 것, 오로지 님이다. 여기서 님은 주체의 성

격이 강하면서도 객체다. 나의 적극적 사랑이 없으면 그 사랑을 받지 못한다. 그러니까 양말 같은 것이다. 늘 껴입은 듯 느낄 수 없는 팬티 같은 것이다.

한마디로 말하자면 사랑은 24시간이 아니라 25시간이다. 우리는 공기와 물 같은 사랑이면서도 그 느낌을 못 느끼는 것과 같이 우리의 모습을 담은 형체처럼 무언가 따라다니는 그림자처럼 님은 있으면서도 그 존재감을 못 느끼는 것이다. 그러니 길을 잃고 헤매는 어린 양이 나오며 이 양을 위해 이 시를 만해는 쓰게 됐다.

그러니까, 사랑이 없으면 군말은 없는 것이다.

우리는 일을 한다. 이 일을 억지로 하는 이가 있는가 하면 자발적이며 적극적으로 즐기는 사람이 있다. 공자는 지어도志於道하며 거어덕據於德하며 의어인依於仁하며 유어예游於藝라 했다. 이를 해석하면 도에 뜻을 두며 덕에 의거하며 인에 의지하며 예에 노닌다는 말이다. 한마디로 도덕인예道德仁藝다. 도의 개념보다는 예가 훨씬 큰 개념이 된다. 길을 생각하며 그 길에 덕을 베풀며 어질 때 비로써 예에 도달한다. 예술은 단지 도의 개념을 능가하는 것이며 이 단계는 이 일의 사랑이 없으면 어렵다. 그러니까 진정 사랑으로 몸에 착 달라붙는 일체가 없으면 어떤 일이든 크게 이루기는 어렵다.

내가 쓰는 이 글은 만해의 것과 다르지만 군말이다.

鵲巢日記 15年 06月 20日

아침은 흐리기만 했지 비가 오지는 않았다. 토요커피문화강좌를 치를 수 있었다. 정오쯤 화원에 갈 때도 비가 오지는 않았지만, 화원에 후배 이 씨와 함께 있을 때부터 비 오기 시작했다. 경산 들어올 때는 비가 간간이 내렸으나 오후 서너 시쯤에는 억수같이 오다가 저녁나절에는 또 오지 않았다.

순시하듯이 이른 아침에 모두 개장했다. 본점에 토요커피문화강좌를 열었다. 새로 오신 선생이 몇 분 되었다. 그중에 모 분은 새댁인데 백천에 곧 건물을 짓는다고 했다. 건축허가서가 떨어졌나 보다. 징 교육에 관해서 자세히 묻기도 했다. 또 한 분은 창업비에 관해서 물었는데 가맹점으로 내는 것과 개인으로 내는 것 차이는 무엇이 있는지 물었다. 아무래도 사업 시작하기에는 가맹점이 훨씬 쉽다. 비용이 조금 더 들어가는 것 같아 보여도 나중에 각종 경비 생각하면 개인과 비슷하다. 하지만 나는 개인 카페를 권장했다. 왜냐하면, 내 가게 나만의 카페 나를 위하면서도 손님께 더욱 서비스를 잘 할 수 있으리라 생각되기 때문이다. 카페 춘추전국시대에 우리는 있다. 시장이 하루가 다르게 변한다. 누구도 믿을 수 없는 사회지만 누구도 믿지 않을 수도 없는 사회다. 그러니까 개인을 특화할 수 있는 뚜렷한 기능이나 기술 아니면 재주 같은 것은 반드시 있어야겠다. 순전히 카페는 아주 위험하다.

한 달간 본부에서 실습 받게 된 김 씨와 화원에 다녀왔다. 주문받은 드립 그라인더를 후배에게 가져다 드려야 할 일이 있었다. 그 전에 사동 직영점에 잠시 들렀다가 정비공장에 들러 맡겨 놓았던 내 차를 찾았다. 폰네트와 그 밑부위를 모두 새것으로 교체되었다. 렌터카, 산타페를 잠시 타고 다녔지만, 다시 내 차를 타며 승차감을 확인한다. 여기서 범물로 해서 상인으로 뚫은 터널을 이용했다. 교통이 얼마나 편한가! 앞으로 미래는 교통망이 지금보다 더 편할 거로 생각하면 우리의 뒤를 잇는 세대들은 얼마나 많은 활동을 할까 하는 생각이 들었다. 무한한 인터넷 정보와 무한한 인맥관리다. 보지 않고는 인맥은 없다. 인간관계는 거미줄과 같아서 엮을수록 안전하다는 것만은 이해하자. 외줄에 놓인 거미와 짜임새가 좋고 튼튼한 철근 같은 거미줄이면 미래는 안정된다. 단 하루를 살더라도 엮으며 살아야 한다.

후배는 얼마 전에 로스터기를 샀다. 그 전에 샬롱의 대표 이 씨께 의뢰했다. 설치는 이 씨가 했으며 다트는 내가 소개한 모 사장이 했다. 전에 압량에 쓰던 탁자는 내가 그냥 드렸다. 목재로 만든 것이라 보는 것만도 운치 있다. 일이 모두 종료된 상황을 확인한다. 잘 되었다. 이번은 송풍 모터가 외부에 설치한 것이 아니라 내부 천정에다가 달아매었다. 좀 웃긴다. 하지만 보는 맛과 운치가 있어 그런대로 괜찮았다. 후배는 예절이 참 바르다. '선배님 아직 점심 안 드셨지요. 제가 맛있는 밥 한 끼 살게요.' 했다. (하지만 나중에 직접 밥값을 냈다. 후배 덕택에 맛있는 밥을 먹는 것만도 고마운 일이라) 여기서 가까운 밥집에서 점심을 함께 먹었다. 꽤 괜찮은 밥집이었다. 구수한 된장에 고등어도 한 마리 구워서 나왔다. 쌀밥은 가마솥에서 바로 퍼 올린 듯 윤기 자르르했다. 참으로 맛있는 밥 한 끼였는데 다 먹고 후배 가게에서 커피 한잔 할 때 김 씨에게 이런 말을 했다. 하루 사는 것 별것 없소! 이렇게 맛있는 밥 한 끼 먹는 것이 소원이오! 했다. 후배는 그간 커피를 만들고 있었으며 '선배님 제가 한 아메리카노입니다. 맛이 어떤지 보아주십시오.' 뭐 구태여 볼 필요까지 없었다. 안 봐도 커피는 까만색이니까! 하여튼, 맛있는 밥과 구수한 커피까지 아주 좋은 시간을 보냈다.

병원에 다녀왔다. 커피 배송 때문에 갔었지만, 여기 일하는 이 씨, 보게 되었다. 이 씨는 한쪽 눈이 충혈이었는데 핏줄이 터진 것 같다. 눈 보기가 영 애처로웠다. 아무래도 일이 꽤 신경 쓰였음이 분명했다. 커피 일하면서 여러 가지 어려운 점을 토로했다. 이 씨의 이야기를 들으니 지난주 노동청에서 내사한 담당 여경이 생각이 났다. 이에 비하면 우리 직원은 또 얼마나 행복한 일인가 싶기도 하지만 그렇다고 여기 점장께서 잘 못 한 처사라 생각은 하지 않는다. '메르스' 영향은 고용인보다 고용주가 더 큰 고통이다. 자본의 궁핍함 속에 여러 여건을 맞춰야 하는 고통은 노동과 그에 합당한 보수에 앞선다. 일을 얼마나 배우고 또 미래를 어떻게 개척할 것인가는 나에게 달렸다. '나'를 어떤 방식으로 사랑할 것인가! '나'를 어떻게 대우할 것인가! 이 속에 진정 '나'라는 것은 있는 것인가! 있다면 나는 무엇으로 '나'를 내세우며 나의 가치를 바르게 하여 나의 자존을 높였는가! 한번 생각해 보아야 한다. 이 씨께 그 어떤 위로의 말은 하지 못했다. 이 씨로부터 많은 말을 듣기만 했다. 나오며 흥 손 치기(하이파이브) 했다. 그래도 이 씨는 많이 배우는 거로 생각한다. 잘할 것이다.

오후는 본부에서 책 읽었다. 『광해군 일기』를 읽었다. 임진왜란이 끝난 시점에 조선의 정치 상황과 광해군의 치세를 보았다. 우리는 광해군이 연산군

다음가는 폭군으로 기억하나 전혀 그렇지 않다. 조선은 처음으로 방계 출신 인 선조가 왕위를 잇고 다음부터는 신권중심의 정치시대가 되었다. 더욱이 사림세력의 붕당정치가 도래하게 되는데 광해군은 이에 피해자다. 역사는 승 자의 것이다. 인조반정은 역모였다. 이 역모가 성공했으니 말이지 그렇지 않 았다면 역사는 어떻게 되었을지 모를 일이다. 인조의 정치성향에 비하면 광 해는 아주 실리적일 뿐만 아니라 외교도 능통해 대내외적으로 조선을 반듯한 기강을 세울 수 있었으리라 나는 본다. 하지만 정치라는 것은 하나만 보아서 는 안 된다. 주위 모든 여건을 고려하지 않은 것은 광해의 큰 실수였다. 그러 니까 대북파 외에 여러 붕당의 움직임 말이다. 하여튼 그렇다.

압량, 매출은 형편없었다. 하지만 놀랄 일은 아니었다. 늘 그랬으니까! 사 동은 꽤 많은 손님께서 찾아주셨으며 본점은 늘 그 위상을 지켰다. 커피전문 점이 많으면 많은 만큼 그에 맞게끔 일을 해나가야 한다. 이제는 더욱 가까이 커피를 좋아해야 하며 더 사색해야 함을 나는 느낀다.

단지 46
고양이발걸음으로계단밟는다. 끝에이르러서는숨죽이며아주살살번호누른 다. 철커덕,하나는죽은듯엎드렸고하나는아무일도없었던것처럼배회한다. 베 란다에놓아둔죽도가져와! 엉덩이에찰떡처럼세방씩붙인다. 이제는아무렇지 도않다. 살덩이는탱글탱글웃는다. 앞으로한시간이다. 무엇을생각하든지그어 떤것이라도적어라! 딱,한시간이다. 삼국지와알프스소녀였다. 지렁이가빼곡 했다.

鵲巢日記 15年 06月 21日

맑은 날씨였다.

압량에서 커피 한잔 마셨다. 동원이 더러 커피 한잔 뽑게 했다. 근래 어떻게 지내는지 대화 나누었다.

요즘은 횟집이 수상할 정도로 영업이 된다는 거였다. 아버님도 이제는 커피에 대해서는 회의감마저 영 없지는 않으신 듯했다. 거기다가 아는 형님의 친구분께서 동네에 커피 집 열기까지 했으니 주위는 다소 암담하게 되었다. 나는 동원 군에게 열정을 불어넣기 위해 여러 가지 말을 했다. 동원아 인문이 뭐라고 생각하니? '사람이 살아가는 생각 같은 것' 입니다. 그래 맞아! 그렇지 우리는 바다를 보면 바다라고 막연히 생각한다. 파도는 어떤 모양인지 그릴 수는 없으나 이 파도가 모여 바다가 이루었다는 것은 분명하다. 인문은 파도다. 인문은 사람이 살아가는 데 그려나가는 어떤 철학, 질서, 혹은 삶의 방식과 삶 더 나아가 우리가 살아가야 할 생존 같은 것이다. 내가 꿈이 있다면 반듯이 그 꿈을 이루려고 노력할 것이다. 그 꿈을 어떻게 하면 크게 키울 수 있을까! 나의 심장에 열정으로 가득 채워야 한다. 다시 말해 심장 터질 정도로 열정이 가득하면 무엇이든지 못할까! 그러니 꿈을 키우는 방법은 사람이 이룬 성취 즉 책이나 강의, 또는 정보를 스크랩해서 나만의 정보로 덤으로 쌓아야 한다. 요즘 출판문화가 예전보다 많이 좋아졌다. 누구나 책을 낼 수 있는 시대가 되었다. 나의 교본을 완성하는 것은 쉬운 일은 아니지만 그렇다고 영 어려운 일만도 아니다. 마음이 중요하지 시간은 절대 중요하지 않다.

예전이네. 암웨이 센터에서 교육받을 때였었지. 어떤 모 강사께서 나오셔 성공에 관한 얘기를 들려주었지. 그분은 많은 사람의 반대에도 불구하고 자신의 철학을 주장하고 그 철학을 반듯하게 세웠지. 그 과정을 이야기하는데 구구절절 마음 와 닿은 적 있었어. 끝내는 그 열정이 나의 심장에 밀려들어오기까지 했지. 나는 참을 수 없을 정도로 가슴이 북받친 적 있었네. 책을 읽어도 마찬가지였다네. 아주 작은 꿈이 순식간에 크게 이루어지는 것은 삽시간이네. 그러고 보면 인생은 꿈만 있어도 사는 맛은 톡톡 이는 것 같아. 나는 지금 하는 이 커피 사업도 모두 망하더라도 다른 어떤 종목을 하더라도 그러니까 통닭집을 하든 낙지집을 하든 삼 년 내에 지금의 본점 같은 건물은 세울 자신 있다네. 그러면 무엇이 가장 필요할까! 정보를 집결하라! 모든 것을 알아보고 모든 것을 스크랩하고 그것을 알릴 수 있는 용기를 가지고 많은 사람을 엮어 나가야 하네. 그러면 자본은 그 속에 모두 집결하지.

단지 47
명함판순번대기표받고뜰아래내놓은원목에앉았습니다.
버스안내양같은목소리로16번손님들어오세요.
우리는한사람씩문을밀고들어섰습니다.
구들위에올라앉아수저를놓고마주보며앉았습니다.
냉면집이라굳이메뉴판이불필요한 '주문하시겠어요.'
가까운여름철이라물냉면아니면비빔냉면
물냉면세개갈비탕하나시켰습니다. 덤으로만두도하나
이룬한가족, 얇지도두껍지도않은
네모식탁에앉아두루두루, 이야기방석처럼놓입니다.

커피 배송 다녀왔다. 모모 점과 대구 무봐라다. 모모 점에 들렀을 때다. 커피와 생두를 드리며 아이스 아메리카노 테이크아웃으로 한 잔 부탁했다. 홀드는 카페리코, 용기는 투명하다. 얼마 전에 공장에 주문했던 아이스 컵이 모두 사십여 상자나 되지만 이 물건을 소진하는 것이 어렵게 되었다. 제일 많이 사용했던 역이 문 닫았으며 일부 가맹점이 이 물건을 쓰지 않는다. 가맹점 사업도 십 년 하니까 여러 병폐를 본다. 잔잔한 사리사욕에 스스로 무덤을 판다. 그러니 어찌 직영 사업을 하지 않을 수 있을까! 일찍이 '조감도' 상표를 만들고 사업에 뛰어들었던 것에 절대 후회하지 않는다. 물론 모모 점만 그런 것이 아니다. 어떤 집은 아예 거래되지 않는 집도 있다.

대구 무봐라는 에스프레소 커피만 사용하는 집이다. 창업한 지 이제 일 년다 되어 간다. 코딱지만큼 아주 작은 가게다. 젊은 총각이 운영하는 가게다. 한 달에 커피를 많이 쓸 때는 12K 정도 나갈 때도 있다.

27. 흰 당나귀

당나귀면 당나귀지 흰 당나귀는 또 뭔가! 나는 누런 당나귀는 가끔 보았다만, 흰 당나귀는 아직 보지 못했다. 아마, 백마가 있으니 흰 당나귀도 있을 법하다. 실지로 있다. 흰 당나귀라는 말을 아주 맛깔스럽게 사용한 시인이 있다. 백석이다. 백석의 시 「나와 나타샤와 흰 당나귀」가 그렇다. 여기서 흰 당나귀는 무엇을 제유한 것으로 보인다. 가장 유력한 것은 우리 민족이다. 백의 민족이다. 화가 이중섭은 이를 더욱 잘 표현했다. 그의 그림 '흰 소'가 그렇다. 하얀 소가 아니라 얼룩소가 아니라 흰 소다. '하얀'이라고 표현하는 것보다는 '흰'이라고 표현하는 것이 어감은 더 강하게 와 닿는다. 그러니까 이 흰 소는 우리 민족의 역동성을 얘기한다. 이에 비하면 백석은 연약하고 순수한 민족성을 대변한다.

백석이 커피를 좋아했는지는 모르겠다. 참 어이가 없겠지만 나는 가상한다. 흰 당나귀는 카페인일 거라며 생각하기도 하며 시인이니까 그 무엇도 적지 않은 하얀 종이일 거라며 말해본다. 하지만 역시 백석은 민족시인만은 분명하다. 시를 바르게 읽고자 하면 우리 민족을 대변한다는 것은 여부가 없겠다. 어쨌든 흰 당나귀를 타고 싶어 했으니까.

가난한 내가 사랑하는 것은 커피다. 어디로 튈지 모르는 흰 당나귀는 언뜻 사라지기라도 하면 나는 또 까맣게 내린다. 아직도 맛을 보지 못한 커피가 많다. 세계 어느 곳이든 이 커피는 자란다. 물론 커피 벨트, 커피 존이라는 지역에서만 자란다. 요즘은 온대성 기후인 우리나라에서도 취미로 재배하다가 점차 상업적으로 이용하는 것 같다. 하여튼, 이 커피가 숨겨놓은 흰 당나귀는 예술의 극치다. 어느 작가든 이 커피를 좋아하지 않은 사람은 없을 것이다. 매일 같이 번득이는 하얗게 내린 눈밭을 보며 소리도 없는 소리를 들으며 걷는다. 그러면 남을 생각하라! 최소한 나와 같은 사람이면 좋겠다. 없으면 말고, 최소한 나는 있지 않은가! 흰 당나귀를 타며 눈밭을 걸어라! 쁘드득 쁘드득, 공자는 기욕립이립인己欲立而立人하며 기욕달이달인己欲達而達人이라 했다. 내가 서려는 곳에 다른 이도 서게 하여 내가 다다르려는 곳에 다른 이도 다다르게 하라. 커피, 그대가 커피를 얼마나 사랑한가! 사랑하면 따르라! 이 흰 당나귀가 지나간 눈밭을 보라! 백석이 노래한 눈은 폭폭 나리고 아름다운 나타샤는 나를 사랑하고 어데서 흰 당나귀도 오늘밤이 좋아서 으앙 으앙 울 것이다.

鵲巢日記 15年 06月 22日

맑은 날씨였다. 오전 진량에 갈 때도 오후 봉덕동에 갈 때도 저녁에 압량에서 일볼 때도 꽤 맑았다.

아침, 아내는 프라이팬에다가 종종 썬 감자와 양파를 볶고 있었다. 아침 주방 일이 많은지 좀 도와 달라는 말에 볶는 감자와 양파를 덖었다. 근데, 볶는 와중에 식은 밥 한 덩이를 밥주걱에 퍼서 옮기다가 그만 밥때기 한 옴큼 땅바닥에 떨어졌다. 그것을 다시 주워서 프라이팬에다가 넣어버리는 아내, 문제는 땅바닥이다. 아마도 10여 년 여기서 살았지만, 청소 제대로 한 적 없는 주방이다. 나는 아침을 먹을 수 없었다. 두 아들은 그 볶음밥을 먹고 학교에 갔다.

압량, 옆집 성당에 공사가 한창이다. 오늘은 도로 일부를 점거하기까지 해서 아예 한 사람이 나와 가 쪽으로 주차할 수 없도록 지나는 차를 향해 지휘봉 휘휘 젖고 있었다. 전에 압량 카페 지을 때다. 성당에서 시청으로 민원을 넣는 바람에 애를 먹은 적 있었다. 그 생각이 갑자기 스쳐 지나간다. 얼마나 부애가 나든지 그 지휘봉에게 다가가 그만, 한 소리 질렀다. '아니 이보시오, 여기 커피를 팔지 말라는 뜻이오! 내 정말 여기 건물 지을 때 성당사람 민원에 불구하고 그 기분에 다 맞췄소, 당신네 여기 있다구로 하다가는 나도 민원 넣을꺼니가 알았어 하소. 당장 차를 빼든지 아니면 시청에다가 민원을 넣겠소.' 지휘봉은 조금 놀란 눈치였다. 다 듣고, 눈 댕그랗게 떠서는 공사판으로 뛰어가는 모습을 보았다. 아마도 상부에 보고하려는 듯했다.

사동, 오늘부터 주차장 확보공사가 시작되었다. 덤프트럭 한 대와 중장비 한 대 작업용 차량 한 대 보였다. 옆집 오릿집과 우리 조감도 사이에 길을 터서 산 밑에 임시 주차장으로 쉽게 오를 수 있도록 길 내는 작업이다. 아마도 이 일이 끝나면 오릿집이 조금 유리하게 되었다. 그전에는 뒤쪽으로 해서 임시 주차장으로 오르니 조감도 손님 말고는 주차하는 사람은 없었기 때문이다. 작업이 다 끝나면 오릿집 손님 꽤 주차할 듯싶다. 아무래도 많이 붐빌 것 같다. 이 일은 오릿집에서 문중에다가 건의한 일이며 시행은 문중에서 하는 거라 그냥 지켜볼 일이다. 뒤 주차장은 오릿집이 예전에 밭으로 쓴 땅이라 하니 나는 별 주장을 내세울 수 없게 되었다.

진량에 다녀왔다. 에스프레소 콩이 다 되었다며 급한 주문이었다. 여기도 빅 사이즈로 용기 갖추어서 커피를 팔고 있었다. 문제는 빅 사이즈가 트레이드마크가 없더라도 홀더까지 사재로 쓴다는 것은 조금 이해가 되지 않는 일이라 자초지종을 물으니 기존의 홀더가 들어가지 않는다고 했다. 예전 같으면 사재로 사다 쓰시는 건 가맹 관련법에 위법이니 상표 이미지 손상에 합당한 대가를 내야 될 거라며 시정명령을 내렸을 것이다. 하지만 거저 보고 아니 좋은 인상만 찌푸리다가 나왔다. 어쩔 수 없는 일이다. 매입 단가를 줄이면 얼마나 줄이겠는가! 하지만 그 돈도 크게 보았다면 영업에 또 지장이 있는 것이니 지켜볼 일이다. 나중에 운전하다가 차에 우리 홀더가 있어 끼워보니 잘만 들어간다. (상표는 상표고 가격은 또 높게 받고 겉포장은 상표가 아니고 아주 웃지 않을 수 없는 일이 되었다. 이는 얼마나 고객을 우롱하는 처사인가! 무엇을 믿고 커피를 사다 마실 수 있겠는가! 만두피 안에 썩은 단무지를 넣은 것과 무엇이 다른가!)

정평에 들렀다. 근래 진행하는 교육사항을 들었다. 교육에 필요할까 싶어서 커피를 몇 봉 지원했다. 금액으로 보면 약 십만 원 상당이다. 커피를 자세히 볼 때, 교육과 기계는 커피 사업에 핵심이며 꽃이라 비유 놓을 만하다. 커피를 한다는 것은 거저 재미다. 어찌 보면 낚싯바늘에 꿴 지렁이 같다. 하나를 더 든다면 내부공간미 사업이다. 요즘 누구나 창작에 열의를 내뿜는다. 나만의 가게, 아지트는 누구나 꿈꾸는 것이기에 또 큰돈 들어가는 일이 아니니 한 번쯤은 커피 사업을 하고자 하며 또 해보고 싶다. 정작 이 세계에 2년 아니, 1년이다. 커피의 생리구조를 알고 나면 꿈은 여실히 깨지고 만다. 돈이 아주 궁핍하거나 여유가 없는 분은 아무런 미련 없이 손 놓고 만다. 강 선생은 참으로 커피를 잘하는 것이다. 커피 일 중에서 꽃이라 볼 수 있는 교육을 하며 기계까지 간접적으로 컨설팅하니까!

봉덕동에 다녀왔다. 전에 납품 들어갔던 제빙기 관해 여쭙기도 하고 근래 너무 안 들러, 인사차 가게 되었다. 가게구조는 약 십여 평쯤 된다. 이번은 제과제빵 기계를 갖추려고 여러 군데 견적을 받은 상태다. 아마도 곧 제빵기계가 들어오지 않을까 싶다. 가게 점장 이 선생께서 본 기계는 조감도 매출에 견주어 보아도 버거운 기계다. 솔직히 커피집을 하면 오히려 로스팅 기계를 조금 뽐 때 나게 갖추는 것이 낫지 않을까 하지만, 여기 따님은 빵 만드는 것이 좋다.

압량, 옆집 머리 희끗희끗한 공사 책임자가 와서 죄송하다는 말씀을 놓고 간다. '보소! 저는요, 이 건물 공사할 때 옆에 성당에서 민원 참 많이 들어갔습니다. 그때 죄송하다는 말씀을 드려도 잘되지 않더군요. 아무튼, 저도 미안하게 되었습니다. 아침에 큰소리쳤으니! 어떻든 간에 여기 커피는 팔도록 해주셔야 합니다. 그러니까 여기 길 막지 말란 뜻입니다.' '네 알겠습니다.'

단지 48

잘융합한콘크리트만먹는공룡이도로에떡하니서있습니다. 코끼리같은자본의긴코가신의드러나지않는음부를메웁니다. 중앙은꽃의전당이며오만한인간의고해성사로거듭날것입니다. 거르렁, 가래끓는굉음으로꽃의주차장을위해꽃씨를토해놓습니다. 아직보이지않는꽃빙빙돌며교접하는일벌도수십마리날고있습니다. 꽃씨에묻은단물을먹습니다. 절대자의힘으로벽을세울거며믿음으로보를만들겁니다. 자본의피를한껏빨아당기는꽃은발아중이며몇개월이면튼실하게자라하늘우러러볼것입니다. 냄새나는저꽃은

鵲巢日記 15年 06月 23日

날씨는 무척 맑았지만 후덥지근해서 다니기 꿉꿉했다.

오전, 커피 봉투 제작을 위해 견적서를 부탁했다. 그 금액을 송금했다. 납기는 열흘 정도다. 한 달간 본부에서 실습 받게 된 김 씨와 점심 한 끼 했다. 소고깃국밥집에서 식사했다. 김 씨는 오늘 여기 처음 온다며 얘기한다. 함께 식사하다가 그가 왼손잡이라는 것을 알았다. 김 씨와 함께 청도, 옥산, 시지, 사동에 커피 배송 다녀왔다. 하양에 기계설치도 함께 다녀왔다. 오늘 기계 설치한 부동산 가게는 정수기 연결하는 허 사장과는 동명이인이다. 이름이 같다. '허준', 『동의보감』을 썼던 허준이다. 허준은 1546년 김포에서 무인 집안의 아들로 태어났다. 그는 무과에 응시하지 않고 29세에 의과에 급제하여 의관으로 내의원에 봉직한다. 이후 내의 태의 어의로서 명성이 높았고 동양의

학을 집대성한 『동의보감』을 편술하여 조선 의학의 우수성을 청과 일본에 과시하기도 했다. 아마 이 책만큼 중국인과 일본인들에게 널리 읽힌 책도 없을 것이다. 그는 1615년 11월 70세를 일기로 세상을 떴다.

　김 씨와 카페 우드에 있을 때였다. 커피가 조금 연하지 않으냐며 주인장 유 선생께서 말씀 주셨다. 나는 커피를 다시 확인하기 위해 주방에 들어가 커피를 분쇄하고 다지고 장착해서 한 잔 뽑았다. 감칠맛은 좋은 듯했지만 유 선생의 말마따나 연한 건 사실이었다. 하지만 너무 강하게 볶으면 감칠맛이 없어진다. 추출도 조금 더 빠른 듯해서 분도를 약간 조정했다. 그러니까 조금 더 미세하게 줄였다. 에스프레소는 바늘처럼 가늘게 안 끊기게 나와야 한다. 추출한 커피 한 잔 마시며 요즘 유행하는 커피집 한 집을 알게 되었다. 대구에 'rawstuff' 카페다. 인터넷으로 조회하며 그 집 상황을 보았다. 내부공간미가 간소해서 보기 좋았다. 내가 좋아하는 철재로 바bar 작업한 것과 서랍도 그렇다. 이 집에서 볶은 커피를 주인장은 나에게 보여주셨는데 볶음 정도는 아주 약했다. 그러니까 시티로 보면 된다. 아마도 이것은 신맛을 위주로 감칠맛을 자아내기 위함인 것도, 그러니 거저 느낌이다. 커피는 늘 새롭게 진화한다. 커피는 하나지만 커피를 하는 사람은 각양각색이라 마치 변화의 물결에 함께 휩쓸리기도 하며 함께 휩쓸어가기도 하는 세상은 참 넓지만 얼마나 좁은 시장인가를 또 느낀다.

　사업은 변화를 주도하지 않으면 죽은 거나 다름없다. 하루를 생각하고 철학을 다지며 다진 철학을 적는 것은 때로는 구차한 일일지도 모르지만, 현재를 지탱하며 미래를 여는 뿌리임은 틀림없다. 오늘의 결과가 잘 못 되었든 또 잘 되었든 나를 주도하는 일이며 변화를 꾀하는 일이다. 게으른 나를 일깨우는 것이다. 우드에서 들은 카페지만 실지로 가보지 않은 카페지만 파도의 진원지처럼 느꼈다. 역사와 뿌리는 어떻게 만들 것인가!

단지 49

詩友는 왼손잡이다. 국밥먹을때난오른손, 詩友는왼손, 기계들때는우리는양손, 빈상자바깥에내놓을때는왼손이다. 왼손은늘오른손을돕고오른손은왼손을보았다. 손에쥘수있는커피한잔있으면세상다좋아보였다. 나도모르게왼손을입에물고곰곰이생각한다. 하루일기를마감하는건양손, 지우는것은오른손, 다시바른쪽길을몰며가는건양손이다. 왼손은지팡이다.

본부에서 실습 받는 김 씨는 이름이 시우다. 오늘 점심 먹을 때였는데 그는 왼손잡이였다. 그와 함께 밥 먹다가 옛 생각이 나는 것이다. 할머니, 아버지, 어머니 모두 왼손을 자주 쓴 나에게 호되게 꾸짖었는데 큰일이라도 나는 줄 알았다. 밥숟가락을 왼손으로 잡고 한술씩 뜨는 것은 낯설어서 그런지 신기하다. 마주 보며 밥을 먹었는데 이상의 시 '거울'이 지나간다. 거울속의나는왼손잡이오 내악수를받을줄모르는—악수를모르는왼손잡이오

28. 벼루

　벼루는 문방사우 중 하나다. 그러니까 종이, 먹, 벼루, 붓 중 하나다. 노자 『도덕경』을 해석하겠다며 몰입한 적 있다. 이참에 붓글씨로 한번 다져야겠다는 생각에 가까운 큰 문구점에 가 이 문방사우를 모두 샀다. 나는 내가 좋아하는 일이 있으면 아낌없이 투자하는 버릇이 있다. 이 문구점에 내놓은 가장 좋은 벼루와 붓과 종이 그리고 먹을 샀다. 제법 큰 벼루에다가 먹을 가니 그 가는 맛도 있었지만, 무엇보다 한지에 한자 한 자씩 쓰는 맛은 아주 특별한 경험이었다.

　하루는 커피 납품 들어가다가 카페 우드에 들를 때다. 우드 사장님은 목공예가시다. 전에는 아주 멋진 앉은뱅이책상을 선생으로부터 선물 받았다. 거기다가 벼루 담을 수 있는 곽을 만들어 주시겠다며 말씀을 주신다. 나는 감사했지만 극구 사양하기까지 했는데 선생은 구태여 해주겠다며 말씀하시니 하루는 쓰던 벼루를 들고 갔다. 선생은 벼루를 보시더니, 영 탐탁지 않게 여겼나 보다. 그래도 이 벼루는 문구점에서는 가장 비싼 거였다. 그러니까 제일 큰 것이었다. 가격은 일만팔천 원이나 들였다. 이걸 살 때만 해도 나는 이것보다 더 나은 것은 없으리라 여기며 갖췄지만 내 생각은 영 틀렸다. 선생은 가게 여 밑에 야미안이라는 선술집이 있었는데 선생과는 지인이며 함께 목공예가로 자주 만난다. 이 집은 외모도 범상치 않았다. 아주 고풍스러운 멋이 있었는데 문도 미닫이였다. 스윽 밀며 들어갔다. 선생은 지인의 벼루를 보여 주었다. 바로 문 앞에 있었다. 지인 모 선생께서 나오시어 인사했다. 나도 정중히 인사했다. 이 벼루는 중국 단계석으로 만든 것으로 아마 값을 따지자면 삼십만 원 줘도 못 사지! 했다. 그래 보였다. 돌은 빛깔이 있었고 먹을 갈 수 있는 부위와 먹물 고이는 연지는 깊이가 있었다. 한쪽은 돌을 새겨서 어떤 문양을 자아냈는데 용을 그리기도 하며 산수화의 일종인 산과 천도 초가까지 새겨 넣기도 한다. 보자마자 탐이 나는 거였다. 카페 우드 사장께서는 이거 그만 뺏들어 가까? 호! 그러게 말입니다. 좋으네요. 그리고 다른 벼루도 더 보여주었는데 나는 문구점에서 샀던 그 직사각형 벼루가 영 없음을 알게 되었다.

　벼루는 돌로 만들기도 하지만 도자기나 찰흙을 구워 기와처럼 만들어 쓰기도 한다. 이를 도연陶硯과 와연瓦硯이라고 한다. 형태도 꼭 직사각형만 있는 게 아니라 원형도 있으며 타원형 풍자형도 있다. 먹을 가는 부위를 연당硯堂이라 하며 묵도墨道라고도 한다. 갈려진 먹물 즉 묵즙이 모이는 곳은 오목한데 이를 연지硯池, 또는 연홍硯泓, 연해硯海라 한다.

　좋은 돌은 빛깔이 나며 이 속에 자연을 느낄 수 있다. 우리는 옛날부터 돌에 각별한 의미를 두었다. 구석기시대부터 이 돌을 사용했지만, 특별한 것은 장식하며 보며 즐겼다. 아마 선사시대 우리 선조는 손도끼나 돌도끼도 그 빛깔이 좋은 것은 장식용으로도 갖췄을 것이다. 아름다운 것은 자연이다. 자연을 깎아 만든 벼루는 소장할 만한 충분한 가치가 있었다. 에휴 이런 돌 하나쯤 있으면 좋겠다.

鵲巢日記 15年 06月 24日

그렇게 많이 끄무레한 건 아니었지만 대체로 흐렸다.

박영규 선생께서 쓴 우리나라 역사, 삼국시대부터 조선시대까지 실록을 모두 읽었다. 아침 본부에 잠깐 머무는 동안 『조선왕조실록』을 마저 읽었다. 꽤 오랜 시간이 걸렸다. 한 달 이상 걸렸다. 고전에 관심이 가서 사기를 읽다가 중국사를 들여다보게 되었으며 이참에 우리나라 역사에 관해서 다시 한 번 보아야겠다는 생각에 책을 펼쳤다. 왕조의 흥망성쇠를 읽으면 모든 생명이 그러하듯이 나면 성장하고 성장한 시기가 있으면 또 쇠한 시기도 있다. 한 국가의 태동과 멸망을 또 그 원인을 읽으면 시대의 흐름을 이해가 되며 앞으로 어떻게 나아갈 거라는 것도 암묵적으로 알게 된다. 각 왕조의 삶을 읽으며 수많은 사람이 지나갔다. 삶을 살아가는 데 정치적으로 너무 휩싸이지 않으며 중립적인 위치로 내 뜻을 바르게 옹립한 사람이야말로 천수를 누리며 산 것 같다.

서강 이사장님께서 오셨다. 빙수용 팥 56상자를 싣고 오셨다. 이 사장님은 올해 연세 63세. 그런데도 팥 상자, 세 상자를 지며 내리며 하신다. 한 상자는 무려 18K 정도 나간다. 3K짜리 팥 깡통이 여섯 개 들었다. 젊은 사람도 이런 고된 일은 한 며칠하면 하지 않는 일이 태반이다. 하지만 이 사장님은 이 일을 몇 십 년이나 해 오셨다. 아침에 팥이 다 되어간다며 문자를 넣었는데 정오에 봉고차 한가득 싣고 오신 게다. 도매도 마찬가지지만 소매도 비슷하다. 그러니까 하나를 팔면 그렇게 이문이 많이 남는 건 아니다. 때로는 주문

수량이 많으니 하루 인건비 버는 것이 대부분이다. 팥 이리 가와 봐야 남는 것 없어 하며 한 말씀 주신다. 맞는 말씀이었다. 200원 떼기다. 그러니까 한 상자 천이백 원 남는다. 오십 여섯 상자면 칠만 원 채 안 된다. 그 많은 상자를 지고 날라보라! 땀은 절로 난다. 이 사장님께서 지고 온 물건을 나는 다시 창고에다가 재었다.

어제 기계 설치했던 곳, 초도물량을 챙겼다. 잔잔한 숟가락부터 휘핑기까지 모두 챙겼다. 상자로 보면 세 상자 정도지만 펼치면 주방에 곳곳 놓을 물품이다. 커피를 만들 때 필요한 가벼운 도구들이며 파우더며 커피와 시럽, 소스 같은 것이다. 영업하려면 꼭 필요한 물건이다. 한 시간 가까이 챙기는 동안 김 씨는 병원에 배송 다녀와야 했다. 하양에 물건을 내려드리고 들어오는 길에 버섯명가에 들렀다. 지난주 커피 담는 투명플라스틱 통이 깨졌다고 했다. 그 부품이 오늘 아침에 서울서 내려받았다. 지난주 주문했지만, 수입절차상 그간 받기 어려웠다. 현장에 들러보니 투명 테이프로 칭칭 감아서 쓰고 있었다. 기계 에스프레소 세팅을 새로 해주었다. 기계 청소하는 방법과 교체한 스테인리스 강 망 소독 방법을 가르쳐 드렸다. 김 씨가 보고 있어 덤으로 교육한 셈이다. 일 다 끝내고 나니까 구태여 수박 한 덩이 잘라 주신다. 그간 못 뵌 지도 좀 되었어 여러 가지 담소 나누었다.

자정 밀양에 일하는 상현이 보았다. 어찌 일 안 하고 여기 있느냐며 물었더니 오늘 쉬는 날인 갚다. 조만간 직원 하나 더 뽑는다며 얘기한다. 함께 일하는 친구는 빵 기술 배우러 보내야 한다고, 가게 부담으로 처리하는 가 보다. 빵까지 사업영역을 넓히려고 하는 가보다.

저녁나절에 세빠도 잠시 보았다. 가게 놀러 왔다고 했다. 커피집 하면서도 본점에 와서 커피 한잔 마시며 간다.

찌개를 만들었다. 어머님이 자꾸 생각났다. 촌에 있을 때였다. 해 떨어지고 나면 저녁을 했는데 어머님은 찌개를 만들면서도 짜글짜글 맛있게 만들겠다며 하신 말씀이 생각났다. 짜글짜글, 의태어다. 맛보기 전에 벌써 군침이 돈다.

鵲巢日記 15年 06月 25日

오전 꽤 흐리더니만 오후 빗방울이 좀 보였다. 저녁에는 보슬비 내렸다.

봉덕동에 다녀왔다. 어제 주문받은 커피를 배송했다. 이 선생은 요즘 고민이다. 제빵 기계를 얼른 들이고 싶지만, 집에 사장님께서 이모저모 고려하시니 결재가 떨어지지 않았다. 이 일로 기계 도매상에서 전화가 몇 번 왔다. 주문한 기계는 내려왔지만, 아직 선금이나 계약금도 내지 않은 상태라 일이 꽤 혼선을 빚었던가 보다. 이 선생은 빵이 제대로 구워지면 영업망을 넓히고 적극적인 사업에 임하겠다며 다부지게 말씀 주신다. 어떻든 간에 커피는 쉬운 종목은 아니다. 발로 뛰어다녀야 함을 강조했다.

함께 일하는 김 씨와 함께 한학촌에, 사동 조감도에, 하양 부동산 집에 다녀왔다. 모두 커피 배송이었다. 하양에 있을 때였는데 노동청에서 전화가 왔다. 이번에는 휴무시간을 정확히 적으라는 내용이었다. 카페 일은 특별히 쉬는 시간 정하며 쉬는 것이 아니라 손님이 없으면 쉬는 거나 마찬가지라며 얘기했다. 하지만 직원들 쉬는 시간은 분명해야 하니 반드시 기재하라고 했다. 카페 일의 특성상 단서를 달도록 허용한다. 그러니까 '유동적으로 변동될 수 있다.'는 내용을 쓴다. 그렇게 하기로 했다.

직원 모두 있는 가운데 노동청에서 지시받은 상황을 일렀다. 그 외 영업회의도 가졌다. 예지의 말이다. 본부장님 '리필은 반드시 있어야 합니다.' 물론 다른 직원도 이 말은 동의했다. 하지만 처음에 실시했던 리필에 대해서 병폐를 너무 많이 보아온 오 선생은 극구 반대를 하는 처지라 어쩔 수 없다며 단정 지었다. (뒤에 오 선생과 다시 대화를 나눠 받아들이기로 했다) 점장도 한마디 했는데 손님께서 단체로 오실 때 더욱이 가족단위로 오실 때 아이들 좋아하는 아이스티가 없는 게 불편하다는 것이다. 나는 오늘 처음 알았다. 이 메뉴를 하지 않은 것은 카페가 싼 티 난다며 애초에 오 선생께서 빼 버렸다. 일단은 손님께서 찾으시면 갖춰야 한다. 이것도 빼고 이것은 또 안 된다면, 오시는 손님은 꽤 불편하게 된다. 오늘 회의에는 확답을 내지는 못했지만, 내일은 시행할 수 있도록 해야겠다.

아주 두꺼운 책이 왔다. 기세춘 선생께서 지은 『논어 강의』다. 한 권의 책이 무려 900여 쪽이나 된다. 나의 복잡한 세계가 어느 정도 평정될 거라는 기대를 해본다. 이 책을 앞에 약간 읽었지만, 기존의 논어 번역서에 비하면 고전의 여러 책을 오가며 당시 사회를 잘 보여주고 있다. 해석은 선생의 가치관이 들어 있으므로 읽을 가치가 충분히 있다. 예를 들면 인人에 대한 관점이다. 지금은 보통 사람으로 해석될지 모르겠으나 고전의 인은 제후나 군왕을 뜻하는 것으로 귀인의 의미가 있다. 자子는 선생의 의미가 있듯이 말이다.

29. 붓

글씨를 쓰거나 그림 그릴 때 어떤 액체 그러니까 물감이나 먹물에 찍어 사용하는 도구다. 문방사우 중 하나다.

국화꽃 그늘과 쥐수염붓 / 안도현
국화꽃 그늘이 분盆마다 쌓여 있는 걸 내심 아까워하고 있었다
하루는 쥐수염으로 만든 붓으로 그늘을 쓸어 담다가
저녁 무렵 담 너머 지나가던 노인 두 사람과 만나게 되었다

이하 생략

詩人의 詩集 『북항』에 수록한 시 한 편이다. 거저 공부하는 학생으로서 시를 읽는다. 시인은 많은 양해 바란다.

1연에 국화꽃 그늘이 분마다 쌓여 있는 걸 내심 아까워하고 있었다. 국화꽃 그늘은 특정 무엇을 제유한 것임은 틀림없다. 분盆은 동이다. 질동이, 질그릇을 뜻하는 한자어다. 국화꽃 그늘이 읽힘이 어느 한 그림자를 뜻하기도 한다. 시인께서 쓴 글이나 다른 그 무엇으로 유추해 볼 수 있다. 왜냐하면 분(질동이)마다 쌓여 있는 걸 화자는 내심 아까워하고 있기 때문이다.

이건 사족이지만 시가 참 재밌는 것은 언어표현이 경제적이라는 것이다. 왜냐하면, 위의 문장도 보면 이렇다. 국화꽃 그늘은 여러 가지 의미를 담을 수 있으니 말이다. 화자를 제유한 것과 화자의 작업성과와 또 국화꽃 그늘에 앉아 생각하고 있을지도 모르는 일이니 말이다. 하나 더 붙이자면 글은 거저 이루어지지 않음을 볼 수 있다. 학문에 열중하는 모습을 시의 첫 행에서 우리는 만나 보게 되었기 때문이다.

2연에 하루는 쥐 수염으로 만든 붓으로 그늘을 쓸어 담다가 했다. 쥐 수염으로 만든 붓에 잘 묘사한 시인의 글이 있어 덧붙여 놓는다. 시인 손택수의 쥐 수염 붓이다. 왕희지와 추사가 아꼈던 붓이다 / 족제비나 토끼털로 만든 붓도 있지만 / 그 중에도 으뜸은 쥐 수염 붓 / 놀라지 마라, 명필들은 / 쥐 수염 중에도 / 배 갑판 마루 아래에 사는 쥐에게서 / 가장 상품의 붓이 나온다고 믿었단다.

그러니까 이건 나의 느낌이지만 그만큼 아끼며 썼든 화자의 글쓰기가 아닌가 한다. 그렇고 보니 이것은 나의 쥐 수염으로 만든 붓으로 그늘을 쓰고 있는 셈이다.

몇 년 되었다. 3개월 간 읽었던 시집이 무려 100권이 넘었다. 이 결과로 나온 것이 나의 책 『구두는 장미』를 엮을 수 있었다. 하지만, 글을 내보면 안다. 유명 시인이나 시집을 출판사의 동의 없이 그 시를 비평하거나 책을 낼 수 없음이다. 우리나라 문학의 한계다.

위 문장은 시마을 사이트에 올렸던 나의 글 일부다.

안도현 선생의 글을 비평하고자 쓴 것은 아니다. 여기 주제는 붓이다. 위에 쓴 것처럼 손택수 시인께서 쓴 쥐 수염 붓도 있듯이 이 붓은 유명했나 보다. 하지만, 우리나라는 중국에 예부터 이 붓을 많이 수출했나보다. 쥐 수염 붓 말고도 족제비 털로 만든 낭미필狼尾筆이 좋다고 중국 문헌은 소개했다. 이것만 보더라도 우리나라 붓은 일찍이 중국에 수출하여 애용했을 거로 본다.

붓의 기원은 기원전 3세기 때 진秦나라의 몽염蒙恬이 처음 만들었다고 하나 정확한 내용으로 볼 수는 없다. 사마천이 쓴 「사기」, 몽염열전에는 붓의 발명에 관해서는 언급하지 않고 다만 기원전 221년 진나라의 천하 통일 후 내사內史에 임명되었다는 기록이 있다. 내사라는 직책은 일종의 사관에 해당한다. 이러한 기록 때문인지는 모르겠다. 다만 붓의 발전은 기여했을 거로 본다.

붓은 그 이전부터 사용되었을 깃 같다. 춘추시대나 전국시대는 제자백가가 출현하였으며 사상과 학문의 장을 열었던 시기다. 이 기록은 무엇으로 했겠는가! 그러니 그 이전의 은·주 시대까지 붓이 사용되었을 거로 본다.

선사시대는 붓이 아니라 나뭇가지나 댓가지에 먹을 묻혀, 먹이 없으면 어떤 물감에다가 찍어서 자기의사를 표현했을 것이다. 이것이 불편하니 뒤에 부드러운 짐승의 털로 바꾼 것이다.

하루는 공자라는 영화를 본 적 있다. 공자께서 여러 제자와 앉아 있었는데 움막에서 아낙네가 물감을 만들어 내왔다. 이것을 찍어 바르면 물에 번지지도 않고 오래 갈 수 있겠다는 실험이었다. 당시, 책을 쓰고 엮고 또 간직하며 보관했을 거로 생각하면 붓과 벼루와 먹은 이미 있었다. 종이는 후대에 일이다. 다음 장에 있으니 참고하라!

붓,

어쨌든 짐승의 털로 만든 것은 분명하다. 털이라 적으니 사마천이 쓴 말이 생각난다. '구우일모九牛一毛', 소 아홉 마리 중 털 한 올이다. 그만큼 가치 없는 것을 말한다. 인생은 이 구우일모처럼 보내고 싶지는 않았다. 한 올의 털도 모으면 유용하게 쓸 수 있는 붓이 된다. 육필은 하나의 제국이다. 제국의 나날, 그대의 사기를 적어보라.

鵲巢日記 15年 06月 26日

오전에 보슬비 내렸다. 오후 잠시 흐렸다가 맑았다가 다시 흐리고 흐리고.

사동에서 오래간만이었다. 조회했다. 내가 일한 만큼 받을 수 있는 임금에 관한 것과 그 임금의 원천인 매출에 관한 이야기였다. 카페 매출증대에 따라 상여의 기준도 정했다. 무엇보다 중요한 것은 오시는 고객께 친절함이 배여 있는 영업이겠다. 오전, 화원에 잠시 다녀온 일이 있다. 가게에 나무 한 그루 죽은 거 같아 새로 심어야 해서 다녀왔다. 화원 사장님은 몸이 별로 좋지 않아 병원에 다닌 적 있었다고 한다. 그러니까 어느 병원이다. 의사 선생께서 누워 있는 환자께 다가와 어디가 불편한 곳은 없는지 상세히 물으시고 살펴주시는 곳이 좋다며 이야기했다. 어느 곳은 의사 선생이 직접 와서 보지 않는 곳도 많은데 유달리 이리 친절히 대해주시면 꼭 그 병원에 간다며 얘기한다. 카페도 마찬가지다. 손님이 오셨으면 뭐 필요한 건 없는지 또 부족한 것은 무엇인지 살피며 보살펴야 한다. 손님께 친절히 행했는데 매출이 올라가지 않는 곳은 없다.

화원에서 일이다. 사동의 메타세쿼이아 나무 한 그루가 죽었기에 다른 나무를 심어야 한다. 실은 이 나무도 죽은 건지 산건지는 2년 정도 되어야 알 수 있다고 하신다. 잎이 없고 줄기만 있다. 전에는 옆에 잎이 조금 나기는 했다. 영 보기가 싫었든지 오 선생이 직원더러 한 길 정도의 높이로 몽창 잘라서 버렸다. 그나마 옆에 살아보겠다고 났던 이파리마저 시들며 마르게 되었다. 이제는 어쩔 수 없는 일이 되어버렸으니 나무를 2년 정도 지켜보는 것은 여간 거추장스러운 일이라 다른 나무를 심어야겠다고 마음먹고 간, 일이다. 화원 사장님께서 여러 나무를 권했다. 마땅한 나무는 없었지만, 향나무가 살기에는 괜찮다며 권하시기에 그걸로 했다. 언제 날 맑으면 캐서 오겠다고 했다.

오후 노동청에 다녀왔다. 본부에 함께 일하는 김 씨와 다녀왔다. 사동 조감도뿐만 아니라 본점과 압량의 조건도 근로기준에 합당한지 상담받기 위해 갔다. 압량은 근로기준에 맞추려면 문 닫는 게 맞다. 노동청에서는 문 닫으라는 얘기는 하지 않는다. 오랫동안 대화를 나누었다. 압량에 일하는 오 씨는 지금 일하는 조건에 불만을 갖는 것도 아니며 일이 어려워하는 것도 아니다. 오히려 근무조건도 나름으로는 즐거움을 찾은 상태며 영업이 안 되는 건 문제지만 받는 보수에 대해서는 만족한다. 바깥에 돌아가는 사정과 가게 운영 상황을 바르게 얘기할 수밖에 없었다. 그러니 근로기준법에 대해서만 얘기할 뿐이다. 근로계약서를 작성해서 추후에 문제가 일어나지 않기를 바라는 것이 노동청의 목적임을 알게 되었다.

압량에 머물 때 기세춘 선생의 『논어 강의』 읽는데 이런 구절을 읽었다. '관자[18]/권1/목민'에 있는 말이다. '창고가 실해야 예절을 알고 의식이 족해야 영욕을 안다'고 했다. 전에 논어의 다른 책에서도 읽은 바 있다. 거두절미하고 위의 말은 참 의미가 깊다고 할 수 있다. 창고가 넉넉하기는커녕 부족하지 않았으면 싶고 의식이라고 할 것도 없지만, 책을 좋아해서 사는 것은 더 궁핍함을 피할 수 없다. 하지만 하루 세 끼 먹을 수 있으니 만족하며 사는 일이다. 사람을 아끼고 직접 일을 하려니 이제는 몸도 늙어서 매사 힘이 들고 자본주의 시대에 사람을 쓰는 것도 각종 법망에 헤아릴 것은 일절 다 보아야 하니 이것도 꽤 신경 쓰는 일이다. 그러니 경영이 왜 어렵지 않은가! 그래도 하루 삶을 연명하며 자연을 보았으니 즐거움은 멀리 있는 것이 아니다. 오늘도 몇몇 거래처 다녀오며 시지를 지나가는데 산이 높고 높은 산 위에 구름이 마치 신선이 탄 듯 영험함을 보았을 때 아! 얼마나 행복한 일이었던가! 살아서 저것을 보았으니 천국과 천당은 따로 있는 것이 아님을 다시 또 깨닫는다. 잠시 스쳐 가는 시간에 말이다.

단지 52
힘쪽빠진구름이쓰러져누운한숨우에거적을얽어갓처럼하루덮다.
힘쪽빠진구름이쓰러져누운한길우에바늘을새겨창처럼하루덮다.
힘쪽빠진구름이쓰러져누운한성우에바다를걷어껌처럼하루덮다.
힘쪽빠진구름이쓰러져누운한집우에거미를깎아망처럼하루덮다.

---

18) 관자는 춘추시대의 제나라 정치가이자 사상가인 관중으로 보이는 데 실은 관중이 직접 쓴 것으로 보이지 않고 후대에 그를 추대하는 학자들에 의해 정립이 된 것 아니냐며 이야기한다. 네이버 사전 내용을 약술해 놓다.

鵲巢日記 15年 06月 27日

오전, 커피 교육할 때도 오후 청도에 다녀올 때도 저녁도 꽤 맑았다.

여태껏 커피 문화 강좌를 가졌었지만, 오늘처럼 많이 오고 오늘처럼 접수한 일은 없지 싶다. 꽤 많은 고객이 오셔 아직도 커피는 뜨거운 열정을 불러일으키게 한다. 커피는 고종황제께서 마신 이후 줄곧 유행이 아니었던 시기가 없었으며 많은 사람에게 관심의 대상이었다. 본 점장 성택군이 실습을 도왔지만, 오 선생도 함께 교육에 동참해야 했다.

아침 잠깐 기세춘 선생께서 쓰신 『논어 강의』를 읽었다. 사마천이 쓴 『사기』 열전 편에 '백이와 숙제'에 관한 이야기가 있다. 백이와 숙제는 고죽국의 사람이다. 고죽국은 은나라의 제후국이다. 그러니까 은나라 탕왕 때 묵태씨에 분봉 되었다고 기술하고 있다. 이 고죽국은 고조선과 고구려의 뿌리임을 여러 장서를 빌려 조심스럽게 쓰고 있다. 오늘 고죽국의 위치와 백이와 숙제에 관한 자세한 사항을 알게 되었다. 참고로 백이와 숙제는 은나라를 멸했던 주나라의 녹을 먹지 않겠다며 수양산에 들어가 고사리 뜯어 먹으며 연명하다가 굶어 죽었다. 지금 생각하면 고려 말 때 충신 정몽주를 떠올리게 하는 인물이다. 약 삼천 년 전의 사람이다.

옛사람도 의리와 충절을 지켰다. 요즘 사람은 이러한 의리와 충절을 지킬 수 있는 이가 과연 몇이나 있을까! 사업도 마찬가지다. 나는 커피에 관해서 수많은 사람을 교육했고 수많은 사람에게 창업으로 도움을 드렸으며 그 수많은 사람과 거래를 했다. 아마 이 많은 사람과 아직도 거래하고 있다면 아마 더 유복했을지도 모른다. 시장은 완전경쟁이며 물은 항상 얕은 곳을 지향한다. 의리와 충절은 경제원리와는 다른 이야기다. 어쩌면 그 경제원리와 상통하는 말은 아니나 함께 세상을 바라보는 처지는 같아서 시장을 안정으로 이끌고 싶은 마음을 두고 있다. 백이와 숙제는 어리석은 사람인가! 아니면 현명한 사람인가! 세상과 타협을 원하는가! 아니면 의리와 충절로 세상을 바라볼 것인가!

커피로 보면 나는 의리와 충절로 20년의 삶을 살았다. 한 번도 배반한 적 없으며 오히려 적극적으로 맹신하며 적극적으로 전도하는 전도사로서 삶을 살았다. 그런 커피는 늘 묵묵부답이었으나 또 그렇지만도 않은 것은 나에게 새로운 상상력을 제공해 주었다. 언제나 함께 한 친구였으며 나의 생활에 곳곳 영향을 안 끼친 곳이 없어 두루두루 미치는 것이 커피였다. 아마, 죽을 때까지 그와 함께 할 것이다. 내게 남은 생애가 있다면 마저 의리와 충절로 보낼 것이라 다부지게 마음 놓는다.

오후 청도에 다녀왔다. 강 선생께서 교육한 교육생이다. 청도 동곡이다. 가게는 약 열 평 좀 안 돼 보였으며 한창 내부공사 중이었다. 안에 기계 설치하는 데 이상은 없는지 점검 차 가게 되었다. 이 동네에 왔을 때 특이한 것은 다방이 아주 많았다. 커피 배달하는 오토바이도 보았는데 가게 개업할 장소 바로 옆은 오토바이 수리 집이다. 건물 주인장께서 운영한다고 했으며 주인집은 이 층이다. 가게를 처음 본 느낌은 아담했다. 동곡 지역에서는 번화가며 커피 전문점은 이 집이 가장 처음이 된다. 여기서 가까운 커피 전문점을 찾으려면 아마 산서지역으로 나가거나 운문댐 지나 운문사 앞에 나가야 찾을 수 있다. 두 곳 모두 이곳에서 약 이삼십 분 거리다. 그러니까 꽤 먼 거리가 된다. 이곳 주인장께 여러 가지 말씀을 나누고 우리는(오 선생과 함께 갔다.) 운문사로 향했다. 이왕 여기까지 온 김에 가비 사장님께 인사도 드려야 하겠기에 길 나섰다.

운문사 앞에 자리한 가비는 12년 가을에 개업한 집이다. 그러니까 횟수로는 벌써 4년이며 만 2년의 역사를 가지게 됐다. 가비 배 선생께서는 동곡에 커피 집이 들어온다는 것을 알고 계셨다. 조금은 긴장하고 있는 듯했다. 그쪽과 이쪽은 시장이 다르며 거리도 꽤 멀지만 영업하는 사람은 그렇지 않나 보다. 그러니까 쓰는 커피에 예전과 달리 민감함을 가졌고 약간은 정보를 감추고 싶은 심정도 없지는 않아 보였다. 우리는 가게에서 커피 한잔 청해 마셨다. 가비는 운문사에서는 가정 먼저 개업한 카페다. 이곳도 이제는 눈으로 확인한 카페만 벌써 네 곳이나 된다. 상가라고 해봐야 몇 집 되지 않지만, 커피집으로 보면 다소 많아 보인다. 커피는 곧 상생이자 경쟁이자 저절로 마케팅이 되었으며 저절로 시장 균형으로 치닫게 되었다. 가비 배 선생께서는 이에 아주 민감한 반응으로 하루 영업에 임한다. 이는 또 새로운 상품 개발과 상표 이미지 구축으로 끊임없는 노력을 요구하는 것이라 나에게도 많은 것을 깨우치게 하며 나 또한 불안하게 만드는 요인이다. 가비는 커피를 많이 쓰는 업체 중 하나다.

운문사 앞은 토지공사에서 개발한 땅으로 알고 있다. 이곳 땅은 자리가 좋은 곳은 평당 200 호가한다. 그러니까 100평이면 이 억이다. 커피를 장기적으로 한다고 했을 때는 땅을 사는 것도 맞지 싶으나 실은 1년도 장기다. 10년이면 강산도 변한다는 시간이라 미래는 여실히 불안요소가 많다. 이 불안요

소가 실질적으로 땅을 가진 자와 땅을 얻는 자의 미묘한 감정으로 땅값을 형성한다. 땅은 없는 것 같아도 아주 많다. 그리고 죽을 때 가지고 가는 것도 아니다. 우리는 모두 이곳 지구 위 땅덩어리에 임대로 살다가 간다. 이용은 누가 오랫동안 갖고 있느냐. 이것은 실질적인 소유자가 되며 소유는 목적이 있어야 하며 효용가치가 있어야 한다. 땅은 있어도 이용할 가치나 목적이 없으면 무용지물이다. 땅은 나의 소유로 한다고 해도 대가지급은 반드시 발생한다. 그러므로 나는 카페 조감도 자리가 나의 땅이 아니라서 투자에 고민이 있었거나 하지는 않았다. 투자심리는 안정을 바탕으로 유발된다. 그러니까 문중에서 보장한 만큼 나의 마음이 안정되었다는 것이다. 개인의 땅이 아니라서 그렇고 문중의 총체적 사업의 목적으로 이곳 상가는 형성되었기 때문이다. 아무튼, 가비를 이야기하다가 사족이 길었다. 다만, 투자와 카페에 관점으로 본 나의 시각을 일부 적은 셈이다.

오후, 9시 압량 마감했다. 동원이와 케냐를 한 잔 마셨다.

단지 53

하얀갓같은뚜껑이오랫동안누른다. 안은케냐가이국적향기로내뼈를깎는다. 어떤형태도없는파도가아무런뜻도없는왕국처럼두꺼운뚜껑에폭담았다. 보이지않는빨대만길다. 나는아무런예고도없이앞만보며간다. 도로바닥에아무렇지도않게싸놓은개똥같았다. 어느동태도어느발자국도겁나지않은나는필봉의고죽국이다. 아무런영양가없는고사리뿐이다.

30. 먹墨

문방사우 중 하나다. 주로 직사각형의 형태를 띠며 까맣다. 벼루에다가 물을 붓고 이 먹을 갈아서 잉크처럼 만든다. 붓으로 이를 찍어 글을 쓰거나 그림 그릴 수 있다.

먹을 만드는 방법은 아교阿膠와 송연松煙, 유연油煙의 그을음을 이겨서 반죽하고 향료를 첨가하여 틀에 넣어 성형한다. 성형한 이를 건조하면 먹이 된다. 그러니까 먹을 만드는 원료는 세 가지다. 매연煤煙, 교膠, 향료香料다.

아교阿膠는 짐승의 가죽, 힘줄, 뼈 따위를 진하게 고아서 굳힌 것으로 끈끈하다. 송연은 소나무나 송진을 태운 그을음이며 유연은 각종 기름을 태워 만든 그을음이다. 보통 유연油煙 먹을 상등의 먹으로 친다. 이는 견고하며 치밀하며 덜 닳으며 까맣게 빛이 난다.

요즘은 공업연工業煙 선연 먹을 많이 쓰기도 한다. 이는 카본에다가 향료와 아교를 섞어 만든 제품이다. 이러한 먹도 잘 쓰지 않는다. 이제는 조그마한 플라스틱 병에다가 먹물을 담아 파는데 내가 글을 쓰고자 하면 벼루에다가 몇 방울 떨어뜨려 찍어 쓰면 된다. 이 몇 방울도 색상은 좋아, 화선지 한 장은 충분히 쓸 수 있으므로 많이 떨어뜨려 버리는 일이 없도록 한다.

혹여나 먹을 갈라고 치면 맑은 물을 사용한다. 뜨거운 물이나 너무 찬물은 좋지 않다. 뜨거운 물은 너무 빨리 풀려 입자가 굵고 너무 찬물은 먹의 광택에 손상을 준다. 먹을 갈 때는 무겁게 눌러서 가볍게 민다. 반드시 수직으로 세워서 한쪽으로 간다. 사용한 후는 휴지로 깨끗이 닦아 보관하되 물과 거리가 멀어야 한다.

어찌 보면 우리의 멋은 단순하고 간결하다. 벼루도 기교를 부려놓은 것보다는 반듯한 것을 많이 썼으며 붓이나 이 먹도 마찬가지다. 직사각형에 반듯하기만 하다. 종묘도 마찬가지다. 오로지 길고 한 일 자로 우리의 전통을 이야기한다.

먹의 짙고 옅음으로 그린 그림이 수묵화다. 우리의 선조는 사군자를 많이 그렸으며 그 깊이는 단순한 것 같아도 헤아리기 어려운 선비 정신이 배여 있다.

오로지 까맣고 하얀 세상이다. 한 세상 사는 것은 이 흑백을 논하는 것이다. 내 뜻을 바르게 하는 것은 무엇보다 배워야 하며 이 배운 것을 잊지 않고 실천하며 실천한 것을 다시 다듬어 놓으면 완전히 익힌 것이니 어디든 뒤지지 않아 늘 곧고 바르다.

이것이 선비다.

공자께서는 학이시습지學而時習之면 불역열호不亦說乎아라 했다. 배우고 늘 익히면 또한 기쁘지 아니한 게 어디 있겠는가! 한자는 그 한 자 한 자가 철학이다. 하루에 몇 자는 써 마음 수양을 하자. 세상이 환하다.

鵲巢日記 15年 06月 28日

하늘 맑다. 조감도에서 바라본 석양이 참 아름다웠다. 광채가 부채처럼 펼쳤는데 그 어떤 문체로 형용할 수 없을 정도였다.

오전에도 오후에도 저녁에도 『논어 강의』를 읽었다. 점심때 잠깐 KFC에 들러 햄버거 다섯을 샀다. 압량에 일하는 동원이랑 함께 먹었다. 나머지는 본점에 일하는 김 선생, 사동에 예지와 배 선생께 드렸으나 별로 좋아하지는 않았다. 오후 정평에 잠깐 들러 커피 한잔 마셨다. 청도에 관한 이야기를 서로 나누었다. 오후에 잠깐 집에서 쉬었다. 맏이가 집에 있었다. 저녁으로 국수를 삶아 함께 먹었다. 맏이는 면을 대개 좋아한다. 조금 양이 많은 것 같아도 좀 부족한 듯 느낌 들 정도로 금시 비웠다. 둘째는 어디에 갔는지 코빼기도 보이지 않았는데 이 애 비하면 맏이는 어디 나서는 것을 별로 좋아하지 않으니 오히려 더 걱정돼 보였다.

공자의 말씀 논어를 읽다가 의미 있어 적어 놓는다. "군자는 무능한 것을 괴로워할 뿐 귀인들이 알아주지 않는 것을 괴로워하지 않는다." 공자의 말씀을 하나 더 적어본다. "벼슬이 없음을 걱정하지 말고, 입신할 능력을 걱정하라. 나를 알아주지 않는 것을 걱정하지 말라. 힘써 실천하면 알아줄 것이다." 이 구절을 읽다가 왠지 마음 한구석이 뻥 뚫은 듯했다. 뜻을 세우는 것도 부끄러운 일이며 남이 알아주는 것도 부끄러운 일처럼 느낄 때가 있다. 먹고 사는 일이 구차하고 떳떳하지 못한 것이다. 털어서 먼지 나지 않는 사람이 있겠는가마는 그만큼 장사로 먹고사는 일은 기본이 속이는 일이니 어찌 안 부끄러워할 수 있을까! 그렇다고 깨끗하게 산다는 것은 사회에 적응할 수 없는 일이다. 돈을 만지는 일은 더럽고 치사하고 아니꼽고 자존심 상한 일이 대부분이다. 어쩌면 우리는 모두 돈의 노예로 사는 것인지도 모른다. 하지만 돈을 보며 삶을 사는 거라 느껴서도 안 되며 또 돈만 추구하는 일로 나아가서도 안 된다. 커피를 바라보며 하루 열심히 사는 것이다. 커피에 관해서 바른 뜻을 가지며 행하며 의미를 부여하여야 짧은 생 그나마 짧지 않게 보낼 수 있을 것이다.

9시 압량 마감하며 동원이와 잠시 대화 나누었다. 의지가 강하다. 아랫사람 보기에 힘들다거나 어려운 일임을 내세워도 안 되며 안 좋은 뜻으로 커피를 얘기해서도 안 된다. 커피는 커피 그대로다. 이것을 보는 것은 사람의 맨눈이다. 태양 주위에 여러 행성이 있듯이 커피는 통 안에 있다.

사동, 저녁은 조용하게 보냈다. 『논어 강의』를 읽다가 어제 오 선생과 함께 청도에 다녀온 일이 지나간다. 당신은 오십 넘으면 뭐할 것 같아? 뜬금없는 질문이었지만 가슴 깊숙이 무엇인지는 모르겠지만 뭔가 뚫고 지나간 일이 있었다. 그래, 맞아. 오십 넘도록 살아 있을까가 첫 번째 문제였다. 살아 있으면 그때도 커피 배달하며 커피 교육을 하고 있을 것인가! 가만 생각하면 아무런 뜻을 두지 않으면 막연한 시간이 거저 아무런 의미 없이 지나가고 만다. 공자의 말씀이 지나간다. 아침에 도를 들으면 저녁에 죽어도 좋다는 말이,

장 사장이 오늘 모처럼 전화가 왔다. 전에 서울 일 추진한다고 했는데 서울에서 내려오며 안부 차 전화한 것 같다. 화원에 전화했다. 가게 앞에 심을

수종을 바꿨다. 아내는 향나무보다는 보리수나무가 좋겠다며 부탁했다. 보리수나무가 있는지 확인 전화했다. 화원 사장님께서 아내가 그나마 키우는 나무가 있다며 캐와서 내일 심겠다고 했다.

鵲巢日記 15年 06月 29日

맑은 날씨였다. 살구가 다 지나가고 은행이 무르익는 계절인가 보다. 은행이 파릇하게 맺힌 압량 조감도에서 일기를 쓴다. 어제는 사동 점장이 배 선생의 지인께서 가져온 살구라며 왕 실구 몇 개 내었다. 드시라며 접시에 내 온 것을 맛본 적 있었다.

오전, 사동에서 진량으로, 진량에서 하양 넘어가는 길, 버섯 집에 다녀왔다. 모두 커피가 급하다며 아침 일찍 문자를 주신 곳이었다. 가맹점도 일반 개인 카페도 다른 부자재가 필요 없는 거저 커피 배송은 아주 편한 일이다. 볶은 커피를 봉지에 담아 차에 싣기에도 편하고 내릴 때도 편하다. 무게가 그리 나가는 것이 아니라 들어서 전달하면 되는 일이다. 오며 가며 들른 집 사장님 얼굴 보며 인사 주고받으며 커피도 한잔 얻어 마시면 이것만 한 직업도 없지 싶다.

하양에 지난주 설치했던 부동산 집 사장님께서 오전, 본부에 오신 일 있었다. 밀폐 통 추가로 몇 개 더 사러 오셨다. 마침 월말 마감하고 있었어, 필요한 물품을 챙겨드리다가 기계 이상은 없는지 물었다. 사장님은 기존의 하던 일과는 아주 새로운 모험이라 약간은 탐색적인 데다가 모든 것이 신기하기만

하다.

점심을 김 씨와 함께했다. 몇 군데 마감한 월말 마감서를 김 씨에게 다녀올 수 있도록 했다. 나는 본부에서 이번 주 들어가야 할 청도 기계를 점검했다. 오늘도 문제가 있었다. 전기와 물을 공급했지만, 물이 잘 들어가지 않아서 뒤쪽 솔 밸브를 뜯어 확인했다. 미세한 어떤 하얀 물질로 바늘 같은 구멍을 막았나 보다. 요지로 살짝 찔러서 긁으며 쑤시다가 다시 빼내는 작업을 몇 번 했다. 뿡뿡거린다. 다시 조립해서 확인하니 정상 운영이 된다.

오후 본부에서 근로계약서를 작성했다. 노동청에서 제시한 여러 조건을 직원에게 이해하기 쉽도록 모두 설명했다. 그리고 도장 콱 찍었다. 성택 군은 퇴직금에 대해서 예외조항을 두었다. 그러니까 매월 정산해서 받아야 한다며 그렇지 않으면 생활이 어렵다고 부탁했다. 그렇게 하기로 단서를 달았다. 이로써 압량을 제외하고는 모두 근로계약서를 다 작성했다.

이때 몸이 꽤 아팠다. 눈이 가물가물했으며 신경이 어딘가 끊긴 듯이 간헐적으로 아팠는데 두통은 아니었지만, 머리가 꽤 무거웠다. 몸이 마치 걸레 같았다. 온갖 이물질을 닦아놓은 듯이 어떤 고인돌이 오랫동안 눌러 놓은 듯 머리가 아팠다.

이번 근로계약서를 작성하며 지나는 생각, 몇 자 적는다. 바깥은 개인이 운영하는 카페가 대부분이다. 특별한 집 몇 집 빼고는 모두 임시고용으로 쓴다. 그러니까 아르바이트를 채용한다. 실은 아르바이트라고 하지만 가족처럼 지내며 일하는 집이 많다. 언니 동생과 같이 또 실지로 언니 동생으로 일하는 집도 많다. 근로계약서를 작성하는 집은 거의 없다고 보면 된다. 또 느낀 점은 커피집도 여타 가게와 다를 바 없어 하루 매출에 급급히 사는 서민이다. 경기와 경쟁에 예외인 곳은 하나도 없다. 모두 생업에 그만큼 매진하며 치열하다. 사는 것이 보통 어려운 일 아니니 생활에 여유를 두고 사는 사람은 잘 없다. 그러니 근로 기준에 합당한 대우를 받는 직원은 실은 없다. 법정 임금은 어떻게 형성되는지 근로자께 어떻게 지급하는지 잘 아는 곳은 몇 집 없을 것이다.(최저임금과 법정임금은 엄연히 차이가 있다) 주휴수당이라든가 연차수당, 판매 장려수당도 마찬가지다. 근무조건도 중요한데 하루 몇 시간 일하는지 몇 시간마다 쉬는 시간을 두는지 하루 근무시간은 몇 시간으로 하는지도 알아야겠다. 하지만 근로기준에 합당한 카페가 과연 몇이나 되나! 그에 맞게끔 여러 조건을 받아주는 매출은 과연 또 몇이나 되나!

근로자라면 어느 곳에 일하든 계약서를 작성해야 하며 노동에 합당한 대가를 받도록 노력해야 한다. 무엇보다 중요한 것은 내가 일하는 직장도 내 일 같이, 해야 하며 이 어려운 경기에 또 경쟁에 헤쳐나려고 노력하는 자세야말로 진정 함께하는 가족일 것이다. 경영자는 인품과 인성을 제대로 갖춘 근로자라면 얼마든지 함께하려고 적극적으로 아낌없는 배려를 할 것이다.

근로기준법에 따른 근로계약서만 작성해도 평균 이상은 한다. 그만큼 노동자를 위한 법이 근로기준법이다. 여기서 폐단도 영 없지는 않다. 그러니까 기업이 없으면 노동자는 없는 것이 된다. 무엇이 공정한 것인지 판단하기 어려운 일일 수 있으나 무엇을 중요하게 여기느냐에 따라 내 삶도 있고 사회가 있고 국가가 있다. 국가보다 사회를, 민족보다 개인을, 강자보다 약자를, 승자보다 패자를, 기업보다 노동자를, 남성보다 여성을 배려하는 것도 좋지만,

역으로 국가가 없다면 사회도 없고 기업이 없다면 노동자 또한 없다. 남성이 있기에 여성을 배려할 수 있다는 것도 알아야겠다. 그러니까 인성과 인품은 기본이 되어야 하며 그 기본이 밑바탕이 되었을 때 미래를 여는 꿈과 희망은 밝지 않을 수 없을 것이다. 즉, 오시는 고객께 더 나은 서비스를 할 것이며 친절한 카페가 곧 나를 받들게 되니 어찌 하루가 즐겁지 않을까!

단지 54
생이얼마나무거웠으면붉은눈은가벼운눈꺼풀을당길까! 악착같은실핏줄이봉선화곱게핀마당을본다. 저높고푸른하늘에뜬하얀구름처럼고무풍선처럼두꺼운손바닥만그렸다. 빗나간관중의화살처럼허리띠볼끈매고달렸던어린백마였던가! 하얀중원이넓으면얼마나넓은가! 가냘프고머리카락휘날리듯쉽게넘어가는나비여, 수많은박쥐여밤하늘둥근달보며치솟는날개여!

사동, 오전 화원 사장님께서 보리수나무 심은 것을 확인했다. 가지가 고루고루 핀 것이 꽤 운치가 있다. 옆은 메타세쿼이아 나무다. 작년에 심었지만 벌써 꽤 컸다. 땅도 좋아서 아마 십 년이면 제법 운치 있을 것 생각하면 거저 나무만 보아도 흐뭇하다.
사동은 동원이와 정석군이 나와 있었다. 점장 있었고 오 선생이 있었다.

31. 종이紙

종이는 『후한서』 「채륜전」에 "……화제和帝 원년A.D.105에 채륜이 인피 섬유와 마 등의 식물섬유를 원료로 하여 종이를 만들었다"라고 기록되었으나 최근 전한시대 고분이 발굴되면서 이보다 150~200년 앞서 종이가 발견되었다는 주장이 나오고 있다.[19] 그러니까 채륜은 종이의 보급 확대와 기술향상에 이바지 했을 거로 본다. 이때 사용했던 종이는 모두 마지었다.

우리나라는 언제 종이 만드는 기술을 받아 들였는지는 확실치 않다. 하지만, 불교를 전수받은 약 4세기경으로 추정한다. 이후 610년 고구려 승려 담징은 일본에 종이 만드는 기술을 전수한 기록이 있다. 중국은 당대 이전까지만 해도 마지를 사용했다. 우리는 한지를 개발하여 사용했다. 이를 중국에 수출하기까지 했는데 시대에 따라 그 명칭이 각기 다르다. 말하자면, 계림지, 고려지, 조선지라 통했다. 이 종이는 중국의 역대 왕족이나 권위 있는 집안에 유명하여 매우 아꼈다.

한지는 닥나무 껍질로 해서 만드는데 사람의 손이 백 번을 거친다 하여 백지白紙라고도 했다. 경주 불국사 석가탑에서 발견된 무구정광대다라니경(704년 추정)과 755년(경덕왕 14)에 제작된 대방광불화엄경大方廣佛華嚴經은 모두 불교

---

19) [네이버 지식백과] 전통 한지(문화재를 위한 보존 방법론, 2008. 2. 20., 경인문화사)

와 관련되어 나타난 한지 자료다. 특히, 대방광불화엄경 발문에 적혀 있는 종이 만드는 기술과 제작처의 지명 그리고 지작인紙作人 등은 우리나라 한지의 역사를 밝혀주는 귀중한 단서다.[20]

지금은 공업지를 많이 쓴다. 우리나라 제지製紙 생산량은 세계 5위 수준으로 확인됐다. 2014년도 보고서다. 종이Paper의 어원은 파피루스Papyrus다. 파피루스는 나일강가에 자생하는 다년생 풀이다. 파피루스를 얇게 펴서 그 위에다가 글을 썼다. 이 파피루스의 최대 생산지가 이집트였다면 지금은 스웨덴이나 일부 선진국에 해당한다. 당시 이 파피루스의 최대 소비국은 로마였다. 우리의 제지 소비량 또한 만만치 않다. 세계 10위 안에 든다. 우리나라는 제지의 주원료인 펄프를 수입에 의존하면서도 기술개발을 통하여 폐지 재활용률을 높였다. 이는 90% 이상까지 올렸으니 세계 최고 수준이라 말할 수 있다.

책을 좋아하는 나는 늘 쓰는 것도 좋아해서 귀한 종이를 보면 여사로 보지 않는다. 전사지나 습자지 같은 것도 인쇄하면 그런대로 멋이 나는 것 같아, 여기서 가까운 기획사에 들르곤 한다. 기획사는 대학가 앞에 자리하는데 내가 아는 선배라 커피 한 잔 뽑아 가져가면 작은 거 한 상자는 그냥 얻을 수 있다. 주로 A4 크기를 많이 쓴다.

하루는 인사 차 이 기획사에 들렀다. 새로 들어온 종이가 가게 안에 상자떼기로 쌓았는데 한 상자 뜯겨 있어 그중 한 장을 만졌다. 표면은 매끄럽고

---

20) [네이버 지식백과] 한지 [韓紙](한국민족문화대백과, 한국학중앙연구원)

부드러워 다른 종이와 많이 다르다며 얘기했더니 선배는 그냥 한 상자 가져 가라며 선뜻 내미는 게 아닌가! 아! 얼마냐고 물어도 가져가란다.

우리는 역사 이래 물자만큼은 최대의 호황기를 맞은 셈이다. 글을 쓰지 못 해서 문제지 종이가 없어 쓸 수 없는 것은 아니기 때문이다. 하얀 백지를 보 라! 마악 낙서라도 했으면 하는 생각 들지 않는가! 집을 짓는 것도 지붕부터 얹어 놓을 수는 없는 일이다. 기초를 파고 기둥을 세운 다음 지붕을 얹는다. 글도 마찬가지다. 어떤 주제를 놓고 하고 싶은 말을 적어보라! 다듬어라! 원 석을 놓고 예리한 칼로 다져 나가듯 말이다.

종이,

우리나라는 아까도 이야기 했듯이 종이는 최대 생산국이지만 최대 소비국 이다. 이제는 무엇이든 쓸 것이 많은 시인은 호사한 세월을 맞은 셈이다.

鵲巢日記 15年 06月 30日

아침은 흐렸으나 점심은 보슬비가 내리더니 줄곧 내렸다.

흐린 날씨와 더불어 머리도 꽤 혼탁했다. 눈도 꽤 충혈 되었는데 머릿속이 뭔가 터진 것 같은 느낌이었다. 속이 매스꺼웠고 앉아 있으나 서 있으나 어디 에 있어도 몸은 꽤 불편했다.

오전, 잔돈이 필요해서 은행에 잠깐 들렀는데 전무님께서 물으신다. "요즘 도 글을 쓰시는지요?" 뭐라고 말씀은 못 드렸지만, 조금 부끄러웠다. 나에게 글은 학습장이자 이 배움을 통해 세상을 얘기한 것이니 무엇을 잘 알아서 적는 교양서 같은 것은 더욱 아니기에 그렇다.

오전, 사동에서 정의가 따라준 커피를 한 잔 마셨다. 2층 화장실 냄새 문제가 해결된 것 같다. 한성에서 어제 수리해 놓았다. 바깥에 PVC 파이프가 건물 모서리에 툭 튀어 오른 것이 보였다. 아마 오수관으로 연결하는 관으로 가스를 빼는 역할로 작업한 것이다.

어제 심은 보리수나무를 본다. 식목일이 적정한 것 같다. 오늘 비가 오니 말이다.

점심은 김 씨와 함께 국밥집에 가서 먹었다. 속이 별로 좋지 않아 나는 육국수 시켰다. 육 국수는 면에다가 소고깃국을 한 국자 퍼 담은 것이다. 밥맛이 없을 때 꽤 괜찮아서 한 젓가락씩 집는 것도 몇 젓가락 되지도 않거니와 소고기가 듬뿍 들었음인 데다가 국물이 넉넉해서 마시기에 거칠 것이 없어 적지 않게 포만하다.

오후, 몇 군데 마감서와 배송이 있었으나 김 씨께 다녀오도록 했다. 나는 본부에서 책 읽었다. 논어 강의를 읽었다.

오후, 월배에 창업하고자 하는 분으로부터 전화 왔다. 전에 분점인 병원에서 한 번 뵈었던 분이다. 커피 교육을 받고 싶다며 말은 하지만, 정녕 교육장까지 오는 것은 시간이 없다고 했다. 그러니까 교육받은 이를 소개해 주든지 아니면 이쪽 직원을 파견 근무토록 부탁한다. 비용은 아마, 300까지도 생각해놓은 듯하다. 문제는 마땅한 사람이 없다는 것이 문제였다. 그렇다고 금방 배운 사람을 보내는 것도 도리상 아닌 것 같아 일단은 현장에 먼저 방문하겠다고 했다.

저녁, 논어를 읽었다. "군자란 도를 추구할 뿐 봉록을 추구하지 않는다. 농사를 지으면 굶주림이 그 가운데 있지만, 학문을 하면 봉록이 그 가운데 있기 때문이다. 그러므로 군자는 도를 걱정할 뿐 가난을 걱정할 필요가 없는 것이다." 엊저녁이었나! 심야에 공병호 박사님의 어느 강의를 들었다. 전에도 공 박사님의 강의는 줄곧 애청한 적 있다. 나에게 와 닿았던 중요한 말씀 하나가 아직도 머리에 남는다. "나를 사회에 필요로 하는 사람으로 만들라!" 창업은 아주 작게 하며 무엇이든지 처음부터 예를 들면 버스를 타고 다니듯이 마치 호주머니에 돈 한 푼 없는 사람 모양으로 생각을 밑바닥에서부터 다져야 한다는 말이 스쳐 지나간다.

아직도 커피는 모든 사람에게 인기 상품이다. 창업하든 음료를 찾든 말이다. 아주 큰 돈 버는 일은 아니나 열심히 하면 굶어 죽을 일은 없다. 거기다가 딸린 식구가 많고 커피를 배우고자 하는 사람도 많으니 작은 사회를 만든 것만은 틀림없다.

9시 지났을 때다. 바깥은 비가 오고 있었는데 촉촉이 젖는 메타세쿼이아 나무를 바라보았다. 작년에 심을 때보다 키가 부쩍 큰 것을 확인한다. 그 옆, 아내가 좋아하는 보리수나무가 촉촉이 젖고 있다. 비에 촉촉 젖는 나무를 한동안 바라보고 서 있었다.

鵲巢日記 15年 07月 01日

아침은 꽤 맑은 날씨였다. 점심도 저녁도 꽤 맑았다.

단지 55

오늘은아무리바빠도저녁에는찌개를지져놓아야지

양은이냄비에다가김치넣고

먹다가남은라면수프라도하나찢어흩뿌리고

비가오면우산받쳐들고

마트에뛰어가두부도하나사다가넣어야지

돈이좀남으면은비엔나소시지도하나사서넣고

파나마늘은없어도된장만은쪼매넣어야지

가벼운냄비뚜껑폭덮어놓아야지

구수한향오르는모습바라보며

들썩거리는긴장으로

짜글짜글찢어야지

내일아침따가운햇볕이나를깨우면

밥공기한공기퍼뜩비벼서먹고

이것만한진수성찬은없다며

다부지게말하면은안되지그냥입꽉다물고나와야지

아침, 라면 끓였다. 두 아들은 내심 아침부터 라면 먹으면 좀 그렇지 않으냐는 눈치였으나 밥상 위에 올려놓으니 게 눈 감추듯 했다. 정녕 한 젓가락 집기 어려웠다. 라면 국물에 밥 조금 말아서 먹고 나왔다. 맏이 녀석은 다 먹고는 싱긋이 웃었는데 왠지 정이 갔다. 본부 지나서 본점을 거쳐 압량 지나 사동에 도착했다. 아침, 『논어 강의』를 읽었다. 10시 조금 안 되어서 예지와 배 선생께서 출근한다. 내내 개장 준비하는 모습을 보았다. 아침에 모닝커피 한 잔 달라고 말하기도 어려웠지만, 무심코 일하는 모습 보니 말해서도 안 될 것 같았다.

점심은 압량에 출근한 김 씨와 함께 먹었다. 소고깃국밥집에 가서 김 씨는 국밥을 나는 육국수를 주문했다. 김 씨는 아침에 편의점에서 담배 사다가 왠지 삼각 김밥이 맛있을 것 같아 하나 사 먹었다고 했다. 국물은 다 비웠지만, 국건더기 제법 남겨놓은 것을 보았다.

오늘은 진량 말고는 일이 없었다. 오후 3시쯤에야 커피 한 잔 마실 수 있었다. 본점에 일하는 김 씨가 한 잔 내려주었다. 만델링 내렸다며 한 말씀 주신다. 맛이 제법 있었다. 김 선생께서 일을 처음 할 때였다. 커피 맛이 영 없다고는 할 수 없지만, 맛을 잘 우려내지 못한 것은 사실이었다. 점점 나아지는 모습을 본다. 그러니까 방금 내린 커피는 이상하게도 맛이 있었다. 커피 맛을 잘 우려낼 때쯤이면은 일을 그만둔다. 대부분 창업으로 나서기 때문이다.

오후 압량에 있을 때였다. 압량에 일하는 오 씨는 나를 보자마자 한마디 하시는 거였다. 본부장님 바깥에 거미줄 좀 치시고요. 냉장고는 문을 닫으면 반대쪽 문이 열려요. 그것도 확인하셔야요. 그리고 물통에는 물이 왜 그리 비게 놓아요? 물통도 보시고 채워야지요. 바닥은 이게 닦은 겁니까? 청소를 확실히 해야죠. 그래서 한마디 했다. '네' 전에 용준이가 있을 때는 나갈 때쯤 되니 완벽했다. 처음은 나로부터 잔소리 참 많이 들었다. 용준아 아침에 문 열면 바닥부터 닦고 다음은 기계관리 들어가야 한다. 준비작업을 해야 하니 스팀노즐은 틀고 물도 한 번씩 내려 보아야 한다. 그리고 압력도 확인하여야 하며 확인이 되었으면 더치커피를 내려야겠지! 아마 잔소리 몇 번 하고 나니까 이제는 일 좀 착착하겠다 싶을 때 그만두었다. 김 씨가 뒤를 이으며 일을 한다. 아직은 잔소리할 때는 아니지 싶어 거저 지켜보며 있지만, 오후 일하는 오 씨로부터 한 소리 듣게 된 것이다.

오후 3시, 커피 교육했다. 하양 모 대학 뒷문에 상가 대지를 샀다. 빔 구조로 건물 짓겠다고 했다. 대지 백여 평에 건평 스물다섯 평이다.

예스 24에 책을 주문한 적 있다. 『노자 강의』다. 물론 노자에 관한 책은 이 책 말고도 읽은 책이 다수 된다. 하지만 고전은 누가 강의하든 어떤 책이든 사서 읽겠다고 마음 단단히 먹었다. 하지만 내려온 책이 깨끗하지 못해 다시 반품했다. 다른 책으로 바꿔달라고 했다. 전에는 백양의 중국사 3권이 내려온 바 있었는데 이 책도 마찬가지였다. 책이 구겨지거나 파손되어서 내려오면 기분이 꽤 얹잖다. 반품하며 전화하는 것도 성가신 일이라 꽤 신경 쓰인다. 나는 책을 소중히 보며 읽은 책은 나의 책꽂이에다가 곱게 꽂아둔다. 읽은 책 뒤쪽 여백은 꼭 나의 글을 남기고 서명을 하고 도장을 찍는다. 나만의 책거리다. 책은 내 영혼의 어머니다. 그러니 소중히 다루어야 하며 언제든 바라볼 수 있어야 한다. 반품한 책이 내일쯤이면 받아보실 수 있다며 문자가 떴다.

저녁, 카페 우드에 다녀왔다. 제작한 커피 봉투를 서비스 해드렸다. 꾸준히 거래해 보답으로 예쁘게 만들었다. 직접 제작한 로고와 『가배도록』에 실은 나의 글 커피 예찬이라는 제목 중 그중 하나를 넣었다. 아주 고마워하신다. 늦은 밤 진한 아메리카노 한 잔 주시기에 마셨다.

32. 아라비카

앞 생략,

아라스카로 가라 아니 아라비아로 가라.

아니 아메리카로 가라 아니 아프리카로

가라 아니 *沈沒*하라. *沈沒*하라. *沈沒*하라!

오-어지러운 心臟의 무게 우에 풀닢처럼 훗날리는 머리칼을 달고

이리도 괴로운 나는 어찌 끝끝내 바다에 그득해야 하는가.

눈뜨라. 사랑하는 눈을뜨라…… 청년아,

산 바다의 어느 東西南北으로도

밤과 피에젖은 國土가있다.

아라스카로 가라!

아라비아로 가라!

아메리카로 가라!

아프리카로 가라!

아라비카는 커피 종자 이름이다. 원산지는 에티오피아다. 이 커피를 알리

는데 칼디의 전설이 유명하다. 커피는 원래 에티오피아 자연림에서 자라던

야생의 나무였다. 처음 이 커피가 발견되었을 때는 양고기와 섞어서 먹었다. 이것이 예멘에 넘어가 대량재배가 가능했고 아라비아 반도 여러 국가를 거쳐 유럽에 소개되었다. 맛은 대체로 부드럽고 신맛이 강하다. 단점은 병충해에 약해서 열매를 수확하는 양은 적다. 하지만 전 세계인은 이 커피를 상당히 좋아하여 주로 많이 재배한다.

위는 미당의 시 바다의 일부다. 미당의 언어는 어느 글을 읽더라도 뚜렷하다. 미당 특유의 전라도 말씨가 살아있다. 시인 백석을 읽으면 평안도 토속적 억양이 읽히듯 말이다. 미당은 우리나라 국문학사에 큰 발자취를 남겼지만, 또 흠도 크게 남겼다. 그는 일제강점기 말에 '다츠시로 시즈오達城靜雄' 라는 이름으로 친일작품을 많이 남기기도 했다.

위 시제 바다는 미당의 첫 시집 『화사집』에 수록한 시다. 1941년에 발표한 시집이다. 『화사집』은 시 24편을 수록했다. 모두 100부 인쇄한 거로 안다. 뭐 나도 어느 사이트[21]에서 알게 되었지만, 시집 『화사집』은 국내에 몇 권 남아 있지 않아 어느 경매에서 오천만 원에 낙찰되었다는 글을 읽은 적 있다. 위 시의 내용으로 보아서는 젊은 날, 미당의 고뇌로 읽힌다.

아라비카, 아라비카 하다 보니까! 아라스카, 아라비아, 아메리카, 아푸리카가 생각났다. 그나저나 아라비카 커피 한잔 했으면 어땠을까 하는 생각이다. 여하튼, 미당은 정치 불안정 속에 한목숨 부지하기도 어려웠을지도 모르겠다. 아무래도 유명 시인이었으니 말이다. 그래도 그렇지, 계문자가 세 번 생각한 연후에 행동했다는 말을 공자는 들었다. 이에 두 번만 생각해도 좋다

---

21) http://blog.naver.com/jwlby79/220444976190

고 했다.[22] 일제강점기라고 하나 우리 민족을 더 생각했어야 했다.

鵲巢日記 15年 07月 02日

아주 맑았다. 삼사월에 자주 보는 황사 같은 것은 없었다. 자연경관이 깨끗한 그림 한 장 보는 것 같았다.

사동 개장하고 청도에 다녀왔다. 동곡에 들러 내부 공사 진행사항을 보았다. 공사 담당하는 사장이 있었는데 에스프레소기계 설치에 필요한 콘센트 작업이 미흡해서 흡족하게 맞춰달라며 부탁했다. 사장은 이것뿐만 아니라 다른 곳도 내부공사를 해 본 경험이 있었다. 상판에 구멍 뚫은 것도 전기 콘센트 작업도 모두 임의로 해두었는데 솔직히 말하자면 다시 해야 한다. 기계가 들어가면 맞지 않는다.

여기서 운문으로 향했다. 가비까지는 약 십오 분 정도 거리다. 조금 서두르게 온다면 십 분이면 올 수 있다. 기계 샤워망과 고무 개스킷을 갈기 위해 들렀다. 청도 운문에는 가비 말고도 카페가 여러 있지만, 외모나 상호나 또 다른 분위기를 보아도 특색 있는 카페가 없다. 한마디로 말하자면 고객께 이목을 끌 수 있는 카페는 가비뿐이다. 상호와 로고가 그렇고 카페가 그렇다. 커피집 분위기가 물씬 나는 상호는 말 그대로 커피라는 뜻으로 웃어른 그러니까 할아버지나 할아버지의 아버지 세대 때에 자주 썼던 말이기도 했다. '야야 가비 한 사발 내 오너라' 가만히 있다가도 어딘가 모르게 꼭 할아버지께서

---

22) 季文子 三思而後에 行하니 子聞之하고 曰하니 再斯可矣니라

곰방대 두드리며 여린 목소리임에도 불구하고 힘이 느껴지는 한 말씀이 들리는 듯하다. 그러고 보면 조선 시대와 근대, 근대를 거쳐 현대에 사는 우리는 불과 백 년밖에 되지 않는 시차다. 그러니 가게 상호를 짓는다면 심중히 생각해 볼 이유가 있다. 운문은 관광차가 자주 들어와서 차에서 내리면 가비밖에 볼 수 없다. 도로 가에 세워둔 상호는 더욱 뚜렷해서 또 밝기도 하거니와 글자가 워낙 굵고 실하기도 허니 안 볼 수야 없는 간판이다. 기계 손보고 있는 사이에도 관광차가 하나 들어오는데 기사가 내리더니만 이쪽으로 들어온다. '아이스 커피 한 잔 하고 시럽 쪼매 들어간 아이스도 한 잔 주소' 배가 산만큼 한 오십 대쯤 보이는 아저씨다. 나는 이 동네 주민인 줄 알았다. 손님께서 가시고 나서 배 선생께 물었다. 이 동네 주민인가요, 하며 말씀 드렸더니 오늘 처음 보는 손님이란다. 아무튼 오전 청도 가비에 다녀왔다.

청도에서 사무실로 들어가는 길이었다. 경산 다 왔을 때쯤 팔 차선쯤 되는 달구벌대로 어느 신호등 건널목이었는데 건널목 좀 지나서 어떤 아주머니가 쓰러져 있었다. 아주머니의 소지품이 도로바닥 위에 난장판으로 흩어져 있었고 양산이 나뒹굴고 있었다. 어느 중형차 한 대가 그 뒤쪽에 서 있었고 차주가 내려 휴대전화기 들고 급한 전화를 하고 그 큰 대로에 차는 점점 밀리는 상황이었다. 모두 차창을 내려서 뭔가 싶어 내다보는 상황으로 사건은 아주 긴박하게 보였다. 사람은 쓰러져 있었지만 조금 움직이는 듯하다. 하지만 내가 보기에는 아무래도 단정하기는 그렇지만 어려울 듯 보였다. 참! 보지 말아야 할 사항이었다. 어찌 건널목에서 이런 일이 생겼을까! 사람 나고 차가 있었지 어찌 저 사람은 경솔했던가! 참으로 안 된 상황이었다. 운전은 항시 조심스럽게 해야 함이다.

3시 교육이 이번 주는 못 오신다며 연락이 왔다. 집에 자두 따야 해서 다음 주까지 미루자고 한다. 경산은 특수작물을 많이 재배하는 도시다. 살구, 자두, 복숭아, 참외, 대추, 포도까지 알게 모르게 이웃도 많이 생겨서 각종 과일은 맛 볼 수 있어 좋은 도시. 어제는 교육생께서 자두를 한 상자나 들고 오셔서 입이 모처럼 호강하기까지 했으니. 그뿐 아니라,

경산은 참으로 산이 많다. 다른 어떤 지역보다 경산에서 청도로 가는 길은 겹겹, 산으로 둘러싸여 전경을 볼 수 있어 아름답기까지 하다. 가는 길이 산자락에 놓인 도로라 그 옆은 자연 골이 깊어 친을 이루는데 차로 운행하면 물을 쉽게 볼 수 있어 좋고 산 중턱을 보면 군락이 형성되어 저기도 사람이 모여 사는구나! 하며 탄식할 때가 잦다.

김 씨는 오늘 밀양에 다녀왔다. 에르모사와 한학 촌에 다녀왔다.

4시쯤, 『가배도록 2』를 받았다. 책을 손에 거머쥐는 순간 만감이 교차했는데 꼭 무슨 죄를 지은 것처럼 불안했으며 또 한편으로는 뿌듯하기도 했지만 떳떳하게 누구에게나 드리기에도 부끄러운 책임을 다시 느꼈다. 왜냐하면, 일기며 더욱 시라서 그렇다. 공자께서 익히 말씀이 있었다. 시 삼백 수면 사악함이 없다고 하였으나 이 이유는 각종 비유라 거짓을 논할 필요가 없고 마음을 발가벗긴 거라서 꼬짓꼬짓한 고린내 나는 '나' 이기에 부끄러운 것이다. 주위 그 어떤 분도 권하기에는 마뜩잖다. 한 세대나 두 세대쯤에 재미로 볼만한 책이라도 되었으면 하는 바람이다.

단지 56

쏟고치솟다가닦고닦아내고지우고붓고다시들이붓다가넘쳐
흐르고들여다보고아니고비틀고집고뜯고물어뜯고당기고
끌어당기고빨고다시쿡찌르고찔러넣고다지고짜고짜개고쑤
시고들어내고긁다가모아서흩뿌리고영아니고깨뜨리고주워
담고쓸어담다가다시구기고돌돌말아던지고들춰보고죽죽긋
고아니고또아니고다시구기고던져버리니이게뭔詩란말인가

11시 정각에 사동 마감했다. 이번 주 들어 가장 조용했다. 11시 30분 본점
마감했다. 저녁은 손님이 영 없었다는 본점장 성택군 보고를 받는다. 내일 배
송 가야 할 곳 전표를 본부에서 밤늦게 끊고 물건을 챙겼다. 내일 오전에 화
원 모 꽃집에 가야 한다. 일이 너무 많다. 머리가 너무 복잡하고 개운하지가
못하다. 두통이 며칠째 가고 있는지 모를 지경이다. 머리 통째로 어디 두들겨
맞은 거처럼 아팠다.

鵲巢日記 15年 07月 03日

하늘이 맑았다. 저 하늘만치 내 머리가 맑았으면 싶었다.

사동, 오르막 오르고 주차장에 차를 세우고 내리니 옆집 오리집 사장님이
아침 가게 주위로 배회하신다. 가볍게 눈인사했다. 가게 문 열고 케냐로 드립
을 따끈하게 내렸다. 옆집 사장님께 서비스로 한잔 드렸다. 오릿집 처음 문

열 때 AI 파동으로 약 1억 정도의 손실을 보아가며 가게를 유지했다며 한 말씀 주신다. 거기다가 세월호 사건과 올해 메르스 병원균에도 지금껏 버티는 힘은 그나마 시간이었다. 이제는 삼 년의 세월을 겪으니 단골도 쌓였으며 주위 인맥 다지며 이끌어 왔던 경영도 크게 도움이 되었다. 집에 사모님과 사장님은 각종 모임의 회장과 단체장을 여러 겸하고 있어 가게를 알리는데도 적지 않게 도움이 되었다며 한 말씀 주셨다.

예지와 배 선생 뵙고 나는 화원으로 곧장 달렸다. 병원 점장님 소개가 있었다. 커피 교육받고자 미리 상담도 있었지만, 오늘은 인수한 가게를 들여다보기 위함이었다. 사동에서 화원에 자리한 '에셀플라워 카페' 까지는 약 30분 거리였다. 여기서 화원까지는 아득한 거리다. 하지만 터널이 뚫리고 나니 마치 여기서 청도 가는 것보다 더 빠르다. 하지만 그래도 왠지 멀다고 느끼는 것은 그전의 내가 갖는 고정관념이 틀에 잡혀 있음이다. 가게에 놓인 기계는 출처가 불분명했고 그라인더는 그나마 유명한 메조였다. 문제는 기계에 전기 넣어도 열이 오르지 않아 조금 심각했다. 우리 기계가 아니라서 나는 함부로 만질 수 없었다. 주인장은 꽃과 화단과 조형물에 일가견이 있으며 전문가다. 가게 정문에 내 건 잔 모양의 조형물이 걸려 있었는데 만드는 방법을 이야기해주신다. 모든 것은 스티로폼이다. 모형을 잡고 거기다가 어떤 물질을 부으면 굳어서 모양이 이루어진다. 마치 건물에 모형을 잡을 때 스티로폼을 많이 쓰듯이 꼭 그것 한가지다. 언젠가 조감도에 조형물 할 때가 있을지도 몰라, 나중에 도움을 청할 때가 있지 않겠나 싶다. 약 한 시간 가까이 개점에 관해서 대화를 나누었다. 아무리 생각해도 거리가 멀지만, 꼭 우리 커피를 쓰고 싶다며 말씀 주시는데 뿌리칠 수 없었다. 일 보고 본부로 가려고 차에 탔다.

오늘 딴 거라며 노란 참외를 한 상자 실어 주신다. 받지 않으려고 구태여 마다했지만 마 가져가 드시라며 싣는다. 이 순간 알게 모르게 믿음과 정이 생겼다. 거리가 그리 멀지만도 않게 느껴지는 것은 왜일는지! 그것뿐만 아니었다. 점심시간이라 점심 한 끼 하고 가시라며 얘기하셨지만, 점심 잘 먹지 않는다고만 얘기하니 '빵과 우유'를 사다 주시는 거 아닌가! 아주 미안했다.

맏이와 대화 나누다가 '준아 아빠 또 책 냈단다.', '알아요. 책상 위에 있던데요.', '우리 아들 준이는 어떻게 생각해?', '좋아요. 아빠만의 취미가 있는 건 괜찮아요.', '돈이 많이 들어가는데', '돈 많이 벌면 되잖아요.' 아들 녀석은 어떻게 생각하나 물었다. 의외였다. 집안 살림은 궁색하다만 여러 사정을 보지 않아도 아들은 어떻게 돌아가는지 대충은 이해한다. 대답 시원스레 하는 것은 기특하지만 그래도 공부는 좀 했으면 하는 바람이다. 한날은 밥 먹다가 맏이에게 한마디 했다. '준아 아빠는 너 만한 나이 때 반에서 거의 최상위였다. 너는 어찌 뒤에서 최상위냐', '아빠 공부가 전부는 아니에요.', '그래도 책은 좀 보며 살자!' 키가 부쩍 큰 아이다.

우리는 대학이 전부 인양 공부를 했다. 대학을 졸업하고 사회생활을 하니 굳이 대학이 필요할까 하는 회의감도 영 없지는 않다. 나의 일을 어떻게 선택하며 그 시장에 내 의지를 어떻게 심으며 어떻게 나의 주위를 만들어 가느냐는 것이다. 예전은 학교 졸업하면 취업으로 나서는 데 좋은 직장은 여타 가릴 것 없이 대기업이었다. 하지만 대기업도 안전한 철가방은 아니다. 경쟁에 예외가 없으니 상사와 거래처와 경쟁업체에 짓눌려 살아가는 마당이다. 그러니 위험한 것은 다른 직업에 다를 바 없는 것이 된다. 일인 기업가, 나만의 직종,

나의 능력으로 작은 사회나마 만들 수 있는 능력이야말로 그 어떤 생존에도 살아남을 수 있는 재능이라 할 수 있겠다. 그러니 인문을 알고 사회를 알고 그 보는 시각을 제대로 갖췄다면 그리 걱정할 이유가 있을까! 아들에게 늘 한마디 한다. 책은 꼭 좀 읽자. 읽어야 공간지각능력을 갖추며 그러면 현실이 파악되며 미래를 예상하는 생각의 깊이가 깊어지니 나를 일깨우는 데 다른 무엇도 이것만 한 것은 없기 때문이다.

아내가 갈치를 샀다. 내일이 제사인데 어물시장에 가서 미리 탐색이라도 한 걸까! 다른 거는 없고 갈치만 달랑 사 왔다. 아침에 냄비에다가 넣고 맛나게 지졌다. 늘 함께 먹는 밥상이지만, 꼭 외식 나온 모양으로 한 숟가락씩 먹었다. 갈치 한 마리 꽤 한다는 아내의 말에 제주도가 생각나고 선생님이 스쳐 지나간다. 갈치찌개 놓고 먹은 아침이었지만 속 든든했다.

아침에 먹다가 남은 찌개에 저녁을 먹으려니 밥이 없다. 아내에게 밥이 없다고 얘기하니 햇반을 사가져 온다. 뜨거운 햇반 호호 불어가며 먹었다. 우리에게 진수성찬이라는 말은 찌개 하나만 있으면 된다. 김치찌개면 좋고 된장찌개면 더 좋다. 아무것도 없는 날이 십 중 팔이니 갈치찌개는 한마디로 말하자면 감격이다.

사동은 오 선생이 마감했다. 며칠 도울 선생의 강의에 폭 빠졌다. 오늘도 도울 선생의 강의를 들었다.

33. 산패酸敗

산패란 대기의 산소와 결합하여 어떤 물질이 기수분해 되거나 산화되어 맛과 향, 색이 본래의 성질과 다르게 변하는 현상을 말한다. 어떤 것은 불쾌한 냄새까지 동반하기도 한다. 커피도 하나의 씨앗이라 그 해 경작한 원두라 해도 따고 담은 시점에서 산화되는 건 마찬가지다. 우리는 볶은 커피만 산패되는 줄 알지만, 생두도 오래 둔 것은 맛이 떨어진다. 더욱, 볶음과 분쇄와 추출한 커피는 훨씬 더 빨리 산패한다. 볶은 커피는 그 강도에 따라 산패가 다를 수 있으며 분쇄 또한 굵고 낮음에 따라 산패 빠르기가 각기 다르다. 아무래도 많이 볶은 것은 팝콘처럼 부풀기도 커서 내면의 입자 즉, 다공질적조직도 더 크다. 분쇄도 마찬가지다. 더 조밀하게 쓴 커피가 향은 더 빨리 날아간다. 추출한 커피는 이들보다 더 빨리 산패되는데 뽑은 커피는 20여 분 안에 마시는 것이 가장 맛있다.

커피집이 유명할수록 파는 커피는 점점 작은데 이는 카페 이미지 관리 차원도 있다. 예를 들면, 커피를 많이 담아서 소비자께 내면 처음 살 때는 인심으로 여길지는 모르나 실지로 이것을 다 내려 드시기에는 한 며칠 더 걸리는 법이다. 어쩌면 한 달이고 두 달이고 시간이 지나가 버리면 커피는 이미 산패가 돼서 맛과 향은 없다. 그러니 유명 커피집일수록 자기 이미지 관리에 신경 아니 쓸 수 없음인데 파는 커피봉투까지도 영향은 간다. 커피를 담은 봉투 또

한 작고 아담하다. 그러니까 한 두어 번 정도 내려 마실 수 있는 커피만 담아 판다. 가격도 만만치 않다.

하루는 지인께 커피를 택배로 보냈다. 정성껏 볶아서 담았는데 그 날 보낸 것이 아니라 다음다음 날 보냈다. 아직 드시고 있던 커피가 조금 남았거나 아니면 무슨 일로 커피 한 잔 내려 마실 수 있는 여유가 없었거나 또 다른 이유로 그리하였을 것이다. 볶기는 미리 다 볶았다만 이것을 또 금시 갈아놓았으니 산패는 여지없이 진행은 된다. 이틀이라고 하지만, 커피에 민감한 사람은 여실히 깨닫기 마련이다. 커피를 받고 전화가 왔다. '이번에는 전에 보다 커피 향이 좀 못한 것 같아.' 어찌나 마음 쓰였든지 그리고 한 며칠 후, 스페샬 커피 한 봉을 어디서 들어온 게 있어 나도 맛을 볼 겸 조금 갈아 다시 올렸다. 전화가 왔다. '아니 괜한 일로 번거롭게 했구먼, 이러지 마' 거저 마음이었다.

커피는 내 경험으로 보아서는 한 보름까지는 괜찮다. 오래는 한 달까지도 괜찮다. 물론 보관 방법이 중요하다. 커피집에서 산 커피를 우리는 한 번 내려 마시고는 이것을 냉장 보관해야 하는 거 아닌가 하며 아주 크게 우려하는 분도 적지 않게 만났다. 그럴 필요 없다. 그냥 실온에 보관하면 된다. 대기 온도가 25도 이상이고 장기 여행을 간다거나 오랫동안 집을 비우는 일이 있으면 잠시 냉동이나 냉장 보관하는 것도 괜찮다. 또 오래 마시게끔 아주 큰 봉투로 사다 마시는 경우는 드물어서 작은 봉투로 사서 자주 내려 드시는 것이 좋다.

내가 거래하는 주 은행이 있다. 금고다. 마을금고에 원두 뽑는 기계를 설치한 적 있다. 여기도 커피를 직접 볶아 대주고 있다. 나는 한 번씩 그러니까 최소 일주일에 한 번은 이 금고에 간다. 계산대에 앉은 직원은 상냥한 말씨로

'차 한 잔 드릴까요?' 하며 예쁜 미소와 함께 건네는데 그러면 나는 여지없이 '네 커피 한 잔 주세요. 설탕 없어요' 한다. 한 번 들어갈 때 커피는 500g 봉투로 12봉씩 넣는다. 그러면 약 3주가량 쓰는데 들릴 때마다 이 커피를 마시면 이것보다 더 구수한 것도 없다.

산패

어떤 물질만 산패되는 것도 아니다. 우리의 몸은 생명체지만 시간은 그대로인 것 같아도 몸은 늙어간다. 산패와는 다른 개념이다. 하지만 변화하는 것은 똑같다. 마음은 젊을 때와 비교해서 그리 차이는 없지만, 몸은 이미 노화되어 간다. 누구든 죽음을 비껴갈 수는 없다. 꽃이 피면 이파리도 떨어지는 날이 있다. 가벼운 하늘에 구름을 탄 듯이 그렇게 승천할 때 있다. 꽃이 피는 것도 때가 있는 법이다.

鵲巢日記 15年 07月 04日

한용유 선생님께

선생님께서 쓰신 책 『먹구의 푸념』 잘 받았습니다. 앞에 조금 읽었습니다. 틈틈이 모두 읽겠습니다. 선생님.

세월과 더불어 선생님의 마음 곳곳 실어 놓으시니 타향인 이곳이 고향과 다름없어 정이 납니다. 다시 축하합니다. 선생님 저에게는 높으신 어르신이라 길게 쓰지 못함도 살펴서 이해해 주시옵소서.

『가배도록 2』를 냈습니다. 전에 선생님께서 선사하신 詩를 제일 앞장에 담았습니다. 1권은 참으로 悚懼하게 되었습니다. 2권은 선생님께서 지적해 주셔 바르게 고쳤습니다. 선생님 1권도 재판할 시에는 바르게 수정토록 하겠습니다.

그리고 전에 선생님께서 주신 便紙도 담았습니다. 2권 374쪽에 선생님 글과 378쪽에 선생님께 드린 저의 답글을 올렸습니다. 다시 읽으니 제게는 더없는 소중한 편지로 남았습니다.

염치없이 선생님께 부탁해도 되겠습니까? 『커피 좀 사줘』를 준비합니다. 문중에서 제공해 주신 땅에 좋은 환경에 이리 카페 조감도 영업을 하게 해 주셔 문중 여러 어른께 다시금 감사합니다. 이는 새로운 경험을 안겨다 주는 일뿐만 아니라 커피 일과 책을 쓰는데 뿌리로 여러 가지 중요한 역할이 되었습니다.

커피면 더 좋고요. 아니면 선생님의 여러 사색을 담은 詩 한 편 더 청해도 될는지요. 詩를 소중히 싣겠습니다.

감사합니다. 선생님

작소 이호걸 拜上
2015年 07月 04日

아주 맑았다. 머리는 여전히 개운치 못했다. 맑은 날씨에 비하면 온통 끄무레하다만 생활리듬이 바르지 못해 얻는 결과지 싶다.

토요커피문화강좌를 가졌다. 새로 오신 분은 없었다. 지난주 오신 분으로 교육을 진행했다만, 그래도 많은 사람이 오셨다. 교육 안내를 친절히 하며 라떼아트 수업을 진행할 오 선생과 구 선생을 소개했다. 주로 나 많은 교육생은 오 선생이 도왔으며 조금 젊으신 분은 구 선생이 도왔다.

교육 끝나고 가족과 함께 정평에 냉면 먹으러 갔다. 아내만 제외하고 다들 이 집을 택했다. 그러니까 상호를 자세히는 모르겠지만 '황 정승' 집으로 소갈비 찜도 나오는데 제법 맛이 있기에 둘째가 특히 좋아했다. 맏이는 이집의 회 냉면을 내심 좋아하는 듯 보였다. 아내는 정평 다른 어떤 집을 이야기했지만, 아이들이 원하는 집으로 차를 몰았기에 자연히 뭉개졌다.

오후 김 씨와 함께 배송을 다녀왔다. 한군데는 정평이며 한군데는 사동 직영점이다.

오후 시마을 여러 선생님 생각하며 새로 나온 책을 포장했다. 이때 아내는 집안의 제사를 준비하기 위해 시장 곳곳 다녔다. 제사는 유교의 가장 근본이다. 그러니 우리나라는 유교 문화권이라 제사를 안 지내는 집안은 별로 없다. 아무리 시대가 변했다 하더라도 웃어른을 모시기에 그렇고 젊은 사람도 나이가 들면 옛것을 소중히 여기니 제사는 지내야 한다.

지금부터 2500년 전 공자가 활동했던 춘추시대는 물론 그 이전부터 예禮와 법法이 있었지만 예禮 중에서도 제례祭禮라는 종교의식이 가장 중요한 통치수단이었다. 공자도 제사를 누구보다 중시했다. 그러므로 예기에서는 "무릇 인人을 다스리는 도道는 예禮보다 긴요한 것이 없으며, 예에 오경五經이 있으나 제사보다 중요한 것은 없다"고 말했다. 즉 예禮 중에서 가장 중요한 것은 제례라는 것이다. 이런 전통은 근세 이전까지 2천 년 동안 이어져 왔다. 그러

므로 중세까지는 서양이나 중국이나 조선이나 제사가 예와 법보다도 더 중요한 정치 행위였다.[23]

저녁, 동원이와 함께 압량 마감했다. 마감하며 커피 한 잔 마셨는데 이번 책에 원피스에 관한 내용을 이야기하기에 순간 웃음이 일었다. 500여 편을 보았지만, 그 뒤로는 보지 않았다. 하지만 이 애니메이션은 공상 만화지만 사회를 얘기하는 아주 축소판 드라마다. 수많은 인물이 등장하지만, 각각 인물 묘사는 물론이거니와 역할과 감정까지 고루고루 잘 다루고 있다. 그리고 보니 사마천의 사기와 같고 이러한 작품 하나 쓰는 것은 작가로서 명예까지 생각하면 아주 큰일이라는 것은 두말할 필요가 없겠다. 내가 쓰는 『가배도록』은 여기에 비하면 아주 미진한 개인 일기니 한 사람이 보고 겪은 세상을 묘사한 것에 불과하다. 욕심을 어찌 안 내어 볼 수 있겠는가마는 참으로 부질없는 일임을 쓰며 늘 깨닫는다. 문제는 카페의 일이다. 카페에 일하는 가족이 있고 가족 모두가 유복하길 바라는 마음은 변함이 없다. 이것이 조금 더 도움이 되었으면 하는 바람이다.

제사 지냈다. 두 아들과 함께 지냈다. 제사 다 끝내고 논어, 공자의 말씀을 아내에게 우연히 이야기했더니 '나는 노자가 좋다'고 한마디 한다. 현실을 더 직시하고 바르게 볼 수 있는 것은 노자라며 강조하기까지 한다. 둘째는 제사를 지내는데 그리 엉성하게 보이지 않았다. 맏이는 영 모양이 아니라서 절하는 법을 다시 가르쳤다.

---

23) 『논어 강의』, 기세춘 저, 533p, 반이북스

함께 제수 음식을 먹는데 맏이는 제 먹고 싶은 음식을 가리지 않으니 소싯적 생각은 늘 지나간다. 조기를 집어도 어느 육전을 집어도 어른 보기에 눈치를 상당히 보았던 시절이었다. 집이 가난했기에 제수를 마련하는 것도 어려웠던 시절이었다. 그러니 아버지 눈치 보는 것은 당연했다.

鵲巢日記 15年 07月 05日

맑은 날씨였다.

조선 제2의 성군이라 불리는 정조 임금께서 화성을 축조할 때 부역으로 동원한 백성에게 임금을 지급한 사실을 알게 되었다. 부역은 백성이 담당하는 세금으로 나라의 법으로 정하고 있다. 당시 여러 신하가 이의를 제기했지만, 정조 임금은 신하의 의견은 받아들이지 않았다. 그러니 이곳이 한양보다 더 생기가 도는 장소로 발전하게 되었으며 전국의 장사꾼 또한 많이 모여들었다. 지금 생각하면 신도시개발 사업쯤으로 보면 좋을 듯하다. 그 당시 정조 임금께서 화성을 쌓은 이유를 들자면 첫째가 왕권 강화였고 둘째는 충성스러운 신하와 군사력이 필요했는데 이를 뒷받침하는 자금과 셋째는 이를 기반으로 아버지 그러니까 사도세자의 추모사업으로 연결하고자 하는 뜻이 있었다.

아침 일기를 이리 적는 이유는 정조는 1776년에 왕위에 즉위했다. 이때 서양은 경제학의 아버지, 혹은 시조로 일컫는 애덤 스미스가 '국부론(국가의 부[富]의 성질과 원인에 관한 고찰[考察] An Inquiry into the Nature and Causes of the Wealth of Nations)를 발간했다. 경제라는 말을 뜻깊게 쓴 것은 이때가 처음이었다. 이 책에서 말하는 보이지 않는 손은 애덤 스미스의 명언으로 남게 되었으며 분업의 중요성은 경제학의 발전을 도모한 계기가 되었다.

실학사상을 일찍 받아들이고 이를 채택하며 경제를 활성화하고자 했던 임금 정조, 그는 깨어 있었다. 커피 시장이 날로 뜨겁다. 정조 임금은 커피를 마셔보지는 않았지만, 자신이 어떤 길을 가야 한다는 것은 분명히 세웠다. 이 뜨거운 커피 시장에 까딱 잘못하면 제 뜻을 바르게 펴지 못하고 오히려 소용돌이처럼 휩쓸려 지나갈 수도 있겠다. 나에게 실학사상과 같은 커피 일에 역할은 무엇인가? 보이지 않는 손에 휘둘리지 않을 이념은 또 무엇인가? 그것을 증대하며 살찌우는 방법은 또 무엇인가?

본점에서 오 선생과 커피 한잔 마셨다. 김 선생은 무슨 일이 있어 나오지 않았다고 했다. 어제 제사였다. 허겁지겁 준비한 제수 마련한다고 밤새우기까지 했다. 지금은 또 사동에서 빵 굽고 본점에 와서 일 본다. 아내지만 안타까웠다. 모처럼 부탁한 드립 커피를 함께 마셨다. 오 선생은 꿈 이야기를 한다. 교육생이든 또 그 어떤 사람이든 꿈 이야기 들으면 가슴이 저릿하다. 꿈은 역시 무언가 간절함이 배여 있기 때문이다.

본부에서 기계를 어떻게 실을까 고민하다가 맏이를 불렀다. 키가 부쩍 큰 아이다. 이제는 무엇을 해도 요령이 없을 뿐이지 일도 제법 할 수 있겠다는 생각을 했다. 무거운 기계를 부쩍 드는 것을 보니 기특했다.

청도 동곡이다. 가게 상황은 전에 적은 바 있어 여기서는 적지 않는다. 허 사장과 함께 설치했다. 일요일 설치니 특별수당은 있어야 한다며 너스레를 뜬다. 에스프레소 기계를 설치하고 세팅했다. 내부공사하신 사장도 옆에 있었는데 에스프레소 한 잔을 소주잔에다가 담아 건넸다. 맛보기였다. 내부공사하신 사장님은 겉보기에는 오십은 족히 넘어 보인다. 목소리 허스키하다. 조금 거칠 것 같은 외모에 비하면 사람 참 좋다. 내부공사에 대해서도 기계 설치함에도 무언가 부족한 것은 없나 살피며 곁에서 지켜보는 사장은 드물기 때문이다.

운문에 다녀왔다. 그라인더 한 대 설치했다. 아메리카노만 전용으로 블루마운틴 커피를 쓰고 싶다고 했다. 동곡에 기계 들어간 상황을 알고 있었다. 더구나 주위 카페가 많으니 경쟁력을 높이기 위한 자구책이다. 기계 설치할 때 손님이 많아 카페 안에 빈자리가 없었다. 물론 바깥에 내놓은 의자와 탁자에도 모두 섬섬 앉아 붐볐다.

사동 분점이다. 제빙기가 이상이 생겼다. '본부장님 얼음이 뭉쳤어 떨어져요. 위에는 얼음이 언 것 같은데 떨어지지 않네요.' 점심 이후에 걸려온 전화였지만 오후 6시쯤에 들러 확인했다. 밸브 나간 것이 확신했지만 조금 더 지켜보기로 하고 나왔다. 8시쯤 다시 전화가 왔다. 틀에 꽉 끼어들어 간 제빙기를 끄집어낸다. 밸브를 뜯고 새것으로 교체하며 한동안 지켜보았다. 밤 10시경에 수리 완료했다. 각 얼음이 제 모양에 맞게 떨어진 것 보고 나왔다.

오늘은 몸이 부서질 정도로 힘이 든 하루였다.

34. 펌프헤드

펌프헤드는 에스프레소 기계 안에 들어가는 부품으로 가장 중요한 부품 중 하나다. 인체에 비유하면 심장과 비슷한 역할을 한다. 물론 모터가 회전하면서 물을 빨아들이고 이를 조절하여 압을 승압하는 역할을 한다. 수돗물은 보통 3~4bar 정도 압을 가진다. 에스프레소는 9bar의 강한 압력이 필요하다. 마치 탕약 한 종지 얻으려면 나무젓가락 같은 것으로 천에 쌓인 약을 비어 틀면 얻을 수 있듯이 말이다. 에스프레소는 기계로 뽑는다. 강한 압력에 밀어내는 에스프레소 한 종지는 걸쭉하며 탁하며 입안에 착 감기는 기름 성분이 당긴다.

압력조절은 펌프헤드로 한다. 남자나 여성도 이를 간단히 조절할 수 있다. 펌프에 작은 육각 나사가 있다. 이것을 먼저 푼다. 다 풀지는 않고 위에 볼트가 하나 박혔는데 이것을 조정하는 것이 목적이라 가볍게 푼다. 나사에 낀 볼트는 일자로 되었는데 이 부위를 시계방향으로 틀면 조이는 것이 되니 압이 증가하고 그 반대는 푸는 것이 되니 압이 풀린다. 이렇게 하여 8~10bar로 맞춘다. 압력게이지는 기계 앞부분에 있으니 보며 맞춘다. 오늘 정확히 맞췄다고 해서 내일도 정확한 것은 아니다. 한동안 덮개를 열어 둔 상태에서 수시로 기계를 사용하며 맞춘다. 보통 커피 관련 책에는 9기압의 강한 압력으로 에스프레소를 뽑는다고 소개되어있다. 하지만 8~10bar까지는 모두 정상으로 본다. 구태여 맞추려고 억지 쓰지는 않는다.

어떤 일이든 열정이 있어야 한다. 열정은 펌프헤드와 같다. 가만히 있으면 열정은 붙지 않는다. 마치 아궁이에 장작을 지펴야 가마솥에 부은 물이 끓듯 우리의 마음에 동기부여가 되어야 한다. 동기부여는 책을 통해서 얻기도 하며 유능한 강사의 강의를 듣거나 주위 열정이 강한 사람을 만나면 얻을 수 있다. 그러니, 내가 어떤 사람을 만나느냐에 따라 나의 앞날에 크게 영향이 미치기도 한다. 동기부여는 최소한 독서는 기본으로 한다.

펌프헤드가 없으면 걸쭉한 에스프레소 맛보기는 어렵다. 펌프헤드와 같은 열정이 없으면 우리가 기대하는 어떤 결과는 도출할 수 없다. 걸쭉하고 맛깔스러운 나의 이상을 추구하고자 하면 최소한 책을 읽어라! 그리고 바깥에 나가라! 나가서 최소한 하루에 세 사람 이상은 만나 이야기를 나누어라! 내가 나이가 많든 적든 관계없고 내가 만나는 사람 또한 나이와 관계없다. 젊은 사람은 젊은 사람에게 맞는 어떤 열정을 읽을 수 있으며 나 많은 사람이면 그에 맞는 안전핀과 성공의 열쇠를 얻을 수 있다. 그리고 실행하라!

41
봉분을 만들지 마라

기념비를 세우지 마라. 장미꽃으로 하여
그저 해마다 그를 위해 피게 하라.
                    – 라이너 마리아 릴케. 「기념비를 세우지 마라」

합천의 도예가 김종희 선생은 돌아가실 때 봉분을 만들지 마라 했다. 짐승들 다니는 데 걸리적거리기 때문이다. 푯말은 땅에 묻어 못자리만 알리라 한 것도 사람의 몸이 땅보다 높지 않기 때문이다. 자손들 모여 곡하지 말고, 국밥과 고기 대신 차를 나누라 한 것도 사람의 죽음이 별일 아니기 때문이다. 화장 대신 매장의 관례를 따른 것도 땅속 미물들의 밥을 빼앗을 수 없기 때문이다. 흙에서 와서 흙으로 돌아가지만, 와서 굶주리지 않았으니 가서도 굶주리지 않게 해야 한다.

위 「41」은 詩人 이성복 선생의 詩다. 뭐 굳이 긴 설명이 필요할까! 죽어서도 헌신하겠다는 선생의 말씀은 역으로 삶은 어떠해야 하는가를 말한다. 김종희 선생의 호는 토우다. 그는 일제강점기 때 일본에 건너가 도자기 공장에서 근무하여 도예기법을 익혔다. 광복 후 합천 해인사 부근에서 도자기를 생산하면서 강파도원江波陶苑을 설립했다. 1975~1984년 계명문화대 도예과 교수를 지냈다. 1979년에는 대구 차인회를 발족하고 10년 넘게 영남차회 지도고문으로 활동했다.

나는 펌프헤드처럼 나에게 혹은 또 다른 나에게 심장 같은 역할은 했는지 다시금 생각한다.

鵲巢日記 15年 07月 06日

맑은 날씨였지만 어머님은 눈이 아주 어두워졌다. 며칠 전에 병원 다녀오셨다. 할머니 제사 다음 날은 하마 올까 싶어 호박 따놓고 국수 챙겨놓으셨다고 했는데 어머니 말씀 듣고 나니 송구했다.

사동 개장하고 잠깐 정평에 다녀왔다. 강 선생 만나서 고마움을 전했다. 청도 동곡에 기계는 안전하게 설치되었다는 것과 앞으로 관리해 드릴 것을 전했다.

기준이라는 말이 있다. 기본이 되는 표준이라 할 수 있는데 이는 남이 정한 것으로 누구나 이 기준에 따라 구애받고 싶지는 않을 것이다. 자신의 원칙에 따라 모든 것을 처하고 싶은 것은 인간의 심리다. 나는 그 기준에 따르지는 않았지만 그렇다고 그 기준에 따라 정해도 못 미치거나 도리나 예의상 크게 떨어뜨린 적은 없다. 어쩌다가 강 선생과 대화 나누다가 내 마음을 적어놓는다.

한때는 노동자로 일할 때도 있었다. 지금은 자본가는 아니지만, 자본가의 위치에 서 있는 것만은 분명하다. 강 선생 또한 마찬가지다. 요즘의 세상이야말로 춘추전국시대다. 자본가 계급과 노동자 계급이 첨예하게 대립하는 마당에 과연 중도사상이라는 것은 있는 것인가! 갑의 위치와 환경을 이해하거나 그에 따라 을의 활동으로 받아준다면 경쟁에 조직의 안정을 기할 수 있다. 하지만 이것은 갑의 처지다. 을의 위치와 처한 환경을 무시하는 처사가 될 수도 있음이다. 그렇지만 대를 위해 소는 희생되어야 한다. 내가 생활하는 바탕이 모두 어디에서 나오는 것인지 어느 것이 중요한지는 을의 선택에 있다. 이것을 인정할 수 없다면 갑은 을을 선택할 이유가 없다. 그러니 갑과 을의 계약에 따라 조직은 움직인다.

오후 교육할 때였다. 청중이 많은 가운데 교육하는 것이 아니라 단 한 명 앞에서 커피에 관한 이야기를 했다. 처음은 의아해했다. 모든 교육이 그렇듯이 처음 풀어나가는 길은 꽤 힘들다. 나는 그 실마리를 일기에 둔다. 일기를 읽으면 문제가 발생하고 답을 찾는다. 그러다 보면 말이 풀어진다. 딱딱한 어떤 얼음덩이가 녹는다. 『커피 배전기』에 실었던 『구두는 장미』라는 이야기를 읽었다. 왜 구두인지? 설명함과 구두가 왜 중요한 것인지? 우리 실상에는 어떠한 것이 있고 그 결과는 어떠했는지?

좋은 본보기도 있었다. 창원에 개업했던 '커피 여행'은 좋은 예다. 사람은 모두 돈에 관심이다. 관심 가는 이야기를 하면 귀에 솔깃해지는 것도 사실이다. 그러다가 개업할 장소가 어떤 상황인지 알게 되었다. 특별히 생각한 상호는 있는지도 물었다. 그러니까 본보기로 들었던 아까 그 상호는 분명 좋은 결과를 빚었기 때문이다. 우리는 상호를 무심코 흘러버리는 것 같아도 절대 아니다. 오랫동안 머릿속에 자리한다. 왜냐하면, 눈으로 보는 것이 1차며 눈으로 관심 두고 본 것은 읽게 되니까! 이차적 기억으로 넘어간다. 읽는다는 것은 듣거나 보는 것보다 오래간다. 그러므로 상호는 아주 중요하다.

교육생의 한 말씀을 들었다. '저는 경일대학교라서 경일이라고 할까 해요', 물론 이 말씀을 들었을 때 이건 아니라는 것은 누구나 안다. 커피를 아주 모르고 이야기하는 처사밖에 되지는 않는다. 그래서 한마디 했다. 특별한 상호가 없다면 '빈 노트'는 어떻습니까? 그러니까 다의성이다. 무언가 하나의 주제가 떨어지고 그것을 생각할 때 여러 가지 생각을 담을 수 있는 것은 좋은 작품으로 연결된다. 많은 생각을 유추할 수 있다는 것은 관심으로 이어지게 되어 있다. 관심은 곧 대중이며 군중을 모는 역할을 한다. 이는 상업성으로 빗대어 말하자면 부를 창출할 수 있는 근본이 된다. 모든 예술작품은 이 다의성에 중점을 둔다. 지금도 2500년 전에 노자가 쓴 『도덕경』은 수많은 해석을 낳는다. 사람마다 뜻하는 말이 다르고 각기 다른 해석으로 세상을 이야기하며 나의 주장을 펼친다. 그러니 어찌 노자의 말은 사라질 수 있겠는가!

그러면 '빈 노트'가 뜻하는 것은 무엇인가? 말 그대로 빈 노트다. 대학가 앞이니까! 여기서 말하는 빈은 빈bean을 뜻하기도 한다. 빈은 콩이다. 커피는 생두라 꼭두서닛과 코페아 속에 속하는 다년생 상록 쌍떡잎식물로 분류한다. 아라비아 인은 이를 힘과 생활력으로 표현한 데서 코페아라는 말이 나온 거로 알고 있다. 그러니 우리가 써 내려가는 커피 또한 빈 노트가 되며 그것을 받아주는 것은 빈blank 노트가 된다. 그 외 뜻을 더 들어보라면 들을 수도 있겠다. 말하자면 빈, 후궁의 뜻으로 성씨로 사용할 수 있겠다는 것이다. 커피는 나의 빈이며 빈씨가 운영하는 가게 이름이 빈 노트, 무대다. 그러니 상호로 쓸 만하지 않겠나 하는 이야기였다.

단지 57
깡통이다. 아무것도들어있지않은좁은마음이소리더낸다. 어느발길질에툭 포물선한번그렸다가땅바닥에뚝떨어지면얼마구르지도못하면서소리만크다. 소리없는껍데기만닳는다. 닳은모양이동그라미만그린다. 제분수도모르면서 지나는발길만애타게기다린다. 누구도차지않은깡통이하늘만바라보고있다. 형형색색깡통이깡통을바라본다.

鵲巢日記 15年 07月 07日

아침은 대체로 흐렸으나 오후 비가 줄곧 내렸다.

엊저녁에도 도올 선생의 강의를 밤늦도록 들었다. 역사의 이야기다. 여말선초, 정도전에 관한 이야기다. 정도전은 여말 신진세력으로 맹자의 영향을 상당히 받은 인물이다. 맹자와 공자의 차이는 의가 있고 없고 차이다. 공자는 '인'만 강조한다. 보수적이다. 하지만 맹자는 그렇지 않다. 맹자의 문장은 왕도정치에 곳곳 위험하리라 볼 수 있을 정도로 과감하다. 정도전은 역성혁명을 주장할 수 있었던 것도 이 맹자의 영향을 받았기 때문이다. 도올 선생의 강의는 들을수록 매료된다.

이렇게 강의를 듣다 보면 책을 읽는 것과 비교해서 새로운 생각을 가질 수 있어 좋다. 분명히 정도전의 이야기는 500년 전의 이야기다. 세계 역사상 500년을 유지할 수 있었던 단 유일의 왕조는 조선왕조뿐이다. 그 시작은 신진 지식인이 있었고 이러한 세력가들이 받쳐놓은 초석은 그 어떤 것도 받아줄 수 있는 합당한 논리를 갖추었기 때문이다. 말하자면 개인도 마찬가지 아니겠는가! 내가 옳고 바르다고 해서 믿어주는 사회가 아니듯이 만약 그것을 제대로 논리를 펼칠 수 있다면 그 어떤 위험에 부닥치지 않을 거라는 것은 자명한 것이 된다. 어제의 일기에도 적었듯이 기준이라는 말에 우리는 위험과 두려움을 느낄 수 있을지도 모른다. 사람은 근본적으로 변화에 둔감하다. 젊을 때는 그나마 발 빠르게 움직일 수 있는 처세가 나오나 나이가 들면 몸도 둔해지는 건 사실이다. 그러므로 조직에 몸담은 것은 여간 어려운 일이 아님을 알 수 있다. 신체와 사고가 녹 쓸어간다는 것은 분명하기 때문이다. 이를 테면 젊은 사람에 비해서 말이다. 그래서 사회는 늘 변화한다. 새로운 세대가 나고 앞선 세대가 뒤로 물러간다. 이 변화에 적응할 수 있는 반영구적인 사고는 무엇인가? 주체와 객체는 무엇이며 신사고에도 변하지 않는 양가에 흡족한 문화는 무엇인가?

아이들이 시험 기간에 접어들었다. 애, 엄마는 시험 감독관으로 오전에 가야 한다고 했다. 어제 화원에서 전화 왔던 모 선생이 있었다. 오늘부터 교육 들어가도 되는지 물었지만, 내일로 미루어야 했다. 사회에서 사람을 많이 대하면 사람의 심리를 알 수 있게 되는데 알고 나면 알다가도 모를 일들이 많다. 그러니까 사람마다 생각하는 기준이 다르기 때문이다. 화원이라면 화원에서도 커피교육 하는 곳이 많을 텐데 지리적으로 상당히 먼 곳인 이곳까지 오는 것은 이해가 안 된다. 더욱 커피 교육하는 곳이 인수한 가게 위층에 있다. 위층에 커피 교육하는 곳이 있는데 왜 여기까지 오시느냐고 했더니? 의외의 답이 나왔다. 찾아오는 고객들께 신비감을 주기 위해서다. 신화적인 이야기를 쓰고 싶은 것이 사람의 심리다. 마치 신라의 시조 박혁거세가 알에서 태어났다는 난생설화라든가 어느 나무상자에 담겨 떠내려 온 석탈해나 금으로 만든 궤짝에서 나온 김알지 같은 경우가 된다. 이러한 신비감은 영험함이 바탕이 되어 주위 사람을 끌어 모으는 데 관심으로 이으니 일은 상당히 재미있어진다. 문제는 창업과 더불어 어떻게 살아가느냐는 것이다. 수많은 부족사회에서 박혁거세가 헤쳐 나갔던 무대는 상당히 어려웠다. 어느 부족장에 살해되었든지 아니면 외부의 세계에 잠시 눌렸던지는 알 수 없는 사실이나 그의 무덤이 다섯이나 되는 것은 아득히 먼 세월의 이야기지만 또 그 사실이 명확한지는 신빙성이 떨어지는 이야기지만 왜 그래야만 했을까? 시신을 분간할 수 없을 정도로 훼손되었다든가 아니면 외부 세력에 명예의 실추를 막기 위해서였든가! 사족이 길었다. 그러니까 커피라는 것도 마찬가지다. 칼디의 발견에 천삼백 년이나 흘렀다. 지금도 신화적인 이야기를 써내려 가고자 하는 사람이 많고 그것을 바탕으로 일을 시작한다. 앞으로 천삼백 년이나 흐른 뒤, 과연 카페가 살아 있을까! 그것도 특정 카페로서 말이다.

오전, 커피 교육받는 모 씨의 집터를 보기 위해 하양에 다녀왔다. 사동에서 출발하면 약 이삼십 분 거리다. 경일대학교 뒷문 쪽이었다. 학교의 경계가 특별히 없어 학생들은 꼭 정문으로 나와서 어디든 가는 게 아니다 보니까 학교에서 목적한 곳에 이르기에는 쉽게 나올 수 있는 거리였다. 민가가 여러 수십 채 있기는 했지만, 동네는 비교적 조용했다. 학생들이 방학 들어가서 그런지는 모르겠다. 옆집은 밥집이었다. 마침 밥집 사장님께서 바깥에 나와 계셨어, 먼저 인사 주시기까지 했는데 어디서 오셨느냐며 물었다. 나는 커피 교육하는 곳에 왔다며 정중히 인사드리고 이곳에 카페를 지을 거라고 했다. 그러니까 이곳 사정을 소상히 얘기해주신다. '보통 때는 학생들이 전혀 다니지는 않는 골목입니다' 라며 한 말씀하시었는데 실지로 차가 한 대밖에 들어갈 수 없는 골목이다. 그러니까 굉장히 비좁다. 촌도 아주 촌이나 다름없는 소싯적 생각이 물씬 나는 골목이었다. 북극성을 바라보며 서서 3시 방향은 학교고 10시 방향으로 보면 학교 기숙사가 있는데 그 중간에 마을이다. 어찌 보면 학교 안에 마을이 형성되어 있다고 해도 과언은 아닐 테다. 이곳의 땅값은 평당 백만 원 하며 카페를 생각한 곳은 고택 기와집 한 채가 아마 수년은 버려둔

296 ♨ 커피 좀 사줘

채로 있었던 거로 보인다.

김 씨와 배송 다녀왔다. 배송 가기 전에 소고깃국 밥집에 가, 국밥 한 그릇 하려고 갔었지만, 주차장이 만원이라 그냥 지나갈 수밖에 없었다. 시지에 두 군데 배송 다녀오며 경산으로 내려오다가 뼛골뚝배기로 유명한 집에 들렀지만, 식당에 빈자리가 없을뿐더러 줄까지 서서 영 기다릴 수 없었다. 옆집에 롯데리아였는데 천상 햄버거 두 개 사 들고 차에서 먹었다. 한의대 한학촌에 들러 커피를 내려놓고 본점으로 곧장 달렸다. 정오쯤으로 약속한 화원의 모 사장님 뵙기 위함이었다. 약속 시각을 지키지 못해 송구했다.

새로 인수한 가게에 함께 일할 실장도 같이 오셨다. 주방에 필요한 도구를 일일이 보여드렸다. 그리고 교육일정을 상담하고 사이드메뉴는 어떤 것이 있는지 몇 가지는 주방을 맡은 김 선생께 부탁해서 내오게 했다. 맛을 보았다. 레스피는 교육받을 시, 한 부 드리기로 했다. 당장, 카페에 쓸 부자재 일부와 커피는 필요해서 본부에서 챙겨 드리기까지 했다. 너무 기다리게 해서 미안한 마음에 몇 가지는 서비스로 드렸다.

오후 3시 커피 교육을 했다. 교육 마치고 아내의 친구가 경영하는 휴대폰 가게에 들러 전화기를 바꿨다. 액정판이 금 간 일 있었다. 요금과 더불어 부가서비스가 있었어 이참에 바꿨다.

35. 에스프레소 기계

앞에서도 설명했듯이 에스프레소 고장은 이탈리아다. 이탈리아 사람은 어떻게 하면 많은 손님께 이 커피를 서비스할 수 있을까 하는 궁리 끝에 증기보일러를 이용한 커피 추출기계가 나왔다. 이 기계는 시대를 거듭하여 지금은 세련미까지 더해 바리스타의 자부심을 높였다.

에스프레소 커피가 대중적 인기를 끌고 이에 커피 전문점까지 날로 성장을 거듭하다 보니까 기계 수요도 급증했다. 에스프레소 기계는 전량 이탈리아에서 수입해서 쓰는 실정이지만 요즘은 우리나라에서 이 기계 개발에 관심을 보이는 이도 많으며 실지로 몇몇은 기계를 개발하여 만든 것으로 알고 있다. 그러다 보니 기계를 만드는 종주국에서도 보급종 위주의 기계양산에 신경을 덜 쓰는 반면 자꾸 디자인하여 새로운 기계를 많이 출시하는 경향이다. 이러니 기곗값이 만만치 않은 것도 사실이다. 하지만, 커피 마니아들은 비싼 가격임에도 불구하고 선뜻 장만하는 사람도 적지 않다. 일종의 스냅 효과로 볼 수 있음인데 다른 집과 다른 무엇을 제시하고 싶은 일부 바리스타의 욕망일지도 모르겠다. 또 이것은 이러한 효과를 톡톡히 보기도 한다. 예를 들면, 몇천만 원 하는 라마르조끄나 오페라 기계는 몇몇 군데에 설치한 것으로 이 기계를 보고자 하면 천상 특정한 카페에 들러 보기도 한다. 또 이미 출시를 앞둔 레이서 같은 기계에 눈독 들이는 바리스타도 많을 뿐만 아니라 깊은 관심으로 세간의 이목을 끌기도 한다. 이것은 다품종 소량생산으로 기업의 마케팅에 부합하는 이야기다.

이런 와중에도 일부 자금력이 달린 소규모 업자는 자신만의 기계로 개발하여 쓰는 업체도 적지 않다. 예를 들면 개조(튜닝) 같은 것이다. 기존의 보급종 기계에 스켈레톤skeleton, 일명 누드로 껍데기는 모두 벗겨 자신의 기계로 변형 조작하는 기술을 덧붙인다.

우리나라 커피 소비는 매년 증가했다. 커피 전문점 또한 증가 추세며 소비도 이를 뒷받침하고 있다. 그러니까 커피 기계는 여전히 잘 팔릴 것이며 다품종 소량생산의 추세와 더불어 부품만 판매하는 전문 매장과 개조 기술 또한 날로 증가할 것으로 보인다.

ㅎ, 창규 씨 제 개인적인 의향입니다만, 밀라노 새것으로 해서 누드화하고 철과 철판으로 아주 뽄질나게 튜닝은 어떻습니까? 비용은 아까 베로나 가격 정도 나오겠어요. 가만히 생각하니 저렴한데다가 뽐때는 더 있을 것 같아요. ㅋㅋ 사족이다.

鵲巢日記 15年 07月 08日

오전에도 점심때에도 오후에도 저녁때에도 비가 왔다. 아주 내리면, 완전 죽죽 내려라! 가뭄은 해갈하고 저수지와 댐 곳곳 가득하게 채워주길,

오전 화원에 정 사장 카페의 실장께서 오셨다. 커피 교육을 받기 위해 아

침 일찍 오신 거다. 이름이 '성기왕'이다. 서로 악수하며 인사 나누다가 이름을 알게 되었는데 한번 들으면 이름 하나는 잊지 않을 것 같다며 한마디 했다. 그러니까 실장께서도 한마디 한다. 본부장님 이름도 만만치 않습니다.

여기서 압량 거쳐 사동에 갔다. 이게 어쩐 일인가! 장 사장께서 와 있지 않은가! 아주 오래간만에 뵈었다. 우리는 1층 여러 탁자 중 한자리에 앉아 그간 소식을 주고받았다. 서울에 수주받은 아파트 내부공사는 여전히 하고 있는가 보다. 타고 다니는 차가 K7인데 자동차에 관한 이야기가 먼저 나왔다. 아마도 요즘 돈 좀 되는가 하는 생각이 들었다. 불로동에 주택 하나 짓고 있는 것도 있었는데 그건 어떤지 묻기도 했다. 여전히 마감이 나오지는 않았는가 보다. 오늘은 3층에서 해야 할 일이 있었던가 보다. 오전은 여기에 머물다가 갔다.

정오, 김 씨와 함께 배송 다녀왔다. 병원과 시지에 자리한 로뎀카페에 다녀왔다. 경산 들어오는 길, 정평에도 잠시 들렀다. 점심은 김 씨와 함께 곰탕집에서 먹었다. 점심 먹고 난 후 곧장 옥산 1지구 자판기 수리 갔다. 예전은 이 일이 머리 아픈 적도 있었다. 수리라 하면 여러 가지 생각해야 하는데 전자 보드의 함수관계 같은 것 말이다. 요즘은 고객이 무엇이라고 하면 척이다. SMPC 나갔습니다. 그냥 가서 갈아 끼웠다. 전기 턱 하며 넣었더니 착하며 불이 들어왔다. 주인장은 그냥 신기하면서도 안심이기도 했는데 어찌 보면 불안한 마음도 영 없지는 않았다. 수리비다.

3시 커피 교육했는데 어제 답사 차 다녀온 장소가 자꾸 생각이 났다. 그 밥집 사장께서 하신 말씀이다. 10여 년 전에는 이곳은 꽤 괜찮았습니다. 학생도 많이 다녔지요. 그때는 집들이 하숙을 받으려고 없는 방도 만들고 했는데 말입니다. 요즘은 영 재미없습니다. 왜 그렇지요? 물었다. 손을 저 위쪽 어느 높은 건물을 가리키며 '저 기숙사 짓고 난 다음부터죠' 그렇다. 학교도 경쟁에 예외일 수는 없다. 학교에 학생 유치하는 것도 매년 목표 아닌 목표가 되었고 그러려면 부가시설 또한 잘 갖춰야 한다. 그러고 나니까 민가가 죽었다. 어느 정도 학교 주변은 활기가 돌았지만, 어느 순간 조용해졌다. 기숙사 안이면 매점이고 식당이고 있을 게 당연했다. 굳이 바깥에 나와서까지 해결하려고 하지는 않을 것이다. 더구나 여기는 시내처럼 번화가가 아니라서 볼 것도 없는 아주 촌이나 다름없기 때문이다. 그러니까 민가가 하나씩 빠져나가게 되었다. 그나마 남은 몇 집은 예전의 좋은 시절을 잊지 못해 눌러앉은 것이다. 그렇다고 여기가 영 가망이 없는 곳이라는 것은 아니다. 어느 장소든 안 좋은 곳은 없다. 일은 내가 하며 만들어가는 것도 내가 한다. 마음이 중요하지만, 환경이 중요한 것은 아니다. 하고자 하는 마음에 못 이길 것은 아무것도 없다. 다섯 평짜리 카페를 이끌던 시절을 이야기했다. 용기였고 그 바탕을 지지한 것이 공부였다.

화원에서 전화가 왔다. 주방에 들어가는 기기가 하나같이 갖추려니 돈이 상당히 들어간다. 인수한 가게인데도 필요한 것이 많다. 예를 들자면 휘핑기도 그간 쓴 것은 굳어서 못 쓰게 되었고 와플 기계도 녹 쓴 데다가 주스 만들려니 통은 있는데 밑에 모터가 없다며 말씀을 주신다. 휘핑기는 엊그저께 챙겨드렸다만, 와플 기계는 관련 회사에 보내서 코팅을 한 번하여 사용하는 게 좋겠다며 말씀드렸다. 주스를 만드는 블랜드는 천상 하나 또 갖추어야 한다. 어쩔 수 없는 일이다.

단지 58

길가에놓아둔저금통, 한세개만있으면먹고사는일없네. 아니제대로된곳에
하나만있어도괜찮을것같아! 누가앞질러가면절대못참는성질, 그러다가동전
한닢도아닌배춧잎서너장은따라붙네. 몇초빨리가려다가한십년은앞당길수있
어 미리방지하자고놓아둔저저금통, 아무것도없는멍텅구리라생각하면절대오
산, 제몸값은톡톡하고도남네. 에궁! 오늘도미처생각지못한이우둔한발걸음

鵲巢日記 15年 07月 09日

아침부터 비가 억수같이 쏟아졌다.
연세가 85세이신 고령의 모 선생님의 책(먹구의 푸념)을 읽었다. 비 오는
날을 무척 좋아하셨는데 그 이유는 여러 가지가 있었다. 어릴 때 농사일을 나
가지 않아서 좋았고 그로 인해 유일한 휴식시간이 마련되어 책을 읽을 수 있
었다고 했다. 그나마 밤에는 가마니 짜기와 새끼 꼬기를 해야 했으므로 밤공
부도 자유롭지 못했다고 했다. 그러니까 일제강점기 시절이었으니 시대가 얼
마나 암울했던가! 지금은 그때 비하면 모든 것이 풍요롭다. 이 빗소리가 고요
한 아침을 만든다.

아침 먹고 아내는 두 아들을 학교에 데려다준다. 비가 억수같이 내리는 가
운데 모닝에 두 아들을 태우려니 비좁다. 이렇게 비가 오니 위험하기도 해서
차를 바꾸어야겠다고 생각했다. 작년에 아내의 차를 팔면서 형편이 나아지면

새로 사겠다고 했지만 여간 여유가 나지 않았다. 덩치가 산만한 아들 둘 태우고 가는 아내의 뒷모습에 그만 형편이라는 것은 생각할 수 없었다. (아내는 그간 아무런 불평 없이 모닝을 타고 다녔다)

사동 개장하고 현대자동차에 전화해보고 견적을 뽑고 현대리스에 자동차 관해서 물어보았다. 사업하는 이는 경비 차원으로 여러 가지 이점이 있겠다 싶어 리스로 택했다. 그러니까 오후에 리스회사에서 담당자가 왔다. 경산에 다른 볼 일 있어 이참에 들러 인사하러 왔다. 내일 아침 더 자세하게 견적을 뽑아오겠다는 말을 하고는 돌아갔다.

김 씨와 소고기국밥 집에서 점심을 먹었다. 오늘은 운 좋았다. 그나마 빈 자리도 있었다. 다 먹고 나오는데 꽤 줄을 이은 모습을 보며 나왔다.

오늘은 일이 없어 본부에 앉아 도올 선생의 강의를 들었다. 김 씨가 오늘은 뭐하냐고 물었는데 조감도에 일단 가서 실습하게끔 했다.

오후 3시 커피 교육했다. 우리 인간이 커피를 알고 먹었을 때부터 지금까지 역사를 이야기했다. 간간이 독서의 중요성[24]을 이야기했는데 오늘은 그 느낌을 약간은 받은 듯하다. 커피만 판다고 해서 영업을 잘하는 것이 아니기 때문이다. 커피는 나를 포함해서 파는 것이기에 인간을 알고 인간의 심성을 알아야 하는 것은 매우 중요하다. 굳이 그럴 필요가 있겠나 싶어도 나를 사소하게 여기면 미래는 없다. 그러니 조그마한 가게를 운영해도 나의 철학이 없으면 이끌어가기는 몹시 어렵다. 고객은 나의 철학이 확실한 가게에 오지 그렇지 않은 가게에 가지는 않는다. 철학이 강한 곳은 가격의 지배에 어느 정도 떠나게 된다. 그것은 그만큼 믿음을 부여하기 때문이다. 그러니 카페의 장은 메뉴만 잘 만든다고 될 일은 아니다. 카페에 찾아오시는 손님은 여러 부류의 사람이 오기 때문에 다방면의 지식을 갖추어야겠다. 너무 거창한 비유를 들었는지는 모르겠지만, 엊그저께 정조임금을 일기에다가 적은 일 있다. 정조는 조선에 두 번째 가는 성군이다. 성군이기에 앞서 대 학자였다. 그 깨침이 없었다면 어떻게 실학을 받아들이고 정치에 반영할 수 있었을까! 나의 가게에 성군이 되고자 한다면 누구보다도 많이 배워야 한다. 배우지 않고 어떻게 좋은 생각을 반영할 수 있으며 이끌어 갈 수 있겠는가! 칼디가 커피를 먹고 죽지 않았다는 이유 하나만으로 사업하기에는 이 사회는 너무 진화했다. 커피와 더불어 각종 서비스 시장에 두루 경쟁을 갖추어 새로운 시장을 이끌고 새로운 변화로 주도해 나가야 한다. 새로운 생각으로 상품화하고 군중을 모으는 역할은 업계를 맡은 장으로서 지대하다. 커피를 파는 것에 앞서 커피의

---

24) 『논어 강의』, 기세춘, 684p

책을 읽다가 독서의 관한 좋은 글귀가 있어 발췌해 놓는다.

"육경과 여러 성현의 글을 읽어야 하지만 특히 '논어'만은 종신토록 읽어야 한다. 삼례三禮에 대해서는 잡복雜服의 제도만 알면 명문의 후예라 할 것이며 '주역'을 읽어 추이推移 왕래往來의 자취를 살피고 소장消長 존망存亡의 이치를 증험한다면 천지를 아우르고 우주를 망라할 수 있을 것이다. 여력이 있으면 '산경山徑' '수지水誌'도 읽어 견문을 넓히며 혹 아내가 빚은 술을 권하고 흔연히 취하여 '초사楚辭'를 읽으며 울적한 기분을 푼다면 명사라 칭할만할 것이다. 이처럼 독서 한 가지 일로 위로는 성현을 좇아 짝할 수 있고 아래로는 무지한 민중을 길이 일깨울 수 있으며 귀신의 그윽한 정황을 알 수 있고 왕도와 패도의 계책을 밝게 인도할 수 있으니 날짐승과 벌레의 부류를 초월하여 우주의 위대함을 지탱할 수 있다. 그러므로 독서야말로 우리 인간의 본분인 것이다. [여유당전서/1집/권18/위윤혜관증언]

지식을 덩달아 파는 것도 되니 어찌 커피 하는 사람이 커피를 모른다면 말이 되겠는가! 그러니 어느 정도는 커피에 관한 해박한 지식을 갖추어야 한다는 것은 두말할 필요가 없게 된다. (이 말을 아주 강조했다.)

오후 5시, 김 선생과 구 선생이 앉은 가운데 부탁을 했다. 근무조건에 관한 이야기였다. 근래 김 선생께서 자주 비는 일이 있었다. 조금 더 가게에 신경을 써 주셨으면 하는 바람과 서로의 팀워크가 잘 맞았으면 해서였다.

36. 크레마crema

이탈리아 말이다. 그 뜻은 생크림이다. 요리에서는 부드러움을 얘기하기도 하며 비유적으로 정화나 최상의 것으로 귀족계급을 말하기도 한다. 하지만, 커피에서는 일종의 부드러운 거품이다. 크레마가 없는 것은 낮은 증기압으로 추출되기 때문이다. 에스프레소 기계는 높은 압력으로 곱게 간 커피에 뜨거운 정수로 9기압이라는 강한 압력으로 커피를 뽑는다. 크레마는 에스프레소 커피의 상징이다.

뽑은 에스프레소 커피를 보면 커피가 어떻다는 것이 보인다. 황금빛 크레마라야 제대로 뽑은 에스프레소다. 30㎖ 한 잔을 받을 때 약 3~4mm 두께가 형성되어야 한다. 그러면 정상적으로 뽑은 커피다.

크레마의 색이 너무 연하거나 묽으면 과소 추출한 경우다. 또 색이 너무 진하거나 흰 거품이 있으면 과다 추출한 경우다. 이 크레마는 에스프레소 커피의 품질과 원두 로스팅의 정도, 사용한 원두의 종류, 커피의 신선도, 분쇄와 다지기의 정도 물의 온도, 추출 시간 등 여러 가지 조건을 갖추어야 한다.

강한 로스팅은 색상은 짙지만 비교적 얇게 볶는 것보다는 크레마가 좋다. 로부스타보다는 아라비카가 크레마가 풍부하며 아무래도 갓 볶은 커피가 좋다. 굵게 쓴 커피보다는 조밀하게 쓴 커피가 좋으며 하지만 너무 조밀하면 색상은 짙으며 혹여 추출이 되지 않을 수 있으니 살펴야 한다. 어느 정도의 힘으로 다진, 그러니까 약 12kg 하중은 되어야 좋고 95도 이상 뜨거운 정수로 약 25초에서 30초 정도는 내려야 크레마가 좋다.

제대로 뽑은 에스프레소는 그 위에다가 바-설탕을 분질러 넣으면 그 설탕을 잡아준다. 그리고 서서히 빨려 들어간다.

크레마는 커피의 기름 성분으로 단백질이다. 그 맛은 구태여 설명하자면 돼지고기 삼겹살 먹는 기분과 흡사해서 입안 착 감기는 무엇이 있다. 향은 짙어 마시고 나면 그 여운은 오래간다.

문장자유정가文章自有定價

장유[25]의 '계곡만필'에 나오는 글이다. 문장은 스스로 정해진 가치가 있다는 말이다. 글을 지은 사람의 명예나 지위로 한때나마 문장의 가치를 평가받기도 하지만, 아주 오랜 시간 동안 사라지지 않고 남는 문장은 실력에 따를 뿐이다.

좋은 문장을 갈구하는 것은 모든 글쓴이의 희망이다. 한 종지 에스프레소는 맛도 진하지만, 그 향은 오래 남는다. 이와 같은 비결은 생두에서 분쇄에 이르기까지 또 추출과 물 그리고 기계의 상태까지 하나같이 잘 들어맞아야 완벽한 에스프레소를 얻을 수 있다. 진정한 문장은 하루아침에 이루어지지 않는다. 오랜 세월 노력이 쌓여야 한다. 다음은 최한기[26] 선생의 말이다. 활달한 기상은 일의 실마리가 평화롭고 이치에 맞을 때 나타나고, 명백한 도리

---

25) 장유: 1587(선조 20)~1638(인조 16). 조선 중기의 문신.

26) 최한기: 조선 후기 학자(1803~1877). 자는 운로芸老. 호는 혜강惠岡 패동浿東 명남루明南樓 기화당氣和堂. 실학사상의 기반을 확립하였으며 개화 철학의 선구자다.

와 이치는 간절하게 일을 의논할 때 드러난다. 사람이 지닌 경륜의 깊고 얕음은 일의 계획에서 볼 수 있고, 본심을 지키고 본성을 닦는 일은 기운이나 태도를 통해 알 수 있다고 했다.

문장은 또 다른 나다. 문장은 내가 한, 일에 대한 경험이며 이 일속에 얼마나 깨달음이 있는지 그 행동의 좋고 나쁨도 드러나 있다. 좋은 문장을 얻기 위해서는 일에 대한 경험 또한 많아야 하며 마치 깊은 샘을 파듯 쓰는 것이 일이어야 하며 또 일이 아니야 한다. 한 번 쓴 문장은 경험의 질을 높임으로 다시 행할 때는 처음과 다르게 와 닿는다. 지행합일을 생활화해야 크레마와 같은 문장을 얻을 수 있다.

鵲巢日記 15年 07月 10日

오늘은 날씨가 꽤 맑았다. 오후는 약간 후덥지근했지만, 저녁 답에 마른 느낌이었다.

오전, 사동 조감도에서 자동차 리스회사 직원 한 분과 현대자동차 경산 대리점 직원 한 분이 오셔 자동차 리스에 관한 견적을 받았다. 투싼, 새로 나온 모델과 싼타페 모델은 가격이나 디자인 모두 별 차이가 없어 보였다. 색상은 흰색이 아무래도 많이 찾으니 그것으로 권장했다. 나중에 일이 있을까마는 중고시장에서는 다른 차종보다는 약 오십만 원 정도 호가한다며 영업사원은 얘기했다. 차를 잘 관리하지 않는 아내로 봐서는 흰색이 때가 덜 타는 것이 되니 이 색깔로 하겠다고 했다.

카페가 커지고 일이 점점 많아졌다. 이 속에 아내가 하는 역할은 점점 많아졌다. 커피 실습교육뿐만 아니라 사동의 인기상품인 빵을 굽는 일도 아내가 한다. 이 일로 인해 오 선생은 매일 자정을 넘기는 경우가 잦은 데다가 아침이면 두 아들을 학교까지 데려다주기까지 하니 옆에서 보는 것도 여간 마음이 안쓰러웠다. 자동차 영업사원은 마치 번갯불에 콩 볶듯 계약사항을 설명했다. 영업사원이 내민 계약서에 이름을 여러 번 자필했다. 커피 한잔 마시며 군말도 좀 나누었다. 급히 자리에 일어섰는데 '어데 또 계약이 있나 봅니다.' 했더니, 오늘 계약은 모두 세 건인데 여기가 첫 번째라고 했다. 비싼 차車지만, 아직도 수요가 많다.

화원에 사업하는 후배, 이 씨가 왔다. 마침 점심시간이라 여기서(본부) 가까운 보쌈집에 가, 밥 한 끼 샀다. 로스터기 들여놓고는 처음 들른 것이다. 그간 콩은 어찌 볶았는지? 내가 원하는 맛의 기준은 찾았는지? 요즘 매출은 어떤지 여러 가지로 물었다. 콩은 자주 볶아 보는가 보다. 아내가 가끔은 도와주고 있지만, 그렇게 관심으로 보아주지는 않아 하나같이 일을 직접 신경 썼어 해야 한다. 매출은 근래 비가 와서 그런지 조금 떨어졌다며 얘기한다. 휴가를 다녀온 건지 일에 쪼들려 그런지 얼굴이 조금 타 보였다. 약간은 어두워 보였는데 아마도 힘든가 보다. 후배는 아내가 일을 옆에서 적극적으로 도와주는 내 위치를 부러워했다.

3시, 교육 받으시는 분이 오지 않았다. 전화하니 오늘은 쉬자고 한다.

본부에서 도올 선생의 강의를 들었다. 19c 때 호적에 관한 이야기를 자세히 풀어주었다. 도올 선생을 통해 19c 대표적 실학자 최한기 선생을 알게 되었는데 이 분의 호적 상황을 빌어 설명했다. 호주戶主라는 말은 일본말인데 한자로 쓰던 우리식 표현이 있다. 주호住戶라고 한다. 국가가 세금을 매기기 위한 가장 기본이 된다.

최한기(1803~1877) 선생은 굉장한 독서광이었나 보다. 서구에서 들어온 새로운 책은 가리지 않고 사다 보았다고 한다. 아버지는 일찍 돌아가셨는데 큰아버지 댁으로 양자로 들어간다. 집안이 유복했다. 나중에는 책 사는데 가산을 거의 탕진하게 되어 집이 기울게 된다. 책을 많이 읽은 분으로 책을 또 많이 쓰기도 했다. 그는 학문에 관해서는 그 어떤 계파에도 닿지 않으며 오로지 경험과 인식을 중요시했다. 그의 대표적 저서로는 『기학氣學』이 있다. 도올 선생의 강의를 통해 조선 후기 우리의 문화를 조금 더 알게 되었다.

강 교수님께서 자정 가까이 오래간만에 오셨다. 조그마한 커피 전문점 하나 내는 데 비용이 얼마나 드는지 물으신다. 집기와 초도물량으로 최소 천만 원에서 천오백만 원 정도 들어갈 거라고 얘기했다. 선생님은 꽤 진지하셨는데 아무래도 어딘가 카페를 생각하고 있는 것 같았다. 직원 인건비와 매출대비 재료비중 그리고 세금관계를 여쭈었는데 있는 그대로 말씀드렸다.

자본가는 자본을 생산하는 주체다. 자본은 확대재생산 되지 않으면 자본이 아니다. 어떠한 사람이든 우리는 모두 자본가다. 삶은 내 몸뚱어리 하나만도 관리할 줄 알아야 한다. 새로운 꿈을 발견하고 새로운 열정을 불어넣으며 미치도록 행복한 나의 몰입으로 안내할 줄 아는 처세가 바르게 되어야 한다. 처음도 중간도 끝에도 항상 사소한 것으로 우리는 그 일을 한다. 이는 우리도 모르게 가장 큰 일을 하는 거다.

鵲巢日記 15年 07月 11日

오전 꽤 맑았다. 오후 4시 이후부터는 빗방울이 좀 보였다.

토요커피문화강좌를 개최했다. 새로 오신 분은 없었으나 정식교육 등록하신 대곡에 사업하는 모 선생을 초청한 바 있었는데 오셨다. 한의대에 한의학분야에 종사하시는 조〇〇 선생은 가장 일찍 오셔 로스터기에 관해 여러 말씀을 나누었다. 일반 가정에서 쉽게 커피를 볶을 수 있는 기계가 있는지, 있으면 어떤 것이 있는지 여쭈었다. 통 돌이부터 아주 큰 로스터기까지 일일이 설명했다. 요즘은 밥솥 모양으로 외관도 꽤 괜찮은 제품이 있어 인터넷 조회하여 보여드리기도 했다. 나중에 통돌이 하나 사 가져가셨다. 본부에 오랫동안 재고로 있었는데 직접 받은 공가보다 더 저렴하게 드렸다. 통돌이도 지금은 더 좋은 제품이 많이 나와 있기에 가격을 상대적으로 내려드린 셈이다. 조〇〇 선생은 겉보기에도 나보다는 나이가 꽤 많으신 선생이다. 한의학의 한 분야로 부항 관련 전문가다. 드립 수업 도중에 가볍게 커피 한잔 마셨는데 책에 관한 이야기를 나누었다. 나의 책을 모두 사다 보셨다. 근래에 나온 『가배도록 2』를 오늘은 선물로 한 권 사인하여 드렸다. 선생께서는 일찍이 한의학 전문분야로 부항 관련으로 일해오셨는데 책을 집필하고는 아직 탈고를 못 한 상태였다. 원고는 준비해 두었지만, 완벽을 기하다 보니 자꾸 어렵게 되었다. 선생께 나의 경험을 이야기했다. 지금은 글을 어떻게 써야 하는지를 조금 알게 되었을 뿐이지만 우리나라 출판문화와 실지로 책을 펴냄으로써 얻는 여러 가지 실익을 이야기했다. 그러니까 도올 선생께서 하신 말씀도 생각이 났지만, 우리나라에서 책을 내고 그 뒤 얻는 인세수익이라는 것은 실지로는 없다.

책은 책일 뿐이다. 나의 뜻을 바르게 펴고 바르게 새움으로써 그 역할은 다한 것이다. 하지만 이것은 아주 중요하다. 역사는 뜻을 바르게 새운 사람의 것이지 그렇지 않은 사람이 이끄는 것은 아니다. 책을 냄으로써 얻는 실익은 실제로 상당히 많다. 그것을 일일이 열거할 수는 없었다. 우리가 인생을 어떻게 살아야 하는지는 사람마다 그 기준이 다르다. 하지만 사람은 우선 동물과는 다르다. 이 다르다는 것은 영혼이 있다는 것이다. 영혼은 정신세계를 반영한다. 살아 있으면 마음의 안정을 기하며 꿈을 가지며 내일을 희망한다. 하루는 참 보배와 같다. 보배를 잘 펠 수 있는 능력이야말로 나의 인생의 진정한 예술가라 본다. 사마천은 이천이백 년 전의 사람이지만 태사공자서를 적기 위해서 앞에 수많은 인물을 논했다. 하지만 이 책은 역대 왕조의 제왕학의 기본서일 뿐 아니라 고문을 배우는 여러 선비에 많은 영향을 끼쳤다. 삶은 주체적이야 하며 나의 일을 바르게 펼칠 수 있는 뜻이 강해야 살아갈 수 있음이다. 그러면 나의 일을 바라보며 내가 뜻하는 의미를 한 줄 바르게 이야기할 수 있는 용기는 있어야 한다.

아침 커피문화강좌를 소개할 때였다. 성공이란 좋은 집을 가지는 것과 좋은 자동차를 타는 것이 아니라며 한마디 할 때였는데 앉은 교육생 중 한 분이었다. 초청으로 오신 대곡 모 선생이었는데 그러면 뭡니까? 하며 여쭈었다. 단지 교육소개라 긴 말씀을 드릴 수는 없었지만, 그때 순간은 '깨달음'이었다. 모르겠다. 무언가 마음을 일깨운 사실 하나는 그 무엇도 바꿀 수 없는 어떤 행복 같은 것이 있다. 누구는 도 닦으십니까? 라며 이야기할 수도 있으나 실은 도 닦는 기분이다. 커피문화 좌는 점점 재미가 있다. 그러니까 바로 이것이다.

촌에 다녀왔다. 어머님이 눈이 많이 불편했는데 문안으로 가게 되었다. 맏이, 준이를 데리고 갔다. 어머님은 지금보다 더 나을 수는 없지만, 악화를 지연시키기 위해 병원에 자주 다니신다. 어머님께서 차려주신 점심 국수 한 그릇 먹었다. 눈이 어두워 아버지께서 손수 부친 호박전을 내오시기도 했는데 맛이 꽤 있었다. 동네 소식을 몇몇 말씀 주시기도 했다. 집이 하천부지가 조금 더 들어간 것이 있나 보다. 약 삼십 평쯤 되는데 십오 평은 마을 공원 부지를 조성하기 위해 올가을에 군청에서 들이겠다고 하고 십오 평은 우리 소유로 사라는 통지를 받았다. 우리도 모르고 사용한 집터로 오랫동안 써오고 있었다. 마을에 대부분 이와 같은 통지를 받은 집이 몇 집 있나 보다. 그러니까 지목이 대지가 아니니 땅값이 얼마 하겠는가마는 부모님은 얘기해 주신다. 길가 곁에 마당이 조금 들어가는 것뿐이라 했다.

곧장 봉덕동에 갔다. 아래, 주문받은 커피를 배송했다. 점장께서 생각하신 제빵 기계를 아직 들여놓지는 않았나 보다. 자금이 여의치 못해 중고를 해야겠다며 생각 중이었다. 신 메뉴 여럿을 보여주셨는데 그중 하나를 만들어 맛보기로 주셨다. 치즈 스무디였다. 아들과 함께 갔기에 맏이에게 주었더니 꽤 맛있다며 한마디 한다. 바깥어른도 계셔, 여러 가지 담소를 나누다가 나왔다. 카페가 점점 자리 잡아 나가는 것 같아 마음이 놓였다.

주로 많이 나가는 메뉴인 아메리카노는 가격이 다른 집보다 비교적 싸다. 계산대 위에 작은 이젤에 특선으로 보인 메뉴는 그나마 가격이 좀 높다. 메뉴 제목도 재밌었는데 그중 하나는 '달뜨는 밤'이다. 만드는 방법은 초콜릿 소스와 바나나를 믹스한다. 초콜릿 소스는 어둡지만 바나나는 밝아 이에 착안해서 만든 이름이다. 생각보다 많이 나간다고 했다. 가격은 한 잔에 오천 원이다.

압량 9시쯤 마감했다. 곧장 사동에 갔었는데 한동안 정문기획 운영하시는 사장님께서 연락 없어 시더니만 그간 유럽 여행을 다녀오셨나 보다. 함께 오신 손님도 있었다. 프랑스 파리와 그 외 지역인 주로 예술가의 집과 고향을 두루두루 탐하고 오셨다. 사진을 여러 장 보여주셨는데 볼 만 했다.

기획사 사장님 가시고 난 후, 주방에 한동안 있었다. 오 선생의 빵 만드는 작업을 지켜보았다. 엊저녁에 지인이 카페에 오셨는데 '레스토랑'을 해보지 않겠느냐며 조언을 주고 가셨나 보다. 커피를 하다가 먹거리는 하나 있어야겠다고 생각한 나머지 빵을 하게 되었는데 일이 이렇게 많다. 점점 빵 구워내는 일이 보통 일이 아님을 깨닫는다. 밀가루 반죽하고 어느 정도 숙성시켰다가 다시 끄집어내어 몇 토막씩 나누며 손에 반죽이 안 묻도록 밀가루 묻혀가며 동그스름하게 만다. 다시 화덕에 넣고 알맞게 구워내는 일이지만, 시간이 꽤 쓰이는 작업이다.

37. 핸드 드립

커피 추출방법은 크게 두 가지로 구분한다. 첫째는 에스프레소 둘째는 핸드 드립이다. 추출방식에 따라 사용하는 커피도 다르며 커피가 다르니 그 볶음도 대개는 달리한다. 에스프레소는 배합용으로 쓰며 핸드 드립은 대체로 단일 종으로 한다. 볶음정도는 에스프레소는 거의 풀시티 이상으로 하며 핸드 드립은 대체로 풀시티까지는 볶지 않는다.

핸드 드립을 한다는 것은 커피를 직접 볶는다는 얘기다. 나라별 커피를 갖추며 전문가의 손길이 낳은 로스팅과 그 커피 맛을 볼 수 있다.

핸드 드립은 종이필터를 사용하기 때문에 커피의 지방 성분을 흡착하여 전체적인 맛과 느낌이 떨어진다는 평이 있을 수 있으며 또 이것은 오히려 체지방을 떨어뜨리는데 도움이 되기도 하니까 다이어트 커피로 각광을 받기도 한다. 나의 경험으로 보아서는 어느 커피든 맛은 괜찮다. 된장찌개만 놓고 늘 먹을 수는 없듯이 드립과 에스프레소는 그 맛의 특징이 뚜렷하므로 때때로 즐기길 바란다.

핸드 드립에는 세 가지 중요한 기구가 있다. 드리퍼와 종이필터, 물 주전자다. 우리가 사용하는 드리퍼는 종류가 꽤 된다. 카리타식, 하리오식, 메리타, 고노, 이들 제품에 따라 또 재질에 따라 구분한다. 이렇게 드리퍼 종류도 많지만, 내 손에 맞는 거로 하나 선택해서 사용하면 된다. 물 주전자는 물 배

출구 부분이 좁고 길수록 좋다. 일반 주전자는 드립하기가 어렵다.

드립은 물방울 한 방울씩 정하게 내리는 것이 마치 보리밟기와 같다. 물의 가늘기는 일정해야 하며 물방울은 주전자 입구에서 죽 내려오다가 물방울이 형성될 때 그 세 번째 방울이 커피 표면에 닿으면 좋다. 이때 마음은 딴 데 가서는 바른 커피를 뽑을 수 없다. 오로지 한 곳에 집중하는 마음은 누가 얘기를 걸어오거나 툭 친다고 해서 흩트려져서는 안 된다.

드립은 원점에 물을 붓기 시작하여 점차 바깥으로 나가 나선형으로 한다.

깔끔한 핸드 드립 커피 맛을 즐기고자 하면 어느 정도 내리고는 물을 끊는다. 서버에 약 1/4이나 1/5 정도 받는다. 이것은 원액으로 여기에다가 뜨거운 물을 희석하여 마시는 것이 가장 맛있다. 어떤 이는 서버에 가득 차도록 여러 번 내리는 사람도 적지 않은데 커피의 잘못된 군내와 좋지 못한 맛까지 더해 오히려 내린 커피를 버릴 수 있다.

하루에 어떤 일을 하던 꼭 글을 남겨라. 글을 쓰지 않으면 무슨 일을 했는지 알 수 없으며 했던 그 일의 깊이를 알 수 없다. 그렇다고 겉으로 보이기 위한 글은 오히려 더 천박하니 마음에 우러나는 글을 써야 한다. 글은 마치 드립 하는 것과 같다. 거름종이에 담은 그 커피를 다 내릴 수는 없듯이 하루 일을 어찌 다 꼼꼼히 적을 수 있으며 그 일에 마음담은 것을 어찌 다 표현할 수 있겠는가! 중요한 일이 있으면 남기며 기억에 남는 일도 적을 것이며 그 일의 묘사에 적극적이어야 한다.

글을 쓴다는 것은 무엇을 배운다는 의미가 들어가 있다. 무엇을 알지 못하면 표현할 수 없으니 그러니 배움은 저절로 얻게 되며 이로써 기쁨도 함께하니 매번 우습고 즐겁고 나도 모르게 취미가 된 듯 아닌 듯 여유가 배여난다. 커피만 드립이 아니라 하루 일가를 스스로 한번 걸러서 읽어 보자.

鵲巢日記 15年 07月 12日

아침부터 비가 내렸다.

아내, 오 선생 깨워 국밥집에 가, 소고깃국 밥 한 그릇 했다. 함께 식사하면 늘 국물을 더 요구하기까지 하는 아내다. 오늘은 국밥집이 이 순간, 국물 더 우린다며 조금 기다려달라는 말에 그냥 일어섰다. 아내는 밥을 좀 남겼다. 여기서 사동에 곧장 가, 커피를 한잔씩 내려 함께 마셨다. 어제 아침에 가졌던 강좌에 관한 이야기를 나누었다. 한의대 조 선생님과 대곡 모 선생의 이야기였다. 출판문화를 두고 나누었던 이야기는 오 선생은 모르는 일이라 이참에 들려주었다. 여태까지 그나마 많이 팔렸던 책은 『커피향 노트』라며 얘기했다. 출판문화가 바다 아니 호수라면 이 속에 돌멩이 하나 던져 보는 격이 책을 내는 것이라 비유할 만한데 그 반향을 느낄 수 있음이다. 이는 곧 파장이 되어서 나에게 다시 온다. 대전에서 울산에서 구미에서 부산에서 전화가 오고 찾아오시기까지 한 손님을 많이 보아 온 나로서는 그 느낌이 남다르기 때문이다. 하지만 인세가 있는가하면 그렇지 않다. 하지만 이것으로 더 좋은 기회를 잡은 것은 분명했다. 본점보다 훨씬 큰 조감도를 할 수 있었기 때문이다. 어떤 책은 출판과 더불어 반향을 전혀 느끼지 못한 책도 많다. 책을 쓰는 것은 배움이다. 여러 선생의 말씀을 귀담아 들어야 하며 이는 곧 여러 선생의 책을 읽어 내 것으로 만드는 것이다. 내 것이면 체화가 되는데 이것으로 사회를 보며 겪으며 이 속에 스민 나의 몸은 곧 필묵이 된다. 이것으로 나의 글을 쓸 수 있는 능력을 배양하며 이에 묘사력이 뛰어난 기술을 얻는 것이 덕이라 좋은 작품으로 잇게 된다. 그러니 큰 결과를 기대하며 글을 쓰는 것은 잘 못된 처사다. 우리의 선비도 무슨 인세를 기대하여 책을 낸 분은 한 분도 없다. 예를 들면 퇴계 선생께서 쓰신 『성학십요』라든가 최한기 선생께서 쓰신 『기학』, 다산이 쓴 『여유당전서』, 물론 이 외 여러 선비를 들 수 있겠다. 그렇다고 내가 쓰는 글이 이들 선비에 비유할 만한 것이라면 전혀 그렇지도 않다. 단순히 일기며 수양이다. 하지만 최소한 방향을 제시하니까 지침 역할은 충분히 한다. 책은 씀으로써 생각이 발라지고 생각이 바르기에 보는 세계관이 넓어진다. 그러니 통찰력이 생기며 걸을 수 있는 여유와 믿음이 생기니 장래가 밝아진다. 책은 꼭 필요한 사람에게는 절대적이다. 그러니 한 사람의 고객만 있어도 그 노력은 성공이며 생명력 또한 한 대가 흐르게 된 것이니 내가 산 것이 된다. 선인의 책을 사서 읽게 되면 그 선인의 말씀은 내 안에서 살아 숨 쉬는 것이니 어찌 좋은 친구라 하지 않을 수 있을까! 그러니 친구는 따로 있는 것이 아니다.

대곡에 사업하는 모 선생이 전화가 왔다. 어제 커피 강좌를 잘 들었다며 말씀 주시며 또 조감도에 다녀온 소감을 얘기해 주었다. 커피 가격에 관한 얘기가 나왔다. 그러니까 경영이며 일이며 사업이다. 일은 한마디로 말해서 노동을 말한다. 사업은 목적을 가지며 계획이 있고 그 짜임새에 맞게 꾸준히 행하는 것을 말한다. 커피는 참 모호하다. 왜냐하면, 단가로 보아 이것만큼 가장 낮은 것은 없기 때문이다. 그러니 일은 하기 쉬워도 누구나 포기하기도 쉽다. 이 일을 두고 이야기하는 것은 참 우습고 가볍고 쪼잖아질 수도 있다. 그러니 무엇을 크게 이야기하는 것도 아니 되며 그렇다고 작게 이야기하는 것은 나를 더 낮추게 되니 일은 가볍게 볼 수도 있다. 이 속에 하나를 얻으려면 얼마나 많은 노력을 기울여야 하는지는 일을 해보지 않으면 모른다. 그러니까 일을 해 본 사람은 마냥 어렵고 힘들다고 얘기하며 과연 이 일을 해낼 수 있을까 하는 의아심까지 들게 한다. 그렇다고 이런 의구심으로 사람을 판단해서는 안 되며 직업의 바른 안목을 가지게끔 내가 바라본 세계관을 이야기하면 된다. 어차피 세상은 직접 걸어야 하니까! 이렇게 글을 적는다고 해서 내가 그러면 아주 큰 사람이 되었거나 다른 사람이 보기에 아주 큰일을 한 사람은 결코 아니다. 이 순간도 나는 걸으며 나 자신에게 충고 어린 말로 나를 일깨우는 것이니 일기다.

오 선생은 감자에 관한 얘기를 했다. 자세히 적지는 못하겠으나 나는 이런 말을 했다. 그러니까 보수와 진보다. 그러면 보수는 뭐고 진보는 뭔데? 하며 묻는다. 보수는 지키려고 애쓰는 자고 진보는 갈아엎어 뒤집으려고 하는 자다. 웃지 않을 수 없는 일이지만 현실에 안주하면 세상은 참 우울하다. 그러니 경영인은 미래를 바라보고 걸어야 한다. 어찌하면 새로운 수요를 창출하고 새로운 시장을 모색하며 새로운 아이디어를 구하는 길을 찾아야 한다. 현실은 암담하다. 감자는 언제나 현실을 부정한다. 그러면서도 현실에 안주하고 공공의 힘을 빌려 체제를 타파하거나 분쟁을 일으킨다. 이러한 힘을 외부로 전환하며 내부를 통일할 수 있는 능력자는 진정으로 참된 경영자라고 할 수 있다. 최소한 그 길을 구하지 못하더라도 찾는 그 순간만큼은 행복을 느낄 수 있는 여유는 반드시 있어야겠다.

압량, 동원이랑 저녁을 먹었다. 컵라면과 치킨 그리고 닭똥집 구운 것, 생두부, 그리고 콜라 한 잔 마셨다. 생각보다 푸짐한 밥상이었다. 카페 고객 수완이라고 동원이 후배쯤 되는 아이다. 함께 먹었다. 저녁 사동에 머물 때였는데 어제 자정 넘어 구웠던 빵이 다 팔렸다. 손님이 갑자기 많이 찾는 바람에 주방이 한동안 바빴다. 오래간만에 드립 주전자를 잡아 보았다. 사동에서는 모처럼 잡은 일이다.

자정쯤, 최진석 교수님의 노자 강의를 들었다.

鵲巢日記 15年 07月 13日

날씨 꽤 맑았다.

사동 개장하고 곧장 신대·부적리에서 영업하는 '세빠프레소'에 다녀왔다. 한날 상호를 어떻게 지었느냐며 물은 적 있다. 오빠와 에스프레소의 합성어인데 주인장 이름이 세영이다. 그래서 오빠에서 오 자를 빼고 세 자를 넣어 세빠프레소가 되었다. 세빠프레소는 본점에서 약 이삼 리 정도 되는 거리다. 경산에서는 사동 다음가는 신도시로 뜨는 지역이다. 같은 지역에 살면서도 이곳에 들리기는 드문 일이다. 오늘은 케냐 로스팅한 커피를 배송 차 들리게 되었다. 주위 건물 짓는 정황을 보고 솔직히 많이 놀랐다. 대구 여러 고층빌딩에 비하면 그리 높은 건물은 아니나 이곳 사정을 보면 상당히 높은 건물을 많이 짓고 있었다. 거기다가 커피집이 예전보다 훨씬 많이 들어와 있는데다가 곧 입점하겠다고 현수막을 걸어놓은 곳도 몇 군데 있었다. 세빠는 창업한 지 이 년을 넘겼다. 에스프레소 한 잔 청해 마셨는데 곧 있으면 로스터기를 들인다고 했다. 용량은 약 1K 정도다. 태환의 같은 용량으로 비교하자면 가격은 1/3이다. 상당히 저렴하다. 앞으로 콩을 직접 볶겠다며 이야기한다. 그러니까 주위 대형 프랜차이즈가 하나씩 입점하기에 이에 대한 경쟁력을 높이기 위한 자구책이다. 그간 드립용은 간간이 볶아 드렸지만, 이제는 이 일도 할 수 없게 된 셈이다. 여기는 그나마 로스터기를 들여서 사업할 만한 곳이다. 아마, 소비자께 더 믿음을 부여할 수 있으리라 본다.

세빠프레소는 예전 그러니까 지금 정평을 운영하는 강 선생께서 여기(카페리코) 머물 때 교육한 학생이다. 이번에 구매하는 로스터기는 강 선생과 함께 사기로 했는데 제조사는 부자로스터로 대전에 있다. 부자로스터는 바리스타 유 씨의 아버님께서 제작하며 교육과 보급은 아들이 한다. 처음에 이 로스터기가 발표되었을 때는 솔직히 기능이나 디자인은 별로였지만 지금은 상당히 좋아졌다. 그러니까 가격에 비하면 태환에 뒤지지 않는 상품으로 요즘 업계에 주목을 꽤 받는다. 사이트는 네이버 카페로 '부자로스터'만 쳐도 검색할 수 있다.

김 씨와 점심을 함께 먹었다. 점심 후, 김 씨는 정평과 청도 가비에 커피 배송을 가게 되었다. 나는 정문에서 청도 가비 1K, 납품용 커피 봉투 디자인을 했다. 언제부터 해드릴까 고심하다가 오늘에야 하게 된 것이다. 블루마운틴 생두는 다른 어떤 업체보다 경쟁력을 갖추었다고 나는 자부한다. 단가를 맞추기 위해서 백Bag 단위로 들여놓고 있다. 맛 또한 다른 어떤 커피보다도 구별되어서 고객께 다가가는 그 신선함은 이루 말할 수 없다. 가비 점장께서는 운문에 찾아오시는 관광객뿐만 아니라 운문사 여러 스님께도 적지 않게 커피(볶은 원두)를 판매한다. 그간 상표이미지에 많은 고심을 한 것도 사실이었다. 가맹점이 아니라서 커피 봉투에 드러나는 우리의 상호는 영업에 자신감을 떨어뜨리게 한 것도 사실인 것 같다. 앞으로는 거래와 더불어 용량을 다양화해서 봉투 제작을 계획할까 보다.

봉투 제작은 적지 않은 비용이 들어간다. 아마 개인 카페는 그 비용을 생각하면 엄두도 못 낼 것이다. 거저 일반봉투에 전단을 붙이거나 도장 찍어서 내는 곳이 아직도 많다. 인쇄하면 그만큼 깔끔하여 고객께 상표이미지를 부각하는 데도 적지 않은 도움을 준다.

3시 커피 교육 가졌다. 이와 같은 일과 그간 제작한 디자인상품을 보여드렸더니 아주 꼼꼼히 본다. 특히 이번에 새로 제작한 가비봉투는 상호도 시원한 일종의 고딕양식과 여백에 쓴 가비의 내력은 눈길 끌만 했다. 오늘은 우리나라 커피 역사와 현 커피 시장을 이야기했다. 처음은 조금 따분하게 느끼는 것 같아서 내가 쓴 『커피향 노트』를 읽으며 설명하는 것으로 진행했다. 한 사람을 위한 교육은 무척 어렵다. 교육을 진행하는 사람도 재미가 있어야 즐겁게 시간을 보낼 수 있다. 시선을 집중하는 데는 읽는 것만큼 더 좋은 것은 없다.

저녁에 읽은 한 줄 글귀다.

법치주의의 시조라 일컫는 '한비자'의 스승이었던 '순자'는 군도君道 편에 이렇게 말했다. '어지러운 군주는 있어도 어지러운 나라는 없다. 다스리는 사람은 있어도 다스리는 법은 없다. 명궁名弓 예羿의 법은 없어지지 않았지만, 예와 같은 명궁은 이 세상에 없고 우임금의 법은 아직 존재하지만 지금 우임금과 같은 성군은 없다. 그러므로 법은 홀로 설 수 없고 율예律例는 스스로 설 수 없다. 사람을 얻으면 존속되고 사람을 잃으면 실패한다. 법이란 치란治亂의 실마리요. 군자란 법의 근원이다.'27)라 했다. 옛사람도 사람을 그만큼 중요시했다. 예와 같은 명궁도 우임금과 같은 성군도 지금은 없지만, 달랑 법만 남았다는 데 누가 이 법을 바르게 행할 것이란 말인가! 그러니 자본주의 사회에 사는 우리는 얽히고설킨 모든 관계는 사람이 근본이다. 자고 일어나면 세상은 급속도로 변한다. 관계를 어떻게 맺으며 어떤 상품으로 연관을 맺고 거래를 원활히 하여 자본은 어떻게 증식해야 하는지 말이다. 부자로스터는 자작로스터로 출발하여 이미 시장을 선점하여 꽤 앞선 기업인 태환을 쫓고 있나. 부사(부자로스터 줄임)는 벤치마킹으로 저렴한 가격을 내세웠다. 한두 대씩 판매는 더 나은 제품을 이끄는 피 같은 자본금이었다. 커피 시장은 날로 뜨겁다. 그만큼 수요가 급부상했기에 판매는 더욱 늘었다. 앞으로 어떤 도약으로 발전해나갈 건지 눈여겨 지켜볼 만하다.

---

27) 『논어 강의』, 기세춘 저, 826p 참조

38. 도자기

우리 인류는 언제부터 토기를 만들어 사용했을까? 그 역사는 아마 서기전 만 년에서 육천 년경 사이로 추정한다. 우리나라는 대략 서기 전 육천 년에서 오천 년경 사이로 본다. 토기와 도자기는 점력을 갖춘 가소성 있는 질흙으로 형태를 만들고 이것을 불에 구워낸 것이다. 우리나라와 중국, 베트남은 다른 나라보다 훨씬 일찍 앞서서 자기를 만들어 사용했다. 특히 우리나라는 독창적인 데가 있으며 양질의 자기를 생산했다.

임진왜란 때 조선의 도공(도자기 공예가)이 일본에 많이 잡혀간 사실이 있다. 이를 두고 임진왜란을 '도자기 전쟁' 이라고도 했다. 일본 사람은 우리나라 도공을 왜 납치해 갔을까? 당시 일본은 도자기가 없었다. 음식을 대나무 그릇이나 나뭇잎에 담아 먹었다. 이런 상황이다 보니 우리의 자기문화는 일본인에게는 매력적이지 않을 수 없었다.

본차이나bone china라는 말이 있다. 중국의 도자기가 유럽에 건너간 시점은 18세기 이후다. 특히 영국은 중국의 도자기를 모방했는데 이때 소뼈를 갈아서 원료를 사용했다고 하여 본차이나라는 이름이 붙었다. 어쨌거나 도자기는 중국과 우리나라만큼은 가장 뛰어났다. 하지만, 지금은 이 기술을 받아들인 국가가 도로 명성이 더 나 있음이다. 카페에서 사용하는 잔도 대부분 이들 국가에서 들여온 물품으로 이룬다. 참 안타까운 현실이다.

인근에 도자기 공예가 선생이 있다. 그의 제자 분은 카페에 자주 오시기도 한다. 하루는 선생의 도자기 만드는 모습을 이렇게 표현했다. 마치 바람을 떠내는 것 같은 느낌이었다며 말했다. 그러니까 수주 받은 잔이 있었던 모양이다. 그 잔은 여럿이었는데 한 잔씩 떠내는 작업은 마치 기계로 떠낸다고 해도 선생의 손 솜씨와 기술에 따라가지 못할 거라는 얘기다. 그만큼 속도도 빨랐으며 표면의 질감이나 모양의 정확성은 어찌 표현할 수 없었다. 한마디로 그냥 '휘리릭' 하며 떠낸다.

생활자기와 카페는 아주 밀접한 관련이 있다. 커피는 모두 잔에 담는다. 아무리 맛있는 커피를 내려도 이를 담는 잔이 투박하면 맛은 또 떨어진다.

노자의 말씀에 치빙馳騁이라는 말이 나온다. 노자 『도덕경』 12장과 43장에 나온다. 이를 잠깐 인용하자면, 12장 치빙전렵馳騁畋獵, 영인심발광令人心發狂이라 했다. 이는 사냥이 능수능란하면 사람에게 마음을 미치게 한다. 43장에 천하지지유天下之至柔, 치빙천하지지견馳騁天下之至堅, 천하의 가장 부드러운 것이 천하의 가장 견고한 것을 다룬다는 의미다. 물론 치빙馳騁이란 능수능란하게 다룬다는 말이겠다. 지유至柔는 지극히 부드러운 것을 말한다. 쓰는 행위는 부드러움에 해당한다. 내 마음을 가지런히 하고 하루 일과의 그 딱딱함을 치유治癒한다.

내가 글을 잘 쓰고자 하면 물론 여기서 치빙을 말한다. 속도와 질감과 그 모양의 정확성을 기하고자 하면 아까 모 도자기 선생과 같이 바람을 떠내는 것과 같은 것은 그러니까 늘 밥 먹듯이 써야 하며 읽어야 한다. 읽지 않았는데 무엇이 나오겠는가! 그러니 먼저 읽어라! 이것은 나의 잔에 담는 행위다. 잔이 그득하면 몸소 깨달은 것이 저절로 흘러넘치는 법이다.

鵲巢日記 15年 07月 14日

꽤 맑은 날씨였다. 낮은 다소 후덥지근했다.

사동에서 약 삼십여 분간 책을 읽었다. 기세춘 선생께서 쓰신 『논어 강의』를 모두 읽었다. 책이 상당히 두꺼워 눈으로 한 번 읽는 것만도 보름 이상 걸렸다. 기존의 논어, 책과는 다른 점은 여러 고전을 빌려 선생이 말하고자 하는 뜻을 심으려고 애쓴 흔적이 보였다. 이러한 덕에 다른 고전을 맛보기로 약간 들여다본 듯 느낌마저 들었다. 이 책에 선생은 도올 선생에 관한 비평을 자주 들었는데 이 계기로 도올 선생의 강의를 듣게 되었으며 도올 선생의 책을 사다 볼 수 있는 계기가 되었다. 선생이 논했던 도올과는 다른 느낌이다. 강의가 그렇고 책이 그렇다. 사회를 두고 바라본 지식인의 시각이 얼마나 매섭고 뚜렷하며 바르고 곧은지 알 수 있었다. 선비로서 함께 하는 사회를 바르게 이야기하는 용기는 정말 대단하다고 보아야 한다. 그만큼 앎이 깊기에 표현력은 뛰어난 것이다. 이것을 보면 나는 얼마나 미약하고 어리석고 또 배울 길이 까마득하다는 것을 깨닫는다.

세무대행 일을 맡는 세무서에 다녀왔다. 서류 하나를 들고 경산세무서에 들러 제출했다. 서무가 저 위 조감도 사장이냐고 묻기에 인사를 했다. 카페에 자주 간다며 인사를 주신다. 쑥스러웠다. 세무서에서 예전에 교육생이었던 김 씨를 보았다. 김 씨는 영대 정문에서 그리 멀지 않은 부동산을 그 당시 사 들였는데 그때 1층에 가맹점 모 업체를 한 적 있다. 그리고는 1년 경영했는지는 모르겠다. 다른 사람에게 넘겼는데 지금은 세貰 받는다. 경산 어느 길 좋은 곳에 땅 사서 건물 지었다고 했다. 이 일로 사업자등록을 했는데 이에 관한 일로 오게 되었다. 최 씨의 이야기를 들으면 나에게는 아주 꿈같은 일이다. 대학가에 산 건물도 약 20억 가까이 하는데다가 땅 샀다는 곳도 길목이 좋아 땅값이 평당 천은 호가하는 지역이기 때문이다. 나는 우스갯소리로 커피 또 해보지 않으시렵니까? 하며 물었더니 싱긋이 웃으신다. 이제는 그리 힘든 일은 못 하겠어요, 하며 대답한다. 땅이 있고 건물 있고 세가 있는데 굳이 이 어려운 일을 할까! 역시 자본가는 자본을 늘리는 데도 남다름을 본다. 누구는 집도 없고 자동차도 없는데 누구는 시간이 지나면 척척 증가하는 자본을 보니 말이다. 최 씨는 나에게 한 말씀 주신다. 이제 본부장님도 괜찮지요? 저 위는 손님 참 많던데요. 한 날 다녀왔습니다. 하시는 거다. 나는 별말씀을 드리지 못하고 덩달아 싱긋이 웃었다. 실은 오늘 전 직원 월급날인데다가 통장을 제구 맞춰 보내야 하는 내 마음을 이찌 알 수 있을까! 그래 쓰러지지 않으면 된다.

점심시간 지나 정문에 들러 이미 교육 끝난 권 선생의 수료증을 만들고 만든 수료증을 들고 본점에 들러 실습하시는 선생께 드렸다. 아주 반가워했다.

3시 커피교육을 가졌는데 오늘 밀양에서 사가져 온 피자를 교육생과 함께 먹었다. 밀양 에르모사 교육과 개점은 어떻게 이루어졌는지 역사라면 역사다. 그 일련의 과정을 이야기했더니 약간은 의구심을 갖는 듯했다. 상호로 '빈노트bean-note'는 어떠냐며 물었는데 나쁘지 않다고 했다. 복합 다양한 뜻이 있으니 그에 맞게 사업을 하시면 된다. 생두에 관한 이야기를 했다.

압량에 머물 때였다. 옆집 아주머니가 또띠 몰며 나왔는데 '저 집 바로 옆에 커피집 들어온다고 하네.', '네에' 그러니까 우리 집 바로 옆에 전파상 이 집 바로 옆에는 레스토랑, 레스토랑 옆이 커피집이 된다. 전에 교육이 필요해서 본점에 한 번 들렀다는 말을 듣긴 했지만, 그 길로 영 소식이 없었다. 옆집 아주머니 이야기 들으니 언뜻 생각나는 것이다. 그나저나 어떤 마음으로 시작하려나 하는 생각이 드는 것인데, 여기 매상이 하루 오만 원 오르기가 어려운 것 생각하면 참 아득한 길이기 때문이다. 어쨌든지 저기는 그나마 평수가 있을 거로 생각하면 또 나을 거로 생각하면서도 세 만만치 않으니 얼마나 버틸 수 있을까 하는 것이다.

둘째가 저녁을 했다. 냄비 밥을 안쳤는데 꽤 잘해 놓았다. 소시지도 볶고 달걀부침까지 했으니 제법 요리를 한다. 어제는 학교에서 준비한 야영을 다녀오기도 했다. 아직 어린아이다. 하지만 요리를 하나씩 해보려는 마음이 참 가상한 일이다.

늦은 밤에 시마을 ○꾼 형님께서 오셨다. 전보다는 많이 건강해 보여 마음이 놓였다. 당뇨가 좀 있으신데 여러모로 관리하는 불편함에도 책을 놓지 않은 분이다. 사동 조감도 마감 때까지 이야기하다 가셨다.

鵲巢日記 15年 07月 15日

날씨 꽤 더웠다.

이른 아침, 한 통의 전화를 받았다. '본부장님 너무 이른 시간에 전화했죠?', '아닙니다. 말씀하세요.', '네 지금 건물을 뜯고 있는데요. 아침에 민원이 들어가서 동네 난리 났습니다.', '아! 그렇군요. 제 생각에는 옆집에서 민원 넣었을 것 같습니다. 전에 뵈었을 때도 누차 부탁하더라고요. 먼지 날리지 않게 조심스럽게 하라며 부탁하더라고요.' 하양이다. 카페를 짓기 위해 고택 건물은 뜯어야 한다. 옆집은 교육생이 오랫동안 함께 일한 집이었다. 건물도 건물이지만 상권이 이분화 되는 것은 어쩔 수 없는 일이다. 물론 한 집은 밥집이고 한 집은 커피집이라고 하지만 커피집은 커피만 파는 것도 아니라서 더 민감하다. 물론 지금은 방학인데다가 개학이라 해도 손님은 예전만치 오는 곳도 아니었다. 이종의 업종이 들어오면 더 활성화될 수 있음인데 옆 주인장은 너무 민감한 듯하다. 전화 주셨기에 '음료수 사 들고 가서 양해 말씀 드리리며 조언했다.'

사동, 개장하고 조회했다. 근무일과 쉬는 날은 다른 직원과 팀워크를 잘 맞춰 나가시길 부탁했다. 오는 주말이면 산타페 신차가 나온다며 말씀을 드렸다. 아래 비 오는 날, 오 선생은 타고 다니는 모닝 차가 펑크 나는 일로 위험을 감수해야 했는데 조감도 경비로 떨어나갈 거라 얘기했다. 이해해주셨으면 했다.

커피 배송, 가맹점 사동, 옥곡, 진량, 신규 청도 동곡, 일반 거래처 한학촌 모두 김 씨에게 다녀오게 했다. 김 씨는 동곡에 먼저 갔다가 거슬러 올라오면서 한군데씩 들리면 되겠다며 말을 했지만, 진량부터 먼저 가시게끔 했다. 이곳 주인장은 다혈질적인 성격이라 기분 맞추기 다소 힘든 집이다. 혹시 김 씨가 낭패 볼 일이나 있을까 싶어 조언했다.

배송은 주문받은 날로 다음 날 배송이라며 이미 일을 그만둔 서 씨가 있을 때부터 쪽지를 각 점장께 드리며 양해를 구했지만, 여전히 급하게 주문 넣는 곳이 많다. 거래처가 한집만 있는 것으로 모두 착각한다. 아무리 성격 급한 민족이라 하지만 배달의 민족은 용량이 오십을 바라보고 있다. 이제는 구닥다리 컴퓨터 하나 띄우는 것만치 힘이 들어서 파릇하게 돌지 않는 이 머리를 잘 이해되지 않는가 보다.

영천에 다녀왔다. 엊저녁, 카페 ○○○에 기계가 좀 이상이 있다는 전화를 받았다. 그러니까 전기를 넣어도 열이 오르지 않는다며 한번 들러 달라고 했다. 엊저녁에는 너무 늦은 시각이라, 오늘 가게에 들러 확인했다. 기계는 이상이 없었다. 아래, 비가 아주 많이 와서 누전으로 인한 차단기 내려간 일이 몇 번 있었다고 했다. 비가 오니까 가게에 쓰는 전기가 여러모로 많아서 생기는 현상이다. 우리 본점에도 그날 1층 서재는 차단기 떨어진 일로 불을 켤 수 없었다. 이왕 온 김에 기계 청소했다. 막힘 망에 약품을 넣고 소독을 했다.

영천, 카페 ○○○ 경영하는 점장 이 씨는 11년 겨울에 교육 등록했다. 본점장 성택군과 교육 동기다. 영천에 가진 땅이 있는데 그중 일부가 도로에 물리는 바람에 보상이 나왔다. 그 보상금으로 철골구조로 천고가 높은 건물을 지을 수 있었다. 여기를 무엇을 할까 고민하다가 커피를 배워 개업하게 되었다. 물론 커피만 하는 것이 아니라 준 레스토랑으로 경영하다가 지금은 이 일이 어려워 커피만 할까 하며 이야기한 적도 있다. 하지만 이곳 시장도 만만치는 않았다. 여기서 불과 20여 m 앞에 외국 상표 '파스구찌'가 신축 단독 건물로 들어왔다. 얼마 전에 개업했다며 점장께서 말씀하신다. 더구나 이 집은 앞집인데 바로 뒤쪽에는 '엔젤리너스' 대형 커피전문점이 입점한다며 말씀하신다. 지금 한창 공사 중이었다.

가게 개업하고 나서 보통 이삼 년이면 그 운을 다하는 것 같다. 물론 예외인 곳도 많으나 일반적으로 그렇다. 이삼 년 정도의 시간으로 처음 투자한 금액을 뽑을 수 있는가 하는 문제가 생긴다. 아마 백 집에 한두 집 정도가 그렇지 않을까 하며 적어놓는다. 사업을 시작했던 나는 작은 평수로 아주 적은 금액으로 개업했다. 그러다가 작은 점포, 샵인샵으로 컨설팅하며 여러 카페를 성공으로 이끌었다. 시간이 흐른 뒤, 점점 생겨나는 카페는 경쟁력에 마음과 내부공간미와 실력까지 두루 갖추어 시장에 진입한다. 기존에 카페가 단골손님을 많이 확보했다지만 점점 줄어드는 영업을 본다. 주어진 환경에 너무 익숙한 나머지 변화에 둔감한 것도 사실이다. 그러니 사회에 있는 한 끝없이 변화하며 살아야 한다. 결코, 안전한 것은 아무것도 없다.

점장께서는 앞으로 무엇을 했으면 좋겠느냐며 물으시는데 이야기 듣고 보니 참 남의 일 같지가 않았다. 3시 교육이 있어 커피 한잔 마시고 가라는 친절에 마다해야만 했다.

3시, 교육생은 오지 않았다. 아무래도 동네 여러 이웃의 사정을 살피느라 많이 피곤할 게다. 본부에서 책을 읽었다. 기세춘 선생께서 쓰신 『노자 강의』다. 서두를 조금 읽었다. 노자의 근원에 관해서 이야기한다. 노자는 노자가 혼자 쓴 것이 아니라 민중의 집단 창작이 아니겠느냐며 여러 논지를 들어 이야기한다. 일례로 죽간본과 백서본의 저자에 관해서 논하는데 참 신기한 것은 죽간본이라면 약 이천 년 이상 무덤에 있다가 발견된 것 아닌가! 그것이 썩지 않고 남았다는 것이 신기할 따름이다. 지금은 정보의 홍수시대에 살지만, 예전은 책이 귀한 시대였다. 지금은 이리 많은 정보를 저장하고 보존하는 기능 또한 옛사람에 비하면 비교가 되지 않는다. 현대의 문화는 한 천 년 아니 만 년이 지나도 고스란히 들여다보지 않을까! 거저 느낌이다.

압량에 머물 때, 윤 과장 다녀갔다. 공장에서 커피 볶는 기계를 새로 장만하고자 모색 중이다. 지금은 25K 용량으로 하루 약 300K 볶는다고 하니 온종일 커피를 볶아야 한다. 60K 용량 기계 한 대가 약 2억 원이다. 이왕이면 120K 용량으로 하고 싶지만, 자금이 달린다며 한마디 한다. 본점에 장만했던 로스터기가 15K 용량이다. 구매한 지가 5년이 지났다. 이것도 살 때는 4천만 원 했으니, 어렵더라도 그때 준비하지 않으면 기회는 없었지 싶다. 그러니 일은 늘 위험수준을 달린다.

그 외 오늘 한 일, 조감도 커피 봉투와 카페리코 본점 커피 봉투 1K 용량, 디자인을 새로 했다. 정문에서 했다.

39. 댓돌

마!읽어라
아니면말고

댓돌은 한옥에서나 들어보는 말이다. 꼭 사대부 집에서나 볼 수 있는 말 같기도 하지만 서민의 집에서도 댓돌은 있었다. 그 차이는 전자는 아주 길고 품격이 있고 너르고 마당을 훤히 내다볼 수 있게 만든 것이라면 후자는 좁아 그저 한 발짝 떼어 오른 것에 불과하다. 댓돌 위에는 안채로 들어설 수 있게 디딤돌이 놓였다. 디딤돌에다가 신을 벗어놓고 오르기도 하며 댓돌에다가 신을 벗어놓고 디딤돌 밟으며 안채에 들어가기도 한다. 이것도 어떤 계급적인 자태로 받아들여지기도 한다. 지체 높으신 어르신이야말로 디딤돌에다가 신을 벗어놓고 안채에 오를 수 있지만, 아래 것은 가당치도 않은 말이다.

댓돌에 올라서면 마당은 훤히 내다보인다. 커피로 얘기하자면 바에 서는 기분이다. 매장 안이 훤히 내다보이니 손님의 동태가 한눈에 들어온다. 하지만 댓돌에 서 있는 자는 귀품 가는 양반네 마음으로 서 있으면 안 된다. 오히려 머슴과 같은 마음으로 시중드는 자리다. 그러니까 마당이 이때는 상석이다. 손님의 의중을 읽고 바라는 메뉴를 주문받으며 무엇이 부족한 것은 없는지 서서 살피는 자리다. 손님이 없을 때는 댓돌은 깔끔한지 보아야 하며 기계와 여타 장비의 기능은 제대로 수행하는지 확인하며 커피는 언제 볶은 것이며 맛과 향을 위해 수시로 살펴야 한다.

우선은 댓돌이 깔끔해야 하며 다음은 마당이다. 머슴은 마당을 항시 청결하게 하는 것은 기본의무다. 손님이 무엇을 빠뜨리고 가지 않았나 확인하며 무엇이 묻어 있는지는 않은지 자리는 깨끗한지 테이블은 무엇이 묻어 있거나 부스러기나 휴지 같은 것이 나뒹굴지는 않는지 확인한다. 우리가 생각지도 못한 곳에 휴지와 이물질은 끼어 있다. 예를 들면 자리도 모서리나 틈새에 손을 찔러 확인하면 캡슐 같은 것도 더러 나오는데 이것도 깨끗이 청소해야 하며 자리 밑에도 무언가 던져놓고 가는 손님도 있으니 깨끗이 치워야 한다. 한마디로 댓돌에 서 있는 자는 머슴이다. 그러므로 바리스타는 머슴이다.

글에서 댓돌은 머리말에 해당하겠다. 본체에 들어가기 전에 한번 집 둘레를 보는 격이다. 어느 작가든 이 댓돌만큼은 멋지게 다듬으려고 한다. 이는 곧 자기 집을 겉으로 소개하는 것과 같아서 누구든 초대하고 싶은 마음이 먼저다. 집도 본인이 지어야 후회가 없으며 글도 본인의 삶과 경험이 묻어나야 진정한 글이다. 글을 쓰는 것은 내 생각을 적는 것이며 내 감정을 표현하는 것이며 그나마 있다면 작은 지식을 논하는 것이라 내 것이 아니라면 굳이 글을 쓸 필요가 없다. 그러니 글을 쓸 때는 가장 먼저 지켜야 할 것이 나 자신을 속여서는 안 된다. 어떤 때는 너무 사실적이고 솔직한 얘기라도 그냥 그대로 놔둬라! 글은 글뿐이다. 또 읽고 논하는 것도 어리석은 일이다.

쓰는 사람은 자신을 드러내는 것이지만 한 시대의 표상이라 동감하는 사람도 있으며 그렇지 않은 사람도 있기 마련이다. 하지만 최소한 마음은 보이지 않았던가! 그러므로 긁어 마음 상한 일이 없도록 한다.

댓돌은 그 집에 한번 올라가 둘러보는 것과 같아서 집이 어떻다는 것을 느껴보는 자리다.

鵲巢日記 15年 07月 16日

날씨 꽤 맑았다. 어데 바람이나 쐬러 갔으면 할 정도다. 너무 맑다.

배송할 커피를 모두 챙겨 봉고에 실었다. 병원과 시내 몇 군데다. 이 일을 김 씨에게 맡겼다. 오전 포항으로 길 나섰다. 며칠 전에 사장님께서 전화 주신 일 있었다. 밑에 물 샌다고 했다. 들러 기계 확인해보니 보일러에서 수위 게이지 쪽 연결부위인 동 배관 용접부위가 금이 간 것 같다. 테프론 테이프 칭칭 감아 조여도 물이 한 방울씩 똑똑 떨어진다. 서울, 무역상에 전화해서 관련 부품을 사진 찍어 보냈다. 우선 임시방편으로 기계 쓸 수 있도록 다시 조였다. 아마 내일 오전에 부품 도착하면 다시 들러 새것으로 교체해 드리기로 양해 말씀드렸다.

도로를 시원히 달렸다.

날이 아주 맑아 시야가 확 트이니 거리낌이 없었다. 포항 내려가는 길은 영천으로 해서 국도를 이용했다. 가시거리 약 100m 상에 차가 한두 대 정도라 도로가 한산하다. 다시 경산 돌아오는 길은 고속도로를 이용했다. 대구에서 경주, 경주에서 그 밑에까지 도로 확장공사로 분주한 모습을 본다. 시대가 얼마나 좋아진 것인가! 불과 몇 십 년 만의 일이다. 이 많은 대중이 자가용을 이용할 수 있는 것도 차가 없이 생활했던 시절도 불과 몇 년 되지 않기 때문이다. 가마나 구르마 혹은 우마를 이용했거나 우마가 이끄는 수레에 의존했던 시절도 불과 몇 년 되지는 않는다.

지구 위의 모든 생물 중 단연 주인공은 인류다. 이 인류는 모두 생각한다. 그러니 나라는 의식을 하며 사는 동물이기에 나를 표현하며 산다. 봉건국가나 왕정 국가 시대에는 꿈도 꿀 수 없는 일이다. 앞으로는 어떤 사회가 도래할까! 우리의 후예들은 어떤 문화를 낳을 것이며 어떤 도로를 달리며 어떤 주체를 가지며 어떤 사회를 만들 것인가! 자본주의 사회가 인본주의로 향하며 신용사회로 나갈 거란 생각을 하면 지금 어떤 마음을 나는 가져야 하나!

3시 커피이론교육을 마쳤다. 시간은 꽤 지났지만, 내용은 턱없이 부족했다. 교육생의 출석률이 높지 않았고 큰일을 앞둔 상황에서 무엇을 이야기한다는 것은 부담으로 닿았을 것이다. 무엇보다 하고자 하는 마음이 있으면 그어떤 어려움도 극복할 것이다. 어제 철거작업 시작하던 일이 오늘 다 끝났다며 말씀을 주신다. 상호는 '또바기'로 하기로 했다. 딸이 이름 지었다. 또바기는 순우리말로 언제나 한결같이 하는 뜻이다. 듣고 보니까 괜찮았다. 전에 말씀 주셨던 '경일'보다는 훨씬 낫다. 오늘 포항 다녀오느라 점심을 먹지 못한 가운데 수업을 했다. 말할 힘이 없었다. 커피에 관한 책을 읽는 데 도움이 되도록 용어에 관한 설명과 배전 단계, 바리스타의 정의에 관해서는 조금 더 신경을 썼다.

신청한 차가 왔다. 현대자동차 영업사원이 차를 가져왔다. 영업사원은 친절하게도 아내에게 일일이 설명했다. 타고 다녔던 차는 중고를 다루는 모 사장께 연락하여 가져가시게끔 했다. 작년에 900여만 원에 사서 720에 넘겼다. 커피 한 잔 마시며 금액을 시소 타듯 했지만 피우던 담배를 끄실 때 결정이 났다. 환금성이 이렇게 좋은 것은 유독 차뿐일까!

사동, 동원이도 와 있었고 정석이도 있었다. 점장도 있었다. 콩 볶으려고 기계를 예열하고 눈꽃 빙설을 만들고 자리까지 잔 받침 들고 가고 반죽하며 빵틀 보고 있으니 그야말로 분주한 한 마당이다. 사람은 그러니까 일할 때가 가장 행복한 것이다.

대곡에 주문받은 기계가 있었다. 온수통과 블랜더와 빙삭기다. 빙삭기는 크레샤 기능이 있는 것을 갖춰달라고 했는데 포항 기계 수리 일로 그만 까마득히 잊었다. 그것뿐만 아니라 본점과 사동 직영점 배송도 잊고 말았다. 예전은 일이 많아도 기억을 다 했다만, 요즘은 중요한 일 하나만 터져도 생각한 나머지는 잊고 만다. 밤새 읽은 책으로 또 글로 인해 모든 것이 뒤죽박죽이다. 하지만 그래도 나는 행복하다. 살아 있으니 누리는 이 고민 말이다.

11시 30분, 본점 마감했다. 본점장 성택군은 걱정 어린 말을 한다. 본부장님 조용해도 너무 조용합니다. 우리는 뜰에 간이의자에 앉아 이야기했다. 조용하다는 말은 나는 오늘 몇 번 들었던 것인가! 포항에서 사동에서 정수기 하는 동생 허 사장이 자동차 중고 상사 대표 이 사장도 모두 얼굴 찌푸리며 한마디 뱉은 말이었다. 한겨울보다 더 냉각한 경기를 본다.

鵲巢日記 15年 07月 17日

약간 흐리기도 했지만 대체로 맑았다.
오전 9시
○○○ 형님

읽어 주셔서 감사해요.
별고 없으시지요.

여름이 가까이 닿은 것 아니, 온 것 같지만, 여름 같지가 않습니다. 시간이 빨라 느끼지 못하는 것인지. 아니면 현대문명이 좋은 것인지 가끔은 아! 7월이구나 하면서 정신없이 하루 보냅니다. 오늘은 포항에 다녀와야 하네요. 여기서는 한 시간 제법 걸리는 곳입니다. 어제 기계 수리를 했습니다. 새 기계 놓은 지 몇 달 되지 않는데 동 배관에서 물이 샙니다. 테프론 테이프 바르면 일반적으로 괜찮은데 여기는 관이 찢어졌더라고요. 부품이 낡아 그렇다면 모르는 일인데 말입니다. 오늘 아침이면 부품이 서울서 내려옵니다. 받으면 곧장 내려갈까 합니다. 영업장소라 급히 처리해야 합니다. 요즘 영업하시는 분들 보면 아주 민감합니다. 메르스는 지났지만 여전히 경기는 별로 좋지 않습니다. 커피는 여름이 성수기 맞지만 겨울보다 못합니다. 다들 좋지 않은데 어느 집인들 좋겠습니까마는 허리띠 불끈 매야 하겠습니다.

요즘은 시학 공부보다는 고전을 많이 봅니다. 형님 춘추전국시대의 성인군자들은 어떻게 그 위기를 극복하였나 하는 말씀을 읽으면 재미도 있지만 요즘 세태를 한번 생각하게 합니다. 읽을수록 재밌어, 푹 빠지기도 하지만, 이것도 시간이 여의치 않습니다. 무엇보다 제가 운영하는 가게 매출이 급격히 떨어졌기에 무슨 대안을 내놓지 않으면 죽음입니다. 어제는 본점 장과 오랫동안 대화를 나누었네요. 그의 떨리는 목소리로 조용하다는 말을 들었을 때, 대표로서 할 수 있는 말은 그 순간 아무런 생각이 나지 않더라고요. 거저 괜찮아질 거라며 힘내자는 말 한마디뿐이었습니다. 20세기 마지막 경영학자였습니까! '피터 드러커'가 했던 말이 생각납니다. 지식정보화 사회라는,

교육 사업을 어떻게 보편적으로 수익적 창출모델로 끌어올리느냐 고민합니다. 어떤 것은 성공적인 아이템으로 정착한 것도 있습니다. 직원의 넉넉한 평일 시간, 이 시간을 활기 넘치는 곳으로 재미나는 곳으로 이끌기 위해서는 무엇을 해야 하나 생각을 자주 합니다. 아마도 좋은 대안이 나올 것 같습니다.

형님 거저 편지 쓴답시고 길게 안부 전합니다.

늘 건강하시고요.

작소 인사 올립니다.

어제 깜빡 잊고 주문 못 넣었던 기계를 공장별로 전화하거나 문자 보냈다. 오전에 은행에도 잠시 다녀왔다. 통장정리가 필요했다. 어제 전화 받은 곳이다. 오늘 아침 로스터기 보러 오시겠다고 하던 손님 있었다. 예전 동호점을 운영했던 이 씨 아버님이시다. 친구분과 함께 본점에 오셨다. 약 한 시간 동안 기계를 사진 찍고 들여다보고 묻기도 했으며 그에 대해 대답을 했다. 이 씨가 한때 얘기했던 것이 생각난다. 아버님은 기계 관련 제작을 하시는 분이

라며 얘기한 적 있었다. 이 씨는 커피 전문점 운영은 실패한 셈이다. 하지만 기계 관련 쪽에 한 번 관심 가져보라는 조언을 한 적 있는데 그때 이후로 유심히 물었다.

본부 김 씨가 해야 할 일은 없었다. 바로 조감도에 가, 일하도록 했다. 나는 포항에 갈 여비를 챙겼다. 정오쯤 되어서야 서울서 관련 부품이 내려왔다. 하양에 벤츠빈도 오래간만에 주문이 들어왔는데 이곳과 사동 조감도에 주문, 본점에 가져다놓아야 할 물건을 모두 챙겼다. 혼자 해도 그리 많은 일이 아니라 또 모두 한 번씩 들러 보아야 해서 직접 챙기며 곳곳 내렸다. 그리고 포항에 간다.

어제의 운전으로 인해 오늘은 조금 피곤했다. 가는 내내 졸음이 오기도 했지만 우리나라는 어디를 가더라도 산이 많아서 그리 따분한 것만은 아니다. 아주 큰 산을 향해 차를 몰며 갈 때는 마음이 놓이기도 했는데 다다른 터널을 뚫을 때는 까만 내 가슴을 뚫은 듯 시원했다. 포항이라서 바다 냄새가 나거나 하지는 않는다. 어떤 여유로 인해 내려왔으면 또 모르겠다. 일이 아니면 여기서 가까운 영일만 쪽에는 가보고 싶다는 생각을 잠시 가지기도 했다. 일 마치는 시간과 또 걸려온 전화와 가야 할 거래처 생각하면 시간만 빠듯하다.

오후 1시 30분, 현장에 들러 기계를 뜯고 관련 부품을 분해하여 빼내었다. 새것으로 갈아 끼우고 기계작동을 해본다. 압력이 점점 높아간다. 갈아 끼운 부위가 물새지 않는 것을 확인하고 잠시 카페에 앉았다. 사장님께서 토마토 주스 한 잔 갈아주신다. 사모님도 모처럼 뵈었다. 사모님은 이렇게 뵌 것은 몇 년 되었다. 절실한 기독교 신자다. 내가 부품을 갈거나 자리에 앉을 때도 사장님께서 토마토 주스 한잔 갈아 오셨을 때도 성경을 보고 계셨다. 6년 전이었던가! 그때도 참 여리셨는데 그때나 지금이나 여전하시다. 사장님께서 예전 서울 중견 모 건설회사에 다니셨지만, 그때 부도난 일로 이 일을 하게 되었다. 아들이 서른이다. 그때 해결되지 않았던 일이 지금에서야 법정공방을 거쳐 모두 해결되었다니 끝까지 기다리는 사람에게는 복이 있다며 한 말씀 주신다. 그러니까 커피전문점은 거저 소일이며 직업은 있어야 사회적 여러 활동을 겸하는 것이니 그리 나쁘지 않다. 하루 매출을 이야기하면 암담하기 그지없지만, 굳이 이 매출 보며 일하는 것은 아니다.

기계는 모두 정상운영 되는 것 보고 나는 나왔다.

오후 3시 30분, 본부에 도착했다. 본점에 택배 왔다는 문자를 받았다. 분명히 지난번 주문 넣었던 '가비' 봉투가 왔을 것이다. 끄집어내서 확인하고 사진 찍어 점장께 보여드렸다. 4시 반쯤 사동에서 일하는 김 씨로부터 문자가 왔다. '여기서 바로 퇴근하나요?', 이 문자를 받았을 때 영화 '쇼생크 탈출'이 생각났다. 앤디 듀프레인의 친구, 레드가 가석방되었다. 그리고 어느 매장에서 일할 때 어느 간부에게 묻는다. '잠시 화장실 다녀와도 되나요?', 아직 특정한 일이 주어져 있는 것이 아니라 이곳이면 이곳, 저곳이면 저곳이라 또 어느 곳이든 대표가 있는 것도 아니라서 그렇다. 그냥 짧게 답변을 넣었다. '네'

오후 9시 30분, 1층 무대 위 테이블에 앉아 눈꽃빙설 한 그릇 주문해서 먹었다. 마침 동원이가 있었는데 시간 괜찮으면 한 그릇 해주시게 했더니 대답이 시원했다. '넵 본부장님' 동원이는 어제 이런 말을 했다. 한비자는 이사의 모의로 죽임을 당했다고 했다. 나는 갑자기 웃었는데, 한마디 더 하는 거였다. '본부장님 책을 다 읽었습니다.' 한비자와 이사는 동문수학했던 사이다. 처세는 누가 강하며 올바른가! 이사는 한비자 보다는 오래 살았다. 하지만 인생의 끝에는 능지처참으로 맺으니 또 한비자만큼 어떤 철학을 남겨놓았던 것도 아니다. 한비자는 유세와 간언의 어려움을 이야기하며 법가를 논했지만 결국 제 몸 하나 지키지 못했다.

꼭 어떤 법도가 있어야 내리던가 말이다. 아무런 사람이 찾지 않으면 내릴 수 없으며 내려도 마시지 않으면 소용이 없고 마셔도 맛과 효용이 따르지 않으면 다시 찾지 않을 것이다. 그러니 무엇이 가장 중요한가! 道

우리는 산을 걷는다. 수풀이 우거진 어느 길 하나 찾지 못하고 헤매는 나를 본다. 더구나 깜깜한 산속이라면 어떤 마음인가! 길을 찾고 찾은 길을 안 내하며 보이지 않는 산을 그 정상을 오르는 것은 오로지 마음이다.

자정, 본점 마감했다.

鵲巢日記 15年 07月 19日

흐렸다. 보슬비 내리기도 했다.

단지 59
휴대전화기는아침을깨웠다. 막막한바다와같은세계를보며어떻게배를띄워

야하나! 답답한마음에서다. 무대는꾸몄고연출자는때마다매번오르고있었다. 하지만구경꾼은없다. 어쩌다가바구니는지나며희끗희끗들여다보고그냥지나간다. 가격은제혼자불안했다. 힘없는엘리자베스였다. 베토벤처럼고독을씹으며악보없는바닥을거닐며블랙홀만연주했다. 거꾸로선음표가시공만가르다가모래처럼쌓였다. 딱한잔의정성은고종을위안한다. 하지만잃어버린제국처럼시들시들한꽃과나무만제자리지키며있다. 꾸준히도는풍차의날개처럼피끓는악마의군중을한길곧게담는돈키호테창끝에통일되는그날은언제인가! 판초, 낡은책장은버리고해를꿰며해를뽑고해를향하여해를

　　허름한마대를꿰며천고만바라본다.

鵲巢日記 15年 07月 20日

대체로 흐렸다.

단지 60
갑골문자의근간은조개였네. 나뭇등걸갖다놓고불지피네 바라보는세계,피의순환 천만년이어온진화천만년바라보고가는인류, 불은여전히뜨겁네. 뒤집은거북이만바라보네 구석기의타제석기로음운의대전석보상절꿰는추없는바늘이네 직자의둔황을지나오아시스지나곡자의돈황 학이시습지면불역열호아죽은반죽이빵그리며몽싯몽싯오르는육갑, 구름같고물같고산나무같고하늘나는새같았네

鵲巢日記 15年 08月 22日

맑았다.

단지 61

8기통, 임모탄조가타는차로커피배송하고싶다. 강력한백사운드깔고여러수
십대호위차량이끌며동쪽녹색평원향해달리고싶다. 피의주머니달고모든씨앗
담은가방안으며한손은핸들잡고한손은해골바가지기어꽉잡으며하늘치솟는불
뿜으며달리고싶다. 협곡지나오토바이군단헤치고독재자임모탄조턱주가리뽑
아내고뜨거운커피한잔마시고싶다. 나를기억해줘집게손가락곧게펴고하늘아
래휘몰아치는모래폭풍속으러들어가는우리, 더나은나를찾아황무지떠도는우
리, 우리가가야할곳은어디인가?

鵲巢日記 15年 09月 20日

조회했다. 배 선생께서 손님 중 어느 분께서 휴대전화기로 계산할 수 있다
며 전화기 내보인 일 있었다며 보고한다. 카드단말기 회사에 다니는 처남께
물으니 아직 단말기와 관련해서 정확한 정보가 입수되지 않아 관련 프로그램
설치가 곤란한 듯했다. 그러니까 삼성은 휴대전화기에다가 카드를 심어놓는
방식을 내놓는 일이 있었다. 소비자는 이 프로그램을 다운받아 쓰는 셈이다.
카드 없이 전화기만 사용해도 계산되는 시스템이다.

점심을 동원이와 함께 먹었다. 가게 앞에 돈가스 전문점이 있다. 이 집에서 돈가스 이 인분 포장해서 압량에서 먹었다. 동원이는 집에 건물이 있는데 횟집으로 임대 나간 상태였다. 아버지께서 이 횟집이 곧 나갈 것 같다며 말씀 주신 일이 있나 보다. 아마 다음 주면 가게가 빈다고 하니 이제 동원이도 창업 준비를 서서히 해야 할 때가 되었다. 나는 동원이에게 어떤 일이 있어도 일을 직접 집행할 수 있도록 자신감을 심어주었다. 그간 동원이와 대화 나누다 보니 아버님께서 적지 않게 카페에 관심을 보였기 때문이다.

오후, 본부에서 책 읽으며 보내다가 '카페 조감도 대표가 쓴, 카페 간 노자'를 쓰기 시작했다. 오늘만 A4로 24장을 썼다.

저녁 밤늦게까지 글을 썼다. 자정 가까이 본점 마감하고 동원군과 정석군과 함께 본점 앞 장터막창에서 얼큰한 김치찌개와 밥 한 공기씩 먹었다.

鵲巢日記 15年 09月 21日

맑았다.

사동 직원과 커피 한 잔 마셨다. 압량은 오전은 비워 둘 수밖에 없었다. 곧장 본부에 들어가 오후, 사동 단물고기 카페에 들어갈 기계와 초도물량을 챙겼다.

오전에 사동 갈 물건을 챙길 때였다. 10여 년 전 카페 모임 할 때 만난 후배다. 문병산 군이 찾아와 아주 반가웠다. 어느 아는 사람으로부터 들었지만, 모 대학 대학원 다니는 거로 알았다. 어느새 미국 스탠포드 대학에 다닌다며 얘기한다. 그러고 보니 미국인이 된 듯한 느낌도 든다.

점심때 정수기 사장 준이가 왔다. 그와 함께 제빙기와 에스프레소 기계 다른 몇 종류 기계를 더 실었다. 이 무거운 기계를 들어 올릴 때마다 느끼는 것은 노동은 참으로 힘든 일임을 깨닫곤 하지만 일을 하지 않으면 또 무엇으로 먹고사는가! 세월은 몸을 늙게 하였고 기력은 점점 더 떨어지는 데 말이다. 점심을 먹을 수 있는 시간도 없었고 점심 생각을 할 수도 없었다.

사동, 무려 4시간 동안 기계를 설치했다. 바bar 바닥을 뚫고 전기를 넣었다. 그리고 배수와 정수를 잇고 기계를 가동했다. 약 한 시간가량 걸렸다. 제빙기 설치하고 있을 때, 하부냉장고와 하부냉동고 싣고 온 기사가 있었다. 기사는 나에게 한마디 한다. '사장님 직원 없습니까?', 나는 싱긋이 웃으며 '네, 이제는 혼자 합니다. 몸도 늙고 하니까 더는 하기가 싫어집니다.' 기사와 끙끙거리며 그 무거운 냉장고와 냉동고를 내렸다.

카페 단물고기는 커피도 판매하지만, 주업은 물고기 사업이다. 오늘 여기서 처음 본 물고기인데 금붕어 한 종류였다. 배가 아주 똥똥해서 복어 새끼를 보는 듯했다. 실지로 이 물고기 만져보면 배가 아주 단단하다고 한다. 오늘 가게를 둘러보니 소파와 탁자가 아직 들어오지 않았다. 영업하려면 아마, 보름 정도 지나야 하지 않을까 싶고 정상 영업 되려면 한 달은 족히 걸릴 것 같다.

그 외, 커피 공장에 주문을 넣었다. 서울에 생두판매상께 생두 종류별로 한 백씩 주문 넣었다. 포항과 제주도에 커피를 보냈다. 스팀 피처 담당하는 모 상사에 주문 넣었다. 은행에 들러 일 보았다. 은행 전무님께서 신대·부적에 자리한 대리점에 원두커피를 뽑을 수 있는 기계를 주문하셨지만, 도저히 시간을 낼 수 없었다. 천상 내일로 미룬다.

　저녁, 압량에서 '카페 조감도 대표가 쓴 카페 간 노자'를 썼다. 오늘까지 A4 50장 분량이다.

鵲巢日記 15年 09月 22日

　사동 개장하고 곧장 대구에 나갔다. 그러니까 오늘도 오전은 압량을 비워 둘 수밖에 없었다. 동네에 내가 거래하는 은행이 있다. 이 은행은 얼마 전에 내부공사를 시작하여 내일은 모두 끝난다고 했다. 여기는 본점이다. 여기서 가까운 신대·부적에 지점이 있다. 본점과 지점에 원두커피 사용할 수 있는 기계를 부탁받은 바 있다. 원두커피를 다루는 기계, 자판기 총판이 대구에 있어 다녀왔지만 정작 기계는 못 가져왔다. 재고가 없었다. 내일 몇 대, 들어오고 10월 초쯤 되어야 들어온다며 담당 기사는 말한다. 내일 다시 오기로 하고 나올 수밖에 없었다.

　오후, 청도 가맹점에 다녀왔다. 커피를 배송했다. 점장께서는 기계 한쪽에 물이 샌다며 말씀 주시기에 물이 새는 부위를 수리했다. 샤워망과 고무 개스 킷을 모두 새것으로 갈아 끼웠다. 청도는 오늘은 가게 안이 훈훈했다. 손님이 꽤 있었는데 모두 동네 분이시라 점장은 오시며 가시는 손님께 마중 나가 인사하시는 모습을 뵈었다. 얼마나 보기 좋은 일인가! 여기서 곧장 하양에 가, 커피를 배송했다. 카페 벤즈빈에 들렀다. 2층은 카페 1층은 갈빗집이다. 위층 아래층 같은 집으로 젊은 사장이 운영한다. 한 번씩 카스에 오르는 소식을 보곤 한다. 결혼한 지 얼마 되지 않아 알콩달콩 깨 솟는다. 여기서 바로 영천에 갔다. 모 학교다. 베네치아 원 그룹이다. 버튼 누르면 딱 거리다가 그만 멈춘 다며 AS가 접수되었다. 지난주 토요일에도 같은 증상이 있었지만, 그때는 괜찮았다고 했다. 현장에 들러보니 PCB 나갔다. 4시 조금 지나 수리해서 5시 가까이 되어서야 마칠 수 있었다.

압량에 곧장 왔다. 압량에 일하는 오 씨는 나에게 한 말씀 주신다. '장사가 이렇게 안 됩니까! 다른 데는 괜찮지요?', 어떤 대답을 해 드려야 할 지 막막했다. 실은 다른 곳도 마찬가지였다. 압량 오늘 매출은 2만 원이 못 된다.

압량에서 '카페 조감도 대표가 쓴 카페 간 노자'를 썼다. 오늘까지 모두 17 단락 완성했다. 나는 어떤 일이 있어도 글을 쓰고 책을 만들 때 가장 행복하다. 오늘도 약 두 시간가량 정신없이 썼다.

자정 본점 마감하며 본점장으로부터 영업보고를 받았다. 작년과 많이 다름을 본다. 본점 매출이 20이 넘지 못하는 것은 본점이 잘하지 못한 것이 아니라 경산에 카페가 그만큼 많이 들어섰음을 얘기해주는 것이다. 이 과열경쟁에 우리가 사는 방안은 무엇인가? 추석이 내일모레다. 직원 10명, 추석 쉴 수 있게끔 차비도 준비해야 한다. 영업의 성과는 내 발목을 잡는다.

鵲巢日記 15年 09月 23日

오전 흐리더니만 오후 비가 왔다.

사동에서 모처럼 점장 볼 수 있었다. 추석 연휴 직원 근무사항을 다시 확인했다. 점장에게 좀 더 성실하고 책임감 있는 노력을 당부했다. 물론 지금 성실하지 않거나 책임감이 없어서가 아니라 관심을 더 가지라는 뜻에서다.

오전, 압량은 비워둘 수밖에 없었다.

어제 미처 일 다 끝내지 못한 대구 썸앤썸 카페에 커피를 배송했다. 한식 전문점에도 드립용 커피를 배송했는데 여기 주인장께서는 화사한 얼굴로 나에게 묻는다. 케냐 커피인데 더 자세하게 알 수 없을까요? 손님께서 무슨 커피냐고 묻습니다. 그러니까 커피가 꽤 맛이 있었던가 보다. 나는 장황하게 한 말씀 드리려다가 그만 짤막하게 대답했다. 'AA'요,(제스처로 어깨를 살짝 움츠리거리면서, ㅎ) 네에…… 주인장은 커피가 진짜 맛이 있었던가 보다. 무언가 자꾸 물어보려는 자세였지만, 나는 일이 바빠 미소 짓다가 금방 나올 수밖에 없었다.

대구 모 병원에 커피 배송했다. 추석 선물로 본점에서 내린 더치커피로 했다. 몇 년 전에는 과일로 하다가 또 몇 년 전에는 선물세트로 하다가 작년에는 커피세트를 했다. 올해는 선물할 수 있는 여력이 없어 그만 지나치려다가 그래도 나를 믿고 거래한 집이다. 그것도 십 년이라는 세월을 보냈다. 더치커피로 예쁘게 포장해서 마음을 전했다.

삼원에 들렀다. 오후 은행에 설치할 기계를 실었다. 원두커피 자판기와 믹스커피용 자판기다. 이 기계를 실으며 느낀 것은 인스턴트커피를 한동안 다루지 않아 내가 자판기 기계를 너무 모르고 지냈다는 것과 이제는 어디든 무엇을 파는 것이 중요하다는 거였다. 왜냐하면, 카페 종일 있어도 하루 매출 5만 원 넘지 못하는 것도 있으며 20만 원 넘지 못하는 것도 있는데 인건비와 제반 비용을 무엇으로 감당하는가 하는 생각에서다. 무엇이든 팔자!

'카페 조감도 대표가 쓴 카페 간 노자'도 잘 썼어, 책다운 책을 만들고 판매야 꽤 되겠는가마는 마케팅과 홍보용으로 또 거기다가 강의할 수 있는 준교재용이라도 되었으면 하는 게 나의 소원이자 희망이다.

본부에 들어와 자판기에 들어갈 재료를 챙겼다. 원두커피는 우리가 쓰는 에스프레소 커피로 다른 부자재도 함께 실었다. 은행은 여기서 멀지 않다. 현장에 전무님 뵙고 견적서를 제출했다. 두 대 설치했다. 한 시간 이상 필요했다. 전에 한의대 모 연구실에 설치하고 근 10개월 만에 설치한 기계다. 전에 한 번 해 본 경험이 있어 두 번째는 그리 어렵게 하지는 않았다. 은행 직원 각각 자판기에서 나오는 원두커피를 맛보았다. 모두 신기하게 바라보며 마셨다.

한학촌, 디아몽에도 커피 배송 있었다. 우드에 생두를 납품했다. 요즘은 매일, 내 생애 가장 바쁜 날로 보내고 있다. 어떤 때는 미치겠다. 몸이 곤하고 이 곤한 몸이 쓰러지지는 않을까 하는 생각에 다소 조심하고 싶지만 일은 끝이 없다. 내일은 영천도 가야 한다. '카페 간 노자'를 위한 독서도 중요하다. 천천히 해나가자. 오늘은 '카페 간 노자' 19단락까지 완성했다.

저녁 압량에서 컵라면을 먹었다. 잠시 '카페 간 노자'를 쓸 때다. 아내로부터 전화 왔다. 하양에서 어느 분께서 만델링 200K 생두를 들고 온다고 했다. 볶아달라는 주문이었다. 로스팅 비용과 포장에 관한 자세한 상담은 이따가 하기로 했다. 오늘 당장 볶아야 한다고 했다.

40. 다지기(탬핑; Tamping)

분쇄된 커피는 포터필터에 끼운 바스켓에 담아 에스프레소를 제대로 뽑기 위해 탬퍼를 들고 포터필터에 여러 번 격擊하여 수평으로 작作한다. 커피가 평平하지 않으면 균일한 탬핑이 못 이룬 것이라 결국 추출된 에스프레소 맛은 떨어진다. 커피를 담은 포터필터는 가볍게 두세 번 격擊하여 고른 다음 바스켓과 포터필터 사이 묻은 커피 즉, 잔여 물질을 솔로 쓸어내고 다시 다지기로 들어간다. 이때 약 12kg의 하중으로 완벽하게 다진다. 바리스타에 따라 탬퍼를 한두 바퀴 돌려주는 이도 있어 이는 커피 표면을 더 고르게 함이다. 다 다진 것은 한 번 더 보며 바스켓과 포터필터 사이에 커피 잔여 물질은 없나 살피고 이를 뒤집을 때 뚝 떨어지는 일이 없으면 완벽한 다지기로 본다. 그렇다고 매번 다 다진 포터필터를 거꾸로 뒤집어 확인할 필요는 없다.

다지기는 참 중요한 바리스타의 일이다. 기계와 그라인더 기능을 살피고 포타필터에 담은 커피 양도 감각적으로 익혀야 한다. 바리스타의 손맛은 여기에 있는데 너무 적게 담으면 빨리 추출되어 싱겁게 되며 너무 많이 담으면 추출이 힘들거나 아예 나오지 않는 예도 있으며 이렇게 어렵게 뽑은 에스프레소는 그 맛이 탁하며 고소하지가 않다.

글도 마찬가지다. 하루에 있었던 일을 적거나 내 경험을 바탕으로 전문서적을 만드는 일은 한 번 쓴 것으로 끝나는 게 아니다. 이미 쓴 것을 여러 번 읽어 누가 읽더라도 어데 막힘이 없어야 한다. 문장을 매끄럽게 하고자 하면 수정작업은 불가피하다. 또 어떤 것은 잘못된 서술이나 그 뜻이 잘못 전달될 소지가 있는 것은 충분히 퇴고 과정을 거쳐야 한다. 그래도 글은 사각지대가 형성된다. 어쩔 수 없는 일이다. 그렇다고 글 쓰는 것을 포기하거나 소홀히 하는 것은 더 어리석은 일이다.

나는 책을 여러 번 냈지만 낼 때마다 완벽한 것은 없었다. 좀 더 봤어야 하는 일로 막급莫及 후회가 된다. 하지만, 일개 천한 장사꾼의 몸으로 이를 더 정확히 살피고 내는 데는 한계였다. 더욱 가진 지식이 짧고 견문은 넓지 못해 문장을 다루는 것에도 그 표현이 어리기만 하다. 쓰는 것이 하루 즐거움이었다면 그것으로 그쳐야 할 일이었으나 이렇게 부끄러움을 무릅쓰고 내는 데는 좀 더 배움의 길로 나아가고자 함이다. 많은 가르침으로 지도 편달해주기 바란다.

한 권의 걸쭉한 작품을 이루기 전에 수정과 퇴고는 다지는 행위다.

鵲巢日記 15年 09月 24日

흐렸다.
오전에 처리해야 할 일이 많았다. 은행과 병원, 그리고 삼풍에도 다녀와야 했다. 모두 커피 배송이었다. 추석 선물로 더치 세트를 모두 드렸다. 병원에서 일이다. 마침 병원 점장님께서 계셔 인사했다. 점장님은 여러 고민이 있었는데 그 고민을 들었다. 병원은 일반인에 비하면 아주 큰 자본가다. 병원도 하나의 사업체기 때문에 사회에 미치는 특성상 공익사업에 가깝게 보이는 것도 사실이지만 엄연히 수익을 목적으로 하는 기업이다. 그러니까 올해 상반기쯤 되지 싶다. 나는 병원 관계자에게서 들은 것이 아니라 기획사 사장님으로부터 말씀을 들었다. 기획사 사장은 병원에서 가까운 승마장에 취미로 다녔는데 이곳 회원이라 병원 대표이사를 잘 아시는 분이었다. 대표 이사께서도 승마협회에 관계가 있는 듯하다. 어느 날 이곳 병원장께서 세상 달리했다는 소식을 들었다. 나와는 아무런 관계가 없을 듯한 소식이었다. 더구나 일면식도 없는 사람 아닌가! 하지만 이곳에 나의 가맹점이 영업한다. 문제는 대표이사가 바뀌었고 대표이사 아래로 인사체제가 바뀌었다. 바뀐 인사체제 하에 병원 경영은 병원에 임대로 들어온 사업주까지 영향이 미치게 되었다. 점장은 계약 기간을 다시 살피게 되었고 병원 측은 더 나은 기대수익을 위해 외부 사업체와 연락을 취함과 동시에 현 점장께 다른 종목으로 권유하기까지 했는데 점장께서는 일의 생리를 잘 아는지라 병원 측 요구하는 대로 못 하겠다는 의사표시를 전했다. 그러니까 병원은 다시 살피게 되었고 아무래도 자본가의 입김에 힘에 부친 점장은 여러 고민을 하게 되었다. 나는 오늘 이와 같은 이야기를 들으며 노자의 말씀이 스쳤다. 무엇이 효과적이고 복돼는 일인지 말이다. 시대는 자본주의지만 조선 시대나 다름없는 왕정 시대를 보듯 했다. 병원 측 처지로 보면 최대의 수익을 모색할 것이고 점장님 처지로 보면 내가 가진 권익을 최대한 챙기려고 할 것이다. 병원은 나에게 아주 큰 거래처다. 커피가 상당히 많이 나간 것도 사실이지만 들어갈 때마다 현금결제라 나에게는 아주 큰 도움을 주는 거래처다. 병원에 비하면 나는 피라미다. 상황이 잘 되어갔으면 하지만 큰 자본가의 힘에 어찌 이길 수 있을까!

오후, 영천에 다녀왔다. 영천 가맹점에 커피 배송했다. 영천은 처음 개업할 때는 일주일 한 번은 족히 왔었다. 11년 9월경에 개업했다. 만 오 년째 영업한다. 매년 영업성과는 점점 준 듯하다. 가맹점이 위치한 자리는 사거리 요충지만 점장은 일을 더 효율적으로 이끌고 싶은 의욕이 없다. 지난달에 들렀을 때는 드립교육을 통해서 시민께 다가선다면 매출에 호조가 있을 거라고 조언을 드렸다. 더 자세한 영업을 나는 지도했지만 그때뿐이었다. 영천은 내가 보기에는 전국 도시 가운데 땅값이 상대적으로 낮은 것 아닌가 하는 생각도 든다. 왜냐하면, 불과 몇 달 사이에 커피 사업을 하는 대형 상표는 모두 들어왔다. 갑자기 이렇게 되었다. 영천에 사업하는 우리 카페리코 교육생은 두 곳이다. 하나는 가맹점이고 하나는 해오름으로 가맹점에서 상당히 먼 곳에 위치한다. 하지만 이 두 집 사이에 엔젤리너스 두 집이 생겼고 카페 ○○○○가 생겼다. 외국 상표인 파스구찌와 국내 크다고 하면 큰 카페베네, 거기다가 개인도 많이 들어서기까지 했다. 이들 모두는 카페 단독 건물로 신축 개업했다.(그러니 영천점이 아무리 번화가에 있다 하더라도 단독 건물로 외관 디자인과 내부 디자인에 압도당할 수밖에 없는 처지다. 그렇다고 이들 상표가 영업의 호조를 누리는가 하면 그것도 그렇지만도 않다. 너무 많은 업체가 몰려 있어 경영에 상당한 어려움이 있는 걸로 들었다.) 지금도 건물을 짓는다고 하면 커피 전문점을 한 번쯤은 의심해 볼 처지다. 그만큼 갑자기 우후죽순으로 밀고 들어섰지만 정작 일찍 영업 시작한 곳은 경영의 위기에 몰렸고 이미 문 닫은 곳도 더러 보이기 시작했다. 그러니까 영천점 맞은

편 비교적 큰 개인 카페는 개업한 지 삼 개월 만에 문을 닫았다. 문은 닫았지만, 간판은 여전히 걸려 있어 사람들 이목에 오르내리는 실정이다.

여기서 곧장 삼원에 다녀왔다. 은행에 설치할 기계를 실었다. 원두커피 자판기다. 사무실에 쉽게 뽑아 마실 수 있는 기계다. 기계 값이 얼마 하지 않는다. 커피전문점에서 비싼 커피를 사다 마시느니 머그잔만 넣으면 착 떨어진다. 맛을 보았지만 간편한데다가 쉽게 이용할 수 있어 고객께 상당한 귀여움받을 것이다. 은행도 경쟁이라 이제는 인스턴트가 아닌 원두로 갖추어야 한다며 은행 관련 전무님은 구태여 결정했다. 오늘은 일이 많아 설치하지 못했다. 내일로 미룰 수밖에 없었다.

鵲巢日記 15年 09月 25日

대체로 흐렸다.

오전 장사장이 오래간만에 조감도에 왔다. 아마, 추석 인사차 오신 거였다. 커피 한잔 마셨다. 동원이 곧 개업하겠다며 서로 이야기 나누었다. 장 사장은 요즘 바쁘게 보낸 듯하다. 서울에 내부공사 관련으로 일이 몇 있나 보다.

오전, 은행에 다녀왔다. 어제 설치한 기계를 다시 보았다. 정수기에서 바로 물이 들어갈 수 있도록 배관을 연결했다. 이 일은 처음 해보는 일이었다. 수압에 관한 지식이 없어, 실수 몇 번 했다. 자동판매기만 전문으로 설치하는 대구 모 자판기 기사를 잠시 불러 일을 처리할 수 있었다.

화원에 사업하는 후배 이 씨가 왔다. 점심 같이 먹었다. 본점에서 커피 한

잔 마셨다. 이 씨는 마음이 꽤 평온해 보였다. 요즘 카페에서 죽을 팔고 있다. 나보고도 죽을 한번 팔아보라고 권한다. 생각보다 짭짤하다며 강조했다. 죽 몇 통을 가져다주었는데 나는 아직 맛을 못 봤다.

오후, 아까 그 은행의 지점에 갔다. 원두커피만 나오는 자판기를 설치했다. 기계는 아주 조그마하지만 정말 실속 있다. 개인 사무실이나 어느 회의장 같은 곳에도 잘 어울릴 듯하다. 커피 맛 보았지만 커피 전문점에서 파는 커피와 손색이 없다. 양도 알맞게 맞춰 나온다. 요즘 가맹 사업하는 곳곳, 빅사이즈로 내는 커피와 달리 말이다. 나는 빅사이즈로 내는 카페들, 그리고 서로 자기네들이 가장 크다며 우기는 가게를 보면 우습기만 하다. 우리 몸에 맞는 커피는 얼마만큼의 양인가! 한 번 생각해보자. 허례허식은 여전히 심하다. 이러한 사회를 보니 씁쓸하다.

청도에 다녀왔다. 헤이주 카페에 주문받은 커피를 배송했다. 오후 다섯 시쯤 직원 모두 상여금을 챙겼다. 모두 송금했다. 몇몇은 감사하다고 문자를 보내 주었다. 모두가 함께 탄 배에 있다. 일에 더 신경 썼어 매진해주길 부탁했다. 모두 나를 믿고 일한 가족이다. 지면을 빌어 감사함을 전한다. 직원 모두 애써 주었다.

압량에서 '카페 간 노자' 2부 다섯 번째 이야기를 썼다. 책을 쓰기 위해 오늘 점심을 함께 먹었던 후배에게 여러 가지 물었다. 나의 글을 쓰는데 참조하기 위해서다. 한참 글을 쓰고 있을 때였다. 디아몽 강 선생께서 잠시 다녀갔다. 전에 빌려갔던 더치 병을 가져다주었다.

鵲巢日記 15年 09月 26日

맑았다.

동네 마트에서 고양이 밥을 샀다. 사동에 언제부턴가 고양이가 들어와 함께 살게 되었다. 전에는 배 선생께서 집에 고양이 밥을 챙겨 가져오곤 했다. 그 밥이 어제 동났다. 아침 문 열 때마다 우는 것을 보니 애처로웠다. 오늘은 새끼 두 마리와 함께 있었는데 새로 산 봉지를 뜯고 한 움큼 쥐어 밥그릇에 담아주었다. 세 마리 머리 맞대고 먹는 모습 잠시 지켜보았다. 모든 새끼의 생존조건은 귀여움이라는 말이 생각났다. 단지 이렇게 보는 귀여움 하나밖에 없는 것 아닌가! 오늘 아침은 거뜬히 먹을 수 있는 고양이를 본다.

오전 사동 개장하며 배 선생과 예지와 커피 한 잔 마셨다. 오늘부터 추석 연휴 들어가니 손님께 특별히 신경 써 주십사 부탁했다.

사동에 개업 준비하는 '단물고기'에 다녀왔다. 지난주 기계 설치할 때와는 또 다른 모습이었다. 영업장 안에 대형 어항이 있었다. 물고기 수십 마리가 들어 있었는데 정말 장관이었다. 가게 안은 곳곳 어항을 두었다. 어항과 물고기를 파는 일이니 특별 주문 제작한 상품도 꽤 있었다. 이 씨는 상품에 대한 설명을 아끼지 않았다. 나는 곧장 들어야 했다. 어항에 취미를 가져보라고 했다. 나는 여간 신경 쓰일 것 같았지만 못하겠다는 말은 하지 못했다. 그냥 죽 둘러보았다.

오후, 본부에서 줄곧 글을 썼다. '카페 조감도 대표가 쓴 카페 간 노자'를 썼다. 2부 14번째 이야기를 완성했다. 이중 동원이는 11번째 이야기에 들어가는데 압량에 일하는 동원 군에게 보였다. 동원이는 재밌어했다. 옮겨 놓자면 다음과 같다.

11. 동원

성은 정 씨며 본관은 동래다. 집안의 막내로 태어났다. 아버지께 꽤 신임받는다. 취미로 헬스를 하며 독서를 즐긴다. 14년 9월 카페리코에서 커피 교육받았다. 어떤 일이든 책임을 다하며 손이 참 재바르다. 아주 밝은 미남의 바리스타로 기억에 남는다. 손님 오시거나 가실 때 문 앞까지 나와 살핀다. 가시는 모습을 끝까지 보아야 안에 들어가 일 본다. 참으로 예의 바르다. 대학은 영남대 도시공학과를 졸업했지만, 도시계획에 뜻이 맞지 않아 커피로 돌아서게 되었다. 집에 건물이 있다. 전에는 횟집이 경영했지만 지금 이 글을 쓰는 15년 9월, 비워졌다. 내달 내부공사가 들어갈 것이며 카페 일을 본격적으로 시작할 것이다. 그간 카페리코 본점과 카페 조감도에서 두루두루 실전 경험을 쌓았다. 상호는 '다이노 커피'로 한다. 이 상호를 쓰게 된 것은 조카의 영향이 컸다. 하루는 삼촌이 카페 한다며 얘기했더니 그림을 그려 주었다. 여기는 공룡을 놓고 여기는 무엇을 놓아가며 그림을 그렸는데 거기에서 착안했다. 아끼는 후배다. 가게는 대구 수성 1가 롯데캐슬 복합단지 바로 맞은편에 있다.

사동점에 잠시 다녀왔다. 추석 선물로 더치를 선물했다. 점장께서 직접 계셨는데 명절 건강하게 보내시라 인사드렸다.

점심은 햄버거를 저녁은 돈가스로 압량에서 동원 군과 함께 먹었다.

鵲巢日記 15年 09月 27日

맑았다.

아침 일찍 차례 지냈다. 두 아들과 함께 지냈다. 본점은 오늘 쉬었다. 압량은 아침 일찍 동원 군이 나와 수고했다. 사동은 오전은 배 선생과 예지가 나왔고 오후는 점장과 부근 군이 수고했다. 그러니까 카페리코 본점은 쉬고 카페 조감도만 개장했다.

카페 개장하고 오전 일찍 고향에 나섰다. 부모님께 드릴 과일과 용품을 챙겼다. 도로가 막힐 것 예상하고 갔지만, 오늘도 만만치 않았다. 그나마 가는 시간은 덜 막힌 셈이다. 평상시 사오십 분 정도면 가는 거리를 약 두 시간으로 갈 수 있었다.

부모님 뵙고 점심을 가볍게 먹었다. 지난번 설에 작년 추석에 찾아뵙지 못했는데 아마 섭섭하셨나 보다. 이렇게 추석이면 와야지! 하며 말씀하신다. 오늘도 영업 중이라 잠시 비움이 신경 쓰이는 건 사실이다. 집에서 꽤 쉴 수 없었다. 차 막히는 것 생각하면 또 여장을 챙겨야 했다. 오후 2시 조금 지나 처가로 향했다. 오후는 차가 더 막힌다. 도로가 가다 서고 반복했는데 거의 주차장을 방불케 했다. 처가도 평상시 사오십 분 정도면 가는 거리다. 오후 5시 훨씬 지나 도착했다. 서울에 작은아버지도 와 계시고 울산에 처사촌도 왔다. 처사촌 현승이는 사업이 꽤 괜찮아 보였다. 외모도 전에 본 모습과 많이 달랐다. 살도 좀 붙었고 차도 바꿨으니 많이 좋아 보였다.

우리 집 아이 준이와 찬이가 커가는 모습도 하루가 다른데 처남댁 조카를 보니 세월에 놀랍기만 하다. 처가에서 저녁을 먹었다.

오후 6시 조금 지나 본부에 왔다. '카페 간 노자'를 생각했다. 그리고 종일 압량에 혼자서 근무한 동원 군 잠시 보러 갔다. 동원이는 열악한 환경에도 최선을 다했다. 오늘 최대의 목표를 올리겠다며 도로 나에게 안심시켜 주었다. 늦은 점심으로 아까 햄버거와 콜라를 사가져 갔지만, 도시락 싸와서 괜찮다고 하는 동원이다. 젊은 사람이 얼마나 배고팠을까 하며 나는 생각한다. 다시 본부에 와 여러 가지 구상을 마치고 9시쯤 압량 마감하러 갔다. 동원 군은 30만 원 채우지 못해 죄송하다는 말을 한다. 나는 그에게 한마디 했다. 올해 최고의 목표를 올린 거야, 이 정도면 아주 선전한 거네, 수고 많았네, 나는 차에가, 굵은 배 하나와 기름값으로 담았던 봉투 한 장을 꺼내었다. 동원 군에게 건넸다. 절대 받지 않으려고 했다. 괜찮아 기름값이야 적은 돈이니 부담 갖지 말고 기름 좀 넣게.

우리는 일을 한다. 최선을 다한다는 것은 꼭 남을 위해 하는 것 같아도 결코 아니다. 최선은 곧 나를 위한 것이다. 언제나 연습 같은 일이지만 일은 실전이다. 실전에 능하면 어떤 일이든 곧잘 할 수 있다. 동원 군은 분명히 잘해낼 거라 나는 믿는다. 정말 최선을 다하는 후배다.

사동 조감도는 오 선생께서 마감했다.

노자는 그의 호칭처럼 어른이다. 즉 나이 많으신 어른 말이다. 선생은 인생을 어떻게 살아야 함을 아시는 분이다. 몸을 보호하기 위해 피신하다가 어느 국경지대에서 설파한 『도덕경』이지만 그는 이미 모든 것을 알고 깨달은 성자였다. 우리는 매일 미로를 걷듯 하루 삶을 그려나간다. 나는 마치 출구가 없는, 아니 그 출구가 보이지 않는 어떤 미지의 세계로 꿈을 그리며 하루씩 열쇠를 놓았다. 이것은 일기다. 내일을 위하고 희망을 품는다면 오늘은 절대 아깝지 않다. 그러니까 지금 내가 그려놓은 이 열쇠 같은 글들 말이다. 또한, 이 글로 나의 희망 가득한 내일을 열지 못한다고 해도 나는 후회하지는 않는다. 나는 오늘로써 최선을 다했으니까! 나를 위해 말이다. 그러므로 이것은 돈보다 아니 그 어떤 시간보다 그 어떤 친구보다 소중하다.

鵲巢日記 15年 09月 28日

맑았다.

오늘은 모든 영업장이 정상 근무에 들어갔다. 본점은 본점장 성택 군이 애써 주었고 압량은 내가 직접 일했다. 오후에 오 씨가 나와 교대했다. 사동은 점장 석 씨와 부근 군, 배 선생, 동원 군이 수고했다.

오전에 노자에 관한 글을 썼다. 오후 '카페 조감도 대표가 쓴 카페 간 노자' 3부 아홉 번째 단락까지 이루었다. 그러니까 지금까지 쓴 것을 보면 1부는 20단락, 2부는 15단락, 3부 아홉 번째까지 이야기를 만든 셈이다. 3부는 더 써야 하며 4부까지 이루면 책은 완성된다.

저녁에 비락우유 사장님께서 사동에 오신 일 있었다. 오 선생으로부터 전화가 왔다. 내가 쓴 책을 여섯 권 사가져 가셨다고 했다. 고마운 분이다. 비락우유 사장님은 '카페 간 노자' 3부 여덟 번째 이야기에 담았다.

압량 마감할 때쯤 우드 테일러스 카페에서 오셔 커피를 챙겨드렸다. 추석 선물로 나무로 만든 원앙새 한 쌍 받았다. 나는 드릴 것이 없어 송구했다. 커피 한잔 마시며 덕담을 나누었다. 우드 테일러스 이야기는 3부 네 번째로 담았다.

오늘까지 3부 11번째까지 완성했다.

鵲巢日記 15年 09月 29日

맑았다.

오전, 압량에서 카페 보았다. 추석 연휴 마지막 날이라 손님 몇몇 오셨다. 원두 사가져 가시는 손님도 있었고 아메리카노와 라떼를 주문한 손님도 있었다. 손님 대하며 커피 파는 것 제외하고는 줄곧 '카페 간 노자'를 썼다. 12시쯤 오후 일하시는 오 씨가 와서 본부에 왔다.

중앙병원과 청도 두 곳에 다녀왔다. 병원은 그간 썼던 탬포가 낡아 부서지는 일이 생겨 새것을 갖다 드렸다. 이곳에서 조감도는 거리가 가까워 잠시 들러 영업상황을 지켜보았다. 김 씨와 부근 군 그리고 오 선생께서 주방 일을 본다.

청도 헤이주 카페에 들러 주문한 커피를 내려드렸다. 월말 마감서를 전달하고 곧장 가비에 갔다. 가비 점장과 사장님도 함께 계셨다. 커피 한잔 하며 인사 나누었다. 연말쯤 되지 싶은데 마케팅 차원으로 책을 쓰고 있다며 말씀드렸다. 가비는 '카페 간 노자' 3부 네 번째 단락에 넣었는데 글 내용에 관해서 설명했다.

오후 6시 압량에서 글을 썼다. '카페 간 노자' 3부 18번째 이야기 끝으로 3

부는 모두 마감한 셈이다. A4 141장이다. 책으로 엮는다면 상당한 두께가 될 것 같아 또 부담을 느낀다. 사진까지 넣어야 하는데 말이다. 이제는 4부 이야기를 써야 한다. 노자 『도덕경』 65장에서 81장까지 남았으니 16장 남은 셈이다. 하루에 두 장씩 공부한 것도 있으니 이를 생각해도 최소 10단락 이상은 써야 한다. 노자의 이야기 『도덕경』, 내가 어떤 길을 가고 그 길에 내가 임하는 자세는 어떠하여야 하는지 그러면 어떤 결과가 있을 것이며 무엇이 인생의 참된 걸음인지 나는 다시 생각한다. 노자는 『도덕경』으로 말했다. 그 『도덕경』을 빌어 나의 커피 이야기를 한 단락씩 넣었다. 누가 읽어도 꽤 유익한 책으로 또 누가 읽지 않는다 해도 나는 아무런 상심 같은 것도 없다. 거저 주어진 나의 길이다.

압량 마감할 때쯤 여 인근에 세빠 다녀갔다. 얼마 전에 신대부적리에 하바나 커피가 크게 개업했는데 세빠는 그리 멀지가 않다. 세영 군에게 물었다. 하바나 개업과 큰 영향이 있는지 말이다. 별 차이 없다고 했다. 세빠는 나와는 십 년 이상 차이가 나는 후배다. 음악을 한다. 요즘 바깥에 음악강습은 많이 들어오는지 물었다. 고만고만하다고 했다.

9시쯤 압량 마감했다.

鵲巢日記 15年 09月 30日

맑았다.

압량은 오전 문 닫을 수밖에 없었다. 사동도 직원 출근하는 모습을 보지 못했다. 본부 월말 마감이 급해 오전은 본부에서 서류 정리하며 마감서 출력했다. 월말 마감 일 볼 때였는데 안 사장께서 오셨다. 주문한 커피를 가져오셨다. 본부 바깥에 세워 둔 자판기 앞에 서서 그간 인사 나누었다. 추석은 잘 쉬었는지? 공장은 어떻게 돌아가는지? 대표가 맡은 일은 어느 곳이나 많은 것은 사실이다. 산더미 같은 일이다. 산더미 같은 일을 직원과 어떻게 배분하며 효율적으로 처리하는가! 또한, 대표가 할 일이다. 효율적이지 못하거나 잘못 한 것은 대표가 책임을 안아야 한다. 여기까지 오는데 오직 차 안에서 음악 듣는 게 유일한 휴식이라고 했다. 산울림의 노래 '창문 넘어 어렴풋이 옛 생각이 나겠지요.' 듣는데 이미 이 세상 사람이 아닌 어머니 생각이 많이 났다고 했다. 한 세대가 갔으며 한 세대가 가고 있다. 한 세대가 오른 것을 나는 본다. 그 한 세대를 위해 나는 또 헌신한다. 안 사장께 요즘 쓰고 있는 '카페 간 노자'를 소개했다. 안 사장은 3부 일곱 번째 단락에 있다. 안 사장 소개한 글을 읽어드렸다. 아주 흡족해했다. 사람은 가슴에 담아놓은 마음이 많다. 세월이 지나면 이것은 더하는 것 같다. 안 사장님 뵈니 그것을 더 느꼈다.

한학촌과 병원에 커피 배송했다. 디아몽에 월말 마감서를 드렸고 나머지는 모두 사진 찍어 전송했다. 금고에 다녀왔다. 세금계산서를 챙겨 드렸지만 맞지 않아 다시 작성해서 드리기로 했다. 울진에 서울에 택배 보냈다.

압량에 머물 때 '카페 간 노자' 4부 세 번째 단락까지 완성했다. 그 첫째는 표현력, 둘째는 지혜와 믿음, 셋째는 용, 용기다. 네 번째는 무엇으로 쓸지는 있다가 생각해보자.

네 번째는 '제부 돈 많이 벌었나?'로 쓸까 싶다. 추석날이었다. 독방에 앉아 책을 보고 있었다. 나에게는 처형이 한 명 있다. 술과 고기를 좋아한다. 가끔 부르는데 거절하는 경우가 더 많다. 이번에도 반쯤 취했다. 이 이야기를 빌어 커피 이야기를 쓸까 보다. 그러니까 강태공은 아니지만, 강태공 같은 처세, 고래는 아닌데 고래를 탐하는 그런 자세다.

저녁 늦게 아이들과 함께 논어를 읽었다. 위기지학爲己之學과 위인지학爲人之學이라는 말이 있다. 이는 논어論語 '헌문편憲問篇'에 나오는 말로 자왈子曰 고지학자古之學者 위기爲己, 금지학자今之學者 위인爲人에서 나온 말이다. 당시에도 세상 사는 이치가 이러한 사람이 있었구나 하며 뉘우친다. 옛사람은 배움을 자기를 위해 했지만 요즘 사람은 배움을 타인을 위해 한다는 말이다.

본점 마감한다. 이런 생각도 해보고 저런 생각도 해본다. 지하철이 뚫리고 나서 영대 상권은 그전보다 못했다. 커피 공급시장은 매년 더 뜨거워졌다. 주위 오래 한 카페가 다른 종목으로 바꾸는 모습을 보았다. 정말 커피를 한다면 다른 무엇을 내놓아야 한다. 아니면 문을 닫든가! 정말 어려운 일이다.

후 기

  그간 『커피 좀 사줘』 원고를 끝까지 읽어 주셔서 진심으로 감사합니다. 커피와 생활철학으로 이룬 소제목 40편을 지었습니다. 그간 『가배도록』은 일기만 담았습니다. 일기만 모아 책으로 내는 사람도 있구나 하겠습니다. 책을 팔기 위해 썼다기보다는 거의 개인 소장용에 가깝습니다. 하지만 주위 지인 몇몇 분은 이 글에 격찬을 아끼지 않은 분도 있었습니다. 그렇다고 글이 잘되어 격찬했겠습니까! 매일 쓰는 노력에 찬사가 아니겠나 하며 여깁니다. 이번은 일기에서 조금 벗어나 가벼운 에세이로 생활철학을 담으려고 노력했습니다. 이것도 공공의 목적에 부합하는 글은 아닙니다. 거저 자식 놈에게 충고하고픈, 글을 좀 읽었으면 하는 마음과 여기에 덧붙이자면 커피는 어떠하다는 내용을 심었습니다. 전처럼 이 에세이 밑에 일기를 붙여 놓을까 싶습니다. 어찌 보면 일기를 쓰라는 충고 같기도 합니다. 나는 이렇게 적었으니 너도 적으라는 뜻 같기도 합니다. 그러므로 글과 커피 그리고 문장, 이리저리 비유를 들어 썼습니다. 또 어떤 지인은 일기는 그만 빼라 하시는 분도 있었습니다. 하지만 일기는 개인의 역사라 이제껏 해오든 저의 관례를 무너뜨리는 것이 되니 받아들이기 힘듭니다. 어찌 보면 이것은 참 부끄러운 일입니다. 그래도 시간이 지나, 열어보면 이해가 될 수 있었으면 하고 글쓰기나 묘사는 이루었으면 희망합니다. 이것만큼 참 웃기는 일도 없지 싶습니다. 거저 혼자 뿌듯하면 됐습니다.